U0530649

鯨歌

即使雪落满舱

2020年中国散文20家

张莉 主编

四川人民出版社

图书在版编目（CIP）数据

即使雪落满舱：2020年中国散文20家／张莉主编.
—成都：四川人民出版社，2021.5
ISBN 978-7-220-12282-8

Ⅰ.①即… Ⅱ.①张… Ⅲ.①散文集-中国-当代
Ⅳ.①I267

中国版本图书馆CIP数据核字（2021）第047840号

JISHI XUELUO MANCANG：2020NIAN ZHONGGUO SANWEN 20JIA
即使雪落满舱：2020年中国散文20家
张　莉　主编

出 品 人	黄立新
策划组稿	张春晓
责任编辑	王　雪
封面设计	李其飞
版式设计	戴雨虹
责任印制	祝　健
出版发行	四川人民出版社（成都槐树街2号）
网　　址	http://www.scpph.com
E-mail	scrmcbs@sina.com
新浪微博	@四川人民出版社
微信公众号	四川人民出版社
发行部业务电话	(028) 86259624　86259453
防盗版举报电话	(028) 86259624
照　　排	四川胜翔数码印务设计有限公司
印　　刷	成都东江印务有限公司
成品尺寸	145mm×210mm
印　　张	9.75
字　　数	270千
版　　次	2021年5月第1版
印　　次	2021年5月第1次印刷
书　　号	ISBN 978-7-220-12282-8
定　　价	62.00元

■版权所有·侵权必究
本书若出现印装质量问题，请与我社发行部联系调换
电话：(028) 86259453

张莉　北京师范大学文学院教授，博士生导师。著有《中国现代女性写作的发生》《姐妹镜像》《持微火者》《远行人必有故事》等。2019年3月向127位当代中国作家发起"我们时代的性别观调查"，引起广泛社会影响。主编《2019/2020年中国女性文学作品选》《2019年中国短篇小说20家》《2019年中国散文20家》《新女性写作专辑：美发生着变化》等，获华文最佳散文奖，图书势力榜十大好书奖等。中国作家协会理论委员会委员，茅盾文学奖评委。

散文是使记忆显影的方式

——《即使雪落满舱：2020年中国散文20家》序言

张 莉

一

很喜欢汪曾祺的一篇散文《跑警报》。写的是西南联大时的战时生活。那篇文章里说，有同学善于跑警报，只要看到万里无云，不管有无警报，就背了水和吃的，往郊外走。但大部分同学以及住在昆明的人，"对跑警报太有经验了，从来不仓皇失措"。跑警报的时候，很多人会带书或论文草稿，也有人会带金子或情人的信。对于青年男女而言，跑警报还是个谈恋爱的机会。但也有不跑警报的。一位女同学，一有警报她就洗头，因为别人都走了，锅炉房的热水可以敞开用。"另一个是一位广东同学，姓郑。他爱吃莲子。这位老兄听着炸弹乒乒乓乓在不远的地方爆炸，依然在新校舍大图书馆旁的锅炉上神色不动地搅和他的冰糖莲子。"文章最后，汪曾祺提到中国人身上的"不在乎"精神，而这种精神，"是永远征不服的"。

这篇散文好看、有趣、活色声香。汪曾祺文字有一种神奇的召唤能力，短短4000字，尘封的历史便从他笔下跃然而出，历历在目。他甚至写到跑警报时小贩卖的麦芽糖和炒松子如何好吃，"马尾松挥发出很重的松脂气味"，而跑警报的人，则"晒着从松枝间漏下的阳光，仰面看松树上面蓝得要滴下来的天空"。

《跑警报》写于1984年,那是作家对四十年前记忆的重新淘洗。历久弥新的文字如此珍贵,一代人的战时生活记忆由此留存,又或者说,珍贵的民族记忆以一种生动的方式在汪曾祺笔下显影、复活。当然,再过三十年,这些记忆又再次用影像的方式被重述——电影《无问西东》中西南联大的跑警报片断,都来自这篇散文。

这篇散文让我想到人类召唤记忆的方式。这个世界上,召唤记忆的方式有许多种,比如衣物、气味、音乐、绘画、影像等,但散文,恐怕是最具魅性和最让人心驰神往的方式——白纸黑字里,作家神奇地构建起一个空间:在那里,有我们真实的气息、声响、欢笑、以及痛苦。这部《即使雪落满舱:2020年中国散文20家》里,20位写作者以他们卓有意味的书写,刻写下他们对生活、对现实、对历史最为切实的感知,是作家们在2020年对我们生活记忆的一次淘洗。

二

有一种记忆关于此刻,它们是最新鲜的时代记忆。《疫时回乡记》里,邓安庆写下2020年春节他从北京回到湖北老家的点滴。同村的一个人疑似感染,恐惧感忽然笼罩全家。"本来我以为我们这边可能侥幸躲过,毕竟没有听说谁感染了。多日的好天气几乎快让人忘了疫情的严重性了。饱暖的阳光洒下,江风和煦,田野里青草从泥土里钻了出来。各家各户在自家门口晒起了棉被,把菜园里吃不完的萝卜切成丁晒干,土狗在麦田里追来逐去地玩闹。哪里像是要出事的样子!可是疑似感染的人就在身边,我们毫无察觉。"惊恐在日常生活里出现,这实在是我们曾有的共同记忆,而好在,我们终于走过了那样的阴霾。

《北漂纪》是关于北漂的生活,六铺炕、清华园、金鱼池小区,关于禄长街、里仁街、燕丹村,袁凌平静地写下他的奔波,也点滴写下自我的内在成长;《云彩化为乌有》里,沈念记下的是一位平凡老船夫的生活,他的苍老以及无法言说的痛苦,黎戈则记下生活的《平淡之喜》,越来越清淡的口味,是枝裕和的电影,山路上见到的孤独的树。"我总恬记着它们，想去看它们春天开什么花？夏天有没有长出翅果？秋天叶子变色了吗？冬天树干开始剥落吗？……那些树上，总是栖息着最美的云絮和鸟声……而这份美，又是如此遗世地孤寒自处，它们就是我身边植物版的陶渊明。"

写下日常点滴是记忆，重新发现生活也是记忆。鲍尔吉·原野的《塞上曲》，记录了草原上有趣的事："杀草呢"、"婚礼的乳汁"、"山丁子树摇篮"、"赞伯拉的走马，享有神圣封号的火蓝觉若"以及"紫色带香味的大幕"，草原的日常在原野的笔下，成为一种"熟悉的陌生"。《行云》关于坐飞机的经历，那些随时随地的奔跑和匆忙最终在周晓枫笔下沉潜，化为一种对人生存境遇的思考，"我们难以克服飞行的诱惑，对极限的超越，因为挑战中有着难以描摹的享乐。航行，就是坐上童话中的魔力飞毯，它将我们带离日常生活的捆绑，体验着带有某种危险的美。"

三

有一类散文关于历史，是对历史文本、历史诗句、历史记忆进行重新淘洗，那是我们时代作家对尘封的文化记忆重新认知。《黍离》是久远的诗歌文本，在《黍离——它的作者，这伟大的正典诗人》中，它被李敬泽重新发现："喝下去的酒、仰天的笑，其实都有一个根，都是因为想不开、放不下，因为失去、痛惜、悔恨和悲怆，这文明的、历史的、人世的悲情在汉语中追根溯源，发端于一个词：'黍离麦秀'。"在《误解，镜子》里，贾行家发现，当时贾谊写的《吊屈原赋》，有可能"是一面由误解和精铜铸造的镜子"。

《遣悲怀》是李修文的"诗来见我"，这篇文字使我们重新理解悼亡诗。悼亡诗哪里只是诗呢，它是故人，它是情分，是人痛苦时的"大雄宝殿"："夜路上吹了风，奔跑时受了凉，又或是背负着饥荒，挨了别人的耳光，都不要紧。总有一个幽冥之处早已被我当作了忍住哽咽的底气，总有一个口不能言的亡灵能够抱住我们的口不能言，直到生死连通，阴阳同在，词牌才算作了香炉，字句也化作了青烟。当真是，一旦落下悼亡之笔，你便有了一座秘密的大雄宝殿。"

历史是记忆，当下也是记忆。当今人重读古人，当今天的我们理解历史人物、古代诗文，其实是对记忆的一次打捞、一次淘洗，是从民族记忆的宝库中重新探询并解释物之为物、诗之为诗、人之为人、情之为情的秘密。

四

还有一种记忆，关于个人往事。梁鸿鹰的《午后的故事》和王尧的《琴声如诉》写的是岁月深处的难以忘记，读来唏嘘不已。另有一种记忆，不仅仅只是往事，还浸润着切肤的痛苦，让人无法直面。刘大先的《故乡即异邦》写到父亲临终场景，读来不忍。"有一天父亲对着窗户外面说，楸树发芽了！我今天感觉不错，也许这个病到春天会好呢！"但是，"我不敢回应他充满期待的眼神，无法欺骗他。我选择了沉默。这种无情无义的举动深深地伤害了内在的情感，让我在许久之后依然会梦见这个场景，看到他期盼的眼神，然后在内疚中醒来。"

深切的痛苦埋在深处，要过很多年才敢想，才敢回视："多年后春日的一个上午，偶尔读到远藤周作的《深河》，小说的开篇是一个医院的场景，癌症晚期的妻子将脸转向病房窗户，望着远处枝繁叶茂，宛如怀抱着某种东西的巨大银杏。她告诉丈夫：'那棵树说，生命绝不会消失。'我想起父亲临终前看到楸树发芽时所说的话，泪如雨下。"（刘大先：《故乡即异邦》）

塞壬的《即使雪落满舱》写的也是父亲，一个带来阴影的父亲。父亲曾经入狱，父亲曾经背叛母亲，父亲曾经让孩子及整个家庭蒙羞。而父亲的信是记忆中的记忆，在狱中，父亲写下给女儿的第一封信、一封长长的信。"我承认这封信打动了我，但并非是这字里行间透着一股陌生的深情。而是，父女这种显性的关系，其诞生的过程有一种百转千回的私密性，它定义了我是一个人的女儿、他是一个人的父亲这一轨迹。"

《即使雪落满舱》里，写着塞壬与记忆的牵绊，也写着她之于记忆的和解、生命的领悟——即使记忆里落满了灰尘，即使生命中曾经落满积雪，也终有一天我们要仰起头，试着去看天边的明月。

五

记忆是挂牵。记忆是纠缠。记忆是辗转反侧。记忆是念念在兹。有许多种方式让我们把记忆珍藏，有许多种方式将我们的记忆唤醒，也有许多种方式将我们的记忆调亮。如何最大可能地运用一切方式，将我们生命中念念难忘的部分显影？

有些人一生混沌，如传说中只有七秒钟记忆的金鱼，他们所经历的重大事件只是"物"，没有引申，不加注释。

不肯忘者，他们皈依记忆，为之立传。

这段话来自陈蔚文的《若有光》，写的是失忆症，写的是人与失忆的纠缠。某种意义上，写作其实就是与人类的失忆搏斗。写作其实就是写作者的一次次"刻舟求剑"。岁月已逝，而作家依靠写作实现"梦想"：让时间静止、使记忆显影——显影在那个我们生命中弥足珍贵的瞬间，一如汪曾祺在《跑警报》中所做的那样。

感谢我的研究生孙莳麦和霍安琪，她们为此书的编选做出了重要劳动。

2021 年 3 月 10 日

目　录

黍离——它的作者，这伟大的正典诗人 / 李敬泽　001

即使雪落满舱 / 塞　壬　024

遣悲怀 / 李修文　047

行　云 / 周晓枫　056

塞上曲 / 鲍尔吉·原野　079

疫时回乡记 / 邓安庆　095

《平淡之喜》（节选）/ 黎　戈　109

云彩化为乌有 / 沈　念　123

北漂纪 / 袁　凌　132

误解，镜子 / 贾行家　153

午后的故事 / 梁鸿鹰　166

琴声如诉 / 王　尧　181

猫和尼姑 / 龚曙光　186

盆地的深度 / 傅　菲　192

故乡即异邦 / 刘大先　210

灵岛之约 / 王　川　227

布衣歌者 / 龙仁青　242

想把自己推倒 / 叶浅韵　256

若有光 / 陈蔚文　264

翁丁记 / 黛　安　280

黍离——它的作者，这伟大的正典诗人

李敬泽

> 彼黍离离，彼稷之苗。行迈靡靡，中心摇摇。知我者，谓我心忧，不知我者，谓我何求。悠悠苍天，此何人哉？
>
> 彼黍离离，彼稷之穗。行迈靡靡，中心如醉。知我者，谓我心忧，不知我者，谓我何求。悠悠苍天，此何人哉？
>
> 彼黍离离，彼稷之实。行迈靡靡，中心如噎。知我者，谓我心忧，不知我者，谓我何求。悠悠苍天，此何人哉？
>
> ——《诗经·王风·黍离》

1

汉语绝顶之诗中，必有《黍离》。

《黍离》为《诗经·王风》首篇。公元前770年，天塌西北，中国史上有大事，最是仓皇辞庙日，周平王在犬戎的碾压下放弃宗周丰镐，放弃关中山河，将王室迁往东都成周——当时的洛邑、如今的洛阳。西周倾覆，从此东周，但这不是新生，这是一个伟大王朝在落日残照中苟活，周朝不再是君临天下的政治实体，大雅不作，颂歌不起，在《诗经》中，成周王城一带流传的诗，列为《王风》。

在汉初毛亨、毛苌所传的《诗序》中，《黍离》被安放于这场大难后的寂静之中:"黍离,闵宗周也。周大夫行役至于宗周,过故宗庙宫室,尽为禾黍。闵周室之颠覆,彷徨不忍去而作是诗也。"

——宏伟的丰镐二京沦为废墟,那殿堂那宗庙已成无边无际的庄稼地,这时,一位周大夫回到这里,在如今西安的丰镐路上徘徊彷徨,百感交集,于是而作《黍离》。

照此说来,这首诗距今两千七百多年。《毛诗》成书于西汉初年,以元光五年(前130年)河间献王向汉武帝进献《毛诗》计算,上距周室东迁已经六百四十年,这大约相当于在今天回望明洪武十三年。但是,对东周的人来说、对西汉的人来说,西周倾覆带来的震动和绝望是后世的人们不可想象的。当《毛诗》讲述这个故事时,它是把《黍离》放到了华夏文明的一个绝对时刻——类似于告别少年时代,类似失乐园;这首诗由此成为汉语的、中国人的本原之诗,它是诗的诗,是关于世界之本质、关于人之命运的启示。

在《毛诗》的故事中,时间、地点、人物,都具有启示性的含混和确定:那就是周大夫,别问他是谁;那就是宗周,别问为何不是别处;那就是平王之时,别问到底是何年何月。毋须问,必须信。

而这个故事在这首诗中其实找不到任何内证。《黍离》支持《毛诗》的故事,它也可以支持任一故事。这伟大的诗,它有一种静默的内在性,任由来自外部、来自四面八方的风在其中回荡,它是荒野中、山顶上一尊浑圆的空瓮。

2

滚滚长江东逝水,浪花淘尽英雄,是非成败转头空,青山依旧在,几度夕阳红。

白发渔樵江渚上,笑看秋月春风,一壶浊酒喜相逢,古今多少事,尽付笑谈中。

——明嘉靖年间杨升庵的一首《临江仙》，后来被清初毛宗岗父子编入《三国演义》作为卷首词。此为渔樵史观，既庙堂又江湖，《三国》是以江湖说庙堂，杨升庵是以庙堂而窜放于江湖。长江青山夕阳，秋月春风白发，笑看人间兴废、世事沉浮，这是见多了、看开了、豁达了。一切尽在这一壶中，无边的天地无限的时间，且放在此时此刻、眼前当下。

这壶浊酒很多人喝过。升庵之前，还有王安石《金陵怀古》：

霸祖孤身取二江，子孙多以百城降。豪华尽出成功后，逸乐安知与祸双。东府旧基留佛刹，后庭余唱落船窗。黍离麦秀从来事，且置兴亡近酒缸。

——喝下去的酒、仰天的笑，其实都有一个根，都是因为想不开、放不下，因为失去、痛惜、悔恨和悲怆，这文明的、历史的、人世的悲情在汉语中追根溯源，发端于一个词："黍离麦秀"。

"黍离麦秀从来事"，那是北宋年间，华夏文明已屡经大难，仆而复起，数度濒死而重生。王安石身后仅仅四十一年，又有靖康之变，锦绣繁华扫地以尽。王安石、杨升庵，以及无数中国人心里，已住着饱经沧桑的渔夫樵子。

"黍离"是这一首《黍离》，"麦秀"是另一首《麦秀》。

3

麦秀油油兮，黍禾渐渐，彼狡童兮，不与我好兮！

——《麦秀》同样需要一个故事。司马迁在《史记·宋微子世家》中讲述了这个故事。

周武王伐纣，殷商覆亡，"箕子朝周，过故殷墟，感宫室毁坏，生禾黍。箕子伤之，欲哭则不可，欲泣为其近妇人。乃作《麦秀》之诗以歌咏之。……所谓狡童者,纣也。殷民闻之,皆为流涕。"

箕子者,纣亲戚也,应是纣王的叔父。孔子说:"殷有三仁焉。"纣王暴虐无道,箕子、微子、比干三位仁人劝谏,人家不听,比干一颗赤心被剖出来,纣王要看看仁人之心是否真的七窍玲珑。然后,微子出逃,箕子披发佯狂,装了疯,又被抓回来囚禁为奴。

公元前1046年,牧野一战,纣王登台自焚,天命归于周。箕子被征服者解放——解而放之。两年后,公元前1044年,另据《竹书纪年》记载,他确实前往陕西朝见武王,途中想必经过已成废墟的安阳故都。

而在陕西,箕子的朝觐成为王朝盛事。作为地位最为尊崇的前朝遗老,箕子的顺服大有利于抚驭商民;更重要的是,箕子就是殷商文化的"道成肉身"——极少数王族和贵族组成的巫祝集团垄断着人神之间的通道,箕子是大巫,祭祀、占卜、文字、乐舞,皆封藏在大巫们七窍玲珑的心里,由此,他们控制着文化与真理,具有无可争议的权威——纣王与"三仁"的冲突,或许也是王权与巫权的斗争。现在,箕子朝周,这是周王朝的又一次胜利,伟大的武王将为华夏文明开出新天新地,此时,他等待着殷商之心的归服,并准备谦恭地向被征服者请教。

很多年后,周原上发掘出一片卜骨,所刻的卜辞是:"唯衣(殷)鸡(箕)子来降,其执暨厥史在旃,尔(乃)卜曰:南宫辞其作(酢)?"

据张光直、徐中舒解读,卜辞的意思是,箕子要来举行降神仪式,他和随从被安排在"旃"这个地方,现在,所卜的是:由南宫辞负责接待行不行、好不好?

——如此细节都要占一卦,可见小巫见大巫,激动得事事放心不下。

中国史上一次重要的对话开始了。武王下问,箕子纵论,王廷史官郑重记录,这就是《尚书》中的《洪范》。箕子高傲,在征服者面前保持着尊严,他阐述了治理人间的规范彝伦,但对事关王朝合法性的"天命"避而不谈。至于那一场想必盛大庄严的降神,《洪范》中只字未提。武王显然领会了箕子之心,此人终不会作周之臣民,于是封箕子于朝鲜。那极东极北之地是彼时世界的极边,本不属周之天下,所谓"封",是客气而决绝的姿态:既如此,请走吧。

箕子真的走了,走向东北亚的茫茫荒野。在那里,他成为朝鲜半岛的文化始祖,对他的认同和离弃在漫长的朝鲜史中纠结至今。

从箕子朝周的那一年起,近一千年里,《诗经》中无《麦秀》,先秦典籍中从不曾提到《麦秀》,然后,到了汉初,诗有了,故事也有了。

但和《黍离》一样,并没有任何文本内部的证据支持这个故事。

麦苗青青,黍子生长,那狡童啊,他不与我好啊!

这首诗指向一个人,我们不知他是谁,只知他被唤作"狡童"。《诗经》里提到"狡童"的诗共有两首。一首是《郑风·狡童》:

> 彼狡童兮,不与我言兮。维子之故,使我不能餐兮!彼狡童兮,不与我食兮。维子之故,使我不能息兮。

——现代汉语读者也能一眼看得出来,这就是嗔且怨着的相思病。此处的"狡童",如同死鬼、冤家,又爱又恨,一边掐着骂着一边想着疼着。那该死的冤家啊,害得我啥也吃不下瘦成柳条儿啦。

另一首是《郑风·山有扶苏》:"不见子都,乃见狂且。""不见子充,乃见狡童。"子都、子充皆是如玉的良人,相对而言,狂且、狡童大概是坏家伙、臭小子之类,但也未必就是真碰见了流氓。

不少现代论者据此与司马迁争辩:这《麦秀》明明是一首情诗,明明是一个女子——一个古代劳动妇女,站在田里,思来想去,直起腰来,越想越气:彼狡童兮,不与我好兮。那挨千刀的,他不和我好兮!

如此光天化日的事,为什么司马迁偏看不出来?为什么要编故事硬派到箕子头上?纣王在位三十年,死的时候估计都五十多了,怎么也算不上"狡童",再说那纣王和你是好不好的事吗?

但这些现代论者也是知其一忘其二,"狡童"可以是打情骂俏,也未必不可以是以上责下,箕子身为纣王的长辈、国之元老,怎么就不能骂一声"彼狡童兮"?

看看这麦子，看看这谷子，那不成器的败家孽障小兔崽子啊，你怎么就不听我的话，怎么就不学好呢！

——箕子应已是六七十岁的老人，他扶杖走过殷墟，那是安阳大地，那时应是初夏，他所熟悉的宫殿陵墓已不见踪迹，得再等三千年才会被考古学家挖出来。而此时，仅仅两年，遍野的庄稼覆盖了一切，"大邑商"似乎从未有过。他站在这里，想起那神一般聪明、神一般狂妄的纣王，想起此去西行，他要向征服者、向那些西鄙的野人屈膝，要在他们面前举行庄严的仪式，让祖宗神灵见证这深重的耻辱，箕子不禁浩叹："彼狡童兮，不与我好兮！"

其时，殷人掩面流涕。我确信，这首歌一直流传于殷商故地，司马迁行过万里路，当他说殷人为之流涕时，他或许在殷商故地亲耳听到了这首歌，眼见着泪水在殷人脸上流过了千年。

我为什么不信司马迁呢？

4

一个人，经历巨灾大难，面对废墟，面对白茫茫大地、绿油油大地，面对万物生长，似乎什么都不曾发生，似乎人类的一切发明、一切雄心和荣耀皆为泡影，"瞻旷野之萧条兮，息余驾乎城隅。……叹黍离之愍周兮，悲麦秀于殷墟。"（晋·向秀《思旧赋》）"黍离麦秀"一词在中国史上默然长流。

《晋书·谯纵传》提到西晋八王之乱："生灵涂炭，神器流离，邦国轸麦秀之哀，宫庙兴黍离之痛。"

《梁书·武帝纪》描述侯景之乱后的景象："天灾人火，屡焚宫掖，官府台寺，尺椽无遗，悲甚黍离，痛兼麦秀。"

公元534年，北魏瓦解，东魏、西魏分立，东魏迁都邺城，故都洛阳沦为战场。十三年后，杨衒之在追忆、回望中写成《洛阳伽蓝记》，沉痛低回，如鬼夜泣：

> 余因行役,重览洛阳。城郭崩毁,宫室倾覆,寺观灰烬,庙塔丘墟,墙被蒿艾,巷罗荆棘。野兽穴于荒阶,山鸟巢于庭树。游儿牧竖,踯躅于九逵;农夫野老,艺黍于双阙。麦秀之感,非独殷墟;黍离之悲,信哉周室。

然后还有,安史之乱、五代十国之乱、靖康之变、南宋沉沦、甲申之变……

史书一卷卷翻过去,一卷读罢头飞雪,每一次开始皆终结于废墟、大地,然后,在大地上重新开始。旧世界崩塌,新世界展开,那旧世界的遗民,他们幸存、苟活,沉溺于记忆。

黍离麦秀,这是华夏文明最低沉的声部,是深渊里的回响,铭记着这古老文明一次次的至暗时刻。悲怆、苍凉、沉郁、隐忍,它执着于失去的一切、令人追怀追悔的一切。

大地给出了一次次的否定,人类的壮举和欲望和虚荣必要经受这样的否定。但黍离麦秀并不是否定,大地的意志、大地之法就是抹去一切,但是大地上还有这个人在,这孤单的人,他独立于此,他以记忆和悲叹对抗着大地,他是悔恨的,他承担着人的虚妄和荒恶,但是,当他千回百转、一往情深地回望时,当他穿过禾黍、穿过荒野辨认着文明的微光时,这就意味着一切还没有过去,失去的还没有绝对失去。

1912年,二十九岁的王国维出版《人间词话》,这册薄薄的小书引尼采、叔本华而别开现代感性的天地。新文化阵营锐气方张,一片欢呼鼓噪,苍老的传统词坛沉默着,侧目而视。据说,直到20世纪80年代,师承常州词派的一位老先生在复旦讲课,才终于摆出对《人间词话》的批评,其中第四条:(甲)只取明白如话,不取惨淡经营;(乙)只取放笔直干,不取曲折回环,(丙)于爱国词,只取抗金恢复,不取黍离麦秀。

——不得不感慨风气之转移竟有如此"曲折回环"。在21世纪的人看来,王国维正是缠绵悱恻的宗主,比如多少人爱着纳兰性德,其实是起于《人间词话》的揄扬加持;岂不知在古典词学的正脉看来,这位纳兰公子只识弯弓射雕、"放笔直干"。

年轻的王国维血气方刚,于南宋词、于爱国词,只取壮怀激烈的辛弃疾,不取黍离麦秀、低回婉转的吴梦窗。然而,观堂先生五十岁自沉昆明湖时,他的背影是近于辛弃疾,还是更像"黍离麦秀"之荒野上的孤独一人?

5

读《诗经》,直接面对文本是可能的吗?自胡适起,现代学人都在探索一种内部的、文本的、直接的解释路径。排除汉儒以降的阐释传统,与古人素面相对,我们相信,这是可能的,经过层层剥离,我们可以接触到那一株鲜花、那本真的声音,这是使经典获得现代生命的唯一之途。

我也曾经这么以为。但是,《黍离》《麦秀》使我意识到这条路径的限度乃至谬误。以《麦秀》而言,如果剥离司马迁的故事,回到文本、回到被封闭在文本中的字句和意象,它的确可以轻易地解为一首情诗,但这让它活了吗?还是它在那一瞬间枯萎了?王力、余冠英诸先生,都把《黍离》解为无名流浪者之歌,这同样是把它从故事中从历史中、从古典阐释传统中剥离出去。那么,还剩下什么呢?鱼之于水是可离的吗?土之于花是可以剥落的吗?如果,我们拒绝一首经典之诗在漫长阐释和体验过程中形成的繁复语境,鱼和花还在吗?让一代一代人为之流涕为之太息的那灵氛那光芒还在吗?《黍离》这样的诗不是一杯水,是在时间和历史中激荡无数人心魂的长河,现在,将长河回收为一杯水是有意义的吗?

我们是多么傲慢啊,对于起于文明上游的诗,以现代的名义,我们宣布,我们有更高的权威,《毛诗》的阐释、汉儒的故事不过是考古学意义上的"扰乱层",我们必须用铲子把它剥去。

于是,经典被还原为"物",是从古墓里挖掘出来的"物",我们还洗去它的锈迹,让它光亮如新。"层累"的古史观是古史辨学派的基本方法，故事越来越复杂、越来越精彩是古典历史撰述的常态，他们反过来呈露这层层累积的叙述，以求历史的还原。但是，就《诗经》而言，层累本身就内在于诗，对诗的吟咏、阅读、阐释和征用在声音发出的那一刻就已经开始，我们其实已无法越过这一切去寻求唯一之真。《毛诗》的故事无法证实也无法证伪，它是专断的，毫不掩饰它的教化目的。但这其实并不重要，这也不是汉儒的发明，早在春秋时代，《诗》就已经不仅是诗，同时也是知识、教化、交往，承担着复杂的文化功能，在这里没有什么现代的艺术自律性可言，《诗》之为"经"正在于它被理解为这个文明最具根性的声音，从根本上启示和指引着我们的心灵生活和世俗生活。

所以，读《黍离》、读《诗经》，不是自背离《毛诗》开始，而是自遵从《毛诗》开始。

我相信，在某一年、某一天，一位周王室的大夫在废弃的丰镐吟出《黍离》。这首诗和《麦秀》，分别铭刻着华夏文明早期两个伟大王朝覆亡的经验。孔颖达《毛诗正义》把两者明确地联系起来："过殷墟而伤纣，明此亦伤幽王。"——我们甚至可以推想，这位周大夫应和后来的司马迁一样，听过麦秀之歌，目睹殷人之泪。

当然，这里存在一个问题，平王东迁，犬戎横行，陕西大乱，这位来自洛阳的周大夫，为何来到丰镐、何以来到丰镐？

我们对此永远不能确知了。在这段时间里，孤悬天水的秦国依然保持着对周王室的忠诚，为了酬答秦襄公在周室东迁时的护驾之功，平王把西周故地封赠于秦。房子已经被人占了，平王把房契送给了秦人，这不是应许，而仅仅是安慰，秦必须独自在犬戎的世界里图存、搏斗。这蕞尔小邦，历经襄公、文公、宪公、武公四世，终于打下了一片河山，完成了对渭河平原西周核心地带的控制。而收复丰镐，应在宪公初年、公元前714年前后，此时上距西周倾覆已经五十多年。在此期间，东周王室想必与秦国保持着联系，一位大夫，奉使赴秦，从洛阳到宝鸡，不管是哪一年，来去之间，都经过了丰镐。

这个人，无名无姓。我们知道的仅仅是，他是"我"，他在诗中自指为"我"。《毛诗》之高明在于,它拒绝像同时代的《韩诗》一样强行赋予此人具体的名字和命运,它有意保持他的无名,《黍离》之"我"由此直接指向了未来岁月中无数个"我"。

6

"彼黍离离,彼稷其苗。"问题是,何为黍,何为稷?

此事自古便是难题。《论语·微子》里,子路问路,被人奚落:四体不勤,五谷不分。这也不知说的是孔子还是子路。孔夫子带领大家读《诗》,一个目的就是多识草木之名,足证他老人家对植物、农作物颇有求知热情,饶是如此,还不免"五谷不分"之讥。可想而知,孔夫子以下,两千多年,历代儒生,分辨黍稷何其难也。

黍相对明白,从汉至清,大家基本赞成它就是一种谷物、一种黏米,现在称黍子或黍米或黄米。许慎《说文解字》解道:"黍,禾属而黏者,以大暑而种故谓之黍。""禾属而黏"不错,但接着一句"以大暑而种"就暴露了他可能没种过黍。黍子应是农历四月间播种,五月已嫌晚,到了大暑节气恐怕种不成了。朱熹《诗集传》是《诗经》权威读本,关于黍是这么说的:"谷名,苗似芦,高丈余,穗黑色,实圆重。"——朱熹所在的宋代,一丈合现在三米多,快两层楼了,他就不怕诗人淹没在高不见人的庄稼地里?南方不种黍,朱熹生于福建,毕生不曾履北土,真没见过黍子。所谓道听途说,我猜他主要是受了"苗似芦"的说法影响,似不似呢?黍穗确实似芦,或许朱夫子由此望了望窗前芦苇,顺便把芦苇的高度一并送给了黍。

总之,何为黍大致清楚,也是因为黍这个说法从上古一直用到今天,现在的山西还是称黍为黍子、黍米,名实不相离,搞错不容易。而"稷",先秦常用,汉以后日常语言中已不常用,这个词所指的庄稼,不知不觉中丢了,"稷"成了飘零于典籍中的一个空词。然后,儒生们钩沉训诂,纷纷填空。朱熹在《诗集传》里总结出一种主流意见:"稷,亦谷也。一名穄,似黍而小,或曰粟也。"也就是说,这个"稷"就是北方通称的谷子,就是洛阳含嘉仓里堆积如山的"粟",脱壳下了锅就是小米。但朱熹横生枝节加了一句"一名穄",于是围绕"穄"字纷争再起,有人论证出"穄"其实就是黍——但你总不能说黍是黍,稷也是黍吧?

本来,我打定主意听李时珍的,老中医分得清五谷,话也说得明白:"黍与稷一类二种也。黏者为黍,不黏者为稷,稷可做饭,黍可酿酒。"简单说,黍是黄米,黏的,稷不黏,是小米。但是,清代乾嘉年间出了一位程瑶田,穷毕生之力写一部《九谷考》,梳理了两千年来关于稷的种种纷争:"由唐以前则以粟为稷,由唐以后,或以黍多黏者为稷,或以黍之不黏者为稷。"然后,截断众流,宣布都错了,所谓稷,高粱也。这下莫言高兴了,原来《黍离》中已有一片高密东北乡无边无际的红高粱。

程的结论得到段玉裁、王念孙两位经学大家首肯,认为是"拨云雾而睹青天",一时成为定论。但此论进入现代又被农业史家们发一声喊,彻底推倒。他们断定,高粱是外来作物,魏晋才传入中国,所以稷不可能是高粱。但没过多少年,考古学家说话了,农业史家们翻了车:陕西、山西等地的考古发掘中陆续发现碳化高粱,铁证如山,高粱四五千年前就有。

那么,稷就是高粱了?却也未必。四五千年前有,只能证明高粱是高粱,不能证明高粱是稷。先秦文献中通常黍稷并提,稷为"五谷之长",这个"长"怎么解释?程瑶田憋了半天,最后说因为高粱在五谷中最高。照此说来,难道县长市长是因为个子最高才当的县长市长?五谷之长必定意味着该作物在先民生活中具有首要地位,并蕴含着由此而来的文化观念,周之先祖为后稷,家国社稷,社为土神,稷为谷神,此"稷"至关紧要。《诗经》中,提到黍的十九处,提到稷的十八处,黍稷是被提到最多的谷物。高粱固然古已有之,但它的重要性绝不至此,它并非北方人民的主食,更不是支撑国家运转的基本资源,具有如此地位的,只有粟—谷子—小米。

所以,黍与稷,还是黄米与小米、黍子与谷子。

由此，也就解决了下一个问题，何为"离离"？历代注家大致分为两派，一派是，离离，成行成列之意，所谓历历在目；另一派，是朱熹《诗集传》："离离，垂貌。"

你站在黍子地里，放眼望去，除非还是青苗，否则定无阅兵般的行列感，你看到的是密集、繁茂、低垂。古人常取"离离"蔫头耷脑之意表黯然、忧伤、悲戚之情，如《荀子·非十二子》："劳苦事业之中则儢儢然、离离然"，《楚辞·九叹·思古》："曾哀凄唏，心离离兮"。

于是，我们看到，《黍离》的作者，他行走在奇异的情境里，那黍一直是"离离"的，被沉甸甸的黍穗所累，繁茂下垂；而那稷却一直在生长，彼稷之苗、彼稷之穗、彼稷之实，季节在嬗递，谷子在生长成熟，问题是，为什么黍一直"离离"，再无变化？

黍和稷、黍子和谷子的生长期大体一致，《小雅·出车》中说："黍稷方华"，都是春播秋熟，绝没有黍都熟了谷子还长个不休的道理。此事难倒了历代注家评家，众说纷纭。古人和今人一样，认定诗必须合乎常理不合就生气的占绝大多数，不通处强为之通，难免说出很多昏话。以我所见，只有元代刘玉汝的说法得诗人之心："然诗之兴也，有随所见相因而及，不必同时所真见者，如此诗因苗以及穗，因穗以及实，因苗以兴心摇，因穗以兴心醉，因实以兴心噎，由浅而深，循次而进，又或因见实而追言苗穗，皆不必同时所真见。"（《诗缵绪》卷五）

——"不必同时所真见"，正是此理。《黍离》的作者，这伟大的诗人，他具有令人惊叹的原创力，他用词语为世界重新安排秩序，让黍永恒低垂，让稷依着心的节律生长。

7

"彼黍离离"，低垂、密集，繁茂缭乱令人抑郁，那不是向上的蓬蓬勃勃，而是凝滞、哀凄，世界承受着沉重、向下的大力。

但是请注意那个"彼"——那是远望、综览的姿势，是在心里陟彼高冈，飞在天上，放眼一望无际。

在《毛诗》中，这空间的"彼"被赋予了历史的、时间的深度："彼，彼宗庙宫室。"作者所望的是"彼黍"，同时也是"彼黍"之下被毁弃、被覆盖的宗周。

然后，全诗三章，再一次又一次的"彼黍离离"，似乎作者没有动，似乎他被固定在这巨大凝重的时空中，一切都是死寂的静止的，茂盛而荒凉。

但是，在这凝重的向下的、被反复强调的寂静中，在这寂静所证明的遗忘中，一个动的、活的意象进入："彼稷"——那谷子啊，它在生长，从苗，到穗，到实……

黍不动，黍是世界之总体，而接着的"彼稷"，却是从整体中抽离出来，去辨析、指认个别和具体，那是苗、那是穗、那是成熟饱满的谷……

这是时间的流动，也是空间的行进，这个作者在大地上走着，岁月不止，车轮不息……

回到《毛诗》的故事，也许这位周大夫真的来来回回从春天走到了秋天，东周时代的旅行本就如此漫长。

但在这诗里，行走只是行走，与使命无关。"迈"，远行也，《毛诗》郑笺云："如行而无所至也"，"行迈"，就如同《古诗十九首》的"行行重行行"。"行迈靡靡"，"行迈靡靡"，"行迈靡靡"，停不下来，他茫然地走着，已经忘了目的或者本就没有目的，他就这样，不知为何、不知所至地走在大地上。

这无休无止的路，单调、重复，但"我"的心在动，"中心摇摇"，"中心如醉"，"中心如噎"。心摇摇而无所定，心如醉而缭乱，最后，谷子熟了，河水海水漫上来，此心如噎几乎窒息……

"知我者谓我心忧，不知我者谓我何求！"此时，这首诗里不仅有"我"，还有了"他"，"他"是知我者和不知我者，是抽象的、普遍的，"他"并非指向哪一个人，"他"是世上的他人他者。"他"进入"我"的世界，但与此同时，"他"又被"我"搁置——"知我者谓我心忧，不知我者谓我何求！"一遍、两遍、三遍，重复这两个句子，你就知道，它的重心落在后边:知我者谓我心忧——假如知我,会知我心忧,但不知我者,必会说我在求什么图什么多愁善感什么?而此时此刻,在这死寂的世界上,既无知我者也无不知我者,心动为忧,我只知我的心在动,摇摇、如醉、如噎,我无法测度、无法表达、无法澄清在我心中翻腾着的这一切——

直到此时,这个人、这个"我"是沉默的,他封闭于内心,然后忽然发出了声音:"悠悠苍天,此何人哉。"

悠悠苍天,此何人哉。

悠悠苍天,此何人哉。

随着摇摇、如醉、如噎,这一声声的"天问"或"呼天",也许是节节高亢上去,也许是渐渐低落了,低到含糊不可闻的自语。

此时,只有"我"在,只有悠悠苍天在。

8

阐释起于结尾。如何理解《黍离》,取决于如何理解它的"天问"或"呼天"。

在《毛诗》的故事里,这个人,望着这故都,眼看着昔日的宫殿和宗庙已成田畴,无限凄凉,万般忧愤:悠悠苍天,此何人哉!

后世的儒生们替他回答:当然是周幽王。宠溺褒姒的幽王、废嫡立庶的幽王、烽火戏诸侯的幽王,这无道之君、亡国之君,就是他!

然后,他们沉吟赞叹:如此的感慨沉痛,仰天太息,却不肯直斥君上,憋得要死,也只是"此何人哉!"这是怎样的温柔敦厚、怎样的中和之美、怎样的思无邪而厚人伦啊。

《毛诗》将《黍离》置于宏伟背景和浩大命运之中,却给出了一个不相配的就事论事的结论。作为末代之君,幽王的责任不言自明,同时代的其他诗篇中对此有过直截了当的指斥,《大雅·正月》:"赫赫宗周,褒姒灭之",话说得一点也不中和。此时这位周大夫以如此汹涌而压抑的情感,俯对地而仰对天,难道只是为了发表已成公论的对幽王的怨怼和谴责?

汉儒也许是受到了《麦秀》的解释路径的影响。毛氏和司马迁很可能分享共同的知识来源，《麦秀》指斥纣王，《黍离》之问也就顺理成章地落实为幽王，当然这无疑符合《毛诗》的政教旨趣。但作为诗人，箕子远不能与《黍离》的作者相比，箕子之叹是叙事性的，是人对人的悔恨，《麦秀》起于麦黍，但其实并无天地，在箕子之上、纣王之上、殷商兴亡之上，那更为浩大的力量，并未进入箕子的意识。而《黍离》的作者，这伟大的诗人，他踟蹰于大地，他经历着世界的沉沦，无情的、冷漠的沉沦，似乎一切都不曾存在，只有他，行于天地间，那不在的一切的重量充塞于胸臆，这时，他会仅仅想到幽王？渺尔幽王，又何以担得起如此浩大之重？

在古文中，"人"同于"仁"，所以是——悠悠苍天，此何仁哉。

天地不仁，以万物为刍狗。老子必定读过《黍离》，老子的声音是《黍离》的回响。

9

此时的人们很难理解《黍离》作者的悲怆，很难体会那种本体性的创伤。西周的倾覆只是课本上的一段，历史沿着流畅的年表走到了今天，此事并没有妨碍我们成为今天的我们。但是，在当时，在公元前770年，一切远不是理所当然，对于当时的人来说，此事就是天塌地陷。更重要的是，他们还不像后世的人们那样饱经沧桑，他们涉世未深，从未有过这样的经验，塌陷和终结猝不及防地降临，在那个时刻，二百七十六年中凝聚起来的西周天下忽然发现，他们认为永恒的、完美的、坚固的事物竟然如此轻易地烟消云散。

这种震惊和伤痛难以言喻。后世的人们知道，这是黍离之悲、麦秀之痛，甚至会说"黍离麦秀寻常事"。但彼时彼地，正当华夏文明的少年，天下皆少年，他们无法理解、无法命名横逆而来的一切。在当时人的眼里，西周无疑是最完美的文明，是他们能够想象的人类共同生活的典范极则。伟大的文王、武王和周公在商朝狞厉残暴的神权统治的废墟上建立了上应天命的人的王国、礼乐的王国，以此在东亚大地上广大区域、众多部族中凝聚起文化和政治的认同，未来世世代代的中国人所珍视的一系列基本价值起于西周，我们对生活、对共同体、对天下秩序的基本理念来自于西周。而如此完美的西周转瞬间就被一群野蛮人践踏毁坏、席卷而去！是的，平王东迁，周王还在，天子还在，但是，都知道不一样了，东周不是西周，那个秩序井然的天下已经一去不返，这是永恒王国的崩塌、永恒秩序的失落。

此何人哉！此何仁哉！

西周就这么亡了。赫赫宗周，它的光被吹灭，这光曾普照广土众民。当时和后来的人们力图做出理解，按照他们所熟悉的西周观念，王朝的兴衰出于天命，那么，这天命就是取决于那无道的幽王、那妖邪的褒姒？他们是天命之因还是天命之果？如果有天命，而且天命至善无私，那么那野蛮的犬戎又是由何而来？

悠悠苍天，此何仁哉！

天意高难问。但中心如噎，站在地上的人不能不问。——"彼狡童兮，不与我好兮！"这悲叹的是人的错误，已铸成、可悔恨，它牢牢地停留在事件本身，因此也就宣告了事件的终结。但是，悠悠苍天，此何仁哉，这超越了事件，这是对天意、对人世之根基的追问和浩叹。

这是何等的不解不甘！正是在如此的声音中，西周的倾覆带来了当时的人们绝未想到的后果：它永不终结。它升华为精神，它成为被天地之无常所损毁的理想。不解和不甘有多么深广，复归的追求就有多么执着。在紧接而来的春秋时代、在前仆后继的漫长历史中、在孔子心中、在无数中国人心中，西周不是作为败亡的教训而存在，而是失落于过去、高悬于前方的黄金时代，是永恒复返的家园。直至今日，当我们描述我们的社会理想时，使用的依然是源于西周的词语："小康"—"大同"。

在《黍离》中，华夏文明第一次在超越的层面上把灾难、毁灭收入意识和情感。西周的猝然终结为青春期的华夏注入了前所未有的经验和信念，这是失家园、失乐园，是从理想王国中被集体放逐、集体流浪，华夏世界在无尽的伤痛中深刻地意识到天道无常,意识到最美和最好的事物是多么脆弱。在两千年后的那部《红楼梦》里,白茫茫一片大地真干净,这是人生的感叹,更是对文明与历史的感叹,一切终将消逝,正如冬天来临。但唯其如此,这伟大的文明,它随时准备着经历严冬。《黍离》这苍茫的咏叹标记出对此身与世界更为复杂、更为成熟强韧的意识,我们悲叹天道无常、人事虚妄,这悲叹是记忆,是回望,亦是向着黄金时代复归的不屈信念。

在此时,《黍离》的作者行走着,"行迈靡靡"、"行迈靡靡"、"行迈靡靡",他不知道,他会走很远很远,走进一代一代人的身体和心,摇摇、如醉、如噎……

10

那一年在陕西关中大地上走过的那位诗人,《黍离》的作者,他的年纪是多大呢?他必定经历了幽王统治时期的混乱动荡,他至少已经四十多岁,甚至五十岁、六十岁了。五十而知天命,以那时的平均寿命,他是一位老人,他的声音已进苍茫暮年——

> 支离东北风尘迹,漂泊西南天地间。
> 三峡楼台淹日月,五溪衣服共云山。
> 羯胡事主终无赖,词客哀时且未还。
> 庾信平生最萧瑟,暮年诗赋动江关。
>
> (杜甫·《咏怀古迹五首之一》)

一千五百多年后,公元766年,杜甫困顿于夔州,他同样经历着文明之浩劫,一切都在衰败沉沦。支离漂泊于东南西北、行迈靡靡于江畔山间的杜甫,平生萧瑟如庾信,亦如《黍离》的作者——杜甫或许不曾想过他走进了《黍离》作者所在的暮色苍茫的原野,他根本不必想,《黍离》的作者在山巅绝顶上等待着来者,正如庾信和杜甫是同一人,杜甫也必定是写出《黍离》的那个人。

此前九年,杜甫四十六岁,逃出叛军盘踞的长安,奔赴肃宗行在。当年闰八月,他回家探亲,路经玉华宫,昔为贞观胜境,如今已成废墟,"忧来藉草坐,浩歌泪盈把。冉冉征途间,谁是长年者。"——这无数人行迈靡靡的冉冉征途啊,有谁是那个一路走来的"长年者"?当然,没有谁。凯恩斯说:"从长远看,我们都已经死去。"人只能活在当下,经济政策应以当下的利害为权衡。这当然不能安慰杜甫,凯恩斯和杜甫说的是一件事,但意思南辕北辙。"谁是长年者"?人如此有限,真的能够有限地度过此生又是多么幸运,"愿为五陵轻薄儿,生于贞观开元时。斗鸡走犬过一世,天地兴亡两不知。"(王安石《凤凰山》)而现在,这有限的人竟然活了这么长,把沧海走成桑田,把宫观走成了丘墟,以有限的此生经受历史与自然的茫无际涯,此时此刻,这热泪这浩歌这孤独藉草而坐,是根本的意义危机、人之为人的危机,正如赫拉克利特所言:"我们走下又不走下同一条河,我们存在又不存在。"如果万物周流、无物常驻,那么,此何人哉、此何人哉,此时此刻的"我"有何意义?对此问题,古希腊人的答案是逻各斯,而在中国,在《黍离》的作者这里、在杜甫这里,却另有一条艰险的路。

暮年诗赋动江关,第二年,公元 767 年,杜甫五十六岁,九九重阳之日,赋诗《登高》:

> 风急天高猿啸哀,渚清沙白鸟飞回。
> 无边落木萧萧下,不尽长江滚滚来。
> 万里悲秋常作客,百年多病独登台。
> 艰难苦恨繁霜鬓,潦倒新停浊酒杯。

登上巅峰,与《黍离》劈面相认。天之高、地之大,无边落木,不尽长江,纵目望去,空阔、刚健、明澈、奔腾,然后,他的声音自高处、自天地间渐渐收回,收回到此身此心,万里悲秋、百年多病,最后,停在了满头白发、一杯浊酒。

何其雄浑高迈。但为什么，他的声音低下去、低下去，低到连一杯浊酒其实也是没有。

不可按诗句的时间顺序理解这首诗，《登高》是反时间的，是永恒是没有时间，悲秋、多病、艰难、潦倒，与动荡不息的天地并在，至高与至低并在。这是一个本体性的局面，是一个人在终点、在暮年，以水落石出的卑弱、以人的有限独对无限的悠悠苍天。

无穷无尽的回响中，《黍离》是本原。儒生们力图将它锚定在特定的历史事件之中，但它是不尽长江，当陈子昂登幽州台，《黍离》的声音在他心中回荡："前不见古人，后不见来者，念天地之悠悠，独怆然而泣下。"而当杜甫独自登高，《黍离》的作者就在他的身上，这诗必起于"彼"而结于"此"，必对于天而立于人。

"悠悠苍天，此何人哉"，于是有第三解。"此"可以是幽王可以是天，但也是诗人自我。悠悠苍天啊，这里站着的，只有我，这个历尽沧桑的我，这个心忧天下的我，这个老不死的依然站在这儿忍看这一切的我，这活在记忆之中、活在自己的内部、活在文明的浩劫、万民的苦难中，活在这生机勃勃、无知无识的大地之上的我，前不见古人后不见来者，站在此生尽头，苍老、孤弱而瘦硬。

只有这个"此"，才和浩浩荡荡反复展开的那个"彼"势均力敌、遥相呼应，彼是无情的天地，然后，天地间有这一个有心有情的"此"。"此何人哉"，在现代印刷文本中通常被标记成问号或叹号，这是现代强加之物，按照各自的意图实施对音调和语意的引导和封闭。"此何人哉"后边原本没有标点，"哉"本身就是在标记语气就是百感交集，就同时是问号叹号省略号波折号："此何人哉?！……——"这是质问是自问是悲叹是呼告是省思是激昂是低回，是对着悠悠苍天回望此身此心……

《黍离》的作者，他发明了、打开了、指引了华夏精神中最具根性的自我的内面：这里有一个"我"，有此生此世，是有限的、相对的，这个"我"终要面对的是那"不仁"的天地，是天地对人的绝对否定。对此，希伯来文明诉诸超验的上帝，而在公元前8世纪，《黍离》的作者，他在荒野上得自自我的觉悟是，天何言哉，天不会回答你不会拯救你，这里只有"我"，只有这个孑然孤弱之人，这才是静默的悠悠苍天下一个最终的肯定。对《黍离》的作者来说，他必须由此开始踏上"人"与"仁"的"冉冉征途"。

然后，有孔子、有杜甫，有中国人……

——我把这叫作暮年风格。这是中国诗学的巅峰。华夏文明在《黍离》的作者行经丰镐之野时独对天地，在灾难和丧乱中准备着少年、中年和暮年，准备着历尽沧桑、向死而生，准备迎接和创造自己的历史。

11

他说："知我者谓我心忧，不知我者谓我何求。"

两千五百年后，宝钗过生日，贾母做东，请了一班昆弋小戏。戏唱完了，见唱戏的孩子中一个小旦生得可爱，便有人说：这孩子像一个人呢。像谁？却又都含笑不说，偏是那湘云嘴快，宝玉连忙使眼色也没拦得住：像林妹妹！

就这么一件细事，黛玉不高兴了，湘云也不高兴了。宝二爷两边赔罪，反挨了两顿抢白。无事忙先生想想无趣，心灰意冷，忽记起前日所见庄子《南华经》上有"巧者劳而智者忧，无能者无所求，饱食而遨游，泛若不系之舟"，遂写下一偈：

> 你证我证，心证意证。
> 是无有证，斯可云证。
> 无可云证，是立足境。

这偈后来又被黛玉湘云等一通嘲笑，黛玉提笔续了一句："无立足境，是方干净。"

此时是《红楼梦》第二十二回，宝钗十五岁，宝玉十四岁，黛玉十三岁。一部《红楼梦》，离真干净的白茫茫大地、离黍离麦秀还远，正是良辰美景、姹紫嫣红开遍的春日。

"巧者劳智者忧，无能者无所求"——我母亲平日顺口溜一般挂在嘴边，少年时我一度以为此话的作者就是我妈，后来读了书，才知语出《红楼》，而《红楼》又来自《庄子·列御寇》。在庄子看来，劳与忧，皆为人生烦恼，烦恼之起，盖源于巧、智。巧或智必有所求，必要炫巧逞智，不被人叹羡的巧算什么巧，不表达不践行的智算什么智，于是巧者劳智者忧，人生烦恼几时休。对此，庄子和老子开出了药方：绝圣弃智，去巧智，蔽聪明，此身作"不系之舟"，随波逐流，应物无着，俗语所谓不占地方，宝玉参禅、黛玉续偈，最后一境便是无立足境，"无立足境，是方干净。"如此则吃饱了晃荡烦恼全消——至于活着还有什么意思那另说。

然后，由庄子、老子溯流而上，我们又看到了《黍离》的作者。

从"知我者谓我心忧，不知我者谓我何求"，到"巧者劳智者忧，无能者无所求"，"忧"与"求"并举，"何求"与"无所求"相对，清晰地标记出由《黍离》时代到庄子之世，华夏世界的人们省思人生的基本进路。《诗经》三百零五篇，不计通假字，用到"忧"字的三十五篇，分布于十五国风、大雅小雅，只有颂无"忧"。"乐"是个人的，也是公共的，所谓"钟鼓乐之"（《国风·周南·关雎》），"忧"却只是个人的，是内在的体验，《说文解字》说，忧者心动也，心动不动当然只有自知，所谓"我心忧伤"（《大雅·正月》《大雅·小弁》《大雅·小宛》），这忧伤必是人的自我倾诉。"一人向隅，满座为之不欢"，说的就是在群我之间，乐与忧的张力关系，乐可共享，忧必独弹。

三十五篇忧之诗，大致可分两类，一类三十四篇，皆为可知之"忧"，抒情主体自我倾诉、自我澄清，他和我们得以感知他的忧因何而起，动心之风由何而来。也就是说，这三十四种忧都可以在具体的、个别的经验和事件中得到解释和安放。

但是，还有另一类。此类只有一篇，就是《黍离》。《黍离》之忧，不知从何来，不知向何处去。当然，《毛诗》讲了故事、做了解释，但如前所述，这个故事是从外部赋予的，我信《毛诗》，但它的故事除不尽《黍离》，依然存有一个深奥的余数。前人读《黍离》，言其"专以描摹虚神见长"（方玉润《诗经原始》），说它"感慨无端，不露正意"（贺贻孙《诗触》），所谓"虚神""无端"，指的正是这个说不清道不明的余数。这个作者，他如此强烈地感知着他的心忧，但他不愿、甚至拒绝对这心忧做出澄清，"知我者谓我心忧"，知道我的人自会知道，但他在大地上跚跚，肯定不是在寻找知我者，有没有知我者他甚至并不在意，因为他马上以拒绝的语气说出了下一句"不知我者谓我何求"，然后，在这不知我，或者知我不知我随他去的世上，才接着有了再下一句："悠悠苍天，此何人哉。"

现在，重读一遍宝玉的偈语："你证我证，心证意证。"此为知我者；"是无有证，斯可云证"，定要人"知"，已是执迷；"无可云证，是立足境"，人生立足之境，就是无知我亦无不知我。至此，《黍离》的作者与宝玉、与庄子可谓同道，然后，最后一句，"无立足境，是方干净"，不系之舟，放下巧智忧劳，得自在随性，但《黍离》的作者，他在此处与老庄决然分道，在华夏精神的这个根本分野之处，他不是选择放下，而是怀此深忧，独自对天。

《黍离》之忧超越有限的生命和生活。这不是缘起缘灭之忧，是忧之本体。乐无本体，必是即时的、当下的，而本体之忧所对的是天地的否定，是广大的、恒常的，超出此身此生此世。说到底，我们都是要死的，唯其如此，人之为人，人从草木中、从自然的无情节律中自我超拔救度的奋斗正在于"生年不满百，长怀千岁忧"（《古诗十九首》），在于"心事浩茫连广宇"（鲁迅），在于将自己与广大的人世、文明的命运、永恒的价值联系起来的责任和承担。

如此之忧，摇摇、如醉、如噎，具有如此的深度和强度，它在根本上是孤独的，它面对自然和苍天，但它不能在自然和苍天那里得到任何支持和确认，它甚至难以在世俗生活和日常经验中得到响应。《古诗十九首》中，"生年不满百，常怀千岁忧"，下一句就是："昼短苦夜长，何不秉烛游"，这也正是"不知我者谓我何求"。从"已矣哉，国无人莫我知兮"（屈原《离骚》），到"忧来无方，人莫之知"（曹丕《善哉行》），这个诗人、这个忧者注定无依无靠。这不仅是外在的孤独，这本就是一种孤独的道德体验，一种必须自我确证的存在。由此，我们或许可以更深地理解那被无数人说了无数遍的话："先天下之忧而忧"，他必须、只能先于天下。"无立足境，是方干净"，而《黍离》的作者选择的不是无，是在无和否定中坚忍地确证有。

三千年前，这个走过大野的人，他走在孔子前边，是原初的儒者，他赋予这个文明一种根本精神，他不避、不惧无立足境，他就是要在无立足境中、在天地间立足。

悠悠苍天，此何人哉。

这个人不知道自己的声音意味着什么。他其实对在那一刻蓦然敞开的这个"人"也满怀疑虑和困惑。他就这样站在山巅绝顶，由山巅而下，无数诗人在无数条分岔小径上接近他，或者以逃离的方式向他致敬。

他是中国史上最伟大的诗人之一，以一首诗而成永恒正典。

（《十月》2020年第3期）

即使雪落满舱

塞壬

那天,我跟父亲驱车两百多公里去乡村祭拜一位亡故的老者。天空飘着细雪,如萤乱舞。我们把车停在村口的小广场边,一路走进村庄。父亲的头发、肩头沾着雪粒,他垮着脸,表情凝重。他是头一天意外得知死者已于半月前就过世的消息,所以我们来晚了,没有赶上葬礼(后来知道并没有葬礼)。我们来到一户破旧、低矮的红砖房前,房前墙根堆着两垛黑瓦,底下一层有干枯的苔印,仿佛长在那里很多年。屋旁的旱厕墙垛倒塌了,像是被长年累月的风雨侵蚀塌的。左侧的菜地撂荒已久,枯死的杂草,扔满乱石,几个空塑料袋嵌在杂草间被风灌满。冷风贴地吹过,挟裹着寒气,我环顾着村庄周遭林立的青砖小楼,墙体随处可见的电商广告,听到不远处传来一阵阵摩托车呜呜的鸣叫,几个稚童在小超市前追逐嬉闹。这村庄远在郊外,正值初雪,乡村的寂寥笼在一层厚重的灰色阴郁里,仿佛在酝酿一场更大的雪。而这间屋子俨然死去很久了,就像一座旧坟墓。完全没有人居住过的痕迹与气息。屋子的木门中间横着一把生锈的搭锁,父亲用手扣了扣搭锁,又把头探向门缝里,我也凑近伸长脖子往里看,一片漆黑,阒寂无声。一时间,我和父亲陷入了一种不可名状的无措里。我们在屋门口转着圈,看上去荒诞极了。

死者70岁,名叫李运强,30年前因参与抢劫杀人案判了死缓。5

年前被释放,一个人回到乡下老家,半个月前脑溢血突发身亡。他跟我父亲有过五个月的铁窗之情。在这5年里,父亲偶尔会独自一人看望他,与上一次他来到这里不足半年时间。我知道,死者的妻儿自从他入狱那天起就跟他断了关系,他们从未探监,直到死的时候都没有现身。听说尸体火化的钱是同族的几家分摊的,骨灰还摆在家里,至今没有下葬。

父亲突然剧烈地咳嗽起来,他躬下身去,身体在颤抖。我赶紧去搀他,他倔强地挣脱了我的手,一下站直了身子,然后说了句,我们回家吧。雪下得大了,他在前面越走越快,带着愤怒与悲伤,带着对荒凉人生的巨大虚无,他把渐行渐远的背影留给了我。我站在他身后,百感交集。祭拜未果,但此行本身也算是尽到了心意,我们原本可以拜访一下他邻近的族人,但父亲放弃了。他就这么粗暴地、自顾自地走了。他难过地说不出一句话。

我是惯于看着他的背影,站在他身后的那个人。作为父亲为数不多的朋友,这个人死了,没有亲人到场,骨灰没法入土。落得这样的下场,人们通常会说,这是杀人犯该有的报应。但这是一个可怕的报应。这个报应要比坐牢更可怕。从死缓到无期,从无期到有期25年,最终,死刑还是没有放过他。

……

那他岂不是万念俱灰地活过了这三十年?我忍不住问父亲。

不。在接受死缓的那一天,他就朝着生的方向做最大的努力,所以他的每一天,是怀着希望和光亮的。只是,这人世间太寒冷了,没有给他一丝机会。

两天之后,父亲轻度中风,一时下不了床。他几乎不说话。陪他从医院回来,父亲已康复得差不多了。我半个月的年假所剩无几,即将返回广东,他突然叫住我,我见他脸有未干的泪迹,他微微地想掩饰一下尴尬,然而却又用一种罕见的郑重语气说出,红,谢谢你,辛苦你了。

一时间,我意识到,父亲的这声谢并不是指这几天没日没夜的医院陪护,而是来自他内心深处三十年来对这一切的一切最终凝结成的一个

"谢"字。我怔住了,我知道这个字的分量。我们都有情感上的表达障碍,有些话从来都羞于出口,它太烫了,以至于会把我们稍稍地弹开一会。父亲一定知道它在我心里引起的风暴。我流下眼泪。

我给了父亲那样的机会。温暖与光。还有重生。

一

我时常在梦里听到一双钉了铁掌的靴子发出"噔噔噔"的声音,那声音由远及近,它伴着恐惧,压迫,一声逼近一声,最后踩进我的额头,踏破梦境。睁眼,手握成死死的拳头,心跳急促,而梦境清晰依旧,在它刚刚消逝的瞬间,留下一串渐次减弱的震颤使我眩晕。等到灵台清明,我还是要花很长一段时间费力地去绕开它。为的是遏止恶劣的情绪漶漫。无法诉说,没有人能从精神的内部来慰藉我,漫长压抑的童年,寂郁的少女时代,最终,我在阅读中找到了消解。我似乎很早就意识到,人可以依赖冥想活着,构建一个属于自己的世界,然后整个儿地缩在里面。我希望它能够阻挡门外热水瓶摔在地上炸碎的声音,暴烈的父亲,他的怒吼,母亲瑟缩着啜泣,年幼的弟弟,他扯着喉咙发出尖厉的哭号……全部,把它们挡在我的世界之外。在那样的年纪,我是如何练就了一副冷心肠的?一个人的自尊在长期对抗自我的脆弱时,内心就会结出一种类似盔甲的硬壳,看上去冷酷,麻木,不顾他人死活。这是我青春的叛逆。很多年之后,我再看那个时期的照片,很多张,我,撇着嘴角,空漠的眼从来不看镜头,鼻孔发出轻蔑的一哼,脸,厌倦着一切。我曾尝试用文字去面对它,或者说去面对尘封在内心角落的那个自己,可我疑心,一旦付诸文字,最后呈现出来的是另一个模样。很本能地,文字会朝着情绪化、自我辩解自我粉饰的方向。篡改,无非是遮蔽的另一种形式。然而,很长时间以来,我竟至发觉,即使是遮蔽,那也是真实的一部分。包括,即使我虚构的是另一个自己,那也是我心里希望的样子。

那双钉了铁掌的靴子是我父亲的,那是一双长筒牛皮靴。它的材质有天然的光泽与质感，锃亮、漆黑、沉默。摆放在那里，竟有轩昂的不凡气度，类似于某种男人的品格：伟岸的将军，不朽的战神，抑或心怀天下的英雄豪杰。那个时候，父亲跟那一代的年轻人一样，喜欢一个日本电影明星，他叫高仓健，那一代人，喜欢他，皆因那部叫《追捕》的电影。我想，父亲在穿上那双长筒靴的时候一定是有了杜丘的代入感，他时常穿着它，铁掌发出的声音让他萌生了凌驾他人的意志。父亲是一个身材矮小的人，刚及一米六零。矮，是他终生的忌讳，逆鳞，不让人碰。自卑与狂妄，不加掩饰。我相信父亲是一个痛苦的人。他仅穿三十七码的鞋子，然而那靴子最小却只有三十九码，明显大了，前面空出一截。在80年代中期，一双一百多块钱的靴子，父亲眼睛都不眨地买下了。他把长裤扎进长筒靴，那靴子竟没过了他的膝头，快要到达大腿的部位，远远看着，他的下半身，仿佛是从靴子开始的，看上去丑陋而怪异。父亲趾高气扬地穿上它就脱不下来了。那么多的日子，伴着他说着凶狠的话，变形的脸，目眦欲裂，他愤怒地、在屋子里来来回回地踱着步子，铁掌在水泥地发出的声音，那声音，于我，真像是一场噩梦——他打了母亲。我用双手捂住弟弟的眼睛，缩成一团。

　　我最后看到那双靴子是很多年后的事情，它被扔在废弃的阁楼里，跟一堆缺腿的桌椅、旧自行车、不再使用的缸和有裂纹的陶罐们待在一起。那靴子的脚脖子扭得面目全非，像两只畸形的老树根。左边的一只，鞋尖处斜昂着头，没法着地，右边的那只，右侧严重磨损，脚背处折痕太深，快要断了。它们都无法站立，铁掌已锈。这是一双备受摧残的靴子，它承载着父亲太多的乖张、暴戾和喜怒无常。我所能忆起的有关这双靴子的那些岁月，父亲折磨着我们所有的人。

　　这双靴子仿佛为我找到了一种述叙的调门。写作十五年，关于父亲，这个离我生命最近的人，我却迟迟落不下一个字。起先缘于家丑不可外扬，讳莫如深。毕竟父亲有牢狱的经历。而后，我却又始终没有准备好去面对那个时候的父亲和我自己。一想到，或者一梦到，我都是极力去绕开，拼命往里缩。长期以来，我以为这个往里缩的空间还很大。然而，30年过去了，人世沧桑，几遭起起落落，一生飘零异乡，最终也只落得浮生寄流年，虚掷了光阴。一切外在的，俗世的荣辱、毁誉，于我，皆已是风中之物。而今，我之所以去写它，除了一种佛性的释然之外，我还认为，不论是父亲还是我，在面对他入狱这个事件之时，皆不能以一个丑（即耻辱）字去定义。相反，40岁的父亲和16岁的我，在那个事件中认识了彼此，我们重新建立了一种人世间最宝贵的关系：父女。我最终没有抛弃父亲，我向他伸出了手，并抓紧了他。那件事不再是我们人生的污点和耻辱，而是一次重生的艰辛历程。我想起杜拉斯的《情人》，她写这个小说已进入生命的暮年，而这个她在十六岁就遇到的男人，是她终生难忘的情人，她为什么要挨到古稀之年去写这个让她终生难忘的人？之前，我对此很疑惑，然后现在懂了。她应该找到了一种合适的表达，赋予这个故事在她的生命中无可取代的光与不朽，要做到这一点，需要时空的距离，需要那种历尽世事沧桑之后仿佛又回到原点，重新对过往的打量，以及日日积累的情绪等待临界喷涌而出的那一刻。现在，这双靴子，这个破败而又衰老的实物，我在心里攥着它，眼前浮现出父亲中风初愈时的那张歪斜的脸，那张写满现世已然走到尽头的哀绝的脸。惶惶然，竟莫名想到"大限"二字，一阵心惊过后，泪腺犹如受了暴击一般，滂沱不止。

二

父亲是幼子，备受祖母溺爱。我们家世代农民，每一个人都是要下地耕种的，然而父亲吸血式读书，竟自读到高中，直到那个运动席卷全国时，他才辍的学。他背着一个网兜从城里回来，那兜里只装了一个铝饭盒、一个磕了瓷的搪瓷茶缸、一双旧解放鞋和几件换洗衣服。人皆纳罕：这个读书人从学堂回来，竟没有带回一本书。这到底是读了个什么书啊。父亲只是笑了笑。祖母满心欢喜：这小儿子算盘（珠算）打得好，十里八乡的人都赞，还能写一手漂亮的毛笔字，为他下的血本总算不亏。那个年代，在我们那里，看一个人是不是有文化，第一宗就看算盘打得怎么样；第二宗就是要看这毛笔字了。有这两样，你就有可能摆脱耕种的命运，去生产队当会计、当记工员，最不济，也能去民办小学做个教书先生。他小小身板，没有吃过一天苦，喜欢仰着脸说大话，性格偏激好斗，然而为人却大方爽快，村子里有人家穷急需要钱，父亲只要有，定会倾囊相赠，也不计较人家会不会还。有天姿不错的孩子，他从来不吝赐教，竭力劝说其家长一定要舍得下本钱让他读书。他性子好动，笑得很大声，一副天底下没有什么事能难倒他的屌样子。父亲所学，远远不止这两宗。他能写文章，文采不凡，擅于复杂的数学演算，记忆力惊人。他还有一副迷人的男中音嗓子，能把《草原之夜》这首歌唱得深沉低回，孤独苍凉。

就这么个小小的人，进了生产队当起小会计。指尖的算盘珠子扒得飞快，如同他迅速爬升的命运。第二年年末，因在公社的会议上有了一次惊艳的表现而受到领导的关注。我的父亲，19岁，从容不迫、胸有成竹地报出生产队两年来粮食、蔬菜、牲畜、工时、人力的所有数据，百分比，上升、下跌原因分析，他还补充了个人的相关建议。那种自信，那种踌躇满志，那种台下鸦雀无声的个人秀，父亲，在命运最初的高光时刻，一个牛犊子，尽管青涩，但终归也还是可爱的。紧接着，父亲就进了大队部当会计，做八个生产队的账。他彻底地摆脱了耕种的命运，成了吃公家饭的人。一路的顺风顺水，随后又做了大队队长，村支书，最后，他做到了乡镇建筑公司的总经理。二十年间，他从那个青涩的少年变成了一个傲慢、自负、冷酷而又喜怒无常的人。从我记事起，父亲像一个陌生人，这个陌生包括：他对我突如其来的热情。比如，周末他让单位司机去学校接我回家，引起同学围观；再比如，他时常塞给我厚厚的一沓钱，扔下一句"拿着"，就没有了别的言语。我跟父亲几乎没有交流。但我知道，他在关注我。他从来没有漏过关于我的所有重要日子，生日，升学考试，毕业典礼，他知道我在学校的所有荣誉，并与班主任有频繁接触。在一次家长会上，父亲竟然给我所有的任课老师都准备了礼物，会后，还高调地请老师去酒店吃饭、唱K。这些都令我反感，觉得他行事粗鄙，像一个小丑，让我蒙羞。在我的视线外，我能隐约感受到有父亲的身影。父亲对我的重视，我后面还会专门讲到一个事件。

可是，我却能从外面的言论中听到父亲。那是一种，看见我走来就会戛然而止的声音。残酷的是，我一字不落地听见了，像是被风吹落到地上的声音，人皆散尽，就等着我来捡起。那些话里有诅咒、嘲讽，更多的是看客的泄愤和谩骂。他们嘴里我父亲是一个不得好死的人，迟早要遭到报应，只是时候未到。我很小就是一个心事重重的人了。我听到了很多关于父亲的那些可怕的事：

建筑工地上有人从脚手架上掉下来摔死了，赔家属五千块钱私了。

所有的建筑项目从来没有招标，那个人垄断了。钢铁厂新区所有的厂房、围墙，包括公路，他想给谁做就给谁做。

听说他是乡镇领导一把手的钱袋子。

前几年新盖的教学楼，墙体都裂开了，垮了一边，至今没人管。连建学校都搞豆腐渣……

跟黑道的人搞在一起。听说打伤了外乡一个建筑队的头头，至今人还躺在医院。

然而有一宗八卦应该是真的。父亲在担任村支书的时候，有一次接待市领导，那是父亲第一次接待市级别的领导，所以他特地挑了一套灰格子西装，梳了一个锃亮的大背头，意气风发地带着村干部一行人候在村委会门口，一辆黑色的轿车开过来，里面下来四个人，一个领导模样的人，环顾了一下人群，然后他向父亲身边的书记员伸出了双手。那书记员戴着黑框眼镜，中山装，背着手，他身型挺拔，气质沉稳。人们这么形容我的父亲：他看上去，像一个小痞子。

只有我知道，这种事对我父亲的伤害是致命的。我甚至能想象得到，当时他那张变形的脸。我认为，他后来的种种狂妄，嚣张，都有一种表演的成分。那种扭曲，激发出的恶，往往是毁灭性的。

我后来翻看了父亲案件的所有卷宗，那些触目惊心、恐怖而又不可思议的事情远不是这些风言风语比得了的。然而那个时候，人们对我的态度非常微妙。直到父亲入狱，那种人情冷暖的露骨表现让我在一夜之间长大。无论我在外面听到了什么，我从来都没有向父亲求证过。我对父亲的无视、鄙薄皆与这些毫无关系。

我恨这个矮个子男人是因为他醉酒之后打我的母亲。直到我慢慢长大，敢用自己的身体去挡，父亲的拳脚落到我的身上时，他就倏地缩回去。我护住母亲，怒眼圆睁。与父亲凶狠地对视几秒后，他就委顿下去。

一家人坐在一个桌子上吃饭的日子很少，即使一年中有那么几回，我和弟弟端了饭碗回各自的房间。母亲一个人默默地陪着他，给他添饭，起先他们小声地争吵，继而父亲摔碗，摔椅子，最终他会摔门而去。父亲在家，总有一种奇怪的氛围笼罩着我们，他像一股特别刺耳的岔音，让我们不自在，令人窒息的压抑感。他在家从来不笑，他的脸有一股暴戾的力量，不知道什么时候发作。有时我们娘仨有说有笑的时候，父亲突然推门而入，空气在那一瞬间仿佛凝固了一般，我和弟弟心照不宣，一言不发，小心翼翼地各自散去。我们从来都没有喊过他爸。"爸"这个字太奇怪了，它需要一个人无条件承认对另一个人有一种先天的情感，我时常盯着这个字看，直盯得它被无限放大，大至虚无，最后陌生得我不认识了。

上初中起我就住校了，那种逃亡窃喜的心理仿佛是，一大片干净明媚的阳光照进来，照亮内心那些已经生病的角角落落。那个家太阴暗了，可怜的母亲，她像一个智者，她深信会有一个崭新的父亲回归。而我在那么长的时间里，认为母亲愚不可及。我读不懂她的爱与慈悲，多年后读到张爱玲的那句话：因为懂得，所以慈悲。瞬间脑海中，母亲这个人一下子对应到位。

父亲经常一个人坐在客厅的沙发上直到深夜。电视的蓝光映在他的脸上。门缝里，我偷偷地看着，他是一个怎样的人？我有时问自己，忽然就觉得面对这个问题有一种巨大的障碍，像一个黑洞，无从下手，他从来都没有在我和弟弟面前表现出温情，更多的是不满和暴躁，即使我们在学校有不错的表现，他只是不屑：跟我那会比，你们都差远了。很多年前，他的床头曾经有《静静的顿河》《悲惨世界》这样的小说，而现在则是金庸的《倚天屠龙记》。有一点，我是可以肯定的，父亲他懂得人性的美好，这世间的善与真，他都懂。只是他好像关闭了。

031

母亲的态度耐人寻味。对我父亲这个人,她从来没有一句恶语。她微笑着,仿佛掌握着绝对的真理,她似乎在等待着什么。即使是在父亲四面楚歌的日子,那些汹涌地唱衰他迟早要出大事的日子。父亲被带走的那一天,她像一个先知那样说道,这个时候被抓起来是最好的了,再晚些就反而不妙了。

跟所有人一样,我们都认为父亲被抓是迟早的事。

那个时候,小城突然刮起了跳舞风,城里,乡镇都开了许多家舞厅,一到晚上,整条街霓虹闪烁,迪斯科的舞曲响起。父亲彻夜不归,在舞厅包场子打牌赌钱,听人说,父亲在外面有了女人。我直接的反应是,这绝对是真的。虽然我没有跟他有真正的交流,但我了解父亲。一涉及到他的相关信息,我就能瞬间判断它的真伪,我深信,父亲太需要情人这东西来坐实他作为当地一个人物所该有的那种匹配。那女人,堂姐指给我看了,是乡政府旁边庆丰餐馆的老板娘,一笑就花枝乱颤的那种女人,她有丰满的臀部和华泽的胖膀子。我原本没想去招惹她。

弟弟突然发了高烧,我只得在深夜去舞厅寻父亲,让他派车把弟弟送进医院。穿过震耳欲聋的舞池,我被一个认识的小哥领着,径直来到那间包厢。踹开门,怒气冲冲地出现在父亲面前。烟雾缭绕的空间,灯光昏暗,几个人在炸金花,桌面下注的大额纸钞扔得狼藉一片。那女人蛇样攀缠在父亲身上。父亲抬头惊愕地看着我。

回家。我只扔出两个字,语气没有商量的余地。

这谁啊?那女人口吐烟圈。

我,我家姑娘。父亲显得有点惊慌失措。

啊哟,你是红吧。女人的脸微微一变,立马从我父亲身上站起来,上下打量我。

黄江,你给我马上回家。我直呼父亲名讳。

那女人拉扯我,说道,红啊,什么事这么急,你爸这不忙着吗?

一个响亮的耳光打在她的脸上。我龇着牙狠狠发出:你给我滚。

父亲一下子震住了。众人见情况不妙,把牌一推。父亲站起身突然大笑起来,他说了一句:果真虎父无犬女啊,不错。然后他把那女人扒拉到一边就往外走。

从那以后,父亲就跟这女人断了。我相信理由只有一个,他已经感受到快要失去我了。从那以后,父亲甚至一度罕见地对我赔着笑脸,我知道,在他心里我很重要。

三

我之前从来没有设想过父亲真入狱了我会作何反应。

那个时候我在市里读高中,住校。有一天傍晚,一个同学带话,说总机有我的一个电话。是我母亲打来的,她说父亲被破门而入的警察铐走了。母亲的声音很镇定,她只是告诉我这个消息,别的什么都没有说。放下电话,我真正感受到五雷轰顶,双脚灌铅。我的全部,整个的肉身,意志,我这个人的一个物理存在,全都化为一片虚无。生命仿佛停顿了一下。我才真正感受,父亲是一直融入我生命的那个人。他突然被生生拆走,我就裂开了。本是意料中的事,可当它真正降临的时候,依然是一个晴天霹雳。

原来恨,它倾注的也是一种热情,它炽烈的程度远在爱之上。或者说,它们本来就是同一种情感的两个面。

没有请假,我径自坐车回家。一路上,我回想父亲的过往,林林总总。恨意又占据我全部的身心:他活该。见到母亲之后,我大吃一惊,才几个小时的工夫,母亲憔悴得厉害,脸寡白,唇青紫,看见我,她有一点发抖。我赶紧上前扶住她。弟弟蜷缩在她的身边,像一只受到惊吓的小羊羔。我们娘仨拥成一团。这就是一个家没有父亲的样子,这就是一个家就要垮掉的样子。我第一次感觉到,父亲这么重要。现在,他生死未卜,失联,与我们隔着一个未知的世界。恐惧,像一口悬着的深井,时刻害怕有一个小小的石子扔进来打破死寂而荡起狂澜。

我和母亲一夜未睡着。稍稍平复之后,母亲告诉我,前几年一个算命先生跟她说,父亲需要历一次劫,脱胎换骨之后,他会重新回来的。我的母亲,除了自己的名字,她大字不识。在她的世界里,总有一种奇妙的说法去阐释自己的命运，而最终获得心理的圆满。此时，类似这样的话无疑是一种暗示，我愿意顺着这个意思去相信它。相信一个算命先生。长久的沉默之后，母亲又说，他只有九十几斤，这小身板可要受点罪了，他得多害怕啊。我心里一紧，连忙攥住她的手。我跟母亲说，如果父亲坐牢了，我们就等，等他回来。母亲嗯了一声，把头靠在我肩上。

那个一直害怕说出口的两个字：坐牢，就这样被我轻易说出了。16岁，我第一次感受到母亲与幼弟对我的依赖，那么重，那么悲凉。我必须要先说出它。我不能被击垮。

仿佛一下子云开雾散。最坏的结果都预料到了，我们稍稍不那么害怕。然而除了接受父亲要坐牢这个结果，我需要面对的是一个更可怕的事实：我是一个罪犯的女儿。像一千根钢针扎到身上，一万只蚂蚁啃咬骨肉。那些看我的目光，那些背着我的窃窃私语。想遁地，想隐身，可是这个世界太亮了，我像被剥光了衣服暴于众人的视野之下，无处躲藏。那些坊间的谣言和议论在耳边嘈杂一片，嗡嗡作响，怎么也甩不掉，甚至会追进梦中。他们的笑声刺进我心里：

被带走的时候，吓得两腿瘫软，尿裤子了。拖着走的。哈哈。

民警在他家院子里挖出来好几十万元。

听说在看守所被吊起来打，跪在地上磕头求饶。

至少判五年。

可怕的是，相比我的尊严和高傲，父亲的处境和命运竟然不是最大的困扰。相比接受"父亲坐牢"和"我是一个罪犯的女儿"这两个事实，后者更让我难以忍受。那些被照见的陌生的自我，那些黑暗的真实面目，此刻都凸显出它本来的样子。我不知道要如何穿越这内心的地狱而抵达澄明，无人可以诉说。

没有一个亲戚来家里安慰。这本是意料中的。我并非是那种小小年纪就有了一副看透世态的老成模样。三天过去了，实在是因为父亲那边没有一丝一毫的消息传出来，而谣言四起，我们的心都悬着，哪里有心思去计较人情的冷暖。然而，却有这么一个人撞进来。

一个挺促狭的场面。在村口街道菜市场，几个人见我走来纷纷散去，人群中有我堂婶，她假装没有看见我，想借机混在人群中溜掉。我的堂兄没少拿我父亲下面工程队的活去做，平日巴结我母亲如同亲娘一般。可我径直就站在堂婶面前了。

啊哟红啊，买菜呢。她讪讪地。我嗯了一声，说了一句婶娘好。我直视着她，那句"民警在他家院子里挖出好几十万"的屁话就是她说的。

那个，我昨儿去庙里烧香了，求菩萨保佑你爸平安呢。出这样的事，我也是挺同情你们家的……

我爸这个人最怕死了，一挨打什么都招，说不定，堂兄跟他有点不干净都会被供出来的，所以……

她的脸瞬间变了，那是一种恐惧。嘴里依然絮叨，骂骂咧咧，什么自己死就算了还拉侄儿做垫背，死矮子，活该遭报应，一边骂一边落荒而逃。我站在那里，满街的人来来往往，夹着嘈杂与风声，眼前仿佛都混沌起来，只有影子在晃动，最后只觉得人只剩下我一个了，大日头底下，阳光是冷的。她这样的人，我是不会去计较的。只是，我那么难过。

四

我只得返校。班长李伟超已经替我在老师那里请假了。一连几天，我成了一个魂不守舍的人。坐着出神，同学从后面轻轻地拍背能把我吓到惊慌失措。先前就打听到看守所的位置，坐几路车，我决定中午放学去探一探。

看守所很远，在郊区的一个山脚下，旁边有一个磁带厂，从学校过去要转一趟车。下了车，往里，是居民的棚户区，有一条长长的脏巷子直通磁带厂门口，往左，就是看守所大门，几棵高大的悬铃木在天空环拱相抱，落叶纷纷，地上打着卷的枯叶被风吹得不停翻滚。大门的岗亭有一个小小的窗口，十二月，天已经很凉了，一个红色的热水瓶正挡着窗口，里面有人走动，看不真切。我的父亲失踪一周了，他就关在我眼前的这个四面都是围墙的建筑里。

近在咫尺，我就这样离开吗？如果我此刻离开，那么我就会把同样的难题推给下一次。我不能等到下一次了，我必须正面接受父亲已被关进看守所这一事实。在过去十六年的生命里，耻辱、颜面扫地，难以启齿，举足不前的犹疑，同时又被一种力量驱使的压迫感，在那几分钟里，我全都感受到了。那是一秒接着另一秒的煎熬。

探出头来的是一个三十多岁的警员，锁着眉头，脸有愠色。他问我什么事，连问两遍，我说不出话，只是泪水涟涟地看着他。这光景，他大概也猜出大半，问我是什么人关在里面。我回答说是父亲。他拿出一张探视登记表，我依次填上日期、探访人、人物关系、家庭住址等相关信息。他拿着表，看了看我说，判决前是不能见面的。我小心翼翼地问他，能否转交给我父亲一百块钱。他说这个可以。我环顾了四周，说了句稍等，就跑开了。我一路小跑到附近的一家小卖部，买了两盒精装红塔山香烟送过来。啊，我只是衷心地拜托这个人能把钱如实转给我父亲，看在这两包香烟的诚意上，千万不要做出不好的事情来。千万。我流着眼泪。那人推了一推，在我的坚持下收了。他忽然松开眉头，吞吞吐吐地说，周日你来吧，带上两桶黄油漆过来，你或许能见到你父亲了。周日，也就是四天后，我就可以见到消失了十一天的父亲。

我轻盈得像一阵风，几乎是一路飘着回学校的。

母亲把鸡汤放进保温瓶让我带上，天冷了，换洗的秋衣秋裤，外套、毛衣，我都打包在一个大大的牛仔包里，准备了五百块钱。一大早，我跟母亲就坐车去市里买好油漆，然后叫上一辆电动三轮车，径直赶往看守所。一路上，我跟母亲都没有说话。十一天，家里没有父亲这个人十一天了。真要见面，我会说什么呢？我跟父亲向来是没有交流的，甚至是陌生的，这样的见面，我如何面对？还是那个脸有愠色的警察出来了，他首先就叫人过来把油漆抬走。我急切地望着他，等来的却是一句：今天见不了，要干活。铁青的脸，没有任何解释。我气得正要上前理论，被母亲拦住。那人从抽屉拿出一个牛皮信封说，这是你父亲给你写的信。我一把抢过,眼泪又出来了。那警察看我这个样子,顿时语气缓和了不少,许是对自己失信的补偿,当即许诺道,东西放这里吧,会转交的,不会丢失。

这是父亲写给我的第一封信。一封长长的信。

五

父亲显然是得知我去探过之后才给我写的信。信中详细地写了我出生的那一刻,1974年4月30日的深夜。那一天,他成了一个父亲。信的内容让我惊讶,只字未提案子,以及看守所的生活和他此刻的心情。写了四张纸,圆珠笔写的,力透纸背,仿佛是一笔一画刻上去的。我能感受到他要对我说的还有很多,只是眼下,我急切想要知道的相关信息,一个字也没有。信中没有提及母亲和弟弟,只是对我一个人说的。

这几乎是一封无用的信,没有暗示我们应该怎么做。太匪夷所思了。

我读到第二遍、第三遍才略略看懂其中滋味。在我出生之前,母亲掉了一胎。眼看着我一天天大了起来,就要落地,父亲应该是紧张和满怀期待的吧。他写到,那天晚上八点,母亲就开始阵痛,天已黑透,他急着去请接生婆,谁知村里的老接生婆病了,动不了。父亲要走十几里路去另一个村请一位经验丰富的接生婆,跟小舅两个人去的。"满天星繁,手电筒昏黄的光圈摇晃着脚下的路。"父亲竟写出这样的句子。他一路小跑,经过成片的稻田和几个小山岗,把小舅远远甩在身后。抄近路趟过一条河,那时正要入夏,河水还没有涨起来。入夜,水已经很凉了,他把鞋提在手上涉水过河。起先没过大腿,最深处齐腰,不到半小时就赶到了。父亲回忆这段往事,不吝笔墨,甚至提到赶到接生婆家时,喘作一团。我细细读着,忽然觉得身体里有一根肋骨被轻轻地牵动了一下,隐隐作痛,仿佛是唤醒了一种被封印的记忆。

母亲难产,我是脚先出来的,其间还有一只脚卡住了,折腾了很久。最终,我在半夜十一点四十分落了地,洪亮的啼哭沐着血浆被一双手托了出来,那是一团蠕动的活着的血肉。父亲说,那一刻他痛哭流涕。我特别注意到他用了"活着"这两个字,可以想见,产房外,他分分秒秒的煎熬,以及最后暴出泄洪般的痛哭。

在信的结尾,父亲让我送两套金庸的小说过来,说阅读能让他平静。

我承认这封信打动了我,但并非是这字里行间透着一股陌生的深情。而是,父女这种显性的关系,其诞生的过程有一种百转千回的私密性,它定义了我是一个人的女儿、他是一个人的父亲这一轨迹。这封信潜意识里似乎还藏有一种隐隐的恐惧,这个恐惧不是因为要面对坐牢的审判,而是,他害怕——彻底失去我。没错,是这个意思。十一天,父亲经历了什么,我一无所知,但从这封信来分析,他似乎并没有把会不会坐牢这件事看得那么重,或者说,父亲对自己的案子已有了判断。我极力地想读出弦外之音,然而还是一筹莫展。

一放学,我的脚就鬼使神差不听使唤,径直往看守所跑。来来回回好几趟,我依然没有见着父亲,但跟岗亭那愠着脸的警员混熟了。他拿到我送来的金庸小说,把书翻得哗哗响,还往下抖了抖,这是想看我有没有在书里夹带纸条。判决前,父亲跟我通信的内容全部都要过审,一旦涉及案情皆要扣留没收。终于得到一个确切的消息,本周日上午,父亲跟其他羁押的犯人一起去对面江北农场劳动,一大早从江边码头坐轮渡过去。那门卫还提醒了一句:你最好在七点半之前赶到码头哦。

我竟毫无察觉已缺了三个下午的课。

一夜没睡踏实,翻来覆去漏了风,被子是冷的。起床看着窗外,下雪了,纷纷扬扬,如诉如泣。天还未大亮,雪光把天地映成黛青色,路上有行人了,听得见有人咳嗽。我顾不上吃早餐,穿上厚厚的棉服,用围巾把头和脸包住,拿了把雨伞,匆匆往码头赶。

大雪如席,雪花像是有一双巨手往头顶的雨伞抛洒,扑扑作响。公汽到站还要步行二十分钟才能到码头,我已走得一身细汗。七点二十,我到了码头,江天一色,雪落在江面上,来不及化,形成一大片稠稠的絮垫子。江对面的散花洲隐在薄雾中,父亲要去那里的农场劳动。岸边泊着一排挖砂船，乌篷里，没有灯光，看不到人影。一艘掉了漆的蓝白色旧渡轮停在那里，它没有篷，是敞式的，两边扶手的漆全掉了，露出黑色的氧化铁，雪落满舱，它泊在风雪中飘摇，底下的水一荡一荡，它就一晃一晃。一个中年男人缩头缩脑地在船头完成匆忙的洗漱。一会儿，驾驶室的收音机打开了，我听见在播报早间新闻。

陆续有人往码头来，人们在大雪中边走边吃着手中热气腾腾的早餐。七点四十分，七八个警察持枪押着二十多个犯人往这边走，我远远看见了一个矮小的身影，跟跟跄跄。十八天未见，待到人群走到跟前，我大吃一惊。

父亲的头被剃成极短的板寸，仅比光头多一层发晕而已，他的脸发青，明显浮肿，眼睑处有鼓鼓的眼袋，眼神黯淡无神。穿着一套深蓝色囚服，行动迟缓，垂着无力的手，脚底仿佛有千斤重。我从未见过这样的父亲，他看上去苍老得像一截枯木，似乎已放弃了自己，麻木，任人宰割，灵魂已死。他被彻底击垮了。我不知道父亲是否如外面传言的那样挨过毒打。此刻，他俨然是一个真正的罪犯。一个只剩下皮囊的罪犯。

太可怕了，这是一个死去的父亲。我从未想到会是这样的结局。我还没有完全接受父亲入狱坐牢的事实，他就直接跳进了死亡的画面。太突然了，强烈的悲痛攫住我，我失声痛哭。突然间意识到，所有的，所有的这一切都不重要了。我的所谓尊严和面子，罪犯的女儿，这些都不重要了。此刻，我唯一需要的，是一个活着的父亲回来。

我想起了那封信，那封信如同溺水之人向水面伸出的一只手。我不能远远地看着人群从我身边走过，我径直追上去冲到他面前。可是，我从未叫过爸爸，叫不出口，这个字卡在喉管里，迟迟喊不出来，情急中我脱口而出——黄江。

父亲回过头来看见我了。他愣在那里一动不动。我们对视，天地万物静止无声，时间也瞬间停摆。我看见两行长泪从他眼眶中涌出，槁木般的面庞如同被唤醒了一般活了过来，他的瞳仁注入了一丝光亮。警察过来推搡他，他只得往前走，却又频频回头，拿袖口拭泪。我只得大声喊：黄江，加油，我们等你回来。

上船了，渡轮发出长长的呜呜。大雪纷飞，父亲看着岸上的我，他直直地站着，没有说一句话。我对他做着加油的手势。这艘破败的渡轮，多么像父亲此刻的命运，眨眼就驶进水中央了。中年，雪落满舱，风雨飘摇，尽显下半世的光景来。我已然坐在了那艘船上，去跟他共这相同的命运。我不能让父亲一个人面对这一切。如果这是人生的劫难，抑或是坠入修罗场，我愿意毫无保留地参与其中，我不能缺席这场盛大的炼狱，最终，我们会回归成宁静安详的良人。

我们彼此拯救。我放出的一个至关重要的信息：我们还在。父亲准确地收到了。

回到学校，班长把我拉在一边，他告诉我，你父亲入狱的事全年级的同学都知道了，如果有人在你面前说了什么不好的话，你可千万不要冲动做出过激的行为。于我，这原本是一个天大的禁忌，一碰就会炸毛的话题，我是一个多清高多要脸面的人啊。然而我竟释然了，我已然接受自己是一个罪犯的女儿。我笑着对班长说，放心吧，我不会的。我的同学，自始至终，高中三年，没有一个人在我面前提过这件事。连背后的窃窃私语也没有，即使是平日常有龃龉的赵晓静同学。仿佛什么都没有发生过。

六

律师告诉我，这个案子父亲是从犯，主要罪行是行贿、受贿及以权谋私，还有一宗是涉嫌不正当竞争，转包工程。我问他最终的结果会如何，他笑而不语。我忽然觉得法律太有意思了，默念着这几宗罪，只觉得陌生，完全没有切肤感。为什么法律认定的罪行跟我的不一样呢？父亲难道不是因为打了母亲、在外面找女人、聚众赌钱，唆使他人打架这样的事入狱的吗？他性格跋扈，专横，肆意践踏他人尊严，当众掴人耳光，为一点小事端人饭碗，没钓到鱼就毁人鱼塘，睚眦必报，跑到我学校做出的种种丢脸的暴发户行径……他应该是因为这些事入狱才对啊。

可是，律师跟我说的这几宗罪，我仔细比照了一下，觉得比我认知的那些琐碎要严重得多，光是字面上，那些就透着一股条款的威严感。

隐隐地担忧。

再见到父亲是开庭的时候了。将近年关，与上次匆匆一别已有两个月，我多次在看守所传递生活用品，也夹带给他鼓劲的纸条。他的头发长成直竖的硬茬桩，看上去精神了很多。因是从犯，所以庭审的内容是关乎另一个人的案子。审判庭很像一个舞台，背景是酒红色金丝绒垂幕，像是在演话剧，父亲一上台就看见我们了，即使只是淡淡一瞥。我跟母亲并排坐着，我紧紧地攥着她的手。她的手冰凉冰凉的。

面对每一项指控，父亲的供诉条理很清晰，陈述事情原委。他的语调平缓，气息从容。他没有丝毫辩解，大体是认罪的，只有两处金额上有出入。法官是一位女性，她的声音尖细，显得咄咄逼人，她两次打断父亲的陈词。但父亲在那两处表现得斩钉截铁，没有一丝妥协。他要求主犯当场对质，连说了三遍。主犯不在场，接下来要审另一个从犯，最终似乎也没有得出一个结果。

我不知道如果底下没有坐着我和母亲，父亲在台上的表现会不会有所不同。结束了，我们在门口等他出来，快要走到跟前的时候，父亲的头是低着的，他在我们面前站定，依然没有抬头，几秒钟后，我分明听见他清晰地说出：对不起。这三个字，我知道是说给母亲的。母亲的手开始抖起来，这是黄江第一次跟她说这样的话吧。他径直出了门，两个警察跟在他的身后，阳光像突然被掀开的帘子那样无蔽地洒在他身上，他的腰挺得很直，脚步稳健。都结束了。父亲看上去能坦然面对最终的结果。

等待判决书的日子是漫长的。然而家里的气氛似乎轻松了许多。我的母亲，在她的世界里，最终的解释是，她所受的业，终于得来了福报，她等到了那个属于她的良人。俗语的"浪子回头"皆可以由业报和果因来阐释。我看着她，三十八岁的母亲，她不识字，长着一张略带苦相的刮骨脸，寡白，几乎没有眉毛，但有一双清亮的大眼睛，微微往里抠，她看着你的时候，你会觉得整个世界都亏欠了她，我想，这也许是父亲对她不耐烦的原因。我忽然觉得她的世界很美好，有一种静穆的宗教感，一切的解释都是安慰与慈悲。我们安静地等待一个全新的父亲归来。

眺望星空，澄澈的夜，天空像倒悬的大海铺在屋顶。新年的礼炮响起了，这是父亲第一次不在家里过年。在祈祷的钟声里，我们不念过往，也不惧未来。

我又收到父亲写给我的一封信。鼓胀的信封里是厚厚的一沓，似有一万句话在等着我。

七

应该算是两封信。第一封，父亲为我展现了不为人知的过往。在他春风得意进了大队部当会计的第三年，就被暗示要求做假账。那个时候，他还是一个踌躇满志，充满理想的年轻人。清高、自负，眼高于顶，自然不屑做假。然后入党的事就此一拖再拖，他也由主会计变成一个小小的助理。喜欢的姑娘突然跟另一个人好了。父亲说，如果跌入谷底的人随时都有机会重新登上高处，而代价就是变成跟他们一样的人，时间一久，极少有人能够抗得住。而在外人看来，变成跟他们一样的人是你的本事，是你混得开。全世界的人都这么看，没有例外。最后，你发现，你对抗的不是那个让你做假的人，而是这庞大的致密的世俗道德价值体系。他写道，即使是像约翰·克里斯朵夫那样的人最终也放弃了反抗精神，变成了一个彻底的俗人。

这是一封很深刻的信。尽管我不认可他对这个世界的描述与定义。对于十六岁的我来说，父亲的真正意图像是在为自己辩白，然而更多的是，他想让我了解他这个人，他的人生是在什么地方开始拐的弯。我还感知到，父亲把我当成了一个可以真正倾诉的朋友。所涉之事如此私密，正如他所说，如果像一个异类那样活着，你就会被这个世界所抛弃。

他举了一个例子，祖母开始冷言冷语，觉得家里的希望因为他的不懂变通全都化成了泡影。终日唠叨不停,指着痛处戳,埋怨自己命苦,一生辛劳付之东流,闹着要喝药上吊。

也许我低估了亲人冷语的伤害程度。我读出在父亲辩白的语境里,有一种自我安慰的正当性。当他选择做假的那一天起,接踵而来的人生把他重新送到了高处。过了那一道坎,崩塌的世界在废墟中重建。父亲在信中写道,最后悔的事情是,他在高处的时候本可以终止这一切,调转当初射出的错误箭头,回归他最初的理想世界。然而,一切都已是深渊中了,无法回头。他类比道,就像岳不群(金庸小说《笑傲江湖》的大反派)贪恋辟邪剑谱,越走越远,永远也回不去了。

也许,让坐牢终止这一切,重新为人生洗牌,才是最好的安排了。父亲在信中还花了大量的笔墨写了自己的几桩功绩,那也仅仅只是强颜对我暗示:你父亲这个人并非一无是处。我莞尔一笑。信里,辩白是真的,然而忏悔也是真的。黄江,一切都不晚,你可以回归最初的那个少年,意气风发,纯净而美好地活着。

八

在此之前,我以为父亲之所以能振作起来是因为我们没有放弃他。我们彼此给了对方机会。在我读到这封信之前,我甚至以为,是我拯救了父亲。这封信中提到一个叫李运强的人,就是这个因抢劫杀人而判了死缓的人才是他人生中拨雾见月的重要人物。李运强与父亲年纪相仿,他们在看守所一起度过了五个月的时光。

父亲在信中讲到这个对"活着"充满渴求的人,那种震撼的力量让人不得不珍视拥有的生命本身。因为是死囚,犯人们要轮流看守他,以防他自虐、自残、自杀。就在这个时候,槁木死灰、行尸走肉般的父亲与这样一个人相遇了。

你睡吧,我才不会自残呢。我一定会在25年之后出狱去重新开始新的生活。父亲注视着这个人,从死缓到无期,再到有期25年,他说得如此轻描淡写,仿佛只是跨过一个小小的沟坎。要知道,这一轨迹需要付出巨大的努力，还要有坚定的信念，25年，时光的灰也会让人的心灵蒙尘，太漫长了，漫长到足以冲淡最执着的初心。这世上真的有饮冰十年难凉热血的人？父亲觉得这个人太独特了，他的精神世界独立于俗世之外，这正是他最欣赏的。在那样的地狱生涯里，他活得像一团火。于是主动提出由他一个人来看守他，每天晚上跟他讲两个小时的金庸小说，他反问父亲，为什么鸠摩智要在武功尽失、走火入魔的时候才去大彻大悟？他的问题很像自己的处境，但父亲给他的解释是，一切恶的极致都预示着善。这个解释太玄乎李运强听不懂，他作了这样一番理解：武功全没了，他也没法再作恶了吧，这个时候选择做一个好人不就洗白了过去的人生吗？父亲无奈地笑笑，但又承认他讲得其实很有道理。

读到这里，我会心一笑，你们在看守所的日子也没有外界传闻的那样不堪吧。我父亲这个人，至今没有一个朋友，他唯一的朋友居然是在看守所里结识的。正是这个朋友，让父亲走出了绝望。

他有专业的汽车修理技术，能画机械图纸，干活卖力，寻找一切机会立功减刑。父亲跟他讲了自己的案子，他不屑地说，就你犯的那点事，至于吓成这样？也许两个人的命运对比太强烈了，所以父亲开始珍视自己的人生和他身边的人？父亲知道李运强的心病是他妻儿自他入狱至判死缓，一年多时间从未来探视。

而我，在父亲进看守所的第七天就去探视了。父亲把这个消息分享给了李运强，所以才有了他写给我的第一封信，恰到好处地煽情，我果然被打动了。

在信的最后，父亲有一个请求，他希望我去看望李运强的家人，给他们带去他的消息。说他一定会回来的。

我按照信上的地址，一个人坐了四小时的车找到了郊外的那个村庄。

村口的一位少妇指着旁边的一块稻田跟我说，看那儿，李运强的老婆在田里干活呢。我提着几斤水果，连忙走到稻田边，看见一中年女人埋头整理田上的沟垄。已是正午，我又冷又饿。上前打招呼。

李婶婶好。李运强叔叔托我来看望你。

谁？那妇人猛地抬头。深深的抬头纹爬满她干瘦的额头。

李运强叔叔。

他死了。妇人丢下这句话继续着手上的活。

李叔叔让我来告诉……

我说了，他死了，别来烦我。你是谁啊，走开走开，别耽误我干活。她冲我瞪圆了眼睛，一幅极度厌烦的表情，然后她又对我摆了摆手示意我赶快滚，仿佛我是一个令人讨厌的臭虫似的。

我连李运强的家门都没能跨进。一路上，我想了很久，我恨过父亲，那么李运强的妻儿更恨这个杀人犯似乎是可以理解的。有一种说法是，对于某一种人，唯有死才能解救了那一家人。

我不能对此评判什么。我既不能低估曾经的李运强给家人造成灾难的程度，又不能因为父亲过度地褒扬他对重生的执着与热情。我只能遗憾。

在一次探视中，我把这事的经过与结果写成纸条传给了父亲。父亲没有任何回复，他一定非常难过。

九

判决书总算下来了，判一缓二。一个月后，父亲回来了。很多村民围观，父亲没有躲避任何人的目光，他微笑着，谦逊地与人打着招呼，得体，有礼，我知道，他已经跃过了一种心理的瓶颈，打通了精神上的任督二脉。他摊平了一切的过往，任踩任嘲，他只是微笑。

两年之后，父亲成了一名炉前工。

清早起床扫马路，给隔壁寡居的王奶奶家担满一缸水。长期坚持，从未间断。我们那个地方的人，从来就不会把一个人看死，人们笃信浪子回头的福报。偶有人挑衅，父亲只是沉默，不着一语。我听说他在外面被人当众掌掴了一次,那感觉就是,被掌掴的是我自己。所有的余毒,后遗症,都等着我们默默承受。那是一种慢火细细炙烤的煎熬。我不知道父亲是如何度过了那些个漫漫长夜。

一次父亲醉酒,他哭得悲伤欲绝,捶打胸口,泪流不止。我年幼的弟弟像只小猫那样无声无息向他怀里靠过去,父亲搂紧儿子战栗不已。我的弟弟从小惧怕父亲,从来都是战战兢兢的。父亲回来后,他乖得让人心痛。我赶紧伏下身抱住他们,都过去了,黄江,都过去了。我们重头来过。

李运强后来从看守所转去了监狱,父亲经常去看望他,直到他出狱。30年,我回想那个大雪纷飞的清晨,江面上的渡轮雪落满舱。我在那里见到了濒死的父亲。那一刻,很本能地,我需要的仅仅是一个活着的人。这是触底的生命线。没有经过最绝望的时刻,也许我根本不知道自己到底在意的是什么。30年,李运强没有等来他妻儿的回头,他抱憾而死。在他人悲壮而又凄凉的人生里,我和父亲照见了彼此,读懂了人生的珍贵。他常跟我说,其实在欧阳克死的时候,欧阳锋也死了,是杨过让他重新活了过来。啊,杨过,他是一个什么样的人间小天使呢?那些在我们的生命中,给予我们新的生机和希望的人,那些让我们战胜绝望、不再害怕黑夜与寒冷,活成了别人心中一枚银亮灯盏般的人,他们都是人间天使。即使看清了生活的全部真相,即使是一路的荆棘与荒凉,人生依然值得付出所有的热情与爱。

(《中国作家》2020年第10期)

遣悲怀

李修文

说及元稹之轻薄无行，世人早有定论，其人行状，颇似近人胡兰成：言辞里多拌蜂蜜，胸腔间就少了几块石头。一桩早已盖棺的定案是：年少时，在蒲州，元稹与双文姑娘欢好，留下艳诗数十，一进长安便口吐恶言，逢人便说那双文姑娘根本非人，实为妖孽，"大凡天之所命尤物也，不妖其身，必妖其人"，而后又百般抵赖，说他亲手写下的《莺莺传》绝不是自身遭遇之记叙，而是被他转述的同僚往事，只是无论如何也不能自圆其说。早在宋代，曾将《莺莺传》改编为商调《蝶恋花鼓子词》的赵令畤，抽丝剥茧之后，便一口咬定那张生即是元稹，元稹即是张生。到了近代，通过考据，又添两样铁证——鲁迅说："元稹以张生自寓，述其亲历之境。"陈寅恪也说："微之年十五以明经擢第，而其后复举制科者，乃改正其由明经出身之途径，正如其弃寒族之双文，而婚高门之韦氏。"

只是，以上所说，川西小镇上开小超市的老周全都不在乎。进入四月，川西一带终日阴雨不停，清明节隔日即到，老周备了好酒，再带上笔墨纸砚，淋着雨来旅馆里和我消磨半日之后，直说了来意：要我给他写副对联。却原来，此地的规矩是，清明时节，但凡家里三年之内办过丧事，门框上都要贴上白纸写的对联。说起这老周，可算是命大，两年前，他在城里的一个市场进货的时候，头上的顶棚突然掉落，将他砸晕了，其后，他在医院里昏迷了三个月。他的妻子，当初也是他的远房表妹，自打他昏迷，就半步不离地在医院守着他，可是，当他醒过来的时候，他的妻子，却因为心肌梗塞，已经去世半个月了。我早已知道，那妻子，自从跟着老周从老家云南来到川西，就没过上一天好日子，等到好不容易孩子大了，房子也盖下了，人却没了。如此，我便趁着酒意，给老周写下了一副对联，上联是：重过阊门万事非；下联是：何事同来不同归。老周不解何意，我便给他背起了一整首宋人贺铸的诗，《半死桐》：

　　重过阊门万事非，
　　何事同来不同归。
　　梧桐半死清霜后，
　　白头鸳鸯失伴飞。
　　原上草，露初晞，
　　旧栖新垄两依依。
　　空床卧听南窗雨，
　　谁复挑灯夜补衣。

　　酒意半天不肯消退，我便逐字开始给老周讲解起了这首诗，还没等我说两句，老周眼眶便红了，而我，酩酊之感却更加强烈，干脆跟他背起了更多的悼亡诗。不用说，首先便从潘安的句子开始："如彼翰林鸟，双栖一朝只，如彼游川鱼，比目中路析，春风缘隙来，晨霤承檐滴，寝息何时忘，沉忧日盈积。"之后是苏东坡之《江城子》："料得年年断肠处，明月夜，短松冈。"再是纳兰性德之《金缕曲》："重泉若有双鱼寄，好知他，年来苦乐，谁与相倚。"最后，压箱底的一般，但也是轻车熟路地，我从记忆里找出了那一组《遣悲怀》，其一其二背完，老周都还只是继续红着眼，等到第三首背完，哇的一声，老周大哭了起来——

闲坐悲君亦自悲,
百年都是几多时。
邓攸无子寻知命,
潘岳悼亡犹费词。
同穴窅冥何所望,
他生缘会更难期。
惟将终夜长开眼,
报答平生未展眉。

旅馆外的雨一直在下,老周也一直在哭,哭完了,他也做了决定,那副对联,他要我重写,就写这两句:惟将终夜长开眼,报答平生未展眉。他说,这两句写的不是别人,写的就是他:自从妻子死了之后,他就一通宵一通宵地合不上眼,而他的妻子,跟诗里写的也一样,活着的时候,被穷吓怕了,眉头就没松开过。如此,我便从了他的命,重新持笔,蘸了饱墨,给他写下了那两句诗。写好了,老周收好对联,原本打算出门,却突然向我打听,元稹是个什么样的人。趁着酒意,我将其轻薄无行说了一遍,甚至说起了苏东坡对元稹白居易的定论,所谓"元轻白俗"。但是,老周却说:他认识一个包工头,对谁都坏得很,每回干下的活计却是一等一的讲究;又说自己:妻子死了,他就等于是家破人亡了,所以没有哪一天,他的心口不像是有一把刀子在往里捅,他是真舍不得她啊。可是,昨天,在一笔小生意上,他还是给别人缺斤短两了;最后,他说:你说的这个叫元什么的,不管他是不是个东西,但他写的东西对我来说是好东西。我受的苦,都被他写出来了,写出了受苦人的苦,就好比是菩萨们念的经,我看他还是有面子的。这世上啊,人啊,最大的面子,就是你手里的活计。你看,哪怕他不是个东西,他写的东西还是给了他最大的面子,再坏的人,总有那么一点点好,对吧?还有,我看,写出过这么好的东西的人,这世上总会有人惦着他的一点点好,对吧?

——你是对的,老周,自你走后,我站在窗子前,打量着窗外茫茫烟雨中的一切，心底里倒是变得亮堂了起来：这些年，那些自小就烂熟于心却渐次遗忘的悼亡诗，为什么又一首首被我记得牢牢的了？无非是死亡迫近了我的生涯，在我死去的亲朋故旧中，既有与我把酒言欢的人，也有过与我心生嫌隙的人，而我，百无一用这么多年，能够拿出来当作祭品的，不过是那几首别人写下的微薄之诗。它们被我当作了坟茔、香烛和纸牛纸马，但愿泉下有知，那些远走的人，我只有这点薄奠，你们暂且收下。管你在人间是作了恶还是行了善，管你是张家的老二还是王家的老三，天地不仁，你们都受苦了。这些句子，就像菩萨们念的经，是慈悲的，它就像此刻窗外的春雨，既浇在好人的头顶，也浇在恶人的头顶。所以，收下它们吧，就像在世时，你们吞下的一蔬一饭，实在是，除了这些，我，我们，身无长物，也拿不出别的什么像样子的东西了。再说一遍，老周，你是对的。即使元稹死后，其一生至交白居易已经封作冯翊县侯，食邑千户，酒入了愁肠，故人入了梦，他也唯有将那白纸黑字当作元稹坟头的长明灯：

> 夜来携手梦同游，
> 晨起盈巾泪莫收。
> 漳浦老身三度病，
> 咸阳草树八回秋。
> 君埋泉下泥销骨，
> 我寄人间雪满头。
> 阿卫韩郎相次去，
> 夜台茫昧得知不？

此诗作完，相隔未久，白居易长逝，时为唐武宗会昌六年，消息传来，举朝震悼，一时挽诗如云。这位被清朝乾隆皇帝认作"实具经世之才"的诗人与干吏，恐怕自己也没想到，在悼念他的人中，痛切最深之人，是即将登上帝位的宣宗皇帝李忱。白居易死后八个月，宣宗皇帝仍还在作诗悼念他，其中有句："文章已满行人耳，一度思卿一怆然。"你看，到了此时，这悼亡诗，已不仅仅是字与词的奈何桥，而是真正变作了天地、经文和太初有道；三头六臂也好，王侯公卿也罢，它都容得下。事实上，写悼亡诗的皇帝绝非唐宣宗一人，只说那位敬慕白居易又写诗无数的大清乾隆皇帝，写出的好诗实在不算多，但是，却有一首世所公认的好诗，那便是写给孝贤皇后的悼亡诗。这首诗最难得的，是王气与金粉气俱消，所谓的风流雄主，此时也不过只是丈夫和父亲，"只有叮咛思圣母，更教顾复惜诸儿"，"可知此别非常别，漫道无逢会有逢"，一字字浅白如溪，真正是诗之王谢堂前，帝王化作燕子，飞入了百姓人家。更有宋徽宗赵佶，那个著名的亡国之君，赏灯时节，念及前一年故去的妃子，竟也一反往日矫揉，留下了一生中的名篇《醉落魄》：

> 无言哽咽，
> 看灯记得年时节。
> 行行指月行行说，
> 愿月常圆，
> 休要暂时缺。
> 今年华市灯罗列，
> 好灯争奈人心别。
> 人前不敢分明说，
> 不忍抬头，
> 羞见旧时月。

在北京，我曾经有过一位兄长，待我甚厚。每一回，只要我到了北京，他总要叫上相熟的三五好友，在昆仑饭店一楼的日餐厅里吃寿司、吃生鱼片，大抵都是不醉不归。喝多了之后，出得门去，在饭店门口的停车场里，这一堆牛鬼蛇神总要大喊大叫，抑或厮打或搂搂抱抱。然而，盛宴突然就散了。几年前，这位兄长死在了一场飞来横祸之中，自此，不管去了多少回北京，我都再没进过昆仑饭店。倏忽之间，几年光阴飞逝而过，这一天，在北京，有人临时约我去昆仑饭店签一个影视改编合同。也是穷疯了,我想都没想,立刻飞奔前往。一下午的虚与委蛇之后,合同签订了,对方请我下楼吃饭,没料到,恰恰是我过去数次踏足过的那家日餐厅。如此,整整一晚上,我都心猿意马,只好埋着头喝酒。对方不断问我何故如此寡言少语,可是,当我几度想要张口,赵佶的那句诗便似乎从酒杯里、从生鱼片边上缭绕的雾气里直起了身来,攫住了我:"人前不敢分明说,不忍抬头,羞见旧时月。"后来,我找了个理由,中途离席,跑到饭店外的停车场上去抽烟。没想到的是,站在身边与我一同抽烟的,竟然是从前的故交。我们的兄长在世时,在喊叫、厮打和搂抱的人中间,他总是最热闹的一个。跟我一样,他也在这家日餐厅里吃饭,也是吃到一半就再也坐不住了。此时相见,也唯有相顾无言,只好一边继续抽烟,一边对着高悬的明月发呆。

近似之境,鱼玄机遇见过,所以她说:"珠归龙窟知谁见,镜在鸾台话向谁。"顾贞观遇见过,所以他说:"依约竹声新月下,旧江山、一片鹃啼里。""郊寒岛瘦"里的孟郊也遇见过,所以他说:"山头明月夜增辉,增辉不照重泉下。"亡者已矣,可是,还在这世上栖身奔逃的人又该如何是好?就像一年中的二十四节气,年年立春,年年霜降,世上的人还要接着奔命,太阳底下无新事,无非是强颜欢笑,不过又似是而非,到头来,便纵是满腹含冤,更与何人说?那么,还是跟亡者说吧——那些沉睡的人们,你们仍然还在我们中间,因此,我们也要仍然置身在你们的中间。是啊,只要人间之苦不曾停止,那些悼亡的句子便不会停止,一如白居易,既然元稹的悼诗一写再写,他便要一读再读,直至后来,他甚至代替亡人作答:"谁知厚俸今无份,枉向秋风吹纸钱。"而后,也唯有再给元稹寄去满纸长叹:"人间此病治无药,唯有楞伽四卷经。"也为此故,世上之诗虽说多如水中蜉蝣,但还是悼亡诗最见人心,它毕竟不是人间厮混,人人都难免既欲火焚身又罔顾左右。就算字词猛烈一些,写诗之人所求的,也终究不是一场现世报。哪怕有现世报,那也不过是在坟头上栽下几丛青草,再蹲在坟头前抱紧了自己。

旁人不说,单说王安石,人人都道是"拗相公",殊不知,孤僻之人,往往用情至深,情至最深之处,孤僻便要再增长十分。二十六岁那年,王安石被朝廷任用为鄞县令,任上不过三年,至今宁波尚且存有不少以"荆公"命名的遗迹,其人政声,由此可见一斑。只不过,世人少知的是,在鄞县,王安石丢掉了他的女儿。这个在此地出生,颖悟绝人,最终却只长到一岁两个月的女儿,显然成了王安石在他的前半生之中所遭受的最深之痛。女儿下葬之日,他写下了墓志铭,虽说只有短短几行,却叫人忍不住去将心比心:"鄞女者,知鄞县事、临川王安石之女也。庆历七年四月壬戌,前日出而生;明年六月辛巳,后日入而死。壬午日出,葬崇法院之西北。吾女慧异甚,吾固疑其成之难也。噫!"女儿死后,没过多久,王安石奉调回京,此去山重水复,生父与亡女,断难再有相见之期,然而,凄凉的父亲,也只能够空对小小的坟茔和一轮明月留下只言片语:

> 行年三十已衰翁,
> 满眼忧伤只自攻。
> 今夜扁舟来诀汝,
> 死生从此各西东。

伤心人不独王安石一个。由宋代上溯至唐宪宗元和十四年,韩愈因表谏"迎佛骨"一事,激怒了君上,被贬作潮州刺史。在前往贬谪之地的路上,商州深山里一个叫作层峰驿的地方,他在京城便已染病的十二岁女儿终于撒手西去。时在天寒地冻,人却举目无亲,催促其早早赶路的朝廷公文倒是按时来了。到了此时,人是孤家寡人,身是有罪之身,真可谓呼天不灵求地不应。最后,他也只有将女儿草草安葬,再继续赶往那"鳄鱼大于船,牙眼怖杀侬"的荒蛮之地。过了一年,宪宗暴亡,穆宗即位,从天高地远之处召回了韩愈。回京路上,韩愈再过层峰驿,再睹亡女墓,漫山遍野里找来几枚果子放在墓前之时,他几乎哭晕了过去。到头来,一介穷儒,招不来天兵,盖不了地庙,终只能题诗于驿梁之上:

> 数条藤束木皮棺,
> 草殡荒山白骨寒。
> 惊恐入心身已病,
> 扶舁沿路众知难。
> 绕坟不暇号三匝,
> 设祭惟闻饭一盘。
> 致汝无辜由我罪,
> 百年惭痛泪阑干。

是啊,和王安石一样,和韩愈一样,我,我们,一个个的,在这世上流连,无非是强颜欢笑,不过又似是而非,到头来,便纵是满腹含冤,更与何人说?那么,还是继续跟亡者说吧——先说家常,一如南北朝沈约所言:"帘屏既毁撤,帷席更施张,游尘掩虚座,孤帐覆空床。"再说别后景物,一如明末清初王夫之所言:"一断藕丝无续处,寒风落叶洒新阡。"甚至说起自己的破罐子破摔,一如半生里写下十数首悼亡之作的纳兰性德所言:"醒也无聊,醉也无聊,梦也何曾到谢桥。"却原来,这悼亡诗不是别的,它先是无法投递的信:那些惊恐与恓惶,那些逆来顺受和自作自受,全都被我写下了,反正你也看不到;之后,它其实是一座大雄宝殿,夜路上吹了风,奔跑时受了凉,又或是背负着饥荒,挨了别人的耳光,都不要紧。总有一个幽冥之处早已被我当作了忍住哽咽的底气,总有一个口不能言的亡灵能够抱住我们的口不能言,直到生死连通,阴阳同在,词牌才算作了香炉,字句也化作了青烟。当真是,一旦落下悼亡之笔,你便有了一座秘密的大雄宝殿。话说从头,多年以后,恰巧也是在春雨潇潇的清明节之前,我又回到了川西小镇,却再也没有见到当初的老周。我听说,这些年,他一直想把日子过好,最终还是未能过好。最后,他关掉了超市,远走了他乡。虽说他当初和妻子一起辛苦盖下的房子还在,可是,镇子上的人都已经很久没有再见过他了。这一天,我淋着雨去了他的房子边,只见到房前屋后的荒草已经长到了半人多高,倒是我当初给他写下的《遣悲怀》里的句子,尽管早已模糊难辨,仔细看下来,仍然还能认出一个两个的字。突然,我想给老周再写一遍那两句诗,不管他在或不在,我都该写好了,重新再帮他张贴在门框上。于是,半刻也不曾停留,我便朝着卖白纸的店铺狂奔而去了。当我跑过一座满是映山红的坟头时,雨止住了,风起了,风吹得那些红彤彤的花全都像是在扑向我,又像是在跟我说话。我猜,那就是老周妻子的坟。

(《当代》2020年第3期)

行　云

周晓枫

1

人生在世，总要受到肉体的沉赘拖累；我们不断用食物和性，填补它天然的破绽。是啊，灵魂轻盈，难以拖动生命的自重起飞。好在，我们还有几种简易的操作方式——艺术创作，或者，仅仅是买一张航空公司的机票。

很多人不愿忍受候机或者长距离飞行。作为一个严重缺乏耐心的人，我在候机厅却从不焦躁。读书、闲逛，或者就是旁观人群，我都喜欢。

机场大概算是举架最高的人类建筑物之一。顶棚有硕大的支撑管架，通常由无数个角形的钢架结构相互焊接，体现出某种后工业时代的观念艺术。奇异的顶架一旦形成，就像是高空的闲置物，几乎看不到人类作业或活动的痕迹。我偶尔看到几个油漆工站在悬梁上工作，腰背挂了根安全绳，他们徐徐放下自己，就像笨拙的蜘蛛——体重悬垂一线，看起来非常危险。悬置半空，在任何时候都给人以极度的不安感——此后几个小时，我将悬空，只是我的安全带绑在腰腹，绑在座椅上，绑在毫无系挂的虚无里。

坐在候机厅里的每个人，都被严格筛检过，他们要比常情下的人群更安全。就像远离细菌的洁癖患者一样，他们没有凶器，没有武器，没有利器，没有过重的行李和罐装的液体。别无他物，乘客只身进入机舱，就像被金属大蜻蜓吞进腹腔的蚊蚋。之所以如此，因为发生在高空的任何过激情绪反应，佐以器物，可能产生毁灭性的陪葬。任何一个乘客，必须以安全性的面貌，才能开始充满不安全感的旅行。

事实上，我们很难克服对飞行的不适与不安。即使飞机几乎是世界上最为安全的交通工具，出事概率要比出门骑车被撞身亡的概率低多了。然而，统计学上的安全不能安慰我们；这种似乎有悖常识的常识，还要遭到我们潜在经验的排斥。机场化妆品门店里，站着促销的姑娘。她背着一对溅了些微渍迹的棉质翅膀，正商业性地扮演天使。我从来不能想象，有谁背负数公斤的翅膀，像复古油画中那样冉冉升起——我们尚且不能负担翅膀，何以负担飞行？然而，飞机航行，数十吨重的钢铁悬举着穿越云层，无论怎样目睹，无论怎样以空气力学原理加以解释，还是令人难以置信。

老式女鞋那样的机头，写着"禁止踩踏"警示字迹的翼板，起飞以后收进腹腔的滑轮，始终隐藏的引擎……这些奇形怪状的金属组装在一起，让簇拥的人群和沉重的行李悬浮在经受不住一滴雨水的半空。假设，一个原始部落的土著人目睹此景，会怎样膜拜并笃信神迹？近百米长、翼展几十米宽、载重达几百吨的钢铁，高高低低地起落……就这样，具体之物坐落于抽象之上，沉重之物飘浮于虚无之上。

我们总是惊异于航行场景的诡异，却忽视那些司空见惯的奇迹——想想吧，天空布满云团，仅仅一朵中等规模的积云，就相当于40头大象的体重。

2

航班晚点，乘客反复到柜台前咨询；得到的，总是礼貌、模糊而缺乏确切意义的答复。许多原因都可以导致航班延误，有时因为飞机晚到，有时因为航空管制，有时因为云层携带着正在形成的暴风雨。不过，无论你是为此沉默还是抱怨，也只能无所事事重新坐回冰冷的金属座椅，等待广播的通知；甚至滞留机场附近的酒店，等待启程。等吧，天上的事你什么也决定不了，只能原地等待，就像接受被动的命运。

相反，我喜欢候机的时光，因为偏爱旅行中的阅读，似乎那是喧杂中维持平衡的有效方式。我在家里反而无法静心。可能是忙碌穿梭的人群，带给我一种时间上的紧迫感。尤其是乘坐飞机或高铁，像坐在几节连堂课的椅子上，培养了一种被迫的专注。

我选择咖啡室里一个相对安静的角落，漫不经心地看书。耳畔，间歇响起的是高亢的广播，不间歇的是低噪的轰鸣。我始终听到一种极其轻微的塞擦音。是个女人的声音，很低，经过克制依然传递很远。咝咝咝的，像蛇信。持续而没有放缓频率。我环顾四周，并没有发现可疑者。头发花白的老年女性专心看她的养生手册，姿色平平又自认以气质取胜的女生看她的西班牙语，还有个中年女性，右边嘴角有个灰色的痣，睡着了。她们的嘴都闭着、抿着、被咬住下唇，没有谁开口。咝咝咝，咝咝。我的注意力已全部放在了这个微小而有效的噪音上，我抬起眼皮，再次巡查。两个男人，其中那个显然是南方口音的男子，戴眼镜，齿缝像松了的阀门那样一直危险地漏气。原来是他，咝咝咝，咝咝咝咝咝。

我边翻动书页，边啜饮咖啡，偶尔看一眼始终发音如吐蛇信的男子。我以为自己是注重公德的一个，其实，不。因为我翻看画报时，右手预先插入了下一个画页，然后我发现自己正按在一只斑块耀眼的蟒蛇身上。然后，我碰翻咖啡杯，膝盖附近炸开密集而瞬间的点状疼痛区。皮肤和桌椅，到处是黏着的糖分和混浊的棕色，看着有点恶心。我擦拭地板时，才发现翻开的书页上也是流淌的咖啡渍……巧合的是，杂志里有一页讲述咖啡的内容，那些文字和图片，被真正的咖啡浸泡并散发原初的味道。

小小的意外，像有什么魔咒正显现威力……我略感不安。但愿顺利起飞，有一次因为天气原因，目的地无法降落，我只能滞留在机场附楼的酒店里。飞机一次次起降，就像剃头推子从我的耳根往头顶上走。一遍又一遍，无休无止。我可不想重蹈覆辙了。

当广播里通知登机的时候，其他乘客如蒙大赦，我也慢慢腾腾地排在队尾。

3

"还有一位乘客尚未登机，请您稍等。"

播报消息的乘务长鼻音很重，介于感冒和撒娇之间的那么一种鼻音。我听到过类似的声音，曾把飞往"大理"误听为飞往"巴黎"。广播之后，乘务长沿着狭窄的过道向后排走动，沿途展现职业的笑容，发放着薄得像围巾的毯子和儿童枕形的靠垫。她的眼睛，大得像在脸上打了一对蝴蝶结，皮肤闪烁贝壳内壁那样细腻的光泽；走起路来，她有仪式感的优雅，像水母的慢芭蕾。只是丝袜颜色偏深，这让她拥有两条熟杏色、近于黄疸的腿。

伴随《茉莉花》的弦乐声，机舱里回响着一种低噪：高亢的议论和混沌的低语，夹杂着报纸的翻动声和包裹着毛毯的塑料袋被撕开的声音。

"还有一位乘客尚未登机，请您稍等。"这样的信息被重复了两次，但大家始终没见到这个被诟病的迟到者，而显示屏里已经开始播放航空安全须知。它详细告知和演示，在紧急状态下，你应该以何种姿势坐立或怎样跳入逃生滑梯。

空乘人员例行起飞前的安全检查：请系好安全带，打开遮光板，关闭手机或置于飞行模式。空姐们的表情礼貌而体恤，举止经过严格的分寸培训。印象中，她们总是穿着烘托身材曲线的妩媚制服，脖颈间围着印有航空公司标志的小丝巾，拖着尺寸整齐划一的箱子……这些提前登机的空乘人员，笑语盈盈地路过正饶有兴趣偷窥的乘客——不，事实上，她们并非总是如此光鲜。

她们面临时差，与家人的分离。她们有时需要面对无理的要求，协调复杂的关系，解决麻烦的乘客。这些人放置行李缓慢，长时间阻塞过道。他们如离弦之箭,踉跄着,扑上去,抢占刚刚空出来的临窗位置,并自得地向同伴炫耀自己的机敏。他们容易碰翻饮料,番茄汁顺着小桌板滴下,近乎黏稠的血液。他们的卫生习惯欠佳,把厕所弄得一片狼藉。这些天使样貌的空姐们,经常接触的,是托盘里吃剩的黄油、汤汁和果皮,是纸袋里的呕吐物,是盥洗室堵塞的水池和马桶。所有不愿意的事情,她们必须报之以持久的耐心,直至自己老去。

拥有美貌和笑容的空姐,之所以被誉为空中天使,是因为她们的确展示了天使之责。你以为天使的日常行为是什么呢?多数时候,她们保障我们的安全,她们提供让我们舒适的服务;然而,她们的劳动被我们美化;其实她们频繁处理的是种种不洁之物和不善之举,并始终原谅我们……之所以是天使,是因为,她们做到了人所不能。

我想起了自己的同学:罗。当初的少年,以英俊著称,高考之前被提前录取,将从事空乘服务行业。我们羡慕他能够逃避分数的审判,能够拥有见识和财富。我们同时也很清楚,由于不具有匹敌的美貌,我们不会拥有同等的机会。他翱翔的时候,我们注定只能仰望。

时隔多年,我在一趟国际航班巧遇正在值勤的罗。在同龄者中,他已经不做空中服务,改为随机飞行的安全员。年近半百的罗,每年飞行1000小时,750000公里,太多时间是在天空度过,他以自己的一生抵达一只鸟的生涯。

他是业余的占星高手,擅长推演命盘。我问他为什么西方的星座里,有陆地上的兽,诸如白羊狮子;有海洋里的水生物,诸如双鱼巨蟹……但为什么没有禽鸟?是否因为星座学出自神明的视角,是天上的视角,是飞鸟的视角,所以,因无法看见而忽略自己?这个在中国属相里肖鸡的中年人,被我问得一脸茫然,无以作答。

长年在干燥的高空环境里飞行,他的身材依然挺拔,但眼角已生出细枝般的皱纹。半生中的许多时间里,他都在远离地面一万米的高空频繁地体验气流的颠簸,体验身体的倾斜与失重。在空乘岗位服役多年,直到,肌肤慢慢呈现粗糙的褶皱。换下制服的他,样貌与混沌乘客之间的区别越来越小。

4

飞机缓慢地脱离接驳口，轰鸣巨大。

我透过飞机的舷窗，一个地勤人员推着一辆轮车离开——如同超市中常用的那种，只不过卸去了塑料筐，只剩铁架。停机坪，大概是这个世界上最不适合超市推车的地方，因为没有任何可供选择的物品，还不如沙漠或者丛林。我看到两个戴眼镜的地勤人员，制服上有着反射荧光的交叉条带，像个倒置着的大写字母 A，底端被宽白的腰带勒住。他们的挥手姿态，像招财猫那样机械，带了几分滑稽的生硬与可爱。

开始在跑道上滑行。我想象机长向前推动操纵杆，抬头的飞机挣脱重力跃升。尽管天空中悬置着那么多的头颅、心脏和生殖器，容易让人心慌意乱；然而起降基本不怎么用看外面，机长主要关注仪表板就行了；在浓重的云层里，乘客甚至看不见机翼——设备保障下的信心和技术，足以让飞机翱翔。高处的云层与黑夜里，有许多这样依靠盲飞的金属翅膀，它们之间有着至少二三百米的航线距离——所有信息，都被千万里之外的指挥塔掌握着。

我的安全带系得很紧，搭扣一侧，垂出很长一段尼龙绑带。可从行李盖的缝隙里，露出一个豆粒大小的玩具袖珍拳头——它攥得很紧。我的双肩背包是凯普林的，作为缀饰的品牌吉祥物是一只毛绒绒的黑猩猩，只有食指的高度。行李盖合上的时候，我没有注意，黑猩猩被卡住腕部，那只硬质的小手从盖子缝隙处露出来……像挣扎者在求救。人的臂短腿长，猩猩的臂长腿短——把四肢的长度做了对换。以人类的审美习惯，后者比例失调。我一直盯着那条棕黑色的斑块，直到在起飞造成的耳压和头脑缺氧中，我睡着了。

当安全解除灯亮起，"叮"的一声，我立即醒了。我站起来，第一件事就是打开行李舱盖。那只猩猩头朝下按在织物图案的旋涡里，像个溺水者，背部拱起，无力地垂下毛丛密集的双臂。我拯救了这只受难的动物，翻过身，让它拥有舒适的体位。这是强迫症患者的毛病，只有把这个猩猩玩偶放好，我才能安心；否则它作为某种不祥的暗示，干扰我的整个航程。

我翻看着航空杂志，里面有着人物采访、植物研究、公司宣传，以及房地产、保健品和书籍的推介。阅读的时候，我不自觉地眯起眼睛，似乎被纸页上的反射光晃到。无论眯不眯眼，字迹都同样带着可以克服的重影效果。我提示自己不必做无效之功，可过了一会儿，我发现自己的眼睑还是犯困般剩下一条快要合拢的细缝，似乎这样有助聚焦。

眼角里发现了那个手机光点，出自前几排C座的男性。四十岁左右的男子，从短袖T恤下面露出简陋的刺青。手背上一只歪歪扭扭、写实失败的蝎子扬起U型尾针；小臂上是个千篇一律的"忍"字，旁边的刀子图案呈45度上扬；袖子下露出的图案不全，但可以无误地判断出是船的侧帆……三个图案的共性是潦草而陈旧。我不知道，这个中年人再老一些，会不会尴尬于自己曾经的这种砺志、这种乏味而笨拙的张扬。

也许，他不会。因为起飞前，他持续通话，被反复提醒仍不愿关闭手机。途中，他数次打开万米之上的手机，偷偷窥视发出荧光的屏幕。他的微信里面，似乎有个焦渴而暴躁的妞儿不断在等待中催促，她黄豆大的头像让手机持续发出消息抵达的口哨声，像只求偶期的鸟。

当刺青男终于在公愤的压力下彻底关闭手机，他的邻座依然火冒三丈，调换到最后一排的座位上——似乎远离一些这个缺乏素质和教养的男人，就远离一些危险。

邻座的反应，让我想起对此行为同样深恶痛绝的表哥。表哥特别注重身体健康，从饮食到锻炼的生活习惯，他一丝不苟；对关乎死亡的安全事宜，他当然格外警觉。某次，表哥把气流的剧烈颠簸归咎于邻座的通讯，他出离愤怒。表哥以醉酒般的赤红脸，向乘客和乘务员抗议，几乎诉诸拳脚。数年后，勤于健身的表哥，却在水库游泳时，被冲锋汽艇撞上额头导致身亡；并且，始终没有找到肇事的交通工具和责任人。

飞机突然遭遇不稳定的震荡，颠簸，像船疾行水面，汽车驶过陡峭的路面。正在行走的乘客，扑倒在临近的椅背上。遭遇不稳定气流，安全指示灯亮了……系紧安全带，简易的搭扣比你坚强的意志和有力的四肢更能提供保护；收起小桌板，否则，它能产生斧刃般的杀伤力。机舱里到处是灰色的塑料材质，像是昆虫的几丁质——坚固背后，是不堪一击的脆弱。起飞、降落、遭遇气流，都能感觉到塑料隔板细微或明显的抖动。在威胁性的条件下，什么所谓的硬壳都可能被瞬间击碎，无论虫体还是金属的庞然大物。

又一阵剧烈颠簸，伴随突然加大的噪音，仿佛在视觉想象里，即将坠落的、超低飞行的机翼正滑擦建筑物上方的空气。我的邻座发出几声短促而失控的惊叫，她被吓坏了。通常情况下，我不与邻座交谈，大概只有在飞机上存在这样的人际关系：我们生死与共，又形同陌路。

这是一位略显苍老的中年女性，打工多年，在流水线上为助听器安装微小的零件。这是耗费眼力的劳作，她说自己看近处还可以，远处看不见。她把候机坪上的草地当成水池，她问我地上的飘带是什么——原来不是公路，是河流。当我发现，竟然是那条著名的河，不禁伤感，因为它现在勉强蜿蜒，只是一腔灌进神话里的污泥浊水。这样的河，有着泥土的质感，那种落叶色让我感觉沿途的村庄凋败了，城市也生锈了。

我的邻座是第一次坐飞机，是孝顺的女儿给买的机票。刚登机时，她很焦灼，问我飞机上是否确有厕所。在得知厕所位置和相关事项之后，她依然比其他乘客更频繁地扭动脖子，观察四周。我知道，这是不安的表现。她看机翼，看安全须知，看不锈钢推车上的餐食。她的身体不由自主地前倾，或者向后扭动，乘务员还没有走到相应位置，她就要求饮料——一旦确认，飞机上的水和饭都不要钱，她渴得刻不容缓。她焦灼地等待着被服务，生怕错过……她怕辜负女儿的每一分好意。这是含辛茹苦供养出的女儿给予她的回报，我感动的是，她女儿自己甚至舍不得买一张机票。没想到，航程中频繁颠簸，对这位原本好奇与骄傲的母亲来说，人生最奢侈的享受，竟变成严重的恐吓。当她忍不住惊叫，我握住她的手臂想缓解她的紧张；她反过来抓住我的手，用的力气很大。飞行累积的经验，教养带来的害羞，给邻座示范性的善意和虚荣，这些让我故作镇静。

5

我遇到过不太受欢迎的乘机者。

有人要求换到空间略为宽敞的安全通道,即使被婉拒,他们还是不依不饶地要求乘务员去协调解决。我见过许多起飞后立即开始涂敷面膜的女人,她们陶醉于自己的美貌,无视他人的尴尬和儿童的惊恐。我听到过戴了耳机的老者跟随着旦角唱段,声线变调,一直荒腔走板"啊——啊——啊"地唱,远比难堪的呻吟更让人难堪。有个女孩因为被叫醒吃午餐,半程不间断地怒目于她的新郎,摘下的眼罩就像给脖子戴了个胸罩,让我猜测她在即将的婚姻里是否幽恨悬生。还有那些一旦进入机舱就编程般开始哭泣的孩子,他们撕心裂肺地哭,有时中间停顿了一下,像是被塑料卡扣噎住了,接着声嘶力竭……无论母亲如何用尽所能去安慰,热衷哭泣的小孩依然持续而嚣张地哭满全程。

我遇到生活艰难的人……那个紧紧抱住旧鞋的男人。

办理托运行李的时候,我就看到这个中年男子,戴着尺寸局促的一顶红色旅游帽,肤色是那种坏木头的黑黄色,脸上却有煤炱似的一层油。他和两个同伴在一起,紧张得有点跌跌撞撞。他们口音浓重,衣着寒促,在大批前往毛里求斯的度假者队伍中格外显眼。有件拒载的行李被从履带上拖拽下来,尺寸超标,何况一侧拉链已有开裂迹象。他是这件行李的主人,来不及找个相对安静的区域,他迫不及待地打开箱盖,因为需要把所有物品分散到同伴的箱子里。与游客多携带用于应对拍照和气候变化的衣物不同,箱子剖开,里面存放最多的,是烟。至少十几条整烟,大包洗衣粉,数卷卫生纸,少量衣服,还有几双鞋。这些廉价的鞋子没有任何包裹,没有用鞋带或其他带子绑缚在一起,原本塞在箱子各处,现在被随手扔出来,七七八八地摊了一地,双胞胎的一对鞋子也兵分两路。行李主人把杂物一股脑儿塞进同伴同样粗糙的行李和手提袋中,因为哀求无效,他必须放弃这个没有轱辘、尺寸过大的开裂箱子。他像是赤手空拳前往,体力是他仅剩的财富。在度假胜地,在陌生的语言和面孔中间,他靠出卖体力谋生。三个同行者都是第一次出国、第一次坐飞机,时空的恐惧将相继到来。给我留下深刻印象的,是这个男人不舍地扔下他破旧的行李箱,弯腰躬腿,抱起没有地方搁的三只旧鞋,上了飞机。

我遇到过整个家族都和飞机有关的同座。作为中国第一代试飞员,他的爷爷曾经试飞过歼5,并受到领导人的接见。他的爸爸同样从事与航空相关的工作。他自己的理想也是成为飞行员,但考入标准非常困难,身高、体重、视力、血压这些自是不必说,还有臂展和韧带等多重细部的考量。他遗憾自己未能如愿,并久久不能释怀,后来他终于在美国考取飞行驾照。美国在小型商务机的服务方面非常到位,如果在那里加油就不收取停机费用。他的自驾游与众不同,他租用飞机自驾——他说这种小型飞机通常最远航程为700公里到800公里,机翼是采用整块碳纤维板制造。他停落飞机之后,后续自驾的,才是汽车的方向盘。

我还有过一次美好的奇遇。

2019年11月底,我在西宁飞往合肥的航班上,感受到奇异的护佑。散客只有零星几个,机舱里都是喇嘛,他们的袈裟形成一片连绵而凝重的绛红色,间着偶尔的明黄。喇嘛多数并非光头,贴着头皮的短短黑发,只有隔夜胡茬那样的长度。已是凛冬,气温很低,他们依然从披巾下裸露着半个臂膀……就像从尘间向彼岸普渡的有力桨板,正在较力于俗世的寒凉。难得地,我能够在飞机上入睡,度过了一个暖意的午后。

6

其实,以我的偏见,任何人在飞机上,无论平稳还是颠簸,恐怕都至少一次想过。是的,在他所能抵达的最高处,想到那个最重的字:"死"——人生没有比它更重的动词。翻开汉语字典,每个发音下都汇聚着若干字形;然而,"死",一个字占据一个音,在这个发音的条目下只有唯一的它,没有其他字与之匹配。连看似对称的"生",都做不到单字单音。

死于万米之下和死于万米之上的,是不一样的。远离土地,人立即体会到植物离根般的濒死感。座位下方的救生衣,是为水上迫降准备的——只是降落,才谈得到救援。乘客在空中,只是龙卷风中的一粒尘埃,除了命运之神,没有其他可能的施救者。

飞行之死,不仅绝对,而且综合。不仅死于缺氧、寒冷,也可能死于燃烧或溺水,死于物理般的撕裂或化学般的融解,死于高空的坠亡,死于漫延过来的毒,死于一种把人顷刻间化为液体的温度……飞机变成尺寸最大的一种凶器,它可以让人一死再死。

这就是理性与感性的区别。常识告诉我们飞机是最安全的,心理上我们依然觉得飞机是最令人恐慌的。与水上的船舶和陆地上的车辆相比,飞行是最后被发明的交通工具;无论它出现得多么日常,我们也难以克服潜在的畏惧——因为作为人类,在河流与海洋,在大地与山峰上,我们或许能有一线生机;唯有在空无一物的空中,我们无法幸存。天上收留羽毛和金属,不收留我们;每当进入高空,我们很容易产生濒死之感。

我曾在高空目睹濒死。

那次刚起飞不久,机身还保持陡峭的倾斜,忽然,一个乘客解开安全带,来到商务舱和经济舱衔接处的隔板后面,直接在三个乘客脚下躺倒下来。他脸色蜡黄,嘴唇灰紫,只嗫嚅"我不舒服"几个字,就紧闭双眼。无论周围怎么呼唤,他都不再应答,似乎丧失了意识。

登机之前,我脑子里编织过小说情节:设想一个血压异常的乘客——疲惫使然,因为他一连数日心力交瘁。但谁也不知道,因何如此。我设想,这是一个酝酿危险的男人,为了让孤独的自己死起来不那么孤独,他选择在航班上同归于尽。水果刀、液压罐和打火机都被没收,但他有火石和绒棉,他穿的衣服会在最短时间内燃起大火。计划周密,但他倒下在猝发的心血管疾病中……目睹这位男性倒在近在咫尺的距离,让我吓了一跳,甚至有点愧悔,好像自己的想象突然具有某种诅咒能力。

乘客中的医务人员施救,他绷直双臂,持续按压患者的胸骨,使之出现明显下陷。机舱里窃窃私语，夹杂着奇异的安静。据说，朋友闲聊之间的突然停顿是因为有天使飞过——那么这种议论的停顿，是死神的一次窥视吗？

大地辽阔，足够盛得下连绵不断的生生死死；机舱这么小的区域，一次的生死都太重，需要众人分担。甚至不止生死，疾病都是。几次世界范围的传染疫情，扩散的源头，指向同一航班上的乘客——因为，他们在漫长时间和促狭空间里，你呼我吸，共享空气。一个男人再好色，面对严重感冒的邻座美女，都难以感到诱惑。喷嚏连连，细小的珠沫飞溅，像蒲公英形状散开的细菌雾团就这样奔行而扩散的……这是他们之间唯一可能的亲近。真讨厌啊，他将厌恶来自于她的所有化学作用。密闭环境里，疾病是要共享的；即使是死，连这样的个体之事，也要在整个机舱里传递，每个人都要分担它所带来的恐慌。

从我的角度，能看到躺倒的乘客眉间距和肩膀都很宽。他正值壮年，而此时对自己的头脑和四肢失去所有支配能力——仰头抬颔，他的气道已被打开，但里面并没有呼吸。我因为自己构思上的情节巧合，产生一种隐秘的罪感。我转过头，看舷窗外。经过调色玻璃的滤光，机翼反射的太阳变得可以直视，混杂着浅蓝的白色光斑沿着机翼滑动……我感觉自己像个阴谋家或凶手，隐藏在面目模糊的乘客中间。持续紧张，让我的手心出了微汗。我目睹医生持续按压患者的胸骨，感觉自己的命运也徘徊，悬而未决。

当心脏复苏的患者重新在地板上坐起来，我如释重负。医生不仅拯救他，使那不再是一张不经告别就离世的脸；医生也拯救了我，使我不再拥有一双不经动作就意念杀人的手。

7

空气中始终伴随扰流的低噪，但进入平流层以后，飞行非常稳定。转危为安，死神的猛狮放过了我们这群颤抖的羚羊，我们又可以安享一餐。

空中小姐小心推动不锈钢餐车，提示并躲避从椅侧伸出的参差的腿脚。她们保持着略高于体温的微笑，但餐盒里的色拉冰凉，散发着冷藏室的霜气；冷的芹菜、冷的胡萝卜和冷的煮花生……色泽鲜艳有些生硬，几乎带了塑料的失真感。装在半软半硬的塑料盒里，六七厘米的宽窄，看似方形，仔细是矩形。我一脸迷惑，因为我用那把短茎的勺，数次都无法舀起盒底的那粒浅茄色的花生。眼花的我没有分清，那是自己托在盒底的一小节青瘀色的拇指。

　　难怪有人讨厌飞机餐，宁可饿着自己也不碰。我爱吃甜品，除了讨厌其中的司康饼和马卡龙，一般都可接受，可飞机上的海绵蛋糕，不像蛋糕而更像海绵——如同嚼着一块从洗碗海绵上剜下来的什么东西。不过，这也都是我把自己惯出来的毛病。想起我那个热爱美食的朋友，曾经一顿饭都不对付，仅仅因为餐食的原因必以商务舱出行。他不喜欢造型简陋的不锈钢里倒出咖啡，必须听到茶勺在咖啡杯里搅动的声音。夜航之中，射灯在光洁的餐盘上形成一小片发光的区域，精巧的小罐里装着闪光的盐粒和哑光的胡椒粉……他戴着耳机，边听歌剧，边颇具仪式感地享用高空中的晚餐。他不能容忍得太多，有时包括一个男孩重复按动圆珠笔的弹簧笔盖，或一个中年女性去洗手间时从眼前移动开的装在起了毛球的针织裤里比例失当的臀部。他曾是我认识得最具品味也是最矫情的人，像只完美主义的警犬随时嗅查可疑之物。后来他生意失利，一落千丈；女儿患病，医治费用高昂，他的处境沦落到困窘的地步。从此他再也没有抱怨，出差乘机时，他把长腿折叠在经济舱狭窄的椅距里；即使剩下半个海螺形状的可颂面包，他也要当作第二天的早餐带走。他的责任和温情，对我来说颇为触动。所以，我需要提示自己，别把矫情当作品味，应当珍惜平凡日子里的一饭一蔬。

　　机舱温度偏低，一个冷得抖颤的姑娘，穿着长款薄T恤，她光脚缩在座位里，抱膝，试图用T恤下端包裹那十根可怜的脚趾——脚上的指甲油已褪去一半，留一半散发旧珠宝的光。发来的餐盒舍不得吃——就那么点热量，她把它放在自己毛孔瑟缩的双腿上。不是用热水，而是用牛肉面条或鸭肉米饭作为填充物的简易热水袋，发出衰微的热力。登机时，我眼看她迅速喝下一杯摩卡星冰乐。看到被她移至脚面的餐盒，想起星冰乐上堆积着厚厚一层刮胡泡式的奶油，我感到一阵隐约的恶心。我拆开分发的小塑料袋，发现所谓什锦果仁，其实只有两种：光裸的花生和外皮起皱的扁桃仁。我谨慎地看了看油脂丰富的果仁，犹豫两秒之后，开始有力的咀嚼。

人类这种不会飞的动物，竟然可以一边飞翔、一边进食——同时完成两个动作，许多有翅膀的鸟都做不到。只不过，进餐要格外注意，控制动作的幅度。乳白或透明的一次性叉勺，脆弱得就像儿童玩具，在狭窄桌板上运用时，非常容易和空气一样轻、吹口气就能掉落的杯子发出碰撞，导致什么翻倒，溅出饮料或酱汁。所以，乘客就像操作手术刀那样小心切划。我也同样，我的肘臂贴紧自己的两胁，格外小心。我的动作协调性一贯很差，总是顾此失彼。我即使看本书，也容易掉落手边的圆珠笔。不仅是笔。书本、直尺、花镜、登机牌……每隔一段时间，就有什么掉下去，滚落到我以极其难受的姿势也难以够取的角落里。我一边羞愧地向邻座道歉，一边解开安全带，伸长胳膊向前方座椅下面试探，有时还会被显示屏的边框夹住头发，并扯下长短不齐的三两根。所以，进餐时间对于我来说，就像一场小型的军训，我的身体随时感受到戒律的存在和约束。即使只是咀嚼几粒花生，我好像对自己的口腔也加强了控制。

从飞机舷窗望去，云团播撒得非常均匀，就像烘焙车间里托盘上间隔排布、膨化起来的糕点，中间还有些散落的卜面。对教徒来说，神给予五谷、新酒和油……那么从逻辑上讲，是否意味着，天堂里的人都是素食者？否则他们会吃谁的血肉？也许地狱的炼火，是因为厨师烹饪所需。经过尘世挣扎，据说只有经过严格审验的人才能进入天堂，所以那里全是纯洁的亡灵，全是婴儿、处女、圣徒和僧侣，或许包含部分食草动物，总之，都是隔绝于邪念的灵魂和来不及犯罪的灵魂——这意味着，一座庞大的天堂是无辜者和好人的集中营。好吧好吧，那里什么都不缺，只是没有蛋白质的食物。

8

有人因为不愿忍受简陋餐食而升舱,也有人因为排泄不便而拒绝乘机。有时感伤,人类有何骄傲可言?我们甚至难以像宠物狗一样,良好地控制自己的括约肌。父母七十五岁以后,就不再和我出去旅行了,最重要的,是个难以启齿的原因:他们难以经受起飞和降落那些被禁绝的时段。他们怕失控,怕失去自己晚年本来维护起来就十分困难的自尊。在最小和最老的时候,我们都难以离开大地,只有在生命最饱满的时候,身心可以近于飞行。

我曾这样运用比喻:"写作的时候,就像在飞机上使用洗手间,无论身陷多么狭小的世界,只要你关闭自己,你就可以让眼前渐渐亮起来,就可以在遨游高空的同时放松身心。"中年发福的闺蜜看了以后,嘲笑我的抒情笔法,并向我讲述了她在飞机上的尴尬经历。

年轻时,她是个对自己的膀胱有超级信心的人,坐长途车可以一整天不上厕所。那时纤瘦,后来体重锐增,临近五十岁的时候她的体重是一百五十斤。随着自身体积的扩大,她的储液能力锐减,膀胱就像个鼓胀的垃圾袋那样易于显出脆薄的危险性。有一次坐飞机,几次回头,厕所的简标小人都亮着红灯。一想到搬运自己的困难,她就懒下来,没动。没想到,飞机盘旋许久未落。她濒临绝望,几乎溺死在没顶的尿意里。她的膀胱硬得像块积木,甚至没有了颤抖的余地——所有空间都被利用,占得满满的,尿液全面侵占了包裹它的弹性组织。她禁不住绷直脚趾,这是她仅有的余力了。等到安全指示灯终于亮起,她逆行人群,如同涸渡,简标小人亮起的微光如灯塔一样让她获得拯救。她说那是仅有的对身体严重丧失支配的一次经历——可以放松的时候,她的阀门紧涩,括约肌都锈住了;而她以为终于解决完毕,低头去看,发现连续的细流并未停止。她说,这次尴尬经历,使她逼真地彩排了自己的老年。

在天上的行为总要受到限制,无论是吃喝还是拉撒。生命,是连续的由进食转变为排泄的过程;人类亦是如此,无论怎么优雅,都是一架酿造臭气和废物的肉机器。许多最初甚是美好的内容，会在我们体内加工成邪念、敌意甚至恶意；通常情况下，它们被隐藏在体腔里，被我们谨慎看守、小心运输，即使偶尔流露也令人尴尬，因为它们有着明显的难闻气味。我们必须找到隐蔽之处，及时地，把它们偷偷清除……使用马桶，是一种独属人类的文明。及时和隐蔽，具备同等的重要性。

鸟类可以肆意排泄，人类不能，天使当然更不。也许天堂无须食物，正是因为要消除排泄。否则，人间不是成了天堂的下水道？也许天堂之所以是天堂，是因为那里永无饥饿，看一看棉花糖般的云团就已饱足。所以天使无须进食，就像他们洁白的襟袍无须洗涤。

而我们这些凡间的人类，只有解决了基础的生理问题，精神才能远眺高处和彼岸。

9

我总是选择临窗的位置。会当凌绝顶，高处不胜寒——这是我一生所能抵达的最高的观景台，同时又是不被高寒所困的巅峰。

临窗，是因为我喜欢看云。当我们站在地平线上，会看到各种各样的云。积云，层云，卷云；荚状云，堡状云，波状云；甚至有难得一见的马蹄涡、钻石尘和贝母云。不过，今天习以为常的、像在玻璃上留下划痕的航迹云，在第一次世界大战或者说高空飞行物出现之前，是看不到的。那时，天空古老，还没有人为搅动留下的凝结尾迹。

航行中看云，同样莫测。有时巍峨如连绵的群山；有时厚积如覆雪的冻原；有时重复到辽阔，也是一种无尽的荒漠。有时，北极熊般的云团，隐隐有着矿物质的质感；有时蔚为壮观，像座头鲸的巨大头颅正跃起于海面；有时，透光的云层里，像隐藏天上的圣母；有时云层的远方，斑影显著，孤岛般，正在余晖中沉陷；有时出现多彩的渐层，慢慢来临的暮色，让天际出现金红与黛蓝交混的耀眼色带；有时，隔了雾尘，灼烈的太阳变得可以直视；有时，垂落中的夕阳，如同被引燃翅膀的巨蛾，像要烧毁一天或一世；有时，万里无云，我可以清楚地俯视——褐灰色的大地上只有煤灰色的山体，连绵的褶皱就像上古时代的野兽脊骨化石，让人顿感时空苍莽。

飞机上能看到雨。因为飞行速度很快，雨滴在舷窗上是横飞的。尽管落如积雪的云层，有几处像被大神走过的脚印翻动过，像是翻出底层的脏雪，从而破坏了那一望无际的平整……但那是幻象，一旦上升到巡航高度，平流层之上，无雪。

天堂无法下雪。因为那里是最高的高处，无法见到更高的高处飘下来的雪。我想天堂的高度里，万物晴朗，无风无雨无雪，难怪那里的人都穿着空灵的白袍子，他们不冷不热、不饱不饥。就像不能想象天堂的食物一样，我也不能想象天堂里的人，身穿兽皮，或者拔下鸟羽为自己御寒。因为那些天堂里的鸟兽是不死的，因为它们和曾经的死者一样，只要进入天堂就不能再死一次；因为那些鸟兽也是上天堂的，命运不会让它们在天堂里承受地狱之苦。所以天堂里的人无须劳作，他们不能捕食动物的血肉，甚至也不能啜饮植物的浆汁，因为会引起排泄，他们也无须采摘棉花的蒴果用以纺织。我想象，他们只能穿着云朵，天堂里的动物可以穿着自己的皮毛……啊，即使死后，唯有人类不能只穿自己的皮，他们无论活着还是死了，都需要掩饰。那么，恶人为什么作恶？正是因为他们由此看清了终极的乏趣，他们的良心才溶解在黑夜里吗？

我靠着舷窗眯了一会儿，再睁开眼睛，窗外光线暗了。周围的乘客大多闭着眼睛——在这只金属鸟的幽暗腹腔里，我们都像沉睡中被运送到远方的种粒。我望向窗外，飞机炮筒状的发动机内侧，一次次闪过脉冲式的光痕，就像火柴划擦磷皮那样。夜航中，我可以平视云层上的弦月，也可以仰望冰糖似的星星，有时被研磨得极为细碎。我能看到数百米之外的其他飞机，携带着机翼下闪烁而移动的光，穿云破雾。我想象无限辽阔里的夜航，如日夜兼程的迁徙候鸟，在沉默中飞越千山万水……而高悬其上的星体，已存在了百亿之年。我记得中学地理课本上的太阳系图片，轨道光滑，就像刚刚被机床加工出来的崭新剖面。围绕熔浆色太阳的数颗行星，也像被刨具处理得浑圆的工艺球，有着宁寂的光晕。一张图片可以诠释宇宙，一架飞机可以穿越世界的经纬，可你只要在夜航中曾经向深渊遥望,无论向上还是向下,就会在巨大的虚无压迫下涌起一种无力感。宇宙浩瀚,尘世微小,在星空组成的巨大网阵上,飞机不及一片被粘住的蝶翼,我们的生命更是渺小如一粒磷粉,无须磨损,微风之下就会脱落并吹远。不过,因为有了死,人间的一切苦难都是虚惊一场。告别之后,我们依然可以开始星空下的漫游,就像举起云色翅膀的候鸟,就像灾难里诞生的英雄……美且忧伤,生生不息。

10

代达罗斯和伊卡洛斯,曾经举起云色的翅膀,曾经像飞入云端的英雄跌入灾难之中……他们是希腊神话中著名的悲剧父子。

天才的艺术家代达罗斯用羽毛、麻线和蜡制作翅膀,得以像鸟一样飞翔。他指教儿子伊卡洛斯如何操纵羽翼,并叮嘱:"你要当心,必须在半空中飞行。如果飞得太低,羽翼碰到海水,沾湿了会变得沉重,你将被拽入大海;要是飞得太高,翅膀上的羽毛会因靠近太阳而燃烧。"

兴高采烈的伊卡洛斯感到飞行的轻快与自由,不由骄傲起来。他忘记了父亲的告诫,抵达足以致死的高度——强烈的光线导致粘合羽毛的封蜡融化,羽翼从伊卡洛斯的肩胛脱落。不幸的孩子双手徒劳而绝望地划动,很快栽进汪洋之中。一切,发生得如此迅速;等飞在前面的父亲回头,天空一片空旷。他惊恐地向下望去:海面,漂浮着许多散落的羽毛。

浪漫的云中飞行,随后而来,却是火与水,是高空的灼烫与深海的彻寒。伊卡洛斯的飞行审判,如同巴别塔的拆除一样,仿佛上帝是在警告觊觎天堂所遭到的惩罚。谦逊是一种带有自我保护性质的品德,对自身的收敛与对他人的尊重,能够减少冲突和损伤。飞行中,无论碰撞到什么,都可能是危险甚至致命的。

我们今天依然是伊卡洛斯,只不过是把羽毛和蜡制造的翅膀,换成了金属和石油组装的飞机。一次高度的失误,使伊卡洛斯葬身汪洋;一个操纵杆的失误,一次空中的偶遇,甚至一只飞鸟卷入发动机的旋叶,都会引发灾难。

尽管如此,从古至今,人类向往飞鸟的生活。我们难以克服飞行的诱惑,对极限的超越,因为挑战中有着难以描摹的享乐。航行,就是坐上童话中的魔力飞毯,它将我们带离日常生活的捆绑,体验着带有某种危险的美。

飞行是对自重和引力的克服,就像云朵是对污水的克服,生是对死的克服。一次飞行,集中了形而下与形而上、美与灾难、自由与恐惧的双重教育。我们就像伊卡洛斯,具有理想主义者和浪漫主义者自身所携带的危机,我们必须在勇敢与谦逊、僭越与敬畏之间,始终保持动荡而微妙的平衡。

11

童年的我,每每为"世界七大奇迹"几个字所蛊惑。2500年前,那位古老的旅行家昂蒂帕克踏山渡水,记录着最为激动人心的游历:埃及金字塔、巴比伦空中花园、奥林匹亚宙斯神像、阿尔忒弥斯神庙、摩索拉斯王陵墓、罗德岛太阳神巨像和亚历山大灯塔。除了金字塔,其他建筑奇迹已被时间摧毁,但这些字词组合依然带来海市蜃楼般的幻境想象。及至成年,我可以在旋转的地球仪上划动手指,在蔚蓝与五颜六色的斑块之间,寻找现实中的新七大奇迹:中国万里长城、约旦佩特拉古城、巴西里约热内卢基督像、秘鲁马丘比丘遗址、墨西哥奇琴伊查库库尔坎金字塔、意大利罗马斗兽场、印度泰姬陵。

后来,我得以在巴西目睹雨中流泪的基督像,在墨西哥参观玛雅文明古迹并等待金字塔上那道羽蛇形的光影,在空旷的斗兽场伫立听风和消散在风中的嘶吼……我得以翻跃千山万岭,穿越大洲大洋,去到捷克的圣维特大教堂、德国的童话小镇罗滕堡、柬埔寨的吴哥窟等,见证人类的智慧;也曾在新西兰的星空下、毛里求斯的海洋里、美国黄石公园的喷泉和肯尼亚迁徙的兽群旁,因自然奇观而陶醉、战栗。

我因此对飞机的伟大发明深怀感恩,正如人生是一次无限放慢的飞行，飞行也是一次无限加速的人生。它使我们的见识和体验，得以翻倍地丰富。

写作相当于精神上的飞行，这是一种既安全又冒险的感觉——我们受困于乘机椅那样狭窄的空间，被生活颠簸，被绳带捆绑，仅凭一支想象的笔神游八极。假如我们随手翻开一本航空杂志，在世界地图上标注的国际航线，像用孩子的红蓝圆珠笔画出来的弧线重叠交错——少数弧线穿越冰蓝色的洋面，多数弧线，集中在陆地区域。其实，对一个写作者来说，所谓远方的梦想与奇迹……为他需要的，手中的笔是最小的工具，云中的飞机是最大的工具；或者说，笔是他的飞行，飞行是他的笔迹。他悬浮，依靠着地理的经纬和时空的坐标，却远远地高于其上——高于纸页，高于他的地平线。

每个写作者都是伊卡洛斯，哪怕是暂时的，他曾获得过飞鸟的视野、神的角度。

12

高度下降。

机翼切割云层时，我看到频闪但一闪即逝的灰色。云层不像俯视时那样洁白无瑕，而是带了点烟尘般浅淡的灰黄色。有时，云有好几层，飞机下降到一个相对明朗的空间里，上面是流云，下面的阴影之外是仿若铺开的海；或者，飞机像是潜水艇夹在极地的冰层之间，遥远之外，才有一条被压扁的窄蓝色。

云层之下，距离近切，抵达之地揭开面纱。前方椅背小屏里的航路动态图，陆地被统一处理成苍绿色，但窗外的实景各异。一片光裸，寒酸的北方冬日地貌，没有植被；森林葱茏，大地就像只皮毛丰盛的动物；布满缓慢海浪的洋面；切得像抹茶蛋糕似的田地；简陋的人工建筑，简陋到丑陋的预制板墙体或彩钢板顶棚。有时我看到的，只是触目惊心的贫瘠。没有树，没有河，没有经过规划的建筑物……在浅褐色的地表，偶尔有人画出整齐的灰色标线，不过那些几何方块里什么内容也没有,空空如也。如果是夜航,我甚至什么也看不见,除了航道上的着陆灯,或者雨夜的停机坪像新铺的柏油路那样反射着湿黑的光。这就是远方,并不包含必然的诗意——它包含的东西大于诗意。

下降和起飞的过程,一样容易伴以颠簸。有时颠簸剧烈,频频弹离座椅的乘客感到失重的不适,一次次是被安全感的织带和锁扣勒回。心脏上升到口腔里,手指和脚趾都情不自禁地内缩——我们瞬间被打回原形,像猿猴要抓住想象中的救命树枝。无论有过多少次千篇一律的飞行体验,不安都会席卷而来;我们甚至会产生倒计时的不祥预感,只剩几分钟的时间里,我们不知道,对这个世界还有什么可怜的愿望、最后的遗憾。我的朋友经历过一次真实的降落险情,从此他基本拒绝乘机,改为换乘高铁。在被空袭轰炸的战场上,躲在弹坑似乎比平地安全,因为炮弹落在同一个凹坑里的概率更低;他很清楚,飞机是最安全的交通工具,两次同样历险的可能性很小——但一次严重的惊吓,已剥夺了他继续探索的勇气。

人生就是一次飞行……起和落都是艰难的,如同生和死都是艰难的,是最难以处理的。

飞机放下滑轮,就像着陆的候鸟放下紧贴腹下的爪子;扰流板滑开并撑起,被掩挡的金属面板露出来,上面布满细密的钉孔……伴随滑轮触地时的生硬而突兀的顿挫,飞机终于着陆。这时,我们才从生死考验的景况中解脱。

渴望飞行,靠近自由——但人类所获得的飞行是借助物理机械完成,不是依靠自身的能力,所以这种行为同时具有最大的不自由。在飞机上,活动幅度是最小的,在起落过程中连站起来都会被制止。我们以某种被剥夺自由的方式来获取自由。从空中降落,大地是最大的威胁;一旦落地,大地就成为最大的安慰。劫后余生,我们就像重新回到母腹。

所谓理想,就是平稳起飞;所谓幸福,就是安全落地。

我用力前伸脖子,脊椎上端的锁扣像被打开了,发出只有我自己听得到的两声脆响。降落同样令人兴奋,感觉自己像被吹送到异域即将获得新生的种粒,在跌跌撞撞中满怀莫名期待……甚至在故乡,我的这种感觉也一样。

邻座或许是个哈欠里口气酸臭的邋遢男人,或许是举止优雅的芳邻,随着安全带上的金属扣纷纷弹开的声音,从此,彼此远离……我们将接驳各自的生活,像放出悬笼或被子弹惊散的鸟群。

13

神话里,像代达罗斯和伊卡洛斯这样,亲如父子的,才能在一起飞翔并经历生死。现实中,从 1A 到 65F,半个小时前的陌生人,突然成为甘苦与共的同渡人。所谓"百年修得同船渡,千年修得共枕眠"。那只是适用古代的法则。今天手机触屏上几个无声的点击,就让我们拥聚在一个机舱里飞越彼岸。

这就是我们,作为同机者的我们。偶然之间,一起靠近天堂也一起承受不安的我们。在黑暗中仰望星空的我们,干渴中等待雨水的我们,曾君临天下也将匍匐地下的我们。我曾假设,同机者在同一瞬间同时想到"天堂"这个词,我们是否真的就进入至少持续数秒的幻境,永恒的众妙之门是否由此打开?或者,当飞机落地,舱门打开,我们走下接引的梯级,是否一座隐形的"巴别塔"就在身后无声坍塌?我们曾一起上天入地、同生共死……当脚掌再次触及大地,我们将立即与庞大到无数的人群,渐行渐远。

重新仰头,我知道那些航行者看不到我们。从空中看城市,只能看到仙人掌刺丛那样向上生长的楼,几丁质甲虫般的爬行汽车。我不会对匿身其中、根本不被看到的任何一个人形斑点怀有上升到情绪的态度,何况情感。小时候我养过蚕,蚕纸上卵粒细小,蜷缩其中即将孵化的幼蚕,像个书页上的逗号那么小……小到目力难以辨识,我怎么会顾及它们的痛痒?神也一样吧?排布大地的万家灯火,以及灯光里包裹着的故事,就像黑纸上密布的蚕籽,高远处的神无从考量其中的表情与个性,怎么能顾惜到每一个?我想象那些只身或候鸟般飞过的天使,掠过我们生活的高空,从未对某个人怀有我们所幻想的关爱与厌恶,就像人类不会对微生物怀有爱憎一样。无妨,如果神无数次原谅我们,那我们也学习谅解神的计较或警惕……计较或警惕,至少,是比无视更深的关注。

人类渺小,他们在地平线上爱恨生死,度过生命的日日夜夜。每个雏鸡般的黎明,用细嫩小腿挣扎站起来;每个骏马般的黄昏,奔跑了一整天汗湿的皮毛闪着缎质的光。不能飞的鸡以扑翅近于飞翔,不能飞的马以驰骋近于飞翔,它们因此具有某种超越性的美感。在鸡和马的基础上,人类用想象力创造了凤凰和独角兽——它们由现实、神性和想飞的渴望构成。于是,云层之间,永远存在着人们想象中的生命。

云层之间,还有人类自身的生命。每个今天的航行者,都是一个活下来的伊卡洛斯,都是一个平静反抗的斯巴达克斯……他有不及一提的力量,不自量力的梦想,以及,不被磨灭的尊严。

(《人民文学》2020年第10期)

塞上曲

鲍尔吉·原野

杀草呢

　　喜庆或家里来了客人，他们把羊群从草场赶回来。羊群像一只用一百张羊皮缝制的白帆，从绿色的草地上移动过来。它们回来之后，其中一只羊将永远离开羊群。

　　羊群像流水一样流到这家人的门口，它们在门口的空场拐弯儿走向羊圈。这时候，主人往羊群里看，突然抓住一只羊的耳朵。为什么是这只羊？没人回答你。他抓住这只羊的耳朵，把它按倒在地，边上几个人帮忙。他们抬着这只肥羊，把它移到一块儿草地上。这只羊咩咩哀鸣。虽然到了此刻，它哀鸣的声音也并不大。它的眼睛里并没有流出人们想象中的眼泪，依旧无神。羊的眼睑粉红，和它嘴巴上的粉红是一样的。这只羊被几个人按倒在地，主人把早已准备好的刀子放在身后。这个把刀放在身后的人，手里拿了一根草。他把这根草放到羊的胸口上，说，我没有杀你，杀草呢。他不管羊听清没听清这句话，刀子迅速扎进羊的心管。

　　为什么是这只羊呢？这么多羊从主人的身旁迈着小碎步走过去了，没有躲闪也没有恐惧，它们的模样一模一样。这只被主人揪住了耳朵的羊，刚才还跟羊群里的羊们在一起。它在草场吃草，见过今天早上的太阳与露水。它不知道今天是哪一天，也不懂什么叫作喜庆和客人。它来不及回忆它作为小羊羔来到这个名为世界、实际上只是一片草场的地方所经历过的一切事情。它跟着羊群每天走在草场上，在河边一字型散开，喝河里的水。下雪了，它和它们躲在羊圈里，全身顶着毛绒绒的雪片。今天中午而不是傍晚，它们提前回家。它已经走过门口，但没到达羊圈。后边的事情羊记不得了，这已经是它的一生。如果它可以回忆的话，这个世界上，人发出的最后的声音是"杀草呢"。羊看不清这些人的脸，他们穿着衣裳，脸庞黧黑，咕咕哝哝说一些话，他们笑着。羊最后看到的是什么人？用人的话说，他们不是一帮屠夫吗？

婚礼的乳汁

到镇里前，蓝色的指路牌子上写着有趣的村名：乌兰杭肖，直译过来是"红色的嘴巴"。当地人说，翻译过来是狐狸，说狐狸呢。这时候天空下起大雨，往四外看，远处的高戈斯台可汗山，还有河边的护岸林都没有下雨，在视野里清清楚楚。但"红色的嘴巴"正在下雨，雨像一个水龙头在冲洗这里，大而急，每一滴雨砸在柏油路面都激起一寸高的水花，并听得见雨落地的啪啪声响。

车开到镇里一家饭馆门前停下，雨马上停了，好像天空有人说"停！"。进饭馆，预订的房间小到必须把桌子搬开，才能让人坐进去的程度。我坐进里面，挨着我坐着的是镇民政助理桑杰。

上菜，桑杰说。服务员好像早就等在门口，刷刷把菜放在桌子上。桑杰说，我们等一下镇长永日布，这顿饭是他请你。

我记得等镇长等了很长时间，大约有四十分钟。我用想象力慢慢咀嚼着桌上摆的羊肋条并把它们咽下去，当然要蘸一蘸蓝盘子装的山韭花酱。在想象当中，我大约吃下两盘羊肋条，应该有三公斤的样子。这时候镇长永日布出现了。

他一副喜气洋洋的样子，好像刚刚唱完歌曲。难道迟到还要喜气洋洋吗？这位镇长穿一身雨天的乡村根本见不到的笔挺的西装。笔挺这个词不准确，他的西裤堆满了皱褶，仅仅西装前胸比较挺括。他的肌肉发达，西装好像套在了铠甲外面。我在格林体育馆游泳的时候，每天见到的两个游泳的吉尔吉斯人就是这种样子，个子不高，肩膀和脖颈肌肉发达，像野猪一样。镇长先生拿起酒盅，把无名指探在酒里，向天空弹了三下，用唱歌一般的愉悦音调说，欢迎远方来的鲍老师，你带来了暴雨和雨后清新的空气。

他的小眼睛镶在被蒙古高原烈日晒得宛如酱牛肉一般的脸膛上。这双眼睛仿佛在抑制笑意，但笑意分明。这是儿童才有的表情。他说，我刚刚从婚礼上下来，我妹妹的女儿娜布琪今天结婚。他轻轻摇着头，脸上非常满意，仿佛婚礼的场面隆重到不可思议。他说，非常好，非常成功。大家唱歌喝酒，非常高兴。我的外甥女娜布琪也非常高兴。我们在呼和浩特给她定制了三身蒙古袍，白色的、蓝色的、红色的蒙古袍，配长坎肩，都穿出来了。他满意地摇头，表示不可思议。镇长说，村里的人都看见娜布琪今天结婚了。说到这儿，镇长从西服里怀掏出叠得平平整整像一封信那样的白手绢，按在自己的眼窝上。他自言自语，娜布琪今天结婚了？

用的却是疑问的口气，像有委屈。

永日布抬起头，脸上喜庆劲头全没了，像换了个人。他说，我的外甥女娜布琪在六岁的时候，我的妹妹得病去世了。过了半年，我的妹夫也去世了。我把娜布琪接到我家里。我的女儿叫莲花，比娜布琪小一岁，她们两个人就像姐俩一样。但是我给娜布琪买的东西都是最好的，每个假期领她到外地去旅游。逢年过节给她买最好的礼物。我最怕的事情是她想她的爸爸妈妈，她可能也想了，但没让我看出来。娜布琪念了最好的小学，最好的初中和高中，考上了内蒙古大学。我妹妹如果活着，她能耐顶了天，也就是让女儿考上内蒙古大学。娜布琪大学毕业在赤峰上了班，单位很好。然后她谈恋爱，今天结婚了。她丈夫家里有三百多头牛，很有钱，在赤峰买了房子和车。我在赤峰给娜布琪也买了房子和车。车跟婆家的一样，丰田佳美，但颜色不一样，他们是白的，我是蓝的。房子和她公公婆婆买的房子在一个小区里，面积也一样。为什么你能买我不能买？我妹妹怎么想？

可是，永日布扭过头，委屈地咬住嘴唇，眼泪蓄满了眼角，眼看就流下来了。他断断续续地说，可是，在婚礼上，婆家，端一碗新鲜的牛奶，送给娘家妈喝下去。这碗奶代表着，母亲养育女儿，所有的辛苦。有女儿的母亲，都等着在女儿婚礼上，喝下这碗奶。可是，我妹妹不在了，由我来喝。当时我想大哭，可是，当着这么多人的面，我强忍住没哭。这碗奶，我一口一口喝下去，比黄连还苦。它本该是我妹妹喝的……

永日布看着房顶，站起身来。我以为他要唱一首歌表达嫁女心情。他举起双臂，竟然号啕大哭。哭着，他用双手抱住自己的脑袋，坐下来，推开盘子，把双臂交叠放在桌子上，枕着手臂哭，后背大力起伏。

哭够了，他抬起头，脱去西服，脱去白衬衣和领带，脱去衬衣里面的蓝色短袖衫，只剩下一件被汗泥出筛子眼的白色的跨栏背心。上面写着天山高中篮球比赛优秀奖。这身装扮像一个牧民。他说，我妹妹要是看到今天的婚礼场面就好了，非常成功。喝！我们端杯喝了一口酒。

永日布这时候又说，但这碗牛奶应该是由我妹妹喝的。说着他又委屈地哭起来，这回不是大声哭，声音小。我理解他，他认为妹妹与妹夫虽然死去十几年，但今天非常有必要复活一会儿，看一看婚礼的场面。哪管他妹妹独自活15分钟也好，或者他妹妹把那碗牛奶喝下去立刻死也没关系。可是，如果妹妹和妹夫一个都没活过来看一下，婚礼办这么好有什么意义呢？镇长痛哭不已。

少顷，镇长深呼吸，擤鼻涕，回到现实里。

他问我，你是干什么的？

民政助理桑杰惊讶地回答他，这是鲍老师，今天你请鲍老师吃饭呀？

永日布严厉地说，闭嘴，我没问你。

他问我，你是干什么的？

我回答警察。

永日布啪地拍了一下桌子，筷子震到地上。他说，有人偷光缆，你为什么不管？有人私自宰猪到市场上卖，你为什么不管？你们是不是一伙的？我答咱们国家的法律规定刑事和治安案件归属当地公安机关管辖，并不是所有警察都能管全国所有的事情，警察没有这个权力。

啪，永日布又拍一下桌子，这回把手机震掉地下。都是你们干的，你们放任坏人坏事不管。

桑杰吓坏了，走过去，把镇长摁到座位上。但永日布像弹簧一样站起来，把桑杰轻松地推到一边。他对我说，你别走了，你必须把我们镇的坏人抓起来判刑，我们才能放你走。

我原本想跟他吵一架的，但我坐在桌子的里边，想站也站不起来，身后的墙壁也妨碍我用手拍桌子。突然，永日布双手捧住自己的脸，又呜呜哭起来。他断断续续地说，这碗牛奶，本来是，由我妹妹来喝的。我妹妹没有⋯喝到⋯⋯这碗奶，我心里太⋯⋯难受了⋯⋯

山丁子树摇篮

在高戈斯台可汗山的阴面，泉水从岩石上悄悄流下来，在树叶的缝隙里微微闪光。山的身体包裹着花岗岩，那桃色的花岗岩和灰色的花岗岩。花岗岩是被树林遮蔽的山的肉。

什么树在花岗岩上生长？牧民把这种树的木板放在花岗岩上，比较树和岩石的纹理，说一模一样啊，只不过木板有香气，比花岗岩柔韧。还有呢，这种树的树枝是红颜色。但是红树枝如果开红花，就不好看了，人们从远处看不出来树在开花。树知道，故而开白花。春天来了之后，像一个大网罩住了高戈斯台可汗山的阴面和阳面，草和树冒芽，有种子的植物都从地上站出来，泉水开始悄悄地流。春天的时候，泉水一边流一边结冰，新的流水把冰融化。夜晚，新的流水又结了冰。这就像人喝茶老往茶壶里添水一样。往高戈斯台可汗山上走，无论朝哪个方向看，山都挡住了多半个天空。这时候长在花岗岩上的树开花了，它的枝条像山楂一样红。这条红胳膊转圈挂满了白花，好像刺绣绣上去的花。这种树名字叫山丁子树，又叫山荆子树，这是牧民最喜欢的树之一。

牧民们还喜欢雅西乐——鼠李木，喜欢哈日根那——山杏树。如果你经历过五个多月的光秃秃的冬季，你也会喜欢所有冒绿叶的树木。如果在高戈斯台可汗山树里面选一两种喜欢的树，牧民们喜欢活泼的、像少年人一样的山丁子树。这些树身穿红衣服，手里举着白花在山坡上跑，跑什么呢？它们追赶江木伦河远远逝去的水波。牧民们把山丁子树请回家，如同请回贵客。他们用毛巾擦这棵树，用水清洗，放到锅里煮。煮好了，拿到太阳下面晒。这样的山丁子树不裂纹。

他们做什么呢？他们用山丁子树给婴儿做一个摇篮。在牧区，做摇篮是大事呢。一个人从妈妈的肚子里降生到世上，他要和谁在一起？老祖宗早就替他们想好了，要跟乌日乐在一起，乌日乐就是山丁子树，山丁子树包裹着婴儿的细嫩的肉。山丁子树长在花岗岩上，坚韧无比。它经历过山泉水的浇灌，春天用红胳膊举着白花奔跑。这种树的气质慢慢会渗透到婴儿的身体里，尤其是骨骼里。这正是牧民们所盼望的事情。

牧民们做好山丁子树的摇篮，要到高戈斯台可汗山上选沙子。你看一下就知道，山真是有意思，它到处是岩石，杂树丛生。但是在阳坡一定有一个地方积蓄着圆圆的像湖泊一样的沙漠。沙子不能喂羊，但能铺摇篮，给婴儿当床。摇篮里如果不铺沙子，还铺什么呢？洁白的沙子放在孩子的身体下边，干净又柔软，老天爷制造沙子就是干这件事用的。高戈斯台可汗山上的沙子不多也不少，足够孩子铺摇篮用了。山下居住的牧民，小时候都在这些沙子上睡过觉。铺摇篮的沙子先放在锅里炒，炒的微微发黄，但并不发出粮食的香气。再把沙子铺在摇篮里，为孩子接屎接尿，脏一块儿扔一块儿。牧民说，这个孩子原来睡在这块沙漠的沙子上，你如果换了其他沙漠的沙子，孩子会昼夜哭啼。这是说，人和大自然有无数种联系。比如，孩子们换了其他地方的沙子昼夜哭啼。

牧民们在山上取沙子之前，向沙漠之神跪拜："神啊，我来取你的沙子，是为了我儿女的成长。请允许我拿走你的沙子，请在我取的沙子里放进你灵验的祝福。"沙子铺好了，摇篮挂在炕里的东北角上方。东北角是母亲待的地方，吉祥方位，母亲和孩子摇篮在一起。摇篮要用单数的三根皮绳系在房梁下，皮绳上挂着三个鲜艳的吉祥结。摇篮动的时候，孩子眼珠随着吉祥结转动，预防斜视。皮绳还系着公野猪的獠牙，它的獠牙多么锋利，野猪和公马搏斗的时候，獠牙齐刷刷地切断马尾。

山丁子树的摇篮里铺着高戈斯台可汗山洁白的沙子，孩子在摇篮里睡觉。山丁子树、沙子和獠牙一起安排婴儿的梦，高戈斯台可汗山的雄伟，苍茫会陆陆续续在他梦里出现。

赞伯拉的走马，享有神圣封号的火蓝觉若

十年前的样子，夏日巴塔村的马倌赞伯拉到哈日努登村的朋友杭爱家里喝酒。他喝醉了，骑马回家，从马上掉下来，睡在了江木伦河边的灌木丛里。

赞伯拉的马的名字叫火蓝觉若，是一匹走马。这匹马守护着赞伯拉。到了夜晚，动物们从高戈斯台可汗山下来，到江木伦河边饮水。这些动物想不到会有一个马倌躺在河边，四肢放松，等着它们来吃。但并不是所有的动物都喜欢吃人。人认为是动物就吃人，有一点高抬自己。所有的动物都有自己的食谱。有一些动物吃另一些动物的肉，而不会吃所有动物的肉，它觉得不好吃。这是上天决定的，上天并没有给所有动物太多的胃口。人觉得动物吃人，把自己想象得过于香甜。有一位猎人说，人身上的气味难闻，没几种动物会吃人，除非它饿昏了。老虎蔑视人，它只喜欢吃野猪的脖颈肉。人没多少肌肉，脂肪太多，动物并不爱吃。当然有的动物比如獾子和狐狸，愿意吃动物的内脏，这是指动物尸体腐烂之后的内脏。人的内脏有肚皮和衣服包裹，赞伯拉的内脏也有肚皮和衣服包裹，他发出的巨大的呼噜声，让动物们发抖。即使是这样，他的马火蓝觉若仍然守卫着他。马在赞伯拉身边走来走去，如果有动物走过来，火蓝觉若抬起蹄子，用后蹄使劲刨土。动物们散开，走到很远的河边去饮水。火蓝觉若看守他的主人看守了一夜，在明月的清辉下，在河面吹来的微风和鸣声里，赞伯拉香甜地睡了一个晚上。到了早晨，他还没有醒过来的意思，然而动物们撤回到山上。太阳跃上山巅，金红色的光芒扎进赞伯拉的脸庞和脖子里，却没把他弄醒。他的马此时绝尘

而去，马跑到哪里去了？火蓝觉若跑到三公里外的夏日巴塔村，这里有赞伯拉的家。马跑进赞伯拉家的院子，高声嘶鸣。赞伯拉的老婆纳人花走出来，看到这匹马正朝天尥蹶子。她不认同，马从来是斯文的，哪有一匹马会在主人家门口朝天尥蹶子？纳人花忍不住批评了这匹马，上前牵马的笼头。但火蓝觉若原地打转，不让牵。纳人花生气了，指着马说：你这是要做什么？你怎么变成这个样子？在牧区，不可以骂马，批评一下可以，语气不能太重。猛地，纳人花恍然大悟，火蓝觉若的马背上有鞍子，但没有赞伯拉。纳人花原来以为这匹马是从马群里跑来的。既然备了鞍子，人没回来，一定出事了，马回家来报信儿。

纳人花说好了好了，咱们去找赞伯拉。纳人花骑上马，马飞也似的把她带到了江木伦河畔的灌木丛边上。刚好，小鸟正出早操，它们像蜻蜓一样布满了河面。河水的波浪排成横列，一浪一浪地向前推进，像朝鲜军队的阅兵式那样。赞伯拉躺在灌木丛边上仰面睡觉，张开黑洞洞的嘴。纳人花下马从身上拿出一个塑料瓶，里面装着白色液体，这是用马奶做的酸奶，叫车戈。她像往抽水马桶的黑洞倒水那样把车戈倒进了赞伯拉的嘴里。车戈非常酸，据说有健脾宣肺的功能。赞伯拉因此被呛醒，咳嗽，起身，惊讶，在地上坐了一会儿，他们夫妻二人骑着火蓝觉若回到了家。

这个故事的前半段是赞伯拉讲的，后半段由纳人花补充，那时候我坐在他家夏营地的蒙古包里喝茶。早上的光线，从蒙古包下面通风处一寸一寸向里延伸，照亮地毯。一只草绿色的螳螂跳到红漆餐桌的奶豆腐上，气势汹汹地站着，仿佛庆幸它没跳进滚烫的茶碗。我承认我暗中希望它跳进茶碗里。

我的马火蓝觉若聪明，赞伯拉说，年轻的时候，我们在可汗山下面的草地抓兔子。你看兔子跑得多快，却会突然拐弯，向东向西，但是马照样撵上兔子。在马差一步追上兔子时，我从马上扑下去，一把抓住兔子。在落地那一瞬，我两只手抓住兔子，后面双脚一蹬重新跃到马背上，马一直在跑。人怎么能够扑到地上又跳起来回到马背上呢？这不是魔术。落地那一瞬，手攥着马缰绳，拽缰绳借力，跳到马背上。

我问，是你自己这样做，还是村里其他的人也能这样做？赞伯拉说，啊嚯，好多人都能呢，但是从飞跑的马上扑到地下抓起兔子，也是俄尔登木其（天赋才能）呢。

我脑子里过了一下这样的画面，我觉得这比奥运会的一些项目还体现力量与技巧的强大。人从马上扑地抓住兔子，人也可以扑地抓住人，抓住其他东西。人的骑术达到这个境界，相当吓人。我忽然想到，蒙古人作为游牧民族从亚洲一直打到欧洲，看来并不是一件虚妄的事情。当时他们没有更强的生产力，只有马。但他们在马上的这番身手，足以让对手尿裤子了。赞伯拉说，你不要理解错了，这件事情的重点不是兔子，也不是我，是马呀。马啊马，它多么聪明，它知道你要活捉兔子，它用那么好的速度和默契配合你，让你抓住兔子。除了马，没有哪种动物能帮人做这件事。虽然，赞伯拉说，抓不抓兔子都没关系，我们抓到兔子，后来把它放掉了，有的兔子吓得不会跑。但是马多么聪明。

我的马名字叫火蓝觉若。你从山顶上看过草原没有？草原从山上延伸下来，那一种柔和的曲线特别漂亮，像马从头顶缓缓下降到后背的曲线，马鬃是整齐的灌木林。我的马小腿骨棒细而又细，是马里边最细的小腿。小腿越细，这个马跑得就越快。但它的两个蹄子特别大，像白贝壳做的大碗，摆在马头下边，非常威风。它的双腿笔直笔直地站着，像一个哨兵。它的鼻梁呢，也是笔直笔直，只有诚实和有福气的人的鼻梁才是这样子。它的耳朵永远是尖尖的，而不像驴那样让耳朵趴下来，没意思。火蓝觉若站着的时候，它的大眼睛看自己眼前五六步的地方，它看什么呢？或者它在想什么？我们不知道它看什么想什么。它的眼睛晶莹，黑黑的瞳仁没有杂质。跑起来之后，马就变成另外一种动物，像蛟龙在海浪之间穿行，像飞一样。赞伯拉说，我在电视上看到一个外国人手扶着帆板在波浪之间穿行，我觉得那就是我。我骑着火蓝觉若在齐腰深的草里奔跑的时候也是那个样子。起伏着，跳跃着，好像在飞行。

说着，赞伯拉右手撑着地毯，缓缓站起来。他眼睛看着前方，蒙古包的毡片仿佛挡不住他的视线。他手心向上，平端两只手，慢慢端起来，端到胸口停住。他手里仿佛真的有东西，但并没有，像一个祭神的仪式。

这时候，一种声音，也就是低频的声音从他口腔里缓缓发出来，你可以感觉到他腹肌与腹膜的震动。这个声音像电流从他的脊柱上升到颈椎，到达头顶，经过上颚持续发出来，哦——哦哦——，呼麦。这是赞伯拉的声音，是一个民歌的前奏。接着，他大声唱起来，真假声交错。唱到高音，他眼睛必定闭上，高音结束再睁开。声音的激流像一条蛇，在他身体里上下蹿动，噬咬他的五腑六脏。他的表情与其说欢快，不如说痛苦。歌词说：

　　登上山啦，登上了登不上的山
　　风梳你的鬃毛，擦干汗
　　你把最后的力气放在滚落的砾石上
　　一步一步登上了黑莫日山顶
　　山顶有太阳等你
　　夜晚，月亮最先找到你
　　你一眼能看清二十里路的风景

赞伯拉睁眼睛，闭眼睛，吸气吐气，换了六七种表情之后，唱完这首歌。他放下手，坐在地毯上。他说，我的马火蓝觉若得过三次乡以上的赛马冠军，被乡里封为达尔罕齐（达尔罕齐是封号，大意为神圣者、不可触动者）。赞伯拉的走马火蓝觉若被封为达尔罕齐之后，不能被出售，不参加赛马比赛。虽然它不参加比赛，但也会在赛马大会上获得并列第一名的荣誉。它在草场上自由地吃草徜徉，尾巴在晚风里愉快地扫动，随便到哪里去都没有人阻拦。简单地说，这都是主人情愿，乡里没人管这件事。所谓乡里封的达尔罕齐的称号，也没有法律意义，只是一种美好的称谓，表明人情愿为马养老。

大约在三年之前，火蓝觉若作为一个神圣的达尔罕齐，觉得自己到了归天的时候，它已经活了 26 年。它一步一步登上了离赞伯拉家很远的黑莫日山。那座山并不大，但很陡峭。火蓝觉若一步一步地登上了这座山，按赞伯拉的说法，这座山只有山羊才能登得上去。马老得已经没力量了，行走困难。天知道火蓝觉若怎么登上了这么陡峭的山，走的是哪一条路！

有一天，赞伯拉在草原上没有发现马的身影，他心里预感火蓝觉若到了归天的时候。他找来找去，在黑莫日山的山顶，看到了火蓝觉若的骸骨。

它的前腿骨、后腿骨和肋骨都清清楚楚地摆在山顶上。皮毛和肉早就被其他动物昆虫吞噬或已风干，雨水把这些骨骼浇得干干净净，一堆雪白。它的蹄子上保留着赞伯拉给它挂的纯银的脚环。

赞伯拉自豪，他没想到火蓝觉若竟然知道自己是被封为达尔罕齐的，所以它选择死在黑莫日山顶，每天最早见到朝阳。这有多么荣耀啊，让赞伯拉刚才唱歌的时候，表情神圣。

紫色带香味的大幕

"白塔下面有一座地宫，地宫里藏着很多用紫布包裹的经书，我亲眼看过这些经书。"这段话是看守过金代古塔的楚格宾巴对我说的，时在三十多年前，那时候我到牧区采访一位种苜蓿草的牧民，在乡政府门前遇到了楚格宾巴。他坐在矮墙头上，怀抱着一根牧羊鞭。鞭杆是一根细木棍，上面拴了一根细布条。楚格宾巴指着白塔说，你知道那些包裹经书的布有多长吗？他站起身，迈开大步往北走，大约走出去三十多米，转回身告诉我，有两个这么长。我起身走，按着一步一米的距离往他那边走，走到楚格宾巴身旁，告诉他二十七米。他说那些包经卷的布有两个二十七米，当年他把这些布在地上卷成卷儿，拉了满满一马车。很高的，楚格宾巴用手在自己前额上比画。"布拉到了乡里，他们拿这些布为礼堂做了一个幕布。"

我们一起去了乡里的礼堂。礼堂的大门挂锁，楚格宾巴带我从后面的窗户钻进去。礼堂里面空空荡荡，几十把椅子靠墙边摞着，摞在上面的椅子四脚朝天。我闻到空气里有一股没闻过的香味儿。台上大幕合拢，这有些奇怪。只有演出的时候大幕才合拢并打开，对吧？在这个没有观众的礼堂里，大幕竟然是合拢的。楚格宾巴指着幕布说，"就是这些布，他们缝成了一个幕布。"

深紫色的幕布封闭舞台，像一面赭石的山岩。我们往前走，香味越发重。楚格宾巴说，"这个布有檀香味。"这时候幕布中央突然拉开一道缝，露出只脑袋，头发黄而稀。他的手紧紧地拽着幕布，裹住自己的脖子，仿佛害怕别人看到他的身体。

这个头颅用蒙古语问：仁琴道尔吉去了哪里？楚格宾巴不耐烦地用手背挥了挥，意思是走吧走吧。头颅又问：下雨了吗？楚格宾巴又挥了挥手。头颅小心隐没在紫色有香味的幕布里再也没有出来。我想问楚格宾巴，这是你导演的吧？很搞笑，但发现不是这么回事，改问他：这个人是谁？楚格宾巴说他是从哲盟那边来的人。

仁琴道尔吉是谁？

楚格宾巴说，仁琴道尔吉早死了。

我惊讶的是，楚格宾巴对从大幕缝里突然出现的这个从哲盟那边来的人一点儿都不惊讶。原来我打算到台上看看幕布里面是什么样子，但我止步了。我觉得幕布后面是一处不可理喻的场景，你无法想象哲盟人或许还有他的同伙把里边搞成了什么样子。奇异的香味会让人失去理性，印度香对海子当年失去生命负有责任。

马鬃燃烧

摔跤手身穿银泡钉的摔跤衣，颈圈上系着几十根彩色的布条。他们上场时举起双臂，笨拙地跳着舞。他们叫鹰舞，为了让颈圈上的布条抖动起来，仿佛是一只鹰。

禽类最华丽的羽毛长在颈部。摔跤手认为，一个人颈部飞起来鹰一样的羽毛（用彩色布条代替）就算是一只鹰了，爪子锐不可当。在我看来，颈部华丽者除了鹰和摔跤手，还有马。马群冲过来，好像在你面前砌来一座奔流的城墙。这座夹杂枣红色、灰色、白色和黑色的城墙顶端飘扬着群马的颈部鬃发，这是马的五色战旗，在风中猎猎招展。马群踏过,你看不清每匹马是什么样的马,但马的鬃发和拉成直线的尾巴给你留下强烈印象。阳光下,马的皮毛闪亮,马蹄如千足之虫的脚爪翻飞。马鬃是马从天际拉过来的绳索,牵着云团迁移。

从山顶看马群跑过大地,看它们鬃发飞扬,仿佛大地燃烧着黑色亚麻色的火焰,一丛丛火焰下面有马蹄踏出的沉闷鼓点儿。在河边看低头饮水的马群,马们伸着修长的脖子探向清澈并缓缓流动的河水。河水映照马的鼻梁,而风用马的发盖住了它们的眼睛。这些没有修剪过的鬃发代表马的野性。它们不是驾驭马车的牲畜,是大自然的子孙,崇尚自由,与人平等。

最健壮的马鬃发最长,这是马群中的公马,人称儿马。牧民说,不要碰公马的鬃发。不能修剪,甚至不能摸,尤其不允许女人摸。我问一个马倌,如果公马的鬃发被剪掉会怎么样?马倌沮丧地说,完了,公马的勇气和力量就没有了。马倌告诉我,公马的鬃发不能碰到剪子,不能遇到一切铁。

我知道,即使是一般的马,也不能够随便给它修剪鬃发。给马剪鬃发要挑选一个好日子。阳光普照,微风和煦,这才好。谁会在暴风雨之夜给马修剪鬃发,他傻吗?马不能在它生日的那天被剪掉鬃发,牧民们认为这对马的健康有害。牧民们记得自己马群里每一匹马的生辰,用脑子记而不是用笔记在纸上。

可是现在草原上的马很少了。你到草原上旅游,你看过马群吗?你看不到。我对马的描述来自记忆,而且是很久以前的记忆。你如果去问牧人。草原上为什么见不到马?他们会说,现在放羊放牛不用马了,用摩托车。

有人说——这是一位法国作家说的,好像是拉·封丹——"马是人类驯化的动物中最成功的范例"。经过驯化的马,可以把它的智慧、勇气和力量与人类的愿望相融合。除了马,没有哪种动物能达到这个境界。所谓动物,在环境的要求下,会有智慧和力量,但这是它单独使用的,和人类没什么关系。马了不起,它知道人在想什么,它用忍耐力达成人的愿望,人类再也找不到这样的动物了。虽然人所养的宠物也会奉迎人，比如说犬类。那只是逢迎，而不是融合。马戏团驯养员鞭子下的猴子也会逢迎，但那也不叫融合，是谄媚。马最优秀的品质之一是不向人类谄媚。人也好，动物也好，一谄媚就坏了自己的品质。与达尔文所说的进化正相反，变成退化。

马在早晨的草原上奔驰，它喜欢看到草叶上晶莹的露珠在马蹄的震动下纷纷滑落。马喜欢看日出的红光从山顶上流淌下来，灌注草原，把青草的纤毛染上一层红光，马觉得这才是上天最好的礼物。马看到河水无声地流过去，而鹅卵石仍然在原来的位置。它踏过河水，踏过的地方水花四溅。

然而草原上几乎见不到马了。有一些牧民养马是喜欢马，不用来放牧，也不把马当作交通工具。在内蒙古的牧区，多数村子修上了水泥的通村公路。你知道，马蹄子只适合于在土里翻盏，马没办法在水泥路上行走，容易摔倒，马走在水泥路上胆战心惊。如果下了雨或结了冰，马、牛甚至羊都不敢在水泥路上行走。大地则是另一回事，所有在大地降生的生灵都能在大地行走，无论地上有没有雨雪冰。

有人说马喜欢跑，No，参加世界田径黄金联赛的运动员才喜欢跑。马喜欢自由，包括跑与静立。马跑的时候，大地像扇子一样在它眼前敞开，有丘陵、河流，以及像羊尾巴一样在天边晾晒的灰云朵。可是，自从牧区实行草场联产承包之后，牧民们把自家的草场封上了铁丝网。我的意思是说，草原的辽阔只是一种假象，事实上，它早被网格般的铁丝网所分割，马往哪里跑呢？这是马群减少的主要原因。另一个原因是禁牧令。巴林右旗禁牧已经十年了，在他们那里，一年四季都不允许牲畜在草场上放牧，草原是空荡荡的，只有草和土，还有天上的云彩。没有牲畜的介入，草原上的牧草迅速退化。牛群、羊群、马群在游牧中会把草籽和多样性的生物因素携带到四面八方。它们的践踏和粪便促进了草原的健康成长，这是大自然原本的含义。当草原没有牲畜游荡的时候，牲畜所需要的那些牧草也都消失了。而马在铁丝网的重重包围之下，要往哪里奔跑呢？你看过草原上奔跑而来的马群吗？如果有，那也是有人花钱从马倌那里租来的马群，一驰而过而已。那是表演，而不是马的生存。政府举办文旅结合的摄影大赛时，汹涌的马群从天边跑来。几百匹马甚至上千匹马，像洪水一样飞掠而过。马群两旁布满密密麻麻的照相机镜头，而马的头顶，还有带摄影镜头的无人机的游弋，政府称之为盛会，确实是盛会，人们借此看到世上还有这么多马。

我问牧民，禁牧令妨碍牧业发展，政府知道吗？

知道，牧民说，政府什么都知道。

我问，那为什么不取消呢？

牧民说，这个禁牧令是上一届的上一届的上一届的自治区主席下的令，那下一届的下一届的下一届的主席就不愿意取消这个令，好像不礼貌。

马想念马，马愿意在马群中生活。可是马群在哪里呢？草原上的公路很发达，有汽车，摩托车和电动车，马做什么用处呢？

在牧区，最好的草场被封在一处名为自然保护区的地段。土地进入自然保护区之后，跟牲畜永远隔绝。无论是人和牲畜都不允许进入自然保护区活动，只有蚂蚁除外。我曾经听说一户牧民的羊群钻过铁丝网进入保护区，在里面拉了几百个粪蛋儿，当然也吃了保护区的草，这个牧民被公安抓了起来，说他破坏自然保护区的生态，属于犯罪。那么自然保护区里面是什么情形呢？里面的树木成片死亡。没有牛羊马群的存在，树木不与其他生物发生联系，被监禁在一个名为自然保护区的地方反而死得快，因为那里失去了生态的多样性。就牧区而言，国家无须划一块地去保护。牧民们不捕杀动物，也不挖中草药，这都是外地人干的事。为了防止外地人到自然保护区破坏生态，竟然会把这么一大片土地围封起来永不解禁，真奢侈。如果小偷在超市偷窃，会不会把超市划为永久保护区，不让顾客进入呢？那么自然保护区里面有没有人呢？当然有。那些在改革进程中半死不活的国营林场或农场的人们在里面谋生。这些人没有农民身份，因而没有耕地草场，也没有职工身份，因而没有工资和养老金。他们在自然保护区里面赖以生存，自然保护区保护的对象，有草、动物和这些人。蒙古人不允许用鞭子打马的头，不允许骂马。蒙古语里面关于马的词汇，几乎全都是赞颂。马的位置低于神祇但高于人。马是地球上数量逐渐减少的物种。你去查新华字典，在马的偏旁边上累积着许多汉字。这些带马字旁的汉字跟马有关，跟神奇、勇敢，迅速有关。但这些字的使用量越来越少。无论在县城，或者一个镇子，很少能见到马。那些卖香瓜的人赶的马车所套的牲畜也不是马而是驴。多年以后，说到马的时候，人们说的只是那些姓马的人。

（《钟山》2020 年第 01 期）

疫时回乡记

邓安庆

一

陪父亲去镇上买药,他的胰岛素打完了。骑着电动三轮车出门的,因为去镇上的公交车停了。我们戴好了口罩,母亲拿着小板凳放在后车厢里,好方便我坐。车子我本来想开,父亲坐在后面就好,但母亲不让:"你不会开,让你爸来。"父亲也附和说是。车子刚开动,母亲又叫住,对我说:"你要不还是莫去,镇上感染了好几个咯。我陪你爸去。"我没同意:"没得事,我担心药店没开门,要是打电话联系店员之类的事情,我可以来。再说如果碰到贴了告示的话,爸也看不懂。到时候没得人在边上,么行?另外一个,我哥一家今天不是说回?你还得准备饭菜。"母亲点头:"你说的也是。你们注意安全,莫到人多的地方去。看到人,躲远些。晓得啵?"我说晓得。

车子从垸中心的水泥路径直开到了长江大堤上。昔日这里是交通要道,现在完全可以放心地开,反正前后一辆车都没有。透过防护林,远远地能看到长江水位降到很低,露出了浅浅的沙洲,远处一排大轮船停在江中心,对岸瑞昌工厂烟囱还在冒烟。再细看,有人在江中划船。我忽然想到前几天我们武穴这边有人划着木盆偷渡长江,结果被劝回。如果没有特别紧急的事情,这位老乡恐怕也不会铤而走险吧。天空阴沉欲雨，江风吹来，冷得人直哆嗦，父亲的耳朵都冻红了。他歪扭着身子，小心翼翼地往镇上开去。他说了一句什么话，风太大，我没有听清。再问他，他说："你恐怕一时半会儿回不到北京去咯。"我大声地说："是的，我们公司说延迟开工咯。"父亲笑了一下。我问他笑什么，他说："这么多年咯，你第一次在家里待这么长时间。"

车子开到八一闸，过不去了。两个石墩搁在路两端，中间堆了土堆，别说电动三轮车了，连电瓶车都开不过去。周遭看了一圈，铁丝网拦断了所有可能会绕行的路。没办法，我们只好停车。父亲把车钥匙递给我："你留下来看车，我走过去。"我说："车子留这里，我去买药吧。"父亲说："你搞不清楚我的那些药，只有我自家晓得。你留下吧。"说完他绕过路障。我喊住他："我跟你一起去。"父亲转过身来看我一眼，坚持道："不远，你找个避风的地方歇一歇。"不等我说话，他扭身慢慢地往前走去。

我看着他，他走路一搓一搓，脸型消瘦，身体佝偻，最重要的是没有精气神。我还记得母亲私下悄悄跟我说："他现在打牌都打不得，手拿牌都拿不起来。有一次别人告诉我，他从牌桌上起来，裤子后面是黄的……"我立马上网查询了一下，原来是糖尿病的并发症，即自主神经受到损害，出现大小便失禁。身体的一点点朽坏，带来的是精神上的一点点衰颓。平日，我在北京，哥哥也忙。父母亲在家里，母亲承揽了所有的家务活，还时不时出去打小工。而父亲几乎什么也不会去做，他除开坚持吃药和打胰岛素，主要就是看电视和打牌来消磨时间。从父亲的角度看，未来有什么期望呢，除开等待身体衰坏，最终就是死亡了。那就像是一个随时会打下来的重拳，它没有出手，可它随时会出手。

其实在早上，我们就说到了死亡的问题。事情的起因是吃完饭后，父母亲跟我聊起了方爷。几个月前，方爷因突发脑梗住院，出院后一直在家里躺着，父亲去看过他，人已经昏迷不醒很长时间，单靠氧气瓶硬撑着。可以说只要氧气瓶一撤，人就走了，但还是没撤。我想我要是方爷的儿子，也很难下撤掉氧气瓶的决定：爸爸只要有一口气吊着，就算是活着。可是这样活着，爸爸虽然已经没有任何意识，也会感到非常痛苦吧。这种纠结,虽然没有亲历,可是我也能体会一二。

方爷跟父母亲年龄相仿,老伴儿前几年肝癌去世。几个儿子都在江苏开店做生意。现在一个儿子在家里守着,其他孩子也回不来,毕竟我们这里已经"封城"了。母亲说:"如果年前把氧气瓶撤了,人下了葬,现在也不至于这么尴尬。"我问尴尬在哪里,父亲接话说:"如果现在人没了,有么人去给他抬棺材?疫情这么严重,没得人敢过去。"我又问:"现在不火葬吗?"父亲回:"这几年倒是没有强求火葬,所以现在都是土葬。"母亲又说:"再一个,儿女在外头,也回不来。"我想了一下,说:"那现在如果人没了,只有请火葬场的人开车来把尸体拉走火化,他儿子把骨灰拿回来放着,等疫情结束再下葬。"父母亲点头称是。

父亲又说起了白云娘,也就是方爷的老伴儿:"嚯,那葬礼搞得几风光!几像样!请了八个道士念经,沿路撒钱,各种花圈迷花了眼,花费七八万……"母亲打断说:"你是不是几羡慕?真是花冤枉钱,人都死了,这些钱都给别人咯,有么子味?也就是讲排场讲好看,生前对娘老儿好,比死后搞这些有的没的重要多了。"父亲被怼得没话说,忽然又转头跟我讲:"庆儿,我要是死了,没得别的愿望……就你哥捧着我的骨灰盒,你在后面抱着我的遗像,你老娘扛个铁锹,找块地方把我随便埋了就算了……"母亲扑哧笑着打断:"我才不会扛个铁锹哦,好不吃辛苦!拿着你的骨灰,直接往长江水里一撒就完了。"父亲说:"我说正经话!"母亲回:"一天到黑死死死的,你过去说!不要听你说话咯。"父亲搂着暖手宝,起身说:"说不通哩,我走我走。"

父亲已经不止一次说到死了。每回我在北京打电话回来,父亲总要提起垸里谁谁谁脑溢血了、谁谁谁中风了、谁谁谁前天死了,那些提到的人都是他的同龄人。他就像是身处一个爆炸现场,周遭全是轰轰隆隆的炸响声,总有一天会炸到自己头上来。他内心非常害怕非常紧张,现在轮到他多年的老玩伴方爷。前几年,我离家时,他突然问我要不要看他已经请人给自己画好的遗像,怕到时候来不及准备。几年过去了,他又提起了葬礼的事情。虽然我们用玩笑话把它打发过去了,可是它梗在我心里无法纾解。的确，我该考虑到这些问题了……正胡乱想着时，手机振动，一看是母亲打来的，问我们这边情况如何，我告诉了她。她说："那你不要吹冻咯，找个避风的地方。"我说好。再抬头看去，父亲已经拐过那道弯，不见了。

二

父亲那一笑，我始终忘不了。的确，每一年，我跟千千万万人一样都要回到家乡过年。今年也不例外。如果没有暴发疫情的话，不出意外，我在家里顶多待上一周，就要返回北京工作了。而现在，什么时候回北京，还是个未知数。我曾问自己：后悔回来吗？毕竟从北京返回湖北时，我就已经知道疫情了。如很多朋友那样，完全可以取消行程，待在北京。但我还是不后悔回家，如果我一个人在北京，父母亲深陷在家里，不知道外界消息，也不知道保护自己，那样我也会坐立难安吧。现在这样时刻看着他们，挺好。

今年跟往年还有一个不同之处，就是票特别好买。我的老家武穴，长江中下游的一个小城市，属黄冈市管辖，离武汉两百公里远。回武穴的路有两条：一条走京广线，坐高铁到武汉，然后再去汽车客运站坐长途车回老家；一条走京九线，坐火车到武穴站，那是一列慢车，一到春运票非常难买，且到我们那里已经是凌晨三点多，回家十分不便。所以，我基本上都是从武汉那头回来。今年回武汉的票几乎不用抢，很轻易地买到了。

我乘坐G587从北京西站出发，终点站是武汉站。按照原本的计划，到了武汉站，时间是晚上八点半左右，就在附近的旅馆住一夜，第二天去客运站坐长途客车回武穴老家。我把这个计划告知我朋友后，朋友说："你千万不要在武汉逗留了！赶紧走！否则很危险。"我惊讶地反问："真有这么严重吗？"他说："当然了。不要掉以轻心。"而在出发前，朋友就提议说去便利店再买一包口罩，我觉得一包已经足够了，哪里需要那么多呢？朋友说："一包哪里够？"于是又听从建议，再买了一包。日后我才知道疫情发展到这么严重的程度,那时候我就应该多买几包才是。

一路上其实感觉不到疫情的。我去到北京西站,候车厅黑压压的人群,很少有戴口罩的。等上了车,也没有人戴口罩。我也心存侥幸,觉得离武汉那么远,也就没有拿出口罩来。等车子进了湖北境内,我把口罩拿出来戴上,随后放眼看整个车厢,只有我一个人是戴着的,大家都像没事似的刷手机、睡觉、嗑瓜子。那时候,大家还不知道武汉的疫情已经开始蔓延开来。那一刹那间,我第一次感觉到了恐惧。我预感到这个疫情恐怕会大范围地传播开来。后来的事实证明我的直觉没有错。

第二次感觉到恐惧是回家后看到亲人和乡亲的不重视。我回到家后,立马跟父母亲提起疫情的事情,他们完全没有当一回事,我一边说他们一边点头,然后就去忙别的事了。无论怎么说,他们眼中所看到的是一个安静祥和的乡村,大家从全国各地回来团聚,要准备各种年货,还要忙着过年的各种事宜。这种远在武汉的事情,跟我们有什么关系呢?他们看不到危险的。再看我的那些叔爷婶娘,他们也跟我父母亲一样。在家里的这几天,眼看着疫情蔓延到多个省份。关于这方面的消息,我一看到就跑去跟我父母说。母亲一边烧火一边有点儿烦躁地说:"好咯好咯,你为么子一天到黑都说这个!"我说:"不能不说啊!不能去人多的地方,要戴口罩!要勤洗手……"母亲说:"在乡下要是戴口罩,不笑死人咯。你看哪个是戴口罩的?"我焦急地说:"不能疏忽大意啊。不能因为别人不戴,你就不戴。"毕竟我有太多亲戚是在武汉生活和上班的,他们要回来过年,还要走家串户地拜年,哪个人会戴口罩?会勤洗手?大家依旧按照年复一年的过年惯例走动。这个真是不敢想。可是母亲还是没有怎么放在心上。

晚上,母亲来我房间说话,我趁机放了十几个疫情的视频给她看。她认真地看完,皱着眉头说:"有这么严重了?"我说:"当然啊。你们在乡下看不到这些消息,外面都非常紧张了。"又说到了拜年的事情。我头疼的是大年初一到初三的拜年。我跟母亲说:"真希望那些亲戚们不要来拜年了。很多人都说了电话拜年就好了。"母亲说:"那你也没办法说啊,很多亲戚连联系方式都没有,也就过年来一次。"我又说:"那你要戴口罩。"母亲说:"戴口罩接待客人多不礼貌。"我急了:"是面子重要,还是命重要啊。"母亲说:"你不拜年,阻止不了别人拜年。这个挡都挡不住的。"

  1月23日清早起来时,看到武汉"封城"的消息。起床后跟正在做饭的母亲说了一声,母亲不是很能理解,也不大关注。这几天一直在她耳边念叨太多疫情的事情,我感觉她都有些消化不过来了。很快黄冈市区也"封城"了,到了下午我老家武穴也传出了"封城"的文件。与此同时,公司群里也发来通知:"'封城'期间,各位鄂籍同事就在家乡休息,通过钉钉、邮件与公司联系。'封城'结束后若无不适,可返回上海、北京工作地。但不要进公司,可在住处办公10—14天,公司会派人把电脑送到你住处。等观察期满后再到公司上班。"

  1月24日早上,母亲跟我说:"已经跟你哥说了,晚上和明天就去他家里不出来。要是有拜年客来,咱们家没有人。人家要是问起,就说去街上过了。这样别人也没话说。"看来天天在母亲面前唠叨疫情起了作用。我心里也落下了一块石头。下午去祭祖时,母亲骑着电动三轮车带我去墓地,我戴一个口罩,她戴一个口罩。她戴了一会儿想取下,因为呼吸不畅。我还是坚持让她戴好。而路上迎面走来的人,很多已经戴上了口罩。垸里戴口罩的人明显也多了起来,年轻人大部分都戴了,还有一些老人家不信这个"邪",不肯戴。

  1月25日,也就是大年初一的下午,哥哥开车送我们回乡下,出小区,到了长江大堤下面的马路上。这条马路是武穴市区的主干道,大年初一,要是搁到往年,肯定是人挤人、车堵车,现在却一路畅通无阻。车子过二里半,往官桥开去。经过吕祖祠,往年初一这里人山人海,大家都在烧香祈福,有些人甚至除夕夜就守在这里。上午拜年客散尽,下午母亲和婶娘们就会开着电动三轮车来烧香。我跟着她们来过好几次,香火之旺盛,记忆犹新。而今,只有一个看门的大娘孤零零地守在那里。不一会儿到了我们垸里,家家大门紧锁,水泥路上一个人都没有。原本我们去市区哥哥家里住一夜,就是为了避免初一上午来的拜年客。现在看来，我们的担心多此一举了。大家突然间都有了共识，没有人出门拜年，都缩在家里，也不串门。

母亲感慨说："这真是这辈子过得最冷清的春节了。"很快，她又说："不过也好，我轻松很多了。往年拜年的人来了一拨又一拨，接待这个又接待那个，忙得不可开交。现在可以躺在家里。本来大家都不怎么愿意出门拜年，也就细伢儿高兴。现在好咯，大家都可以松一口气了。"正说着话，手机响了，一看是亲戚打过来的。接着，好几个亲戚也都打了过来。在母亲的催促下，我也拨打了几通电话给我的舅舅、姨娘、姑妈他们。大家都说："就在电话里拜个年哈。"新年快乐。理解理解。是我们说得最多的两句话。

我本来以为这种紧张局面会一直持续下去，可是连续多天的阴雨天气过后，到了大年初三，开始变成阴天了。垸里的水泥路被风吹干，空气有了一丝松动。几乎能感觉到初一、初二那种家家户户大门紧锁的严峻态势变得和缓了，开始有人打开大门在屋场打扫，菜园里婶娘戴着口罩在割包菜，水泥路上一个男人叼着一根烟，口罩拉在嘴唇下面。在家里闷了两天的父亲，跑出去站在垸门口的墙上看贴的通知单，我在二楼正好看见，立马跑到阳台上让他赶紧回来。他说："没得事，我就看看。"我坚持让他赶紧回，他不情不愿地往回走。我又问："你口罩呢？"他说："在我口袋里。"我没好气地说："赶紧戴上啊！"

两天。就初一、初二两天时间。大家还能在屋里待着。到了第三天，严峻的形势被乡村平安无事的假象给柔化了。陆陆续续有人开了门，开始有小孩子在屋场上追逐打闹，也有叔爷们在水泥路上晃荡，一边抽烟一边跟人聊天。没得事。没得事。不消自家吓自家。他们都有这样的心理。毕竟周围没有人感染嘛。毕竟也没听说哪个认识的人死掉嘛。连我父亲也是，在家里看了两天电视，我一个不留神，他就跑出去到垸里的麻将馆看牌去了。只到吃午饭时才回来，我很严肃地跟他说："爸，你不能这样乱跑。你不光要为自家负责，也要为全家人负责。"他回道："哎哟，没得事哎。都是自家垸里人，么人感染么人？"我还要说话，他已经不耐烦听了。

我开始意识到我父亲身上有一种"认命"的意识。他觉得在这样一个灾祸面前，你感染了算你倒霉，没有感染那就不要吓自己。反正这就是命。落到你头上，你跑也没有用。至于戴口罩、勤洗手之类的训诫，在他看来既麻烦又无用，他也做不来这些烦琐的预防工作。也许不只是我父亲，那些叔爷、婶娘都有这样的思想，再往深处追究便是在命运面前的无力感吧。至于我这样"一惊一乍"的警告，在他们看来也就是小孩子不经事的表现，不用放在心上。

电视上关于疫情的报道，他们已经看得麻木。说到底，他们觉得这个其实离他们很远，虽然"封城"了，虽然到处好像人心惶惶，但在垸里，依旧是如此平静。不知道疫情未来是什么态势，但想让他们把自己闭锁在家中那么长时间，是不可能的。此时，疫情成了他们的谈资，而不是一个让人惊恐的无形巨兽，毕竟它还没有拍打过来，毕竟没有血淋淋的现实放在眼前。

三

等了两个半小时，江风几乎把我吹透，从头到脚都是寒沁沁的，忍不住打了几个喷嚏。还好江堤上无人，否则别人要吓死了。长期生活在北京，习惯了有暖气的生活，乍一回到南方，身体真是不适应。老家的冷，我曾经如此形容过："去我长江边的老家试试，那冷是怨妇的冷，她既不拿大风的爪子挠你，也不拿干燥的语言骂你，她甚至都不看你，她就坐在屋子的深处，不说话。可是你能感觉到她无处不在，每一块砖缝都渗透了她湿冷的心事，空气中每一颗细细的水珠都是她暗暗洒下的眼泪。你挣不脱、甩不掉，晚上睡觉时，她的手悄悄地摸你的脸，透过你的肉，摩挲你的骨头。你冷得发抖，她叹息的气息拂过你的脖子。"而母亲始终不理解我为何这么怕冷，捂着暖手宝，穿了一层又一层，看书的时候腿上还盖着薄棉被，结果还是感冒。她经常忙来忙去，洗这个刷那个，背上出了汗就塞一条毛巾，而我冻冻缩缩，如一只可怜的流浪小狗。

我不能再感冒了。前两天早上一醒来,感觉眼睛肿肿,身子乏力。母亲在楼下喊了很多次让我起床吃饭,我也没有力气答应。母亲后来形容自己的心情:"你每天起得都好早,今天八点多了,你还没有起床,我心下一沉。"我立马明白母亲担心我是不是感染了。毕竟我是从武汉回来的,毕竟现在感染的人如此之多……我自己也说不准是不是,但另外一个声音一直执拗地响起:"不要想多了,这就是普通的感冒。"每一年过年回家,我都会感冒的,今年当然也不例外。好不容易起床下来吃饭,母亲已经帮我盛好了红薯粥,而我毫无胃口,闻到了菜的油盐味,立马想吐。我忍着恶心吃了两碗粥后,就上楼来了。坐在床上,昏昏欲睡。母亲进房间时,我正准备脱衣服,她立马说:"你先莫睡,我烧了青艾水,你泡泡脚再睡。"我说好,母亲又下楼去了。窗外连续多日的绵绵冬雨,窗玻璃上结着水珠,风从窗户缝隙里杀进来,裹着凛冽的寒气。我又忍不住一阵哆嗦。

如果我真的感染怎么办?那时候我忍不住想这个问题。首先我肯定害了全家,毕竟我们天天在一起近距离地生活。再一个,我怎么去医院?据说那里已经人满为患,我该如何避免交叉感染?我只有一次性的口罩了,网上买的和朋友寄的,都送不到乡下来,更何况已经"封城"了……好多现实的麻烦问题蜂拥而至。最后,我才想到我可能会死,不是吗?肺部被病毒侵占,呼吸困难,身体各个器官都遭到损害……这些想想都让我害怕。

正想着,母亲拎着塑料桶上来了,桶里是滚烫的青艾水。母亲先用毛巾帮我擦背和脖子,让我换了一件内衣;把青艾水倒到洗脚盆里让我泡的同时,母亲又拿生姜片给我擦手和脚。她一边擦一边担忧地看着我。我勉力地笑道:"没得事。应该就是感冒。"她"嗯"了一声,蹲下来给我搓脚。我说:"我自家来。"母亲不让,她耐心地试试水温,又加了一点热水。我再一次说:"我自家来。"母亲捏着我的脚,轻轻地揉着:"脚暖和了,人身体就暖和了。睡一觉就好了。"等我洗好脚上了床后,她帮我掖好被子,被脚拿薄被子盖住,这样就不会漏风。一躺下来,几乎立马就睡着了。再次睁开眼时,窗外的雨还在下着。我的身体感觉清爽了很多，精气神又回来了，而且也饿了。看来我真的只是感冒而已，不由得松了一口气。下楼到厨房来，母亲又做了一桌饭菜。我一口气吃了两大碗。母亲见此，也松了一口气。我忽然想起前一年感冒发烧，多日不好，去村卫生所打了几瓶吊瓶，还是不见好转。我直到临走前一天又打了几瓶吊瓶，出了一身汗才算是恢复过来。后来我才知道母亲瞒着我去问了隔壁垸通鬼神的妇人，那妇人说是我刚去世的大姨缠着我不放，我身体才如此不见好。母亲烧了纸、祷了告，我才逃过一劫。我想这次她恐怕又去这样做了吧，便问她，她默认了。我又笑问："这次又是哪个先人？"母亲说："这个你莫管，现在好了就行。"我笑母亲又搞这一套迷信，母亲忙喝住："莫瞎说！菩萨一直保佑你的。"我笑回："那你就是菩萨，你保佑我。"母亲笑骂道："你莫乱说，我要有这个本事，你就不会病咯。"

不会病的。也不敢病。这个时候病了，哪里敢去医院？我还记得昨天晚上在房间里，母亲走了进来，跟我一起看新闻。电视上关于疫情的报道一个接着一个。母亲忽然问："如果我感染了，你会照顾我啵？"我愣了一下，随即说："当然会！"我想起之前跟母亲说起武汉一个小伙子感染后情况十分危急，是他的姐姐连续多天在病房里照料，直至他最后病愈出院。我是不是真能做到他姐姐那样，我不知道。很多事情临到发生时，才会看到自己是勇敢的还是怯懦的。母亲点点头，笑道："我也是傻，要是我感染了，估计全家人都感染咯。那才是麻烦嘞！所以，还得要在屋里好好待着。好好活着，比么子都重要！"

但是在屋里也不能好好待着，不是吗？父亲的药用完了，武穴市区那边去不了，镇上这边也难去。现在这种封路封城的情况下，很多像我父亲这样有慢性病的人，买药的确是相当困难的。还有那些需要去医院就医的人，也面临着无法去、不能去的状况。现实中这些隐形的困难无处不在，他们也无法发出声音，只能默默忍耐。

为了防止冻僵，我在大堤上来回走动，跺脚吹气。过了快三个小时，才看到父亲从长江大堤下面的小路上慢慢地走过来。远远地看到他迟缓无力的步伐，我就知道没有买到药。上坡时，他气都快喘不上了，脚踩在烂泥里，腿弓着使不上劲，我赶紧过去扶他，他腋下的衣服都湿了。我问他如何，他摇摇头：

"所有药店都关门咯，打电话也没得人接。大街上都没得人，到处喇叭都在喊着要防疫情。"我说："我再想想办法，看我哥在市区那头能不能找到开的药店。"父亲没有回应我，一直在喘气。我让他坐在车厢里，我来开。他没反对。

到家后，母亲立马迎了出来，一看父亲沮丧的神色就猜到了结果。她没有说话，和我一起把父亲搀扶了下来，让他在房间里休息。安顿好父亲后，我跟着母亲到灶屋里来，又忍不住打了几个喷嚏。母亲说："你赶紧多喝开水，感冒药和板蓝根都有，你也吃了。"我连说好。吃完药后再下来，问母亲："哥哥一家不是说来，为么子还不见来？"哥哥是在微信上告诉我他全家要回来的，母亲知道了特别高兴。我们已经好多天没有见面了，虽然在同一个城市，他们住在武穴市区，我们在乡下，直线距离也就十来公里路程吧。如果开车的话，不到二十分钟就能到家。可是现在要想见一面真是太难了。本来前几天他们打算回家的，母亲趁着天气好阳光足，晒了被子和枕头等他们晚上回来睡，可是下午哥哥就说回不来，因为车子开到百米港大闸，碰到了路障，只得返回。就在昨天，母亲不死心，拎着一大桶新鲜的冬青菜回来，让我给哥哥打电话回来拿菜。我说："他么样回来的？市里已经下了命令，不让机动车走咯，我哥哥没办法开车回。"母亲遗憾地说："也不晓得他一家在市里有没有米吃的。"我说："这个你放心，市里的超市肯定还有卖的。"

从我们这里到市区的公交车已经停了多日，如今机动车也不能开，基本上去哪里都寸步难行。垸口前面的省道上，偶尔有救护车驶过，其余时间空空荡荡的。哥哥之前还时不时开车回来看看家里情况，现在完全不行了。嫂子发视频来，只见哥哥沿着客厅慢慢跑步，侄子坐在沙发上无聊地看电视。在市区里不能出门的人们，大多都如此发呆度日吧。还是在乡间稍微自在些，可以楼上楼下走动，实在闷了，站在大阳台上看田地和村落。

可是，这种自在的幻觉，母亲一说完话，就立马消失了。母亲说：

"你哥说他不回咯。"我惊讶地问道:"为么子?"母亲说:"他说俺垸里有个人感染咯。"我忙问谁,母亲说了名字,我一听,那个人的屋子不就是在我们家斜对面吗,离我们不到二十米远?站在窗前,就能看到那屋子。没有看到人出来,只有晾晒的衣服还在外面。完全看不出来那家有感染的慌乱气象。我立马发微信问我哥哥,我哥哥发来一张图片,打开看是武穴疫情分布图,是一个表格,上面有"乡镇""村名(社区)""确诊""疑似""合计"五块,在村名那块果然看到了我们村子的名字,疑似那块显示"1",但并没有具体到垸(我们这里几个自然垸组成一个行政村),更别提是哪一个人得了。我不知道哥哥是从哪里知道这个人的名字的。

一阵突如其来的恐惧感涌上心头。我不知道这个人是不是跟我,还有我的家人接触过,而我也不知道我的家人接触的那些人是否跟他接触过……我完全不知道他的活动轨迹,也就是说我们完全不知道我们是否被他感染。本来我以为我们这边可能侥幸躲过,毕竟没有听说谁感染了。多日的好天气几乎快让人忘了疫情的严重性了。饱暖的阳光洒下,江风和煦,田野里青草从泥土里钻了出来。各家各户在自家门口晒起了棉被,把菜园里吃不完的萝卜切成丁晒干,土狗在麦田里追来逐去地玩闹。哪里像是要出事的样子!可是疑似感染的人就在身边,我们毫无察觉。

我赶紧把窗户关上,楼下有窗户是坏的,完全合不上,风一直往屋里灌。屋子这么大,哪里能完全闭锁?我把情况发到朋友圈,我的发小(他的家离那个人的屋子就隔了三个房子)跟我视频,他说那个疑似感染的人是村里另外一个垸的人,一直住在市区并没有回来。一时间,我不知道是哥哥说的是真的,还是发小说的是真的,或者两人都是?我没有办法去确证。再看窗外的村庄,静悄悄的,偶尔有几个行人在马路上走,婶娘蹲在门口洗鱼,叔叔在扫地,一只小狗在墙边跑动,完全没有显露出恐慌的迹象。也许,他们还不知道。我要不要告诉他们?可是我并不能确证消息的真假。但是这种静谧的气氛,让我感到恐惧。

我把父亲没有买到胰岛素的事情告诉哥哥,让他在市区留心一下是否有胰岛素卖的。他说好。我又补充道:"如果能多买一点就多买一点,备着总是好的。"哥哥说晓得。至于如果能买到该如何送过来,我没有细想。父亲躺在床上说:"你哥买不能报销。"我说:"没得几多钱。你不消担心的。"父亲叹气道:"我现在没办法挣钱,只能靠你们咯。"我说:"你莫多想。好好养身体就好咯。"父亲没再言语。不一会儿,父亲问:"外面为么子这么吵?"我隔窗看去,只见一辆电动三轮车从屋边开过,车厢里搁一个大功率扩音器,正在播放广播,让大家尽量待在家里,哪里都别去。刚才我也听母亲说起去村里买菜时,垸口除开之前停着一辆面包车防止车辆进出外,还专门有人把守,只要人们聚集聊天,那人就会去劝阻,而且店铺都关门了;家家门口也都贴上了《新型冠状病毒感染的肺炎公众防护提示》和《武穴市人民政府致全体市民朋友的一封信》。

隔壁婶娘从菜园里摘了一篮子菜从我们家门口过,见到站在窗户后发呆的我,便笑问:"秀才哎,是不是想回北京咯?"我说:"北京也严重咯,还不如在屋里。"婶娘又问:"你读书多,晓得么会儿是个头哦?"我说:"我也不晓得。这个恐怕没得人晓得。"婶娘叹口气,往她家的方向走去。婶娘戴的口罩,还是村干部上次发的一次性口罩。垸里大部分戴的口罩也是一次性的,有稍微好点的,也是反复戴了很久,没办法更换。而我手头只剩下从北京回来前夜买的那一包口罩,三个。这些天没舍得用,因为想等着以后回北京的路上用。大家基本上都是处于毫无防护的状态。至于消毒液更是没有,也无法买到。大家能做的就是待在家里,有点听天由命的意味。

母亲走进来,让我们去吃饭。我和父亲说好,起身去灶屋。母亲做了一桌子好菜,有我喜欢的山药炖腊肉,也有父亲喜欢的青菜汤。窗外广播还在响着,我们默默吃着饭。窗户虽然紧闭,但风已经从缝隙里钻进来。母亲察觉到了空气中的沉闷,笑道:"你们为么子都不说话?我做得不好吃?"我说好吃。母亲点点头,拿起勺子给父亲舀了一碗汤,因为父亲手不听使唤,老在发抖,然后又给我夹了几块山药。这些做完后,母亲笑着说:"这个有么子好怕的?几多困难都过来咯,还怕这个?

都吃饱饭，睡个好觉，心情好了，也就不怕这个咯。"我"噗"地笑出声："妈，你为么子突然这么会鼓励人咯？"母亲说："要自家给自家打气才行！"

吃完饭后，我回到房间，开始收拾。母亲拎着开水瓶进来，惊讶地问道："么想到今天收拾？"我一边整理书桌一边说："看样子我短时间内是走不了咯。以前把这个房间当客房，住几天就走。现在既然是这个情况，我就要有做主人的自觉，好好住下去。"母亲一边帮我收拾一边问："这些糕点你不吃了？"她指着我桌子上果盘里的点心。我说："我现在要少吃甜的，所以就不吃了。"母亲说："你原来到了夜里吃这样吃那样，现在变了，不爱吃东西了。"我说："小时候管么子都没得，所以见到么子都想吃。"母亲愣了一下，嗯了一声："你在外面吃得好不好？"我笑道："你不要担心我，我在外面过得蛮好的，吃得也蛮好。"母亲点点头："做妈妈的，永远都是这样的，担心你这个，又担心你那个。"

最后一件衬衣叠好后，母亲放在衣柜的第二格，此时她突然问我："要待这么长时间，你会不会烦？"我摇头："不烦。"母亲点头："那就好。那就好。"又聊了一会儿，母亲往外面走："不早了，你也早点睡。"我说好。走到门口，母亲问："明天你想吃么子？"我说："你做么子我吃么子。"母亲说行，关上了房门。外头响起了放鞭炮的声音，以往这个时候肯定有其他的鞭炮声此起彼伏地回应，毕竟还在过年期间，可是现在它孤零零地响着，连母亲下楼的声音都听得见。

(《花城》2020 年第 3 期)

《平淡之喜》（节选）

黎 戈

美丽心灵

《珍》出来了，这是关于专门研究大猩猩的珍·古道尔博士的纪录片。我看了，然后又重读了她的"希望"系列，真是感人至深。

古道尔自小就很喜欢小动物，总是想和它们待在一起，因为家境并不富裕，高中毕业后她只能到处打工，她用端盘子的小费，积攒了旅费，去非洲的国家公园，一个人待在一个岛上，和许多大猩猩在一起。她满足极了，这正是她童年时的梦想。

古道尔的美，在于不屈不挠的斗志。20世纪50年代时，女性并不被鼓励从事科学工作——前几天在书里读到另外一个传奇女性毕翠克丝·波特的故事，她也想成为一个生物学家，但不被科研组织接纳，因为她是女性，最后她只好改行画插画，歪打正着，画出了举世闻名的动画形象：彼得兔。

再说回古道尔，她只身登岛，每天早早起身，登山去观察和记录大猩猩的行踪，最终获得了它们的信任和近距离观测的机会。

她的美，在于博大的情怀。1986年出席了一场学术会议之后，古道尔博士意识到工业时代对生态环境的伤害，地球物种的多样性被急剧破坏，很多动物面临严峻的灭种危机，她决心从工作了三十年的贡贝大猩猩研究基地走出来，致力于呼吁和促进环保工作。

当她谈起又有一个濒危物种被人类挽救的时候，她碧玉一样的绿眼睛神采矍铄："我们让这个动物从'极度濒危'状态，降到了'濒危'，这是很了不起的！"她像一个打了胜仗的战士一样快乐，不是为自己的名利，而是为动物的生存环境被改善，这丰盈的生命意义感，让八十多岁、满面皱纹的她，依旧光彩动人。

古道尔有一张非常典型的英伦美女的脸，五官细巧、金发碧眼，身材也非常好，腰细腿长，是个不折不扣的美人。但是，她对自己的肉体美，毫不在意，更没有过度经营和利用。到八十多岁，她都是梳着简单的短马尾（众所周知，这是最容易打理的发型），穿着卡其色或绿色的布衬衫、短裤，款式极为简单，这是为了方便科研观测。摄影队去非洲拍大猩猩纪录片时，顺便拍了她在溪水边洗头的场景，很多年后，提起这件事，她还是觉得很无聊："这没什么可拍的。"

古道尔的妈妈也很美，一岁半的时候，古道尔抓了一堆蚯蚓放在床上，她妈妈没有尖叫和斥责，而是看看她说："珍，如果你把它们放在这里，它们就会死掉，它们离不开泥土。"小朋友听完，蹒跚着把蚯蚓送回家了。二十多岁时，古道尔奔赴梦想之地非洲，当时不允许白种女人单身待在岛上，古道尔的妈妈就勇敢地充当了陪伴，带着医药箱上岛，和女儿吃一样的罐头食品和水果，在溪水里洗漱，在女儿整日上山观察猩猩无法陪伴她时，她给当地的黑人看病，与他们建立了良好的关系，为女儿日后的工作打下人际基础。古道尔结婚十年后，因为和丈夫长期分居，对方要求她放弃猩猩研究，和他一起生活。古道尔给母亲写信谈及自己的困惑，母亲立刻回复，"没有人是不能放弃的"，告诉她不要成为男性的附属品……古道尔离婚了，更加坚定地投入工作。

她母亲美吗？她很美，她的美不仅是因为母爱的光辉，更是来自一个独立的灵魂对另外一个独立灵魂的尊重、理解和支持。

居里夫人美吗？哪怕她穿着粗布工作服，在工棚一样的简陋环境中，拿大木棒提炼化学元素的时候，她依然非常美……她发现了放射性元素，间接推进了放射疗法，数以万计的癌症患者得以借放疗延长生命。她美吗？她很美。师太亦舒的书，早年悉数看过，现在记得的不多了，有一部是《喜宝》，里面的富家女，也就是男主角的女儿，本来是超级"白富美"，整天不思上进，到处游乐，不看书，床上摊开一本通讯录，里面是几百个玩伴的名字。她百般无聊地挥霍着青春和老爹的钱，她的未婚夫提到她时说："你知道有一种婴儿，拿灯光一照头部是透明的，光从瞳孔中射出来。"意思是说，她是个无脑的空洞之人，那种美止于皮相，非常扁平，交谈几分钟之后，就会被乏味所淹没。

而当喜宝被金钱腐蚀了人生斗志，放弃了剑桥的学业，步步堕落之时，这个富家女，却放弃了家里的钱财，去教书了，最后她手脚长着冻疮，穷得连一部版刻《红楼梦》都买不起，只能天天到琉璃厂蹭读，却充实快乐地生活着。她的得失轨迹，与喜宝正好是相反的。我想，在获取了生命的意义感之后，她会具有更厚实、更层次感的美。

这是一个前所未有的无聊时代，每天打开微博和头条的时候，我会被那种无聊的程度所震惊，这么有限而可贵的生命和注意力资源，难道真的要拿来去关注明星脸上长的一个痘痘？当我说美在灵魂的时候，你觉得这是个文艺腔的笑话吗？其实不是，开阔的人生格局、深刻的灵魂感、对外物的照拂，这些，会让人拥有真正的美，美到老。你看看那些生动的、突破了年龄感、性别感的女人就明白了。当古道尔博士不停地说，"我觉得自己完成了儿童时代的梦想，我很幸福，太幸福了"，那种历经折磨、奋斗不息、终于实现梦想的光芒，意义在握的笃定，照亮了她的脸。这不是打瘦脸针、羊胎素来拼命减少一个褶子、一个斑点那种表象的美，而是生命内在的光束。

简单生活

这个世界，越来越让我感觉到"满"：打开手机，各类付费或免费的知识、信息、新闻，某宝的促销广告铺天盖地，扑面而来的热腾腾的物质气息：当季的裙子，新款的化妆品，步入式衣橱，层层叠叠的鞋子，拉出来成排的口红，满是绿植的家中，日系清淡风、北欧极简风或是美式豪华风的各式家居用品错落有致地陈列着……这一切，笔直地指向美好而整饬的生活，似乎只要你下了单，一切美好的人生，即刻在你面前展开。

而随着这"满"，又慢慢生出了心里的"空"，在手机上浏览半个小时，关机后脑子里仍然是空空如也，趁着节日之名而来的各类消费契机，将橱柜塞满，心仍是空虚的。而当这些被过度鼓吹和煽动的购买欲，远远大于生产力时，就会成为致命的诱惑，"校园贷"之类的故事，在这个时代层出不穷。

有时，我不明白，人类为什么要占有这么多的物质，在短暂的消费欢愉之后（也可能只是"确认购买"那个点击之后），快感瞬息熄灭，转而厌倦，这些匆促生产出来的物质，又为地球制造了更多无法降解的垃圾。它们污染了纯净的雪山、沉积在鱼类的胃里、胶住了鸟儿的嘴巴——还不如动物来自天地，又将自己还给天地。

人类模仿生物代谢的方式，可能是二手市场：现在有了卖二手书和衣服的网店，把闲置物品放生，重新流通，让它们获取新生，无须再盲目生产和积压，这是对资源的爱惜。对流浪猫狗，以收养取代繁殖，让现存动物获取更高的生存质量，这是对生命的珍视。

设计师伊姆斯曾经对消费热提出过解决方案，他说的是：追求"新渴望"，也就是说，这东西的价格必须是通过真正的努力（而不是花钱买来）……比如，学看地图、学说中文、学骑自行车、画出数学函数图表、了解一座城市，而这些事的重点在于，这些领域的"货币"是你的能力，让自己全力发挥，达到完美境界。这就是以"内消费"代替购买，不是去花钱，而是调动内在的能量，付出时间和努力，提升能力，通过这个内化的过程，获取满足。

梭罗在《瓦尔登湖》中说："我愿意深深地扎入生活，吮尽生活的骨髓，过得扎实、简单。把一切不属于生活的内容剔除得干净利落，把生活逼到绝处，以简单最基本的形式，让生活回归到简单，简单，再简单。"为了证明人不需要那么多物质，他带进瓦尔登湖的，只有极少几件随身物品，而另外一方面，他又是个极其丰富、终身热爱学习、热衷创新的人，他不但改进了铅笔生产流程，还发明了一种葡萄干面包，他是个工程师、产品设计师、植物专家，梭罗的理念正是全面调动"内消费"，以获得完整的生命体验。

很多美好并不需要花钱买，美国有个植物爱好者，写了四十年的文章，都是关于树，她还有树友，两个人联系的内容就是谈树："檫木开花了！""后院的变化太快，我（拍摄）都跟不上了。"春天在美国的挺进速度，是每天北上十五英里，所以这两个不同省份的人，要在两个星期后，才能同步眼前的风景。

我自己住在顶楼，楼下的树长了很多年，终于抵达了我的窗口，每天观察它的树冠变化，让人乐在其中：背面的树叶比正面的要阔大些，因为这是它们的太阳能吸收板要靠它争取阳光；每种树的叶子也不一样，前窗的马褂木是单叶，爽朗利落，还有棵紫楝是双复叶，枝叶结构繁复鲜丽。每年春天我都很忙，要去探望很多的老友，也是树友：中山植物园一棵浑圆硕大的朴树，古林公园的一株混植在紫藤里的大木香，枝叶披离地从空中悬垂下来，像一道花的瀑布，午朝门前的两棵华丽丽的绣球荚迷，台城附近的几树明艳的辛夷，那种春阳下挂在枝头的绯红，一旦委地就会失色，浦口公园的几株腰身合抱的大水杉，皮最喜欢仰着脸拍它们树冠合在一起的样子。还有的老朋友，走着走着就散了，比如绣球公园那棵巨大的樱花树，我总喜欢带了寿司去树下野餐，后来它被移走了。

《人生果实》里的那对老夫妻，其中的那个老太太，她的消费观我也喜欢，她刚结婚时，因为老公薪水不高又爱玩帆船，家里几乎没什么余钱，她就慢慢攒，每个月去买一件真正喜欢的珍品，一个杯子，一个盘子，爱惜地使用，享受着真正使用着心爱之物的快乐，一直到她女儿出嫁时，那些珍品还是完好无损，它们又成了有意义的传家宝，被拿去做了陪嫁，时时陪伴在出嫁的女儿身边，"让离开家的女儿，就像看见妈妈一样。"这才是物质的真意。而如果是潦草地获取和抛物，就不会得到这种深刻的满足。

平淡之喜

  自从皮皮出生以后,我必须要给她做清淡的饭菜——小朋友的味觉,极为敏感,稍有一点刺激性的味道,比如,菜刀切过甜椒没有洗,再去切其他菜,这个幅度的辣味残留,她都能尝出来,然后拒吃。因为有这样严格的软性监督,我无意中就做到了忌口。

  几年过去了,我发现自己已经不太爱吃重口的东西了。比方说绝味鸭脖和麻辣香锅,过去都是我的至爱,哪怕冒着长痘的风险都不放弃。现在,我不那么爱吃了。因为,味蕾只能接收到单一层次的信息,比如椒麻,一锅都是椒麻味,不管是鲜虾还是藕片,或者是洋葱;又或许是蒜泥,满嘴都是被蒜味说服、缴械投降的食材。它们早已投奔敌阵,全然忘记自己是荤是素、是白菜还是萝卜了。

  就好像在网络时代,信息纷飞,可是大家都活得浮躁焦虑,因为浅表信息会让渴望深层回味的大脑饿着——一打开手机、电脑,满屏都是信息,不是椒麻味信息,就是焦糖味信息(鸡汤文全是焦糖味,甜腻;吐槽文全是麻辣味,标题吓死人,正文辣且冲),总是那么几种。大脑,只能食其厚味,而不能享受精细的"质感",老是吃不到需要用力思考的、反刍的、有深度的、高质量的精神食粮,它饥渴难耐。

  最近整理书架,无意中翻出一本《村上春树 RECIPE》,2002 年买的,当时记得草草翻了一下,心想村上春树果然是关西人,口味淡得出奇。现在,再看这本书,每一样我都想尝试了。食材非常日常,制作过程基本不超过三个步骤……这么多年,我才体悟到,食物,就是要用最简单的烹饪,体现食材的原味和质感。比如黄瓜、西瓜、苦瓜都是瓜,但是它们的含水量、纤维密度不一样,吃到嘴里的口感也有很大的差异,新鲜的带刺的黄瓜,和软塌塌的老黄瓜,咀嚼起来的弹性完全不一样。

  当我的味蕾在分辨这些细微差别的时候,我知道它是愉快的。

  买日系的衣服,常常会碰到这种情况:明明就那么几个颜色、基本款的衣服，为什么购买页面那么多，选项也很繁复，再仔细看，每件衣服，标注的成分都不一样：有的是全棉，有的是长短棉，有的是百分之九十棉，有的是螺纹棉，有的是竹节棉。而这些质感不同的衣服，无论上身的感觉，还是穿着时款型的持久力，包括把它们扔在床上的形态，都不一样（含麻质料的东西，往哪儿一扔都能帅帅的，而用棉布衬里的麻布包，有种冷傲的麻所没有的、让人感动的贴体柔软，夹在腋下时，分外踏实）。

无印良品的灵魂人物原研哉，最爱白色，他所有的书几乎都是白色的，有人戏称为"白内障"系列。他说，"白色不仅是颜色，更是一种感觉。"即使他使用其他色彩，他也是想表达一种洁净、朴素、简约的质感。而在他的前辈，无印的另外一个灵魂人物田中一光那里，"质感"这个词，更是反复被提及。

喝咖啡也是这样的进阶：一开始特别不能适应那种苦涩，总想加糖和奶，调和掉咖啡的涩度，让它变得清甜适口。方便的速溶三合一咖啡，迅速占领了中国市场，我也成了一个重度咖啡瘾患者——别人想到生孩子的痛苦，都是肉身被切开缝合之类，而我在整个怀孕和哺乳过程中，肉体上最大的苦楚，是不能喝咖啡——害怕咖啡因会伤害宝宝正在发育中的神经系统。那些少了一个咖啡唤醒程序的、蔫蔫的早晨，让我痛苦不堪。

在速溶之后，我开始喝手冲，然后，就再也不能喝速溶了。速溶根本就没有咖啡的质感，只有浓浓的糖精味和植脂末的、人工的一团和气。而纯正的咖啡，能喝出不同产地的咖啡豆，不一样的烘烤程度，咖啡豆配比所特有的充满个性的滋味，甚至香气也有微妙的差别，每杯咖啡，都有自己的气味身份证。

当我的味蕾和鼻腔，努力识别着它们的时候，我知道它是愉快的。

夏天常用的香水，是尼罗河的"李氏花园"，那个做了"尼罗河"系列的香水师艾什纳，去年买过他写的书，这个穿着蓝色和白色工作服（他形容自己是个见习修士）在菜市场把鼻子埋在梨子堆里、在意大利的柠檬园和京都的庭园里、在中国的古碗和酒吧的爵士乐里找寻制香灵感的法国男人，他曾经形容他想调配的一款香水的特征，用的词是"微茫"。我看到这词的时候，愣了半天，那种宁静致远、暗香萦回、层层推进的质感，就是他的风格。

当我的鼻子，努力地分辨那"池塘的气味、茉莉的花香、湿润石子的味道，以及那李子树、金橘和巨竹的芬芳"（艾什纳）时，我知道它是愉快的。

前阵子，看一个隐居山里的老人写的书，他循着四季更迭，画了很多应季的花朵，并且写了关于植物的人生故事和心得，他直言他不喜欢蔷薇属的花，因为觉得"人造感太强，玫瑰那简洁的构造中培育出的豪华造型，用作切花时比在土壤里还长久的特性，都是为了供人观赏而世代反复改良出来的"。我看他倒是很喜欢在台风天连茎带叶一起倒伏的秋英，还有和樱花性格迥异，枯掉后也倔强得不肯失去花型的绣球。也就是，那种遵循天然的花性、不迎合人类口味的本味和质感，是最美的。

当他看到冬雪中满地的落英，我想，他的眼睛，是愉快的。

我一个朋友说一本书，"有的文字，一看就很有高级感"，这是说文字的质感。美人美在骨，而不在皮相衣妆，文美在质，而不在饰。

当她的眼睛触及这些文字的时候，我猜，她是愉快的。

量　杯

人像量杯，越深邃的人，越能量出生命的深度；越深刻的读者，越能量出作品的深度。人类总是拼命追求生命容积（长寿）、体验容积（丰富的生活）、理解力容积（同理心），无非是想让这个量杯大点。

就做人而言，量杯小，人就会流于浅薄、乏味，像迟钝的味蕾、像素低的镜头，这世界对他而言，也扁平无趣。这几天重读契诃夫，看他笔下的各种小人物，活灵活现的内心描述，好像契诃夫就是他们本人一样——契诃夫只活了四十四岁，可是他在作品中经历了很多次人生，很多人的人生，比他的生命长度多好几倍的人生。他的量杯真大。就读书、写文而言，量杯小，要么把深的东西解读浅了，要么脑型单调，写出来的文章千文一面……人与人之间的信息、情感、人生境界的对称，并不那么容易。好的作者，不怕遇到高手读者，倒是怕低的。越高段位的读者，越能识别出作者的技术点、掂量出他用的心思。

同一本书，过几年读，感受迥然不同。有的轻到没法读，有的却读出了原来没读出的滋味。这是因为你的量杯加大了。不过，量杯大小，不一定和生命长度成正比，很多人，在某一个刻度，已经僵滞了。

有时，遇到体积很大的灵魂，一时无法盛放。我开始不敢写，细细地做些笔记，把原材料存在那里，慢慢发酵。终于，有一天，鼓足勇气，开笔，可能要写不止一次……一次，两次，三次，慢慢地，最初那震撼我的东西，被百分之五十、百分之六十、百分之六十五的笔力，渐次推进，一点点析出来了。这百分之十、百分之五的进度条拉进，是我在时间中经历的血肉模糊的成长。随着自己的量杯加大，才越来越深地解读对方，并且，能越来越精细地呈现每一个作者独特而幽微的体味……如果把一个喜欢的作者，每隔十年写一次，一定很好玩。有时，也很清楚，自己把一个深刻的灵魂写弱了，辜负了它。就像厨师觉得对不起他的新鲜好食材，站在那条为他而死却没有成为一盘好菜的鱼面前，心里不住地说，"对不起"，很沮丧。

时代的质感缺失

医院排队拿药的队伍很长，我掏出一本书看，发现身后有点异样，一个男人也在勾着头看我的书，我翻一页，他的头就歪一下，我本能地快快把书合上。二十岁时，我在公交车站看托尔斯泰，因害怕被人视为怪物，所以包上通俗小说的书皮，而现在，光是看书这件事，已经让我有点尴尬了，那男人开口了："好久没见人看书了。"

纸书（我读实物书时比较缓慢认真，网上主要是查资料和工作交流，至于用手机阅读严肃文学的人，不在本文探讨范围）一定比手机浏览网页高贵吗？当然不是，但是后者，对于我，一个长年看严肃文学的，阅读味蕾已经被精细伺候惯了的人，你让我读那种完全没有质感的文字，我的文学舌头和胃，委屈得慌，也饿得慌。所谓"由奢入俭难"，快餐阅读，不解饥，也不解馋。

有个朋友讲述了一个现象："出来一个新闻事件，飞速下论断，马上展开道德攻击的，往往是非常年轻、未经世事的人。"

这是为什么？因为大家道德水准大幅提升了吗？我想，更多的，是因为他们生活在网络时代，是快餐精神食粮喂大的，几个标签一贴，一个表里层次都很多、质感非常复杂的事情就给打发掉了，没关系，马上就会有新的更热辣的新闻事件来喂他们。一线新闻记者及长期关注此话题的研究者严重缺失，也没见发声，媒体都是在转发最初的一个事件报道，他们按阅读者的口味，精确地估算关注度，以此为标准，夸大局部、胡乱剪裁，为的是吸睛、拉流量。这种梗概式阅读习惯，造成了这样的后果，你看到一个评论标题是这样的："一个绿茶的悲惨下场""一个出轨渣女的报应"……而这说的是《包法利夫人》《安娜·卡列尼娜》。当文学史上最伟大的作品，被如此面目全非地解读时，可怕的，不是阅读态度的粗暴恶俗，而是大脑的惰性，思考的简单化。很多人，已经逐渐失去了感受人、事、物之质感的耐心和能力。

前两天，圈内传一个获奖的学生作文，我的网友们讨论说："这孩子字句很漂亮，但是好像完全不懂词与词之间、段落之间的衔接。""她这个写法，估计是一直被鼓励着，她以为华丽堆砌、无病呻吟就是好，再这么写下来，这孩子的写作能力就废了。"（大意）现在有作文训练班，专为应试而设，有所谓写作高分公式，就是先写个梗概，然后找出缝隙，尽量塞入漂亮的形容词、副词及平时摘录的好词好句，这样写出来的东西，必然是僵硬的、缺乏有机感的。

不观察、不体味，不追求真实细腻的质感，导致的，就是两个极端：要么梗概式阅读，要么虚词成文。而严肃文学和快餐文学之间、新闻标题和真实人生之间、文学大师和普通写手之间，隔着的，就是质感的还原。

是枝裕和，是我很早以前就喜欢的导演，在分别看他电影和书的时候,感受又有殊异:他的书里,不停地在说他拍纪录片的过程、与受访者之间互动的经历,以及各类社会事件对他的影响,时时让我想起,他是一个纪录片导演,他的社会性。而在电影里,他的镜头叙事却很生活化。把社会性和生活化,这两端完美地衔接,他这个漂亮的落地动作,靠的就是质感的还原。任何一个新闻人物,他也是浸润在时代中的血肉之躯,私人化的,就是社会化的。只看创作者的还原技术行不行。

他拍一个官员自杀,他细细地阅读了对方的日记,一直追溯后者的童年——这是一个在父母缺失的爱之荒漠中长大的男性,所以他对弱势群体充满悲悯。作为公务员考试的第二名,东大毕业的学霸,他最后没有选择外务省、通产省(相当于中国的外交部、经济厅)这种光鲜岗位,而是投身于福利事业。一个每天忙于公务,只揣一双换洗袜子就在办公室睡沙发的兢兢业业的官员,他最后死于内心的冲突。官员自杀,这样一个很容易戏剧化处理的题材,被层层剥开,肌理细腻地呈现日常的质感。这个官员最后的日记,全是植物观察笔记,他和太太在家附近的大自然里徜徉,深深地沉醉于草木之美。可是作为环境署官员,迫于要维护国家利益(经济的高速发展,通常以牺牲环境为代价),他只能代表官方拒绝赔偿污染受害方的渔民。而在保障贫民、受害者与官方权益、人和行政身份之间的缝隙处,这个官员承受不起内心的冲突,掉下去,自杀了。

是枝裕和给这个正直官员最后的一点尊严,就是给他还以人的完整。在是枝裕和的笔下和镜头里,这个官员终于成了一个质感浑然的"人"。

而如果是网络新闻,我们估计会看到这样的文章:"环境署官员突然上吊,死前与领导发生剧烈冲突,疑似与近期开庭的污染案件有关,听说长期和妻子分居,又听闻有红衣女子常出入其办公室。"留言区,一群"福尔摩斯"在踊跃发言:"查查他有没有国外账户!"(思考派),"老子至今没找到老婆,他还有红衣女子,去地下风流吧!"(激愤派),"以上发言的几位,四的一半是几啊?哈哈哈哈哈!"(诙谐派,是在调侃对方很二)

慢慢喜欢你

快年终了，整理读书记录，今年读的书，比去年预计要少几十本，我心甚慰——我一直想将阅读降速，希望明年能更少一点。

我一直很警戒的，就是阅读量大的人，他很容易进入一个经验过度润滑下导致的"高度顺滑、涩感缺失"的状态，也就是说，他一看到一本书，囫囵地看几页，就很急迫地想去判断和定位——对这样的读者来说，文学和社会一样，也是有鄙视链的，粗糙地分类如下：

以国别来分，外国名家＞外国普通作家＞中国名家＞中国古代原创作家＞中国年轻原创作者；以工种来分，小说、诗歌作者＞散文、评论作者＞情感鸡汤作者；以资历来分，有外国学术背景＞国产学术背景＞无学术背景＞无高教背景；以文字风格来分，夹带外文、术语、多语种混用＞纯汉语使用但比较晦涩＞平易直白口语化；以脑型来分，男性学术思辨脑＞男性感性脑＞女性感性脑。

经过多项累积相加，他们按分数排列高下，文学作品，已经不是灵魂与灵魂的接壤和触动，而成了一道绕过灵魂的心算题，他们是古董行的估价师，急于判断这个作品的质地和价格，进行技术化参数分析，却不会被它的美感动，这就错过了文学最大的意义——对个体而言，文学的价值，不在文学史上，而是在文学接受史上，如果有一本书，它震撼了你的灵魂，在你的心中投下终身的背影，成为你人格背景的一部分，那它才是有价值的。

最近再次重读陶渊明，上阁楼找他的全集，那书是我刚上初中时买的，那时我就和皮皮现在一样大。书已经泛黄了，因为没有锁线，出现严重的脱页，上面几乎没有笔记和勾画。很简单，十三岁的我，根本就无法进入陶渊明的境界，连他的文字也不能读懂，只能望书兴叹。后来，这本书就随着我搬家、出嫁，被遗弃在作为书库的阁楼上了。

而二十多年后，我把它翻出来，拍拍上面的灰，一首一首读下去，在夜间难眠的枕上，心里默背着，几欲落泪。再之没有比他更贴近我心的诗人了：那因为冬被太薄而冷得渴望鸡鸣报早的长夜，那几度出仕又归隐的辗转纠结，那穷得要上门乞食的落魄与难堪、牢骚与怨气，那"道胜无戚颜"的内心完满自足，历历如亲见，也懂……经历了多年坎坷的我，像擦干净一扇蒙尘的窗，终于走近了他。

陶渊明是在死了很久之后才被世人认可的，在活着的时候，几乎没有人把他当诗人，他率性质朴的文字风格和魏晋的华词丽赋格格不入，他们记载他也只是当成一个时代的古怪的名士，而这冷落，倒是成全了他，他最终活出了"凝霜殄异类，卓然见高枝"。

我常常去山路散步，有时会看见一些幽径，顺着走进去，能遇到那些最孤独的大树，它们因为远离人道，不会被修剪和关注，只是枯荣自守地默默开落。我总惦记着它们，想去看它们春天开什么花？夏天有没有长出翅果？秋天叶子变色了吗？冬天树干开始剥落吗？它们太高大了，拍它们的时候，我的脖子仰得很酸，四周一片沉寂，只有枫香果和青岗子掉在落叶上的微响。除了我以外，云和鸟儿也总是记着它们，那些树上，总是栖息着最美的云絮和鸟声……而这份美，又是如此遗世地孤寒自处，它们就是我身边植物版的陶渊明。这世界上，有多少书，是用半辈子的准备才能进入的啊……我很怕我错过一本书，我更怕我错过了这仅有的一生。慢一点，再慢一点，我对自己说。

人们为何对时间的流逝如此恐惧呢？手机常常给我推荐一些软文，那种"被老公宠成小公主""冻龄女神"之类的标题，让我觉得想笑，都公元2019年了，还持这么落伍破旧的价值观……东亚普遍崇尚幼齿审美，搞得女人为了获取性别红利，也拼命地撒娇卖萌装可爱，技术化充嫩和示弱。殊不知，女性除了皮囊、关系之外，有太多为自己而活的内容了，而女性的自我捆绑、内耗，正因为她们在关系而不是自我建设上耗费了太多的精力，过度致力于"女"而不是"人"的部分，忘记了个体价值是来自"人"。

我很喜欢现在的年纪。二十岁时，我青春闪耀，却又空又飘，只能靠他人的爱来确认存在感。现在的我，经过多年努力积累，是沉甸甸的。欣然自足、不假外求。

我喜欢的女人，好像也都是年纪比较大的，比如佐野洋子、西西、扬松、古道尔、石内都……后来我仔细想了下，因为她们一开口，我根本就意识不到她们的年龄和性别，只感觉到一个有趣的灵魂在发光，那灵魂的光，早已淹没了性别感和年龄感。"女"的美，会随时间而磨损，而"人"的美，却必须扎根于丰厚的生命体验，它只能是时间的礼物……所以，慢慢来，不要急。

(江苏凤凰文艺出版社，2020年10月)

云彩化为乌有

沈 念

　　水，卷着浪，拍打着船舷。那是条老船了，真担心那些咬铆在一起的舷板突然就散架漂离。我挥了几下手，看到他整个人摇摇晃晃，像随时要沉入水中。他是个老渔民，自然是大浪见多了，但到底上了年纪，驾了一辈子的船，也有站不稳的一天。我后来想，那是我的错觉，他的双脚牢牢地站在船舱里，像与船长在了一起。是湖水摇晃着船，船摇晃着他的身体。

　　水卷着浪，可我并没有看到风。我错了，忘记风是看不见的，但我的肌肤、头发、衣服也没感觉到风的到来。无风不起浪。这句话在水上流传多少年，没有不应验的时候。不会的，是风还在云朵之上，水中央，船的周围，他的身旁，也在抵达我的途中。突然间，我一闭眼，风就来了。

　　我睁开眼，看见他的眼泪在眼角转圈。他擦了一把，赶紧摆着手说是浪溅了一脸的水，又改口说老眼昏花，迎风流泪。那段时间，他没事就坐在湖边的大麻石上，周边的杂草一人多高。他把背影丢给路过的人，没人知道在遥远的湖面，他看到的是未来还是过去。

　　他缓慢地说起他的"看见"。那天的云挤压得特别低，仿佛触手可及，没过多久下起了倾盆大雨。天幕下只听见雨的喧声。有片刻的恍惚，雨像是从他身体里涌出来的，他的身体就是头顶的这片天空，那些悲啊苦啊疼啊难啊，都一股脑地出来了。他感觉到身体变得轻飘，空洞，柔软。天色渐明，他看到儿子昆山向雨中走去，身形越变越小，最后变成一个光斑，而妻子从光斑里走出来，腹部慢慢变大。他怔了一下，时光倒流，在这雨中，他又把过往的生活过了一遍。他穿着一件宽松的藏青色雨衣，把身体罩得严严实实，即使这个世界下再大的雨水，他也不会被溅湿。但他突然发现，脸上湿漉漉的，他惊慌失措，不知道脸上淌下的是天上的雨水，雨中的湖水，还是孤独的泪水。

  我第一次找到他，是被安排采访他的救人事迹。我大致从他人的叙述中复原了那场惊险的雨中救援。他从狂风恶浪中救起了17个人，儿子却殒了命。那是六月的一天中午，刚过端午，暖湿气流的高空槽和中低层切变，暴风骤雨是常事。湖面呼啸一团，风像一把大铁锹，把湖水像流沙一般铲起扬向空中。水浪扑面而来，打在脸上和身上，像一颗颗石粒般生疼，要砸出一个个洞。他看到天气骤变，凭经验判断，怕是遇到了渔民也头疼的"龙舟水"。他招呼儿子丢掉渔网，抓紧回到趸船避风。风发出尖厉的嘶鸣，吹得他耳膜鼓胀，几乎要爆裂。他摆了一下舵向，打算绕过这个情断意绝的风口。但风伸出那只坚决拒绝的手，把他们挡在世界的门外。他拼着老力抓紧加剧抖动的舵，这是一场和大风之间的力的抗衡。当感觉到船会被掀翻的时候，他就松了把劲儿，船迅速偏移，在湖上跑出老远。风吹得眼睛都睁不开了，四周是一样的风与浪，他知道离趸船停靠的地方越来越远了。

  风把满天的云卷过来了，大雨将至。从早上出门起，儿子昆山没有与他说过一句话，是憋屈、赌气、较劲，父子间的战争上演过多少回，但这次升到最高级。云水之间，风劈浪涌，罅隙丛生，他觉得自己是最孤独的人。

  他已辨不清趸船的方位。风吹哪里就去哪里吧，他泄了心劲，又用力收攥回来，像收一张永远拖不上岸的网。隐约听到风中的声音，儿子昆山看到了，站起来，吼叫了一声，向不远处指了指。这个整天闷闷不乐的渔家子弟，跨步走到他的身旁，扳过机舵。湖面闪动着一片橙色的影子，发出此起彼伏的呼救声。有人落水了，糟糕透了。此般天气遇到这样的事。昆山半蹲着，手紧紧抓住船舷，船开足马力，迎着浪冲过去，在暴风中劈开一条道路。那艘旅游快艇因为速度过快，在大风中来了个侧翻，游客全部落水。靠近快艇，他把昆山唤到船尾把住舵，自己跪在船头去捞落水者。那些求救的手在水中浮沉，他抓住一只手，又用力襻住腰身往船上拖，昆山一会儿来扳大腿，一会儿去掌舵稳住摇晃的船。折腾了近一个小时，父子俩救起了17个落水者。他筋疲力尽，汗透一身，昆山把他换下来。救最后一位落水者的时候，一个大浪打过来，船上人多，船身倾斜，昆山一脚踩偏掉进了水中，眨眼就不见了。他叫喊着昆山的名字，旋风大浪把他的声音搅成碎片。他和那些落水者所期待的身影，一直没有浮上来。救援船接走了落水游客，留下他继续寻找儿子。这时，暴雨终于降临了。他在雨中呼喊着，雨声消弭了他的呼喊。雨雾像迷障般遮蔽了他的眼睛，突然什么都看不见了。那一刻，他熟悉的水上世界坍塌了。

  我陪着他坐了很久，看着夕阳落下，看着火红的圆球悄无声息地潜入水中，都想放弃采访了。我不忍心再让他经历一次失子之痛。这一片的老渔民越来越少，他所居住的捕捞社区有140多户，上岸定居后，60岁以上的就不再出湖了。但他是个例外。在外打工的儿子回来闲在家中，喜欢上了玩赌博游戏机，是他逼着儿子上船的。多少个孤独的白天与夜梦中醒来，昆山之死，像荆条捆缚全身，在那些命定的时刻抽打着他。泪水嗞啦从眼眶脱落，滚过脸庞，睁开眼，他就看见昆山向他走过来了。

  他约我在租住居民区的一家私立幼儿园门口相见。他打着手机向我急匆匆走来，从步履神态看不出是一位年过七旬的老人。时间的白色光斑，潜伏在他的两鬓和胡子之间。1945年，他出生在李白诗中"千里江陵一日还"的湖北江陵，楚国的国都，一个叫"郢"的地方，曾经从春秋战国到五代十国有34代帝王建都于此。被炫耀的这片故土，留在他记忆深处的却是贫瘠、穷困与饥饿。

  他有一子一女，都不是在老家生的。老家农村太穷，从少年记事时起，灾荒人祸，田瘦土薄，连年歉收，饥饿每时每刻都在身后追赶着他，他就像是在挨着一个个至暗时刻。他决定出逃，驾着一条船，顺着长江的水流，过起了水上生活。还有一个纠结在内心的矛盾，是妻子婚后几年未见怀孕，却检查出患有神经官能症。他从没听说过这个病名，躺在身边的妻子，入睡困难，胸闷心悸，多梦易醒，食欲不振，月经紊乱。看似极其日常的生活碎片，在她身体里长成一种难以治愈的疾病。闲言碎语，落在村里硬邦邦的土地上，反弹到他心里就沾满了尘灰的毛刺。家门口的荆江，只是长江中的一段，小时候他就听老一辈在外闯荡过的人说，千山万水通过这里就连在了一起。

沿着安乡、南县、华容，还有很多有着诗意名字的村庄，那些年走走停停，每到一地，住的时间或长或短，有的地方水域少，驾船打鱼出门一趟，几乎拼尽全身力气，那是不敢回想的艰难。1975年9月，全国对流浪在外的没有户籍的人员进行过一次清查，他被遣送回原籍，但一年后他又离家了。树挪死，人挪活，这句老话让他甘愿吞咽下遭遇的所有穷困。他相信，穷困与阻难总有被远远抛在身后的那一天。

顺着那些沟河湖汊，他头也不回地走下去。他在想，水送到哪里，就在哪里安家。有一天过洞庭，遇大暴雨，电闪雷鸣，浪涛怒吼，船上一切能活动的东西都发出噼里啪啦的响声。水面像闪耀着一条条鱼脊般的银光。夜太黑，他担心船下沉，当时船上还有岳父母，于是靠了岸，等雨歇天明，风平浪静。这个夜晚带来了意外惊喜，妻子发现自己怀孕了，之前看医生，求神拜佛，把观世音请到船上神龛供着，归结于一场风雨中的滞留。那个年代，32岁的妻子已经是高龄孕妇了。菩萨在风雨之夜显灵了，他掰着手指，算出孩子是三月末在调弦口水域的另一个风雨之夜怀上的。他朝着东方磕头跪谢的时候，天尽头的云层发出透明的光亮，像一片刚刚点燃的云彩。他看到过湖上太多的云彩，却只记得这个夜间，重重黑幕中稍纵即逝的绚烂。

水把他送到了洞庭湖畔的一个捕捞村安家落户。捕捞村过去是城中村，住着的都是南来北往的渔民。那时集体作业，每次归来要把捕到的鲢鳙青鳊分好等级上交集体，他从不藏匿一条多余的鱼。吃过遣返的亏，他口袋里随身带着一纸证明，老实厚道人缘好，帮他融入并拿到了一个当地户籍。由鄂入湘，漂泊经年，他觉得自己是幸运的，还有那么多在水上漂着的人，几代下来，都忘记了自己从哪里来，到哪里去。有水的地方，就有船，有船的地方，就是家。儿子昆山是与包产到户的政策一起降生的，他认为一切都是最好的安排，好日子才刚刚开始。

他是出了名的吃苦、霸蛮、节省，前些年挣下了渔民新村的一套集资房，南北通透，110平方米，站在窗边就能看到隔着马路的湖。熟悉的水的气息每天清早把他从梦中唤醒。他又想起那些追逐云霞的日子，晨曦，午后，黄昏，白色的，七彩的，烈焰似的，粉色雾霭，沉凝墨色……他看着它们的聚散，却有一种"常恐归时，眼中物是，日边人远"的神伤。

有一天他一声不吭地把房子卖了，搬进了社区邻湖的一排旧平房，50多平方米，简陋阴暗。最关键的是借房子时，社区主任就讲明了，何时喊拆迁就要搬走。他签了承诺书，却盼着别拆不拆慢点拆。儿子昆山不争气，辞工回来过完春节，没找到中意的工作，没事就到路边小店玩赌博游戏机，开始偷偷小玩，后来透支了信用卡，不知不觉刷了两万多，还不上钱，上了黑名单，银行告到法院催缴。传票到了他手上，逼问之后才知道是玩赌博机惹的祸，他气得肺都要炸了。他把兄妹俩送到岸上一个老师家寄读，送钱送吃的就过来看一眼。孩子从小就跟他不亲近，看到他来了就躲开了，像是看着别人家的爸爸。儿子昆山成绩差，不是读书的料儿，挨到小学毕业就不肯继续上学了。打过骂过之后，他妥协迁就了，就带着出湖打鱼。他让昆山干累活脏活，心存他能知难而退的希望。沉默的昆山咬牙坚持下来，毕竟水上太辛苦，他又心软了，琢磨着送去学点手艺。厨师、修理、剪发，名堂换了好几个，不成器，后来外出打工，电子厂、服装厂、食品厂来回跳槽，也是不成功的命途。找了个打工认识的湛江女人结婚成家，拖了几年生了孩子，丢在家里又外出打工了。女儿也不省心，好歹读了个自费的本地中专，毕业后去了东莞工厂，适应不了那边的流水线生活，又蹿回来，超市收银、宾馆服务员、足浴按摩师，换过几份工作，婚姻一拖再拖，高不成低不就，最后找了个大十岁的外地男子结婚，也是没工作。

分不了家，都还住在一起。每天吵吵哄哄的，烦心但也还是完整的一家人。过了60岁，他也很少出湖了，找了份看门的工作，坐在岗亭里盯着电子屏幕。他戴上了老花镜，手边还放着一本《对联知识》的薄册子，是去街道的老年诗社听课发的，自己也学习写了两句：电子眼安营老巷，小屏幕辨真识伪。他请书法班的老哥们儿写了，贴在岗亭外，物业主任夸赞他这安民告示写得好。原以为老年生活就是此般度过，没料到接二连三来了事，昆山的信用卡事件导致外面的几个债主来家里进进出出，要面子的他唯唯诺诺，除了道歉就是咒骂不争气的儿子，恨不得自己找个地缝钻进去。他痛下狠手，把房子卖了，当时房价不高，十来万块钱，还掉家里欠的一点债务，儿女各分一半，从此再不相欠，各自安身立命。儿子的事刚解决好，这口胸中的怨气还没吐完，女儿女婿又闹腾起来。女婿在老家的妻儿找上门来，原来是一个没离婚的主儿，男人懦弱，灰溜溜地跟着走了，丢下一个笑话给街坊邻居。女儿羞恼之下，又踏上了南下打工之旅。他带着妻子开始了租房生活。那些日子他每天喝酒，喝完酒就去干活。租的房子后面是一片沙洲，他挑来泥土，春上时节，种了几分菜地，春天过去，菜地全长绿了。干活的间隔，他抬头就看到了湖，看到湖上来来去去千万条的水路，辨不清哪一条才是自己走过的。要是再年轻些，他怕是要选一条水路再次出走。水上没有那么多操心事缠绕，风吹雨打过后，天空像水一样干净透亮，心情也干净透亮。

"儿子死的时候眼泪都流光，流到湖里了。"他像讲述别人的故事，那张酱油色的脸上深深的皱纹互相折叠，表情动起来，就成了咧嘴微笑的一根根唇线。

那段懊悔的日子，他试图理解儿子的苦闷，孙子庆声的病，找不到满意的工作，没有经济来源，管不住贪玩的心性，夫妻间的龃龉，都可能是压在昆山心上的石头。父子之间这些年没有过一次掏心掏肺的交流，经常是冷战，如同陌路人，这也许才是压死骆驼的那根稻草吧。他又想起了庆声生病的事，昆山带着媳妇去了深圳关外打工，庆声留在老人身边，最怕生病时没人照顾。这世上有时怕什么偏来什么。愧疚的疤，虽早结了痂，但还没脱落，用力去掰碰，又会钻心地疼。庆声上幼儿园大班那年，有天放假，庆声嚷着去划船去捉鱼。渔民的后代，不管以后要不要离开船，但总归要认识水，认识水里的鱼和水上的风景。妻子没拦住他们，庆声上了船，欢心得很，裹着头巾，像个海盗船长指挥他全速前进。万里无云的天空，突然就像开始演出的舞台，帷幕拉开，云彩从远处款款走来。庆声大呼小叫，指给他看天边奔跑的马、追逐的狗和肥胖拥挤的人们。归家后，吹了风的庆声晚上发了烧。妻子换了几个土法子，温水擦过脖颈腋窝腹股沟，白酒又擦了一遍，喝了糖盐蜂蜜水。烧不退，他急了，赶紧把孩子送到市医院，急诊医生认定是手足口病，打了针后有所好转，带回了家。本以为没事了，结果晚上孩子又发烧，他急忙把孩子再次送到医院，换了一个医生，让去儿科继续打针留观。留观室人满为患，孩子生病，那些年轻父母只懂得往医院送，医生排队叫号，冷默地打发着一拨接一拨的病人。庆声躺在留观室床上，输液防脱水，也不知注射了其他什么药，孩子瑟瑟发抖，都尿到了裤子里了也没知觉。他一个在湖上漂的人，不懂检验结果上的那些箭头和数值，但孩子昏昏沉沉的样子，尿裤子竟然连吭哧一声也不会了，让他觉得问题严重了。他去找医生，医生忙，他就变成了低声哀求。也许是看他是个老人了，医生过来了，皱着眉头看完孩子。他从医生眼睛里读到了不祥的预感。又来了两个年纪大的医生，嘀嘀咕咕交流了一会儿，然后其中一位告诉他，病情有些异常，会马上派车送往省儿童医院。他脑子里刮起了风暴，天旋地转。他一个劲儿地问为什么？医生不说话。他想扑上去撕开他们的嘴。后来孩子上了救护车，还是昏迷不醒的状态。救护车闪着灯呜呜叫着在高速公路上疾驰时，他看着昏迷不醒的孩子，感觉整个世界都在旋转，肠子都快悔青了。湖上打鱼的时候，再黑的夜再大的浪，也有过恐慌，但都比不上这个晚上，像是走到路尽头，走到末日来临的那一刻。

庆声的命是保住了。"后来到省城，医生一检查就说恐怕是癫痫，你说市里医院怎么这么糊涂，误诊耽误了那么久。"他耿耿于怀，又怀着人在疾难前的万般庆幸。到了医院，车门打开，见到医生他就跪下了。他的双腿战栗,湖里的风浪见过那么多,都活到两鬓斑白了,他从来没有这么害怕过,一下抓住医生的手就哀号起来。大庭广众之下他感到人生如此悲伤、恐惧和绝望。

后来的事情,不幸中的万幸,上天保佑。"祖宗菩萨坐得高。"他说,孩子因癫痫引起脑损伤,智力出了问题,读书是没指望了,平安活着成了他心中最大的祈愿。他害怕什么呢?他问过自己好多次,是怕在外打工的儿子媳妇责骂,还是怕眼睁睁看着一个小生命离去?医院仁道,辗转请市妇联帮着办了母子的低保,办了孩子的残疾证。那一年,低保是每月30元。他没去找市里医院的碴儿,认了这个命,就像他只有在水上漂的命一样。满世界,这些年月,他最恨的是自己。

他说,人是要服老的。老之已至,连天上的云彩看上去都苍老了。我分明看到他心中那条痛彻之径,覆盖着悲伤、苦楚、离别的云朵、风浪和细雨。我决定放弃对他英雄之举的采写,只想陪着他安静地坐一会儿,从湖水和变幻的云彩中看到些人间秘密。他从早到晚坐在湖边,有时驾船去昆山落水的地方待一待。船顺着水漂,他静静地看着远处,依然是看过许多年的茫茫一片,是无限拉长的静止。湖水停止了涌动起伏,好像有这湖水,就能将他满身的苦楚卸载、溶解,好像有这湖水,通向的是起死回生的至亲身边。昆山不在了,没过多久,媳妇声称外出打工,把孩子丢下,再也没有回来。他早就该猜到这个结果,也好,他安慰自己也安慰妻子,有庆声留在身边,至少他们不是空巢老人。有一次,下着雨,他看着湖面升起一朵云,像是风卷起的水,水变成了云。云跟着风在空中飘,夕阳西下,云影慢慢由大变小,如同一个人的衰老。雨落下并穿过它,像打湿了一件衣裳。他想起小时候听老人说过,看到水变的云,再大的苦难都会化为乌有,生活重新开始。一笑泯悲愁。"要回家啦!"总还是会有那么一个时刻,让他回到现实之中,想起那个租借的随时要拆的房子和房子里的女人。那个叫凤珍的女人这两年的风湿性关节炎加重,拖着一条病腿,但从没有过半句埋怨。"你陪庆声长大,我陪你老去。"他耳畔响起她说的话,就会又一次躲起来涕泗流涟。她在等着他,庆声也在等着他,像湖水不会因为一次沉覆停止流动，像世间命运的差池总有一个归处，像生活中的至暗时刻终不会因为苦难、失去而阻滞黎明的降临。

(《芒种》2020年第2期)

北漂纪

袁　凌

一

十六年前，我第一次乘坐火车北上，穿越黄河的分界线和华北平原，地图上显眼的黄河已变得微小，我没有注意到何时经过了它。平原一望无际，地土比南方干燥松散很多，几乎没有成形突出之物。时值初夏，农人在铁路线两旁田地里收割小麦，还有在北方出产的花生，挖掘出植株后就地摊开晾晒，他们自己的脸面和手臂也现出手下庄稼的颜色，皱纹在无遮无挡的太阳下摊开。我写下了一句诗：我晒到了北纬39度的阳光。

到达北京近郊，景物倏然变得不同，和斑驳楼群一起出现的，是分布铁路两旁的大片灌木丛，挂冒无数的塑料袋和垃圾，随列车裹挟的微风飘动。我知道这是一座大城的序幕，但还是对这种邂逅有些不适应。

到北京的当天晚上，我住在六铺炕附近一家招待所里。扭开门把手时我被电击了一下。躺在床上，头往铁床架上靠的时候又被电了一次。伸手去揿床头灯，金属按钮再次让我被电了一次。我的心恐惧起来，似乎来到了一间四处漏电的房屋，稍不留意即可身亡。我翻身起床小心地开门，叫来了服务员大妈，告诉她屋子漏电。她完全面无表情地看着我，似乎看着一桩难以理解的事情，没有做任何解释又离开了。

后来我终于明白,这是北方的静电,是每一个从南方初来北京的人都曾经历的恐惧。

秋天在清华园里安顿下来,我学生宿舍里的主要陈设是两张铁架子床,倒不再时常经历皮肤一激灵的恐惧,或许北方干燥的空气渐渐接纳了我,架子床上层书籍的尘灰安抚了静电。

每天在走廊尽头的大水房里洗漱,有一段学着电影里"混社会"的样式,省去洗发精用洗衣粉洗头,流到眼睛里龇牙咧嘴,仰头浇上半天冷水。大水房朝向西边,夕阳回光返照,远处的山脉依稀连绵,近处的院落也现出参差,像是深宅大院,常常让我生出无端幻想。我能了解这座城市的多少内情,它过往沉积的秘密有几分会与我有关?这似乎是我来到北京的缘由,眼下却像阻碍重重,无从穿越。

校园里有一条弯曲的人工河流,淌着黑色的污水,一直往西边流出校园,进入北大的地界。我顺着河流走去,离开宿舍区食堂、林荫道和百年大礼堂,穿过河边的灌木,后来发现到了校办殡仪馆,或许有火化的烟囱。四处隆起小丘,深秋树木荒凉,感觉园子已经死去了一百多年,又仍旧活着,有一种回声,想到那个不久前"铊"中毒的女生,似乎自己也会不经意遇难。

去到师兄居住的单身宿舍,进门像是一间库房,书籍堆到了屋顶,只给人留下穿行的缝隙,线装书陈年的气息统治,不论如何泛黄、落灰、虫蛀,书籍是这里真正的主人,师兄不过书页中一条蜗居的虫子,等待出头之日。我明白了一件事情:我不想待在这里,成为另外的一条,从生到死被安排妥当。

我经常在远离校园的地方奔波。有限的待在宿舍的时光,我常常拿着新出的报纸,上面有我的一整版稿件,对着铁架子床一字字地重看,依稀闻到印刷机的油墨味儿。这似乎是很确定的一种保障,身体却又微微颤抖,意识到自己即将做出一个决定,改变三十岁往后的人生轨迹,或许会像抛物线般坠落。

同住的室友在台灯下看马哲的参考书,往他那台紫光电脑上打读书笔记,他入学前来自山东某个市的团委,想着博士毕业后回去上调一级，进入团省委，眼下这算是仕途的快车道。他的家人都在山东，每晚要用 IP 卡打长途电话联络，有时我能听见他儿子牙牙学语。我感到我们的全然不同，身体中微微颤抖的希望，不知如何对他讲述。

冬天的末尾，我搬走了铁架子床上的被褥和书籍，离开了清华园。

二

八到十个人群居在金鱼池小区的一幢复式房子里。那时还没有"群租"这个不合时宜的名词，八个人都是《新京报》的同事还有眷属，我住其中朝北的一小间。另一同事住朝东的一小间。两个同事合住朝南的一大间，有时候老胡的老婆带着丫头从石家庄来看他，有时则是小韩的女友来同居。楼上有一个女同事独居一小间，另有两个男同事合住长条形屋顶倾斜的阁楼，屋顶低的那一边只是摆了一张行军床，作为长期出差的小李偶尔回京安放身体之处。因为总有人在出差，屋顶下满员的时候并不多。

房子是回迁房，眼下叫金鱼池的这个地带，就是从前老舍笔下的龙须沟，龙须沟固然早已填平加盖，名字中的金鱼池也不见踪影，从来没人提起它在文学史上曾经显赫的过去。

房子具有回迁房的一些特征。譬如墙壁单薄，外表看上去清爽白净，造型也不错，里面的温度却是冬冷夏热。户主没有装空调，冬天也没有顶事的锅炉暖气，而是早早装上了电暖气，一开闸电表数字呼呼上蹿，各家分摊时必有抱怨，每次受不住了稍微开一会儿都有负罪感。阁楼屋顶有个地方漏雨，慢慢变成很大的一块斑渍，一些石灰渣子落到地上，总担心有天那块地方会整个掉下来，在它最终可能掉下来之前，我们集体搬离了那里。

这里离虎坊桥的报社不远。时近午夜，离开主管编辑那间烟雾腾腾的楼梯间，走下光明日报老楼的八层阶梯，已经没有公交车，顺着永安路慢慢地走回去。街上的老式路灯永远电力不足，带着朽红的光晕，路旁有一处处塑料小灯链扭成的"串"字，下面升腾烟雾，两三个晚秋仍旧穿着汗衫的北京爷们儿在吃喝，脚边已经躺了一堆空酒瓶子，小桌上还竖着一打半打，他们真是尽量打算把一年中的日子都当成夏天来过。街面空空荡荡，却不时要小心绕过一堆形态可疑的呕吐物，让人胃里一下子揪紧起来，一直紧到喉咙。

除了这样的时刻，心里大抵是带着一种倦怠的松快，终于交掉了稿子，又若有所失。似乎在北京，除了在带着一个大后脑勺的台式电脑上码出来的这一篇篇稿子，没有其余可靠之物。一个房子里租住的同事们也大抵如此，老胡虽然在石家庄有家属，却似乎不大希望她们来，一个看去不能再普通又有点憔悴的北方女人，一个有点像老胡自己的胖丫头，带着一副浑不吝的神情。老胡一开腔大抵是叱骂，有时会因为淘气揍她，可她像是从来也没怕过。有一次老胡还当着室友的面揍起了老婆，大家连忙去劝架，老婆虽然哭了，对于老胡和妻女，这似乎也并不特别，只是他们一种通常的交流方式。

我会想到，自己已经三十岁了。从前浓密得沉重的头发已经微秃，自从在清华园的水房里用洗衣粉就冷水洗头之后，这个过程倏然加速，顶门心已经感到深秋的凉意。和那些在街上留下呕吐物的人们不同，我没有穿着汗衫坐在发光的"串"字下彻夜吃喝的权利，早晨在昏沉睡意中可能接到一个电话，立时挣扎爬起，背包去两千公里外采访。

和老胡合住的室友与女友同居了，我把底层的小屋留给他们，自己搬到楼上，接手了那张行军床。行军床原来的主人在外出差越来越久，我和他也类似，可以彼此不妨碍地共用这张床。除了这张行军床我还拥有一张桌子。有段时间我把一张照片搁在桌子上。

这是一张死者的遗照，他的父亲是我在奉节县采访中认识的一位爆料人和向导。儿子在唐山铁矿里触电身亡后，他给我打来电话，在虎坊桥路口旁的四川小馆里，他拿出这张照片，小心翼翼地摊在看不出颜色的塑料桌布上，怀疑儿子是电击致残后被故意弄死，希望我帮帮他。

我没能帮到他，只是把照片放在我的桌子上。照片上死者躺在冰柜里，耳朵和紧闭的眼睑旁边有凝结的血块，浑身显出紫疳色。有时洗漱之后，我提醒自己看一眼照片，再入睡。

那天我从报社归来，发现照片不见了，问室友老宋，说是撕掉扔进垃圾堆了。"太吓人了。"老宋说。

我险些跟他打了一架。

我们不想待在这套房里等待第二个冬天，决定搬到报社附近的小区里去，这是一片老式的规规矩矩的居民楼，地段名叫禄长街，还有一条相邻的巷子叫寿长街，又开着卖花圈的铺子，让人有一种和字面意思全然相反的联想。

我仍旧和老胡一家合租一套两室一厅的房子，也是从前的《新京报》同事腾出来的。我住次卧，房间里除了一张床，有一个小小的书架，房子正像老式居民楼那样不新不旧，有种纯朴的感觉。但是我忘了书放在什么地方，和在金鱼池时一样，它们离开清华园的铁架子床之后就失去了上架打开的权利，应该只是待在纸箱里，码在床脚，现出令人不适的轮廓。

院子里有一棵大树，枝梢升到了窗前。这是房子的前任芸告诉我的。她住在这里时是春天，大树的枝梢透出不可重现的清润，尖端抽蕊发芽，似乎不属于厚重的大树。我们因为这棵大树交谈起来，芸告诉我她刚到北京的住处。当时她从上海过来，挤在一个高中同学的铁架子单人床上，在报社附近找房子，一时没有合租的人。下班时一个摄影记者对她说："我们那里有一个地方，你去看看，要是不嫌弃可以先住一下。"

芸去看了。那称不上是一个房间，只是一个缩进去的空间，够放一张床，睡觉需要从床头爬上去。芸接受了这里，住了半个月。从那个洞里，芸每天清早接到派料，起身去采访，有次料来得太早，她没有洗脸刷牙，就冲出去跑了一天，傍晚才回来，也并不觉得辛苦。

她感谢那个摄影记者和他的室友，给她提供了这么个地方，直到她找到眼下我住的这个房间。她在这里住了半年，又跟着合租的室友搬去陶然亭，那对情侣希望住宿环境新一点。

我去芸的新房间。

这是个新建的小区，芸和室友租的房子临街，在那条只是铺上了沥青，显得没有完全整饬好的路上，依稀可以看见她的小房间。半斜开的窗户，里面有一丝微光，似乎带着蓝色。后来我一直怀疑，是她台式电脑的鼠标发出的。当电脑关机之后，这个光电鼠标还会一闪一闪。

她似乎需要这点闪烁，陪伴熄灯后的黑暗。房子在七层，有电梯，但有次停电了，漆黑中一层层爬上去，感到是在一口井中，依靠摩托罗拉手机的一点点光亮。中间在台阶上坐下来，想象这时有个北方的男孩在身边，摸摸她的头发，眼睛会湿润，像是那株窗外的植物被浇灌了。

同居的一对恋人时常吵架，看起来每天都可能分手，可是他们有了孩子，后来结了婚，去了海南。看起来报社像几千口的一大家人，各人在屋顶下还得找各自的归宿。

三

半年后我从那家报纸离职，和芸一起去了上海。再次回到北京，我住在联想桥附近的一套一室户里。

小区在一条巷道尽里头，房间比禄长街那间要再旧一点，有些地方墙皮剥落了。床头墙上有一副前任租户留下来的镖盘，我没有取下来。

比起我和芸在上海华师大后门租的那个房间来说，这里太安静了。那个房间面临人字街头，几乎就是在"人"字形分叉的顶头，面对一整条街道汹涌的车流。似乎只有在上海才有这样位置的房子。为了适应街道交叉的方向，房间是椭圆形的，像船舱的头部，悬挂着几副落地的旧绒窗帘。芸说她喜欢这间房子的形状，"住在这儿感觉像公主"。

芸从来就不是公主。她只是下岗的纺织厂工人父亲和尚在经营的搪瓷厂工人母亲的女儿。母亲很忙碌，她只是父亲的公主。

从第一刻开始，街道的喧闹声似乎要把房间抬起来，两层玻璃完全挡不住。发动机沉重或粗犷的轰鸣，疲惫后释放的叹息，掺杂着喇叭忽而尖锐的杂音，似乎全然不受管制。这种杂音特别刺激听觉，像是一个个刺客从那条汹涌的河流上忽然跳起来，穿破纸一样单薄的窗玻璃，杀入耳朵。

夜晚随着路灯变亮，河流的样式更加清晰，车声越发高亢起来，在十点左右达到高峰，像是这座城市的夜生活，午夜过后也不甘于寂寞，从未完全平息。清晨太阳早早升起在街道尽头，热力穿透了窗帘，车声又周而复始地高涨起来，喇叭声尤为刺耳。

不知我们是怎样适应了这里，在洪流之上酣然入睡，也不知芸的父母是怎样适应了她回到上海而不归家。我见到过一次那个沉默的男人，在长宁区某处的街头，看着他骑老式自行车过来，穿着一件电工的工装，无声地把一件东西交给我，多年下岗打零工的生涯完全磨灭了他任何尖锐的神情，即使对于我这样一个带走了他女儿的外人。

芸的台式电脑从北京归来，搬到了这间屋子里。当时没有笔记本，我们背着台式电脑的显示屏和机箱辗转，不以为沉重，能有一只平板的显示屏已经不错。但那只光电鼠标不见了，消失在奔波途中。夜晚窗帘无从全然遮蔽马路上的灯光，无须蓝色的小小光亮。

在人字街头上方住的时光不长。生活和心境还没有安定下来，我就折回了北京，芸追随来到这里。我们去市场买了几株盆栽，其中一种叫猪耳朵，生出长长蔓丝，顶端触须微微卷曲，总是习惯穿过相邻绿萝的茎叶，缠绕无从分解。我们也像是这样的两株植物，但最终，我们在这间屋子里分了手。

芸走后的那个上午，阳光依旧不错，我坐在屋子里，看着空空荡荡的景物。窗台上的猪耳朵衰弱了一点，似有灵感。我为它只拥有这么个名字感到抱歉。镖盘仍旧在墙上，带着黑黄分明相间的刻度。我用剩下的最后两只飞镖扔了一次。扎中了靶心，但没有什么被改变。

夜晚我穿过灰色巷子出街口，巷子里长期停着一些废弃的车辆，蒙上厚厚尘灰，喷漆已经剥落，露出锈蚀的内情。其中有一辆，常春藤蔓从车头的变速箱里长出，冒出了锈蚀的车头，车灯的窟窿也缠绕翠绿之绳，探寻空气，整辆车和植物不可分割，变成了半是死去半是活着的一种东西，让人想到它为何被抛弃在这里，时光已逝去多久，却永不会有人探望。

我在巷子口看到一个乞丐。他垂头背靠废弃的小汽车轮胎坐着，对于随时向路人乞讨失去了兴趣。路灯的晕黄灯光落在他身上，也渲染了植物的蔓丝。我忽然生出一个念头，在他面前蹲下来，问他叫什么名字，是哪里人。他面无表情，显得这类问题对他毫无意义，或许也没有答案。我掏出一张百元钞票，带着票面的微红，搁在他眼前的空缸子里。奇迹发生了，他刚才麻木的表情忽然变化，露出了一丝微笑，像是打开一个豁口，带着惊讶和因此而来的羞怯。

我在这一道豁口里走开了，想象他幕布后面的情形，我们都是一样孤独的人。

四

我在通州住过一小段日子。

是在地铁八通线华联家园站的附近，并排几幢现代风格的小区，外表带着一些装饰图案。房间也是不区分厅卧的大开间，统一装修，可"拎包入住"，专供在国贸大望路一带上班，暂时还买不起大房子的白领。八通线地铁刚开通不久，这种需求多了起来。我租的就是一对先前在国贸附近最高的写字楼里上班，结婚后又去美国读书的白领的房子。

这是我在北京第一次真正独居。晚上我会失眠，听见小区保安在楼下走近，又走远。围墙附近杨树风声飒飒，下雨前树叶翻滚，现出一团亮光。深夜保安脚步停息了，我在单人床上欹侧，枕边一本荷尔德林的诗集。在北京，我拥有的只是这个身体，和荷尔德林在一起。

小区门外街边比较安静，到底是新的社区，在附近一片小树林，我意外看到摆了几十个蜂箱，有人就着一片槐花养蜂。这是我第一次看到有人在城市里养蜂采蜜。晚上在带着晕黄的路灯光下，有几处出摊卖碟子，我吃饭后沿路搜罗过去，买两张回去，在我新近拥有的带光驱的笔记本电脑上看。这个笔记本对我是一大笔支出，但仍旧是值得的，我告别了需要拖着台式机搬家的日子。

有时我在午饭后走到附近的火车站去，这主要是一个货运站。没有什么旅客上下，只是堆着许多原木。它们大约来自遥远的关外，长途跋涉之后现出棕红，散发松脂的隐约气息，现着浑圆却称不上宽大的轮廓，大约那边的家族都被砍伐过一茬了，只有极少的时候，看见巨大的原木，一节车皮似乎只能放下几根，似乎最后的孑遗，让我想到家乡传说中的黑林子，藏在四岔河和神仙湾最深处，却也让人怀疑是否真的还存在。火车站紧挨着八里村，属于地铁的上一站，破破烂烂的几条巷子，带着想不到的各类名目的招牌，有一种完全不讲究的热闹，和华联家园附近完全两样。

在这个村子里，我见到了研究生同学胡勋。自从八年前毕业分配，我们没再见过面，完全没想到他会住在这里。

他的身份是社科院的博士后，社科院在这里有一处单身宿舍。他和女友同居，和其他一对伴侣合住。

屋子的内情令我意外。房间的中央部分被布帘隔了起来，我们顺着一条环形的过道，去到属于胡勋和女友居住的部分。这个半段环形的空间里摆着一张床，另外还安置下一副灶具。房间不怎么透光，白天需要开着电灯。

这无法和我独居的公寓相比。灶台下面搁着几株有点萎缩的青菜，胡勋说是赶菜市场关门时去买的，那时菜价会大打折扣，一块钱一大把，够他们吃上几顿。

女友是新加坡人，随胡勋来中国后没有工作，两人靠胡勋的博士后津贴生活，租不起房子，只能住在这样的环形单身宿舍里，胡勋每周三次赶地铁去花家地的社科院本部上班。地铁到了八里庄基本上不去人，他就走一站到华联家园的地铁去排队，三轮之后大约可以上车，贴着车门赶到大望路换公交。我想到从前在上海读书，胡勋说起每次坐火车回贵阳，买不到坐票，在车厢连接处蹲下来，或者找个洗脸池窝上去，事先吃两块巧克力，四十多个小时不下来，也不上厕所。

女友看去清秀温柔，两人在一起的神情显得肖似，胸前悬挂着相同式样的小小十字架。比起在学校的时候，胡勋像是变成了另一个人，天生和女友匹配的。

我们穿过那些墙皮剥落的巷道，去菜市场门口吃烧烤。胡勋一定要请客。烧烤很便宜，但我有点过意不去。地上吹着微风，纸屑微微飘动，胡勋咬着一串抹了辣椒的烤茄子，对我说起明年一切都会好，他们会去美国，那里有足额的奖学金。她并不需要找工作。女友不大听得懂汉语，她的烤茄子上没有抹辣椒，她恬静地微笑着，间或听胡勋转头用不大熟练的英语跟她说上一句什么。

我想到虽然他们住在这样的环形房子里，傍晚去即将关门的菜市场买菜，却是幸福的。远处隐隐传来货运车站的汽笛声。

五

我应聘到一家杂志做编辑，每天从通州挤地铁去上班，路上太折腾了。单位提供了过渡住处，在《城南旧事》里写的香炉营旁边。

香炉营已经拆迁了，那些年北京拆迁的进度还不那么迅速，多数人搬走之后，每条巷道还剩下一两家钉子户，整个街区空荡荡地摆在那里，暂时没有人来翻动，看起来要一直搁下去似的。我有时想到，它是否该作为历史古迹被保留下来，当然联想到林徽因梁思成旧居被拆事件，这是不可能的。英子看人摇动辘轳汲水分水的那口大井台，也早已不见踪迹，不用说水光泼溅的情形。

晚上我喜欢在空下来的几条巷道里转，路灯的电路没有切断，迁走人家的门牌号还在微微发光，连同一些"文明户""五好家庭"之类的小金属牌额，让我想到家乡的"十星户""计划生育放心户"之类的牌子，往往挂着牌子的农屋已空无一人，瓦屋顶也要从中段塌下来了。

我住的小区大约就是居民的回迁房，房子是杂志社租下来给一个高层住的，他的衣服虽然成列地挂在柜子里，人却不常来，我有幸沾光。这位室友是一名退伍军人，在杂志社的身份有些特殊，近乎社长当年在部队的私人关系，他没有成家，常年似乎在外边替杂志社跑一些文化产业项目，譬如说投资拍电视剧，却从来没有成功过。

偶尔回来，他大抵总是酩酊的状态，不知是工作的应酬与否，不大跟我说话，似乎对于有下层员工和他分享房间感到不愉快，一个人待在屋子里，有时看上一会儿电视，在客厅的茶几上留下几根烟蒂。

房间光线不足，天气暖和的时候，我宁愿待在院子里的几条长椅上，读一点书。我记得仰躺在长椅上读亚里士多德的《天象论》，亚氏写到恒星是一类永恒的生命体，虽然不及永生的神，但也拥有不灭的灵魂。书页上方是晴朗的北方天空，带着一点白云，我找不到恒星的痕迹，但它们在蓝色的某处深处隐藏着。这么多年来，我似乎第一次发现北京的天空很干净，像是被英子记忆中的井水洗涤过。

我习惯了在单位的写字间里待到很晚。单位就在宣武门路口附近的庄胜大厦楼上，那里人的气息更多。有时候跟熬夜的同事一起下班，在大楼底层拐角的地方道别，背身在风口里点一根烟，抽上两口。我的技术不过关，无法在风口里点燃香烟，也还不想抽。经过香炉营走回小区，一步步更浓厚地闻到退伍军人的气息，双脚沉重起来。

我打算另外去找个房子。

有个合租信息是在广安门外。这和我理想中的地段有些距离，但我仍旧抱着试试的心情去看了看。

信息上说是三室一厅的房子，去了我才知道，主卧有三个女孩合租，次卧里也住了两个女孩，都是打工妹的样子，留给我的是第三间卧室，位置是一进门，过道一侧是这间卧室，另一侧门对门是全屋的厕所。几个女孩眼巴巴地看着我，看来她们由于工资微薄，很希望有人来分担房租，并且不在乎合租者的性别。

有一刻我很想租下来，体会一下和一群打工妹相处的感觉，即使这间三卧的价格定得和主卧差别不大。但是想到门对门的厕所，关着门仍隐约飘散的气味，早晚和她们轮番抢厕所和淋浴的尴尬，不能在家穿短裤打赤膊的忌讳，我还是却步了。出门的时候，我仍旧和她们一样感到某种遗憾。

看了几处房子，我交了一个月中介费，租下了手帕口附近一间合租的次卧，结束了和退伍军人合住的日子，也离开了英子记忆中的香炉营。不知道它还在那里撂了多久，直到开发商的挖掘机大举进场。

六

这间房子在一个极其老旧的居民楼片区里，几乎称不上是小区，要穿过曲折小巷到达院子，街巷像是在一场防空运动上包上了厚厚的甲胄，不知道它的来历。但是房间内部经过装修，铺有复合木地板，看上去很新。

我把行李和经过辗转剩余又新添的几箱书带到这里，跑了一次二手货市场，让它们有了再次摆上书架的权利。房间不大但也够一个人住，除了地板还有空调，自然也少不了北方的老式暖气。虽然窗户朝西，夏天过去仍旧留有余热，我还是有了拥有一间房子的幸福感。同住的是一个早出晚归上班的男生，总是关着门。客厅很小，类似一个过道，我们见面的时间很少。

夕阳停歇在一片老旧平和的屋顶上。床上铺着一个女性朋友帮助我采购的碎花被子和枕巾，她还承诺刺绣一个枕头送给我。这让我对这儿有了一点家的错觉。我不用那么经常逗留在单位的格子间里了。

每次去单位，需要走过那些像是包着厚厚甲胄的巷子，穿过叫里仁街的一条短短街道去搭公交车，街道一旁新开发成了小区，和周遭有一条清晰的分界线。有两次打的回来的时候，被司机听成女人街。后来我知道，它的真实身份和这类想象截然相反，叫作半步桥，一个我在沉重的近现代史册上屡次翻阅的名字，那座小区从前是半步桥监狱和看守所的地盘。

半步桥的起源不明，自从修了民国第一监狱，似乎衍生出了"奈河桥"的意思，流传下来一首犯人唱的歌《七笔勾》，大概是过了此桥，将爱恨情仇、烦恼牵挂、人生抱负一笔笔勾销的意思，逐段唱下去，终究勾销完毕，最后被勾销的大约是桥本身，眼下已和当初的监狱一样杳无踪迹。但在哪里仍旧有一丝气味隐藏，我似乎也理解了旁边巷道墙壁和屋顶如此厚实的来由。

很久以后我走进小区，看到赭色楼房顶楣有小天使的浮雕，显得特别。联想到狱内设有刑场，民国和新中国成立后处决过很多犯人的往事，猜测小天使大约是拯救含有怨毒的亡灵。因为这个缘故，这个小区的房价也比周围低一截，开发商据说都因此破产了。在小区的一侧，保留着监狱曾经的大墙，砖楞和陈旧的高压电线被爬山虎覆盖，显得和平，围墙中段矗立一座岗楼，没有了值守的身影。

冬天来了，里仁街上变得更为寂静。平房旮旯四处发烟，被风压贴着屋顶，路边也似乎生有煤炉。路面积水成冰，小区外停的几辆车底盘上挂了凌条，这种家乡屋檐寻常的景物是我在北京第一次看见。屋子里暖暖和和的，但那个女性朋友的刺绣枕头没有到来。

在里仁街的出口，能看到不远处的南三环，夜晚高架桥下灯火闪烁，似乎穿过那个路口是另一世界，更为荒凉空旷。我的租屋在这条界限内不远，不知哪一天会越界，落到更荒凉的地带，像地上偶然的纸屑、痕迹被一阵北风带走。

室友的租约到期了。他是把整套房子租下来，再转租一间给我的，我从来没有见过房东。眼下他想搬走，却不愿放手这套房子，不肯让我直接跟房东续签，打算仍旧当二房东，并且把我住的房子租金提高了两百块。当初租住时他给我瞟了一眼合同，我发现这间房和他住的主卧条件相去甚远，价格差别却不大，眼下更无法接受他的涨价，因此只好散伙。但我的合同是比他晚一个多月签的，还没到期，想让他分摊一个月的租金，因此第一次去了他住的房子，逗留了比较长的时间，却没能成功，他保持着沉默，似乎一种奈我何的态度。

我回到自己的房间里，生闷气，房间也似乎失去了从前的好处，显出各种不起眼的缺陷，譬如冬天的暖气不足，阳光又偏偏和夏天正相反，转到了南方去。木地板铺的时间还不久，有些地方却有翘起的迹象；说到公用部分，卫生间太黑太小，没有通风口，也没有专门的厨房，做饭的心情不大。电视老旧了，彩色像是事后涂抹上去的，看纳达尔在红土上的网球比赛，难以分辨网球落到了哪里，而这是我晚上不想入睡时喜欢上的一项节目。

想到这些，更觉得自己吃了不小的亏，简直想要找个办法报复他，脑子里出现种种的方式，调动自己可能有的一些能耐和关系，似乎办法还不少，一时牙咬得紧紧的。转念又发现，自己想出来的这些方式，没有一种是一定会见效的，代价也都不比半个月的房租小。毕竟我和室友一样，只是个漂在北京的外人，才会来租这样的房间，他大约也是看穿了这一点。

想到后来，最现实的是放弃这间房子，按时搬走寻找下一处。好在冬天已经过去，找房子搬家的奔波不用那么苦寒。我也实际这么做了，在一年差一个月的时候告别了这里，去向下一个住处。

七

我请一个同事来帮我搬家，他新近买了车，一个后备厢加上后排座位，正好把我的家当全部装下，从半步桥迁移到了三里屯附近。

那些年三里屯正值繁华，但南街已经开始拆迁。我租的房子在南街往东一点的一处老家属院里，和酒吧街隔着几排老房子和半个街区的距离，几幢高大的建筑挡住阑珊灯火。合租的是一个腼腆的男生，看起来有一种温柔感，和前任室友差别很大，也不是"二房东"。但当然，他和所有先来者一样住了较大朝南的屋子，留给我的是朝北的较小次卧，光线和冬天的温度都不如主卧，不过价钱也着实便宜一些，毕竟是跟房东签约。

这是我离开金鱼池之后又一次租朝北的房间，让我想到老狼的那首《流浪歌手的情人》，"我只能给你一间小小的阁楼，一扇朝北的窗，让你望见星斗"。或许因为从窗户里看出去，晚上真的能看见几颗星星，透过院子里几株大树的缝隙。

房间里除了一张床，主要的家具是一副连带书桌的白木书架，式样和颜色淡雅，看上去很不错，也是我选择这处房间的原因之一。我把装在同事后备厢里带过来的书都上了架，摆得满满的，在桌前坐下来，打开黑乎乎的笔记本电脑，有一点儿幸福感，打算在这里认真写点什么。

但是过了不久，书架部分忽然没有征兆地塌下来了，差点打在我的头脸上。我把书都拿下来，书架没有复原，内部联结的铁钉子都崩开了。我只好请房东过来一趟。

房东没有找我的麻烦，毕竟他当初保证过书架很牢实，可以插满书籍。"宜家的东西不经用。"端详一会儿之后他说，我才知道书架出自一向不熟悉的品牌宜家。

想不到什么补救的办法，最后把书架拆了下来，只留下桌子。这样我的书又回到了纸箱子里，摞在墙边。好在书桌显得宽敞了。

晚上我离开小区，走到三里屯酒吧街上去。这里和隔着半个街区我的租屋是两个世界，十字路口人车堵塞，无尽的喧嚣和灯光汇合流泻，路北一排酒吧，路上密麻麻地站着身姿前倾神情急切的女性，随时拉人入内，倒没有人烦扰我，大约注意力都在车主身上。酒吧里面灯光迷离，人影晃动，那是我来北京之后未曾进入的世界。

我穿梭而过，到了使馆区。使馆区严肃安静，四处围住铁丝网，设置路障，却也让我明白了刚才酒吧街热闹的一个来源，这里有很多的外国人。我顺着一条开放的横街走入，经过两个警卫，他们纹丝不动的站姿像是出于一种命运，有的在铁丝网的暗处，只有走近了才能注意到，让人心里一紧，他却保持着面无表情的姿势。

我走入竖街，两旁斜伸出浓密的树木，在上空合成穹庐，成为压低了的另一重天空。这是一种修长乔木，含有特别的青翠，似乎属于南方。另一条树荫的街道遍种柿子树，眼下也饱含青翠，我喜欢顺着这两条街走一个来回，再穿过酒吧街，回到沉寂的小区，我的拆去了书架的桌子前边，面对笔记本上敲下的文字，属于往昔黑暗深处的时代。

有时候我没有走得这么远，只是从小区大门外往北走，进入这片街区更内部。路旁有一所技工学校的体育场，隔着铁丝网，零星有人在晚饭后健身。穿过两家打烊的餐厅，迎面有一所外表黑沉沉的建筑，黑暗中闪着一些明灭的小灯，隐隐看出下面的装修，带着浮雕和护板的线条，是一家夜总会，叫名门夜宴。

它似乎没有窗户，四周包裹得严严实实，我完全不知道它的内情，入内的是些什么样的人。它的名字让我想到最近冯小刚的一部电影，不由联想到里面可能进行的诡谲、权谋与情色，所有的欲望和金钱在这里复合、发酵、膨胀，或许有天会爆炸，带来难以预料的毁灭。但眼下，它保持着黑沉沉的名门气度，和渺小寒碜的我完全没有关系，即使走近一步也感到心理压力。

许久以后，听说它果然在"天上人间"的风波中被一并封闭，我再次路过那幢建筑时，它已变成了一家商场之类，封闭的门户都已打开，外墙的浮雕护板显出破敝，像病人发黄的皮肤，底层似乎变成了两家快递公司收发货点，毕竟它不当街门面价格上不去，当年豪门的气质不见踪迹。

那些夜晚，我从名门夜宴往回走，回到家属院中，院落里几株乔木掩蔽，下面裸露着北方的黄土没有精心整修过。空地上莫名地摆着一只旧沙发，布套已经破烂，但还保留着一只沙发的模样，或许偶尔有人小坐。多年后我看到刘若英拍的电影《后来的我们》，周冬雨拉着井柏然从院子里抬回去一只旧沙发，就想到了这只。不知它在院子里究竟摆了多久，近年北方的雨水增多，它在够不上遮蔽的大树底下，能够耐得起几番风雨和潮气侵蚀。

有天深夜，室友出差未回，我坐在出租屋的马桶上，忽然感到腹部剧痛，连续腹泻到虚脱，坐在马桶上无法起身。有一刻我觉得自己会就此死去。如果这样，将像落在水泥街道上变脏的雪一样，被成吨的工业盐融化流入下水道，不发出声音和留下痕迹，无声地来，无声地走，失去性命很久才会被人发现。在卫生间的下水管道上，有一队迁徙的蚂蚁，永不停息地上下穿行。我的性命比不上它们中的一只，尽管被叫作"蚁族"。

八

2010年秋天，我到了眼下的住处燕丹村。

那之前的一段，我想去住地下室。一方面由于身上仅余几千块的资产，另一面是遗憾没有这类经历，似乎缺了一块。

我去过几次地下室。一次是在双井附近，去探望一位上访的大姐。顺着台阶下去，通道顶上横亘热气管道，两旁是排列的小门，像是一个个储物间。大姐住在其中一间里，一张单人床外刚够靠床头摆下一张小桌，桌上摆着电饭煲，床位摆一个案板和碗筷，其他东西都装进塑料袋，挂在墙上。大姐说冬天不冷，夏天也不热。就是洗衣服有点费事，挂在廊道里阴干。另外一次，是有个朋友来京住在建国门附近的地下旅馆，走下去以后像迷宫，拐两个弯才找到他住的房间，推开门是一副床炕，炕上铺的床垫横顶在门上，人要站在门外爬上床去，顶头墙上有一个九英寸小电视。

我在网上搜了几间半地下室，打算去看其中靠近四惠的一间，又有点犹豫，这时接到了一个朋友将要退租在燕城苑的房子，回陕西谋出路的消息，过去看了一趟，价格不贵，就放弃了继续寻找地下室的打算，虽然房子没有装修过，但通透不缺阳光，我住的房间外边有两棵银杏树，叶子正在变得金黄，偶尔有一两片无声飘落。

房子离天通苑地铁站有五六站公交的距离，我第一次去赶上晚高峰，等公交的人黑压压排到马路中间，似乎调来全北京的公交也挤不下。在《新京报》时做过一组报道，叫《十万人困守天通苑》，不想今天自己成了其中一员，且走得更远。后来我坐了路旁吆喝三块钱一位五块钱两位的面包车。

上车之后，我才知道不是三块钱一位这么简单。对面两条长凳座位，先上的人还可挨茬坐下，后来的在中间加小板凳，再后来的转不开身，近于被加在两旁人伸出的膝盖上，头顶车篷，车门最后是贴着人的脊背强行关上的，像是听说过的号子里塞人的情形。车子开行，黑暗中人们看不见彼此，但听得清呼吸，关节和人体的旮旯彼此屈伸搭配，最大化利用空间。有几位不知怎么替胳膊找到了缝隙，仍旧在看手机，屏幕的微光照亮了巴掌大的一片脸。车厢外风声呼呼，感觉是一具夹心面包在运行，一旦翻车，只能挤压成肉泥，似乎在这条路线上的人谁也不在乎安全保障，把命交给了这个上车的机会和三块钱的价格。

房子实际在燕丹村地盘上的一个小区里，据说是当年燕太子丹的封地,也是供养死士荆轲的地方。除了一些附庸典故的对联,刺秦的往事自然渺无痕迹,但我在小区池塘边目击了一起刺杀事件,今天仍历历在目。

那天我饭后下楼,正待走进小区公园去散步,听到那边人群骚动起来,有人喊着杀人了,从公园那边跑过来两个警察,跟着一个小区老保安,在楼下观望。老保安说是刚才从栅栏上翻过来的,不知上哪座楼了。正在这时,一个男子的人影出现在对面三楼楼道,招手喊"我在这儿"。两个警察立刻跑上楼去,过一会儿押着一个小伙子下来。小伙子穿着白衬衣,经过我面前的时候,他的一只胳膊露着,从肘部到手指全是鲜红的,在阳光下怵目,我想到了"沾血的手"这样的名词,但眼下不是沾血可以比拟的,没有什么可以替他洗刷,他显出一副听天由命的神情。

后来知道,他是租居在村里的外卖小哥,刚才杀死的人是女友。女友提出分手后,他请求约在相邻的小区池塘最后见一面。见面时他准备了一把刀,当最后恳求无效后,把刀插入了女友的心脏。女友失血死亡后,他还在旁边坐了一会儿,被散步的老人发现,直到派出所的人到来,他才如梦初醒似的翻越栅栏开始逃跑,却又放弃了。

我没有看到女友的遗体,公园封闭了几天。再次开放时路过那里,地上还有褐色的斑点,心里一阵发瘆,似乎触碰到了一个完全不同的世界,含有致命的禁忌,不由自主地加快脚步。一直经过了很久趟,这种感觉才渐渐消除,和地上的斑点一样被人遗忘。这件事的流言也渐渐平息了,像是根本没有发生过,没有人关心那个青年的结局。

我想到他在阳光下被人挟持着走来,伸出那只洗不干净的血手,全然盖住了常年沾染的饭菜气味。虽然在耀眼的阳光下,却处在无法解脱的内心黑暗里。

小区北边有两大片田野,据说是燕丹村民预留的回迁房地基,我初到燕城苑的那个秋天,它无所事事地开着大片的苜蓿花。苜蓿花是紫色的,有点像豌豆,深得像是可以藏住人。花田中被人蹚出两条小路,成了我日常散步的路线。苜蓿田尽头是苗圃。有时我会有种不加价住到了公园附近的感觉。

秋深的时候，收割机开进了苜蓿田，田野四处飘散新鲜草茬的气息，刈割过的草地空空荡荡，散落着从收割机后身断续吐出的草捆，在运走之前会晾上好几天，让我想到英国乡村草场的情形。经过一个冬天的沉寂，春天苜蓿宿根自行发芽抽枝，开放花朵，引来蜜蜂嘤嗡和养蜂人在附近落脚，等待秋天的刈割。

这样周而复始的情形持续了好几年，直到有一年的秋天，耙地机的履带隆隆开进了打草过后的田地，深深掘开泥土和其中的苜蓿宿根，打上了百草枯。那一片田野被拉上了围栏，土地完全变为黑色，裸露深壕，似乎由生机的床铺变为墓坑，准备在处决后掩埋一群沉默的人。准备去散步的我耳膜嗡嗡作响，感到我在这里的好日子似乎是结束了。

但日子仍旧持续下去。谜底揭开，春天田野里下种了玉米，玉米缓慢又按部就班地生长起来，在夏天的烈日下似乎面临焦枯，完全不像会有收成的样子，却终究在入秋后成熟起来，有了第一季的收获。比起苜蓿田的开花来，不知算是有所得还是遗憾。

没想到我会在这座屋子里住了九年，直到电线老化，水管滴漏。近两年酷暑，小区总是免不了短路停电，据说是有人私自给村里的门面接了电线。超过负荷时，池塘边的电压器发出一声巨响，难以形容的刺耳又难受，冒出一团火花，小区顿时漆黑一片。更多时是跳闸，电工房只好安排一个人值班，随时跳了随时推上去，一晚上折腾数次。

2017年7月中旬某天，晚上黑云低压，天空没有一丝光亮，闷热难忍，似乎世界就要窒息。小区再一次短路断电了。我从外面回来，看到小区大门口聚集了黑压压的人群，堵住了马路要求解决问题，区委前来处置的干部坐车被包围在人群中，紧闭车门不敢下来，四周的人喊着说"我们的老人小孩都快热死了"，他们在车里吹空调，有两个赤膊的人试图去堵住车底的排气孔，被家属拉住。一会儿天空发出震耳的雷鸣，布满了奇怪的闪电，像是一个一个首尾衔接的花圈，又像劈开大地的一道道创伤，瓢泼大雨随即洒落下来，似乎完全是黑色的，伴随着愤怒低沉的雷声。大雨过后气温回落，临近窒息的人们总算感到了一丝清凉,小区的电力恢复,小车才得以脱身,一场群体性事件渐渐平息下去。

最初合租的室友离开之后,青来到了我的生活中。当时她住在天通苑的一个群租房里。我去过她那里两次。三室一厅的屋子里有十个人合租,青住着一个客厅的隔断间,有一个假窗户,一张床,床头抵着电脑桌,桌上有一部座机,她在这里打电话采访和写稿。大白天屋里开着灯,光线完全透不到这里,我担心青骨头里的钙质会日渐流失。我把她接到了燕城苑的房子里。

我们在这里共同度过四年,以后青离开了北京,但偶尔还回来,再后来终究剩我一个人了。我开始听一首花粥的歌《远在北方孤独的鬼》。那些日子,我再次听见保安的自行车在窗下深夜定时经过。再后来装了摄像头,自行车的轮毂声才终于消失。两居室的屋子无人合住,因为寂静显得有些大而无当了。

我感到自己需要一个充气娃娃。这是从一个朋友分享的文章引发的,文章的作者是他的中学老师,老师北漂了三年,没有找女友,用一个充气娃娃陪伴自己,临走时才恋恋不舍地将它扔进了垃圾堆。

虽然燕丹村里有成人用品无人商店,我还是按照偶尔听说的,从淘宝上订购了一个。我让它在空下来的卧房里待了两天,才拆开了包装。略一试用,我感到了后悔。它只是一坨塑料,不管如何设计得像人的样子。

处置它成了一个问题。我不想把它扔进垃圾堆。感觉需要在田野上找个地方埋掉它,毕竟它陪了我一会儿。担心土地坚硬,我另外网购了一套园艺铲。从前我希望购置一套农具,像有些居民一样在苜蓿田周边开拓一小块土地,撒上菜种,现在却是用来埋葬。

晚上我在田野上寻找了不短时间,不知道在哪里挖坑好,哪片土地至少在近期不会被翻动。后来我选中了一片苗圃中两棵树中间的位置。如果人们移走树苗,看起来也不会涉及这里。挖了一个坑,把娃娃泄了气,手脚蜷曲地放入包装箱,有些委屈地埋了下去。

我以为这年春天它总算是安全的。但过了一个月左右,我一时起意去查看，苗圃已经大大变样，新挖了许多大坑，以前的树木被起走，新栽了一批树木，坑挖得比我想象的大很多。我有点提着心走了一圈，没有发现娃娃的头，稍微宽心之余，发现娃娃的学生制服裙挂在一棵新的小树上，不由心里一沉。再在苗圃周边打量，在荒芜的灌木丛里发现了两只塑料腿。看起来是被挖掘机的利齿斩断，被工人抛掷在这里。

我明白了，这片土地上没有任何一块地方属于我，不论是播种庄稼蔬菜，还是仅仅埋下一个充气娃娃。就像我住了九年的出租屋，并不会和我的关系更紧密一些。

这个夏天，也许我将离开它，再次迁徙。

(《芙蓉》2020年第3期)

误解，镜子

贾行家

> 十年前你追逐它们，十年后你被追逐。
> 因为月亮就是高高悬向南方的镜子。
>
> ——张枣

狂人龚自珍仕路蹭蹬，提到一个不大不小的秘密：庄子和屈原如此不同，却合在了李白身上。庄子在寓言之间的话称为卮言，宋人是战国地域歧视的靶子，但好歹算"亡国之余"，位于语言和文化中心区，王化中人能听清楚这卮言，只是听不太明白。屈原的唱诵是明白不清楚，字句中有巫鬼出入，雍容妩媚，让人神魂缭乱到不敢多听，又忍不住要听。

他以最坦然的高傲宣布："帝高阳之苗裔兮，朕皇考曰伯庸……名余曰正则兮，字余曰灵均"，讲述自己如同讲述神灵，他以香草为披肩，以秋兰为配饰，他清晨在山上采木兰，傍晚在沙洲摘宿莽，他"朝饮木兰之坠露兮，夕餐秋菊之落英"，黄金珠玉配不上他，他只与至清至洁的草木为伍。他是沈从文写到过的王子，"美丽强壮象狮子，温和谦驯如小羊，是权威，是力，是光。其他的德行则与美一样，得天比平常人都多……女人不敢把他当成目标，做那荒唐艳丽的梦"，那故事是在小小的寨子里，而屈原是广阔楚地上唯一的王子。他在草木零落之间，望到了自己无从推卸的职责：楚地唯一的王子，要守卫自有传说就有的王室，还要学中原的圣贤，温柔地放牧百姓，要"奔走以先后兮，及前王之踵武"。他的丰神俊美让群臣妒忌了，他忠直的话，让君王猜疑了。于是他踌躇于"伏清白以死直兮，固前圣之所厚"。

司马迁兴高采烈时会转向小说家言：屈原披发行吟江边，遇到一个渔父。渔父说："圣人不凝滞于物，能与世推移。你说'举世混浊而我独清'，何妨随波逐流。你说'众人皆醉而我独醒'，怎么就不能自己也跟着喝上一杯？"渔父大概算庄子之徒，但只学到了皮毛，见识平庸、也可以说是便宜许多。"庄学"的内涵，本来就有不断堕落的趋势。按最近的考证，庄子只比屈原年长二十来岁。那么，渔父也不算庄子门徒，属于当时常见的一类人，专门出来挖苦圣贤，庄子只是其中最高明的一个。

渔父的主意，屈原早已想得周遍："不吾知其亦已兮，苟余情其信芳。高余冠之岌岌兮，长余佩之陆离。"他可以远游四荒之地，也可以退回少年时满兰草的河岸。然而，那唯一的王子真的"与世推移"了，就落入了污浊的谣言。连天生的使命都不敢面对，"兰芷变而不芳兮，荃蕙化而为茅"，凭什么再穿用菱叶荷花做的昔日衣裙？贵族的高傲，要肯为这高傲而死，所以贵族很早就死绝了。"路曼曼其修远兮，吾将上下而求索"，仿佛还在说进取，实在已经决意要归去另一个世界。

屈原和庄子并不真如龚自珍所说完全"不可以并"——王国维说："（东周的）北方派之理想，置于当日之社会中，南方派之理想，则树于当日之社会外"——屈原和庄子的不同，如同散文和诗歌不同，如同宋国的平坦固执和楚地的山泽剽轻不同，而他俩的浪漫和散漫，又共同属于南方派。庄子从玄想里碰撞出一种从未有过的东西。屈原从感情里碰撞出另一种从未有过的东西：他的命运来自天赋，必须入世，他的歌用不着像儒生那样言志，也就是反复申说理由，他那南方的想象和声音注入北方的咏言歌，写成了从前写不成的长度。这全新的东西，流出楚地，流入历史，还要等到最聪明的北方"舌人"来转达，用同样的歌喉唱和。一百年后，贾谊渡湘水。

纵贯县城的这三条路，没一条好走的，日后都值得说说。三条路在北面汇集到一个大镇子上，那镇子过去归林场管辖，经济采伐中止，跟着死了一半，旧广场和运木材的火车站周围被开成了菜地。比起县城，村里的男人们更爱到这个镇买东西和嫖娼，这里的长途汽车来回走高速，来回省城比县城快小半天，在外面少吃一顿饭。

那三条路烂得差不多，村子在县的腹地，我每次都走南边的省道，这条路沿水，有五六十分钟的路程是贴着和缓的江湾，最开阔处看不到对岸。每次走这路，我都重新想一句傻话：生在渔村真和生在只有枯河的村子不一样。冬天，渔船冻在江里，还可以用电锯砸开冰，下网进窟窿里，鱼在跃出冰面的瞬间冻住，保持着最后的姿势。我搭讪着想买几条，他们咧咧嘴——是冻的，不是在跟我客气，说："不卖，自己家吃。"

他们的客气，要等到江面化冻，四月至十月之间，村里经营食宿的时候。沿路的各家都叫什么渔村、什么度假庄园，东北缺水，人就特别渴望水，渴望全家开车到江边来吃两顿鱼，打一宿麻将。周一到周五，从中午起，渔船陆续在公路另一边靠岸，把一盆盆的鱼虾端到马路牙子上来卖。这时，就轮到我不客气了，摇下车窗问价钱，瞎指半天，啥也不买。东北人问"你到底诚不诚心"，十回里有八回不是说修身治国和恋爱，而是问顾客想不想买。我求索的是条四斤多的牛尾巴，或者够炖一大锅的嘎牙子，也就是南方的"昂刺"。我向我姥姥学的炖法是关里农村的熬鱼，不是东北的酱焖。在快进县境的地方，江水掉头了，只能草草买了两条雅罗，渔夫看快四点了，好说歹说，又卖了两条鲶鱼给我，把剩下的一条也白饶了。

抄一段在别处写的：灶台上坐着口八印的锅——东北卖锅论印，八印大概是直径七十来公分，我没量过。在家家只有这一口大锅时，做菜、烧水、蒸干粮蒸饭都使它。所以推崇"一锅出"，就是锅底下炖菜，锅边贴饼子。看着容易，真贴就知道了。"凉锅贴饼子——蔫溜儿"说的就是这事儿。灶坑的火比煤气炉难把握。东北农村烧苞米秸秆，家家院里都有个老高的垛子，抽一抱，一节节探进灶坑，这顿饭就够了。还烧茭子（玉米晒干脱粒之后的棒子），茭子不像秸秆疏松，但扛烧，适合取暖。说烧煤那不是过日子的话，一冬天得多少吨煤？种一亩苞米才挣那几个钱，全屯子没几家烧得起煤的……那几间房，应该是很早盖的：进门是灶台，左手一大间住人。灶台连着火炕……农村男人不做饭，老婆不在家，宁可揣起手无烟向隅，很有气节地饿着。

我拎着鱼进村，房东老徐正有气节地坐在门前条石上。老徐是勤快人，我不在的时候也常进院来扫地收拾，不是"要个情"，就是看不下去。他大概六十了吧，因为劳作和晒得黑，农村这个年纪的男人不大显老，寿命还是比城市人短，是在突然间衰颓的，也没什么机会抢救，短的是"挎筐"半身不遂的那一段。村里，从二十来岁的小伙子到老头儿，就算差辈，互相说话也不客气。我说：老徐，你要想跟着吃鱼，就给我把火烧上吧，我烧柴火比你费。他咧嘴笑了，说：对啊，你们城里男的在家做饭。走过来看有鲶鱼，说咋是鲶鱼呢，这是江边上吃死人的鱼。我说：你就说你吃不吃吧？他说：吃呗，吃也中，我回家拿几个茄子。

湘水当然也是好水。不知怎的，或者说自然而然，贾谊乘舟走在上面时，就从水里照到了屈原的影子。

虽然相隔不久，但他是新朝里的新一代，生于汉高祖七年。这洛阳少年十八岁以文章成名，二十二岁被召为博士。他老师吴公是李斯的学生，他又向丞相张苍学过《左传》，张苍是荀子的弟子。贾谊论证的儒法兼备是荀子一派，霸气淋漓，有李斯的风格——秦代文章，杀得也只剩下个李斯。

他在这年的《过秦论》里写道："兼并者高诈立，安危者贵顺权，此言取与守不同术也。秦离战国而王天下，其道不易，其政不改，是其所以取之守之者无异也。孤独而有之，故其亡可立而待也。"也就是说秦的速亡不是由于残暴和基建的规模都太大，而是在以取天下的政治来守天下，不懂自我削减，越求刚强整齐，败亡得越快。"可立而待也"也许是后见之明，恐怕连摸着石头起义的诸国也想不到：秦国竟然败得干干净净，连基业都丢了。所以刘邦才要问："到底是为什么啊？"

有今人说，秦国灭亡之快，因为摧毁了六国货币，"物贱钱贵"扩算得比民乱快，而且波及到文帝时代才逐渐止住。无论如何，贾谊的持论跳出了陆贾以来的窠臼，达到汉代政见的高点。这洛阳少年雏凤清于，展露出王霸杂用的头角。同为少壮的文帝当然看着可爱，后世儒生幻想起被明主拍着后背乃至搂着肩膀的情景，也无不觉得可爱，隐约间，自己好像也多了什么盼头似的。

贾谊的时论被迅速经典化，《史记》《汉书》直接以《过秦》为论、为赞，都自以为发不出更好的见解。宋代人还留意到它的文体，说《过秦》是"以赋体为文"、"作论而似赋"。从技术上看，是，又不全是。汉人浑厚，文章是有大体无定体，或者说"破体"。篇头"有席卷天下，包举宇内、囊括四海之意，并吞八荒之心"这句，惯熟四六的后人，会习惯性地写成"有席卷天下、包举宇内之意；囊括四海、并吞八荒之心。"然而气韵近似，还来说这句：有人说席卷天下、包举宇内、囊括四海、并吞八荒是一个意思，说一对也就罢了，怎么还要说上四遍？简直如"一个孤僧独自归，关门闭户掩柴扉"。赋家的最高愿望，是有个嗓门亮堂的人把文章念给皇帝听。这在记载里，就会变成皇帝就着煤油灯反复读了一宿，读完之后发誓说：若能拜这贤人为师，死也无憾了。法家、儒家的文字里，都有这类修辞技术。文字铺陈一些，悠扬一些，皇帝的脑袋才好跟着多摇上几摇。连被秦国灭掉的国家都不止四个，席卷、并吞，怎么就不能说上四遍呢？钱锺书说，像"比权量力，不可同年而语"这种以时间拟程度的修辞，也是贾谊创造的。这类细节，代表着贾谊的文坛地位：古文家模仿的秦汉风格，是以他的"西汉鸿文"为标榜，骈文家推崇的赋体，也是以他为创始。

过湘水时，贾谊就拿这写什么像什么的本领来模拟屈原了。他此行的心情，相当的不大好。在长安做了太中大夫以后，他又写《论积贮疏》，又要改正朔，兴礼乐，易服色官名，又要主张遣返列候回封地抓地方经济，又怂恿皇帝就从周勃开始。文帝刚清理过吕氏，和诸王、老臣的关系一动不如一静，但不妨先火力侦察，自己不便说又想说出来试试的话，已经被贾谊主动说出来了，感动肯定是有一些的。老臣们反弹激烈,又有点儿被动,那自然要让贾谊来顶缸。文帝是宽厚之人,只把他调到了楚地。看起来是疏远,也是让他远离矛盾,可以说是更深远的关怀。长沙王已经是最后一个异姓王,把主张集权削藩的贾谊派给他,文帝岂止宽厚,还很幽默。

我常在此处出神:为什么向帝王献上这等宰割天下利剑的,前有韩非,后有贾谊,往往是性格单纯、品行端正的人呢?说他是为自己的话,韩非怎么死的,李斯怎么死的,更远的商鞅怎么死的,他比谁都清楚,文赋里也写过;看来,他真觉得自己和那些人不同,确定自己属于这利剑的把手;真信皇帝的"人品"比皇帝的利益重要,而文帝的人品是好的;真认为重复地做一件错事,只要心意够诚,就能得到正确的结果。后世儒生哀叹贾谊早死,但就算他身体和老徐一样好,情绪和广大群众一样稳定,脑袋也未必始终长在脖子上;儒生主动把脚下的路越走越窄,好像也是从他开始的。说他是为民,他说"夫民者,至贱而不可简也,至愚而不可欺也",完全是利害视角,相比之下,"民可使由之,不可使知之"虽然意思类似,还是显得温柔敦厚一些。如果他就是单纯地为皇帝,那我就不关心他的情感归宿了。

贾谊此时写的《吊屈原赋》,是一面由误解和精铜铸造的镜子。除了文学才能,我并没有看出他和屈原有多像。

他自己是坚信和屈原互为镜像,乃至"互通庆吊"的。以祭文抒情,这是贾谊的儒生本色。儒法两道,在他身上的共处方式,是君王最喜爱的,从前的法家纵横家阴鸷如狼,儒生们绕来绕去,又穷又倔,半天说不到点子上。我上坟烧纸,常看到新下葬的人家闹丧。一个女人拍着大腿边哭边骂,说自己如何问心无愧,不怕现在天突然阴下来,打雷不一定劈死谁呢。从还活着的公爹,到大嫂大哥、四弟媳,想必二嫂还不坏或者死了,然而小姑子又格外可恨。他男人只在旁边不怎么积极地喝骂几句,应该是觉得她闹得有理。我第一次看这场面,担心这家人后来不好见面。结果在山下看那女人重新有说有笑,才知道死丧在地、家产没分完时大闹会酿成积怨,到了坟地如同上了酒桌,谁愿意说两句那就说两句吧。自家尚且如此,哭外人更是有益无害的排解,高秀敏称为

"正经坟不哭,哭乱葬岗子"。

贾谊这镜子,是以楚辞为像,但楚辞也许不算文体,因为屈原之后不再有楚辞了。《吊屈原赋》的四五言类似《怀沙》,形容和字词摘自《卜居》等篇。情境好像也可以比较:屈原是"既放,三年不得复见。竭知尽忠而蔽障于谗。心烦虑乱,不知所从"。他是"为长沙王太傅,既以谪去,意不自得"。屈原感慨"吁嗟默默兮,谁知吾之廉贞",他悲愤于"贤圣逆曳兮,方正倒植"。

今天来看,方正和廉贞还是不大相同的。屈原学兼北方,思想里仍然有南方的奔逸。《天问》对天地人神开列出一百多个问题,如:是谁测量了天穹?地为什么从西北斜向东南?月亮为什么死而复生?太阳每日奔行多少里?天门关上时,它又藏身何处?水流向东方,怎么没有满溢?这些问题,全被贾谊的同道视为"以泄愤懑,舒写愁思",或者小孩子乱发脾气,屈原问得奇奇怪怪,那也是由于楚地"信巫鬼,重淫祀",才有这等凿空之谈、谬悠之语。他们这么看,因为自己擅长哭乱葬岗。

屈原在悲愤于"我又何言"之前,提出过真正的思想命题,发现了认识中的悖论:"遂古之初,谁传道之?上下未形,何由考之?"谁能说清楚明暗混沌的来历?谁又能完全认识弥漫无形的宇宙?既然人不知道自己的来历,那人生的意义从何说起?后面的疑虑是:我们到底能知道什么?我现在问苍天,这苍天真值得被问吗?后世儒家大概还在沿用东周的地域歧视,视屈原为半个蛮夷,怀疑他那一身花草衣裳下面,还刺着一身好花绣,其实不足与语。贾谊对这些也不大上心,他文章里点缀的问题属于设问,紧跟着就有准备好的答案,读起来也是酣畅淋漓,相当的自洽。

这不同更在于:屈原是高阳苗裔,是楚歌里唱到的王子,掌管楚国王族三姓的事务。他望见过庄子的那个世界,但决心不走过去,楚地的贵族,向来就有退无可退的宿命。对这一层,贾谊恐怕没想过。因为《史记·日者列传》里,他问过长安的卜人司马季主:"像你这样的高明之士,为什么从事如此低贱的行业?"随即被对方嘲弄:"贤人侍奉君主，劝谏不被采纳就会隐退，不至于去低声下气地趋奉……拿着华丽的空文欺瞒君主以骗取尊崇，享受俸禄。"虽然说得不全是贾谊，他也"忽而自失，芒乎无色"，把头低低地埋进车横梁下面，大气都不好意思喘。不知道是巧合还是恶作剧，贾谊在《吊屈原赋》里说"鸾凤伏窜兮，鸱枭翱翔"，"骖蹇驴兮，骥垂两耳"。卜人挖苦他的话里，也有相同的比喻："故骐骥不能与罢驴为驷，而凤皇不与燕雀为群"。而这几句话，在《离骚》里也出现过。

"有酒没菜，不算慢接"。酒是老徐拿来的，瓶装的，看那微黄颜色，得有六七十度，没喝就开始头疼。他还连盆端来一大把葱和黄瓜，两块豆腐，一罐子大酱，是他原来的晚饭。两盅下肚，笑意化成一滩，开始给我讲当年在港口上赶大车的事儿。

那港在县城南边的九道湾里，拉粮食、沙石，也拉活人和死人。他这车老板子不管装车卸车，装车时要盯紧轱辘和牲口，算计着一路上的沟坎。他拉过最金贵的物件是胸径一米多的红松，长那么粗，总得三五百年。"说了你不信，能换一辆小轿车！掏了树芯做棺材啊。截两米来的，人装里头，盖上盖儿，瞅着还是一轱辘大树。官财嘛，拿它给大官送礼老尿性了。现在指定没有了，有数的十棵八棵，大伙儿都盯着呢。"

他说，一辈子所干过的活儿里，数赶大车最舒心了。从港口到大北头得一大天，这一天里，又平又缓的长下坡，对面赶车过来的熟人，马的铃铛和响鼻，一路的山林、水田和各镇此起彼伏的大集，无不叫他喜欢，"跑熟的道也好看。一个地方越细看，看出来的样式越多，一来一回也不一样，连云彩还不一样呢。咱这是啥破地方啊，连卖豆腐的都不愿意来。"他摇了摇头。

由卖豆腐的不愿意来，说起刚死的老边："边春和他家这贫困户是真的，这户也就他一个人儿，评上了好脱贫，这不就脱了吗。老边的媳妇死得早，他那么点儿的小个，老妈子似的伺候起俩大儿子来。"我想起来，老边床头的挂历上别着从粗到细的一排针，都纫好了线，我去的那次，他正在缝裤子，就接口说："他那房还是单层皮儿的。""单层皮儿"房是瓦顶土坯墙，朝大道的一面贴一层红砖。雨雪多了，泥墙会像浸过水的纸壳子，失去直线，墙角会裂出个大窟窿来。

"他盖房那几根木料还是我拉的，泥草房整好了，也能住几十年，冬暖夏凉。老辈说，还是关里老家的院套好，从外边看不着窗户，就是没人盖。老边能活七十多，主要是能忍，搁咱这儿你就得能忍。他这一死，村里'成放心'了。他这是正常死了边老二不回来，要不哪天雨大，把他家房给冲塌了，把他拍死在底下，马上就能得着信儿，回村里要钱来。老实人死得也老实。"

"要不就跟周洪喜似的，他是啥精神病？他精神好着呢，他那弱智是装的，账算得比你都明白：他把地租出去能吃半年，从秋天开始在小卖部赊着吃，比我吃得好。就春节前忙活一礼拜，掖着一大沓子财神，各个屯子挨家送，整来钱还小卖部，再接着赊。县里有来给送救济款的，他还能上街里再找个小姐。这也是贫困户，你也不好意思攀。要不像老边，要不像周洪喜，反正不能多寻思。"

"有一家你没见过，五队的，那屯子太穷了，现在就剩下几户了吧。有一家的姑娘都考上大学了，诶呀妈呀，村里几年未准出一个啊。毕业找不着工作，说啥不在城里待，就回村来了。天天搁家躺着，前两年送我媳妇过那头，在她家站着瞅见过一回，就在炕上佝偻着，寻思这人咋就这么废了呢。听说是今年嫁了个老头。"

"所以我年轻前儿不爱回来。我就爱赶着车遥哪儿跑，全县都跑遍了。有时候搁街里捎上个人儿，都不为捎脚钱，就是看他顺眼，好聊一道。你也看见江边的景好是吧？我也爱看，看见那么大的水，啥愁事儿都没有了。"

"水库有水的时候，有鲫瓜子，还有种虾，吃着跟虾爬子似的，吃到水没了也不知道叫啥虾。水挺深的，我大哥就是在水库淹死的。他是为啥，我一直没整明白。他挺能挣钱，有个儿子也挺好的，那天跟我大嫂吵吵了两句，就跑出去跳水库了。平常也没啥邪性的，倒是有一回看二人转，别人哈哈乐，他突然就哇哇哭起来了。他头天晚上从家跑出去，第二早上，在水库边上找到双鞋，才下去捞上来的。那天是八月十五，日子好记。这事儿可早了，水库都干了二十多年了嘛。我爹我妈那时候还都有呢，要不然我也不从大港回来。我大嫂当时就走道了，我也没再见过我侄子。他家房现在还空着呢，收拾不出来了，要不早租给你了，你瞅这家你给我祸祸的……"

孔子说"匹夫匹妇之为谅也，自经于沟渎而莫之知也"，轻视里也含有劝诫，意思是"大小是条性命"，比"自绝于人民"要敦厚，孔子的情感是健全而柔软的。

那种暗暗的死，或者是有什么瞒不住的事，或者为了挣一种我这匹夫不太懂的面子，或者表示自己占据着"谅"之类的小道理（我不知道孔子时代匹夫信的是什么道理，未必就比孔子门徒在宋代以后发明的那些差），或者是拿来惩处别人，"逼死人"是官府要留意的信号，所以拿根绳子去谁家门前上吊是种单枪匹马的道德袭击，第一能引起围观，解决了"莫之知"的尴尬，第二是就算报复不成，据说还可以变为纠缠的厉鬼。——"自绝于人民"的高强，也正在这里，连死都死不起了，真是翻天覆地的变局，"民不畏死，我亦不畏民死"，贾谊见到这种气度也要倒抽口冷气——总之，各种死状，是为一个确定而又与"自己"无关的东西。或者死于漫不经心，或者对无聊的活有无尽耐心，这两件事是一体的两面。

暗暗地死在村子里，常常连张字条都没有留下，作不起来历史文章。十年前，吴飞博士出版过一本《浮生取义》，用家庭政治、道德资本的概念研究这些案例，分析得很细致，不用我再多说了。我觉得那本书属于人类学，因为中国的这些事儿是有点儿特别的。我近年来越来越保守，但觉得这件事还是需要改一改的。

相比上吊和喝农药，投水而死显得更有独立的心事。屈原常常被说成为了自证清白，我觉得他真正要证明的是清洁，这一字间的差别很大，他的"众不可户说兮，孰云察余之中情？"常常被作为自证清白的证据。但他还写过《天问》，有独立的、不南不北的观念，在这套完整的迷茫里，他的清洁不能折中，如果有什么要证明，也首先是面向自己的。他的后学王国维、梁济等人也不完全在"自证"之列，吴宓以为王国维是殉清，"义无再辱"，王国维曾对他说过"我这辫子，别人可以来剪，我自己剪不得"。陈寅恪的墓志铭更切中了要害："思想而不自由，毋宁死耳"。再直白一些：如果死是仅存的值得行使的自由时，那就行使它。自由比世间的小道理难懂，王国维比匹夫匹妇寂寞。几十年后，到了只有"自绝于人民"的时代，陈寅恪托人带话给郭沫若：我作的铭你们不喜欢，那把笔给你，你来写吧。我还希望老徐他大哥也不在此列，如果他不是患有严重的抑郁症，那就近似于"对幸福的绝望"，是在做一件与他人和家庭责任无干的私事，是自杀者中的自由者。孔子和贾谊有所不知，山野匹夫里也有孤往之人，因为贫瘠而索性活在自己的精神世界。

  老徐开始说不吃鲶鱼，现在连鱼脊骨间的黄胶、肚皮上的油也高高兴兴地嗦净，满意地叹着气，想推开桌子拉被子躺下，才发现不是自己家，嘻嘻笑着，下炕走了。

  历史上那么多的屈死鬼，只有屈原有龙舟粽子，这不独因为屈原伟大，伟大的屈死鬼还有别人，而是楚人的可爱。贾谊渡湘水，自称"意不自得……自喻"楚贤臣屈原，有话就直说，汉代千不好万不好，这一点也值得羡慕。唐代犯官吊贾谊时，只能写"寂寂江山摇落处，怜君何事到天涯"；康乾盛世的大臣们，冒赈舞弊的胆子勉强还有一些，内心世界早已"自我禁抑"成了一片死寂。

  贾谊的性格常常被揶揄，按说，既然劝谏天子贵顺权，就该想到自己被顺权。苏轼批评他志大而量小，"一不见用，则忧伤病沮，不能复振"，无政治定力。然而，改造一个成人的思想和性格，比逼他自杀更不容易成功，也更不合情理。启洛阳少年于地下，也许回答：年轻时不愤懑自伤，还什么时候愤懑自伤？老先生的文章有我想不出的风流蕴藉，佩服得很，不知道是在黄州写的，还是在儋州写的？

  贾谊不作诗而直说："恭承嘉惠兮，竢罪长沙。仄闻屈原兮，自湛汨罗。造托湘流兮，敬吊先生。遭世罔极兮，乃陨厥身。"以我在北面镇上听《王二姐思夫》里苗条辙的那一段，可以改成："贾长沙，泪滔滔，好比那一叶孤舟江上漂。我叫声使船的哥哥你等一等吧，且等我写篇祭文你给那屈原捎……呦，他怎么飞得那么高，举手也够不着？"

后面的牢骚话，也是贵在浅白。《离骚》里既有形象，又有意象，而贾谊的赋里只是绚烂的比喻，喻体的可能性受限于情绪的本体。《文心雕龙》里把这类文章收录到"哀吊"一类，哀过去专用于早死的小孩子。其中最早的一篇，也是贾谊的这篇《吊屈原赋》。之后，扬雄、蔡邕、班彪也写过，一般认为不如贾谊。

文章的意思很简单，我看的时候不由得想：假如把这案子交给我来办，该用中间的哪句话来杀他呢？俯拾皆是，太方便了。头一句可用"斡弃周鼎，宝康瓠兮"——骂我们是夜猫子啥的没关系，忠不顾身，孝不顾耻，谁能像他似的天天显摆自己耍嘴皮子呢？可是陛下，扔掉周鼎，不就是动摇国本吗？在朝里说起礼仪冠冕堂皇，自己遇到点儿小小不如意——何况还是正常的地方交流——就敢以破瓦罐来诽谤正朔相承，我看他后面说的什么"相其君"，也不是真心话。第二句可用"章甫荐履，渐不可久兮"——他这是在说谁"不可久"？我朝正走在中兴的大道上，这是连荒服之外的蛮夷都知道的。说起来，我过去对陛下的御人之道，还是理解得不深，还要进一步学习。小小一个考验就把他给试出来了，果然是臣罪当诛，天王圣明。第三句可以用"国其莫我知兮"——好像是说天下只有个死掉的屈原配和他说话，实则在阴毒无比地影射陛下，这哪里是自比屈原？真要想自比，汨罗江又没盖子，其实他是暗指陛下要落到被暴秦囚禁而死的楚怀王的下场！说我们还可以，诋毁圣朝天子，我等公忠体国之臣一千个不答应，一万个不答应！我可听说，一百年后，有个叫杨恽的在私信里写了几句"田彼南山，芜秽不治。种一顷豆，落而为萁。人生行乐耳，须富贵何时"，就被作为苗头性倾向性问题腰斩以正视听、以平民愤了，自那以后，这种唧唧歪歪的人，连睡梦里也是怕的。陛下，大主意您来拿，反正这事儿吧，我要是你，我可忍不了……

贾谊的时代，恶人也有恶人的浑朴，没有太多我这种刀马娴熟的小人，但日后孽生的趋势已经种下了，这也是由贾谊等人启动的。他在长沙做太傅，继续心向国都，长沙王终日惴惴，不足为虑。长沙卑湿，谊自伤悼，懂得为自己的官运盘算的话，就该和长沙王对着装病才是。他却好像是唯恐仇人们忘掉自己，凡是国都那边来的文告，都要上疏发一番聪明的议论。他这么年轻就有一种时不我待，唯恐看不到自己的目标实现：削夺一切与皇权抗衡的地方力量，织一张大网，把天下之人都罩在里头。不少人替贾谊欣慰：他的那些方略，日后大多实现了，这也是夸大了他的智慧。没有贾谊，别人也能想出来，因为皇帝需要。

他再度被启用为太子人选梁怀王的太傅时，也不过二十八岁，除了作风漂浮、性格不成熟，很有未来丞相的样子。后来梁怀王摔死，无子而国除，文帝也未必多么怪罪他没有掐算出来，他的"自伤为傅无状"应该是主动而真诚的，算得上慢性自杀。到花了一年多的时间把自己哭死，也才不过三十三岁。就算在皇帝里面，汉武帝也算是性格相当乖戾人了，所以他能放心赏识的，只有贾谊这种单纯的好人，他在长沙为贾谊立碑，提拔他的两个孙子做官，后世的这类皇帝，还有写诗咏贾谊的，目的是推荐典型。贾谊是帝王愿意标榜的理想臣子，主要因为死得早，否则"人是会变的"。贾谊在儒生里的榜样力量，看上去好像是无穷的，其实是在供不少人做白日梦：以自己"与世推移"的脸皮和体格，再加上这等华盖运，不知道会"贵"成什么样子。吊贾谊的士人，头脑往往比吊屈原的要清楚一些。

贾谊在长沙的第三年，一个孟夏时节的傍晚，有只猫头鹰从墙外飞进他的宅院，就落在他座位的对面。汉人喜言灾异，贾谊应该也擅长谶纬之学，不然文帝不会问他鬼神之事——"可怜夜半虚前席"中的可怜二字，恐怕该做可羡来讲，皇帝半夜关起门来和某个人说闲话，还有比这更强烈、更含混的人事信号吗？

贾谊打开图谶，查到了一句话："野鸟进入室内，主人将会离去。"

（单读专栏）

午后的故事

梁鸿鹰

> 充满幻想的世界是永垂不朽的。
> ——［英］威廉·布莱克
>
> 我们在小时候记得的事情非常有限或不完整,甚至很不真实。
> ——［美］约翰·欧文《直到找到你》
>
> 啊,我经常悄悄地来到你所在的地方,以便和你在一起,
> 我在你身旁走,或靠近你坐下,或和你待在同一间屋子里时,
> 你绝想不到我心中为了你而闪动着的微妙电火花。
> ——［美］惠特曼《草叶集》(上)

童年记忆赐予的故事像天上的繁星一样,数也数不过来,闪烁在遥远的天幕上,并非遥不可及,可以随手摘下来。但那些照耀自己的稚嫩、照耀他人的美好的,其实并不多,随着岁月的推移,我们将之抛之脑后的,总会比记住的多得多。

不能固执一端,越固执越容易失真和遗忘,脖子不知道下半身的分量,以宽容、开放之心拨开童年的迷雾,才能由支离破碎中拼接出完整。

一个人的一生中会遇到许多人,他们有的与自己纠缠一生,令你刻骨铭心,有的会随风而逝,像风像雨,像流星划过天际。能被想起或记录下来,实属额外的幸运。

故事一

故事发生在夏季。夏天是童年时期我最喜欢的季节，常常会有很多意外、很多故事。那个夏季太邪乎了，小城已经连续两三个月没有下过雨，天上的云永远白白的，太阳永远高高悬挂着，炽热火红，铁面无情，没有风的推动，更没有让树叶摇动的气流。

终于放暑假了。一个午后，正值人们一天当中最慵懒的时候，一个谁都不愿意出门的时刻，我出场了，我决定去挑水，去填充已经见了底的水缸。

出门走得急，圆领上衣被门帘挂破一个小口子，在我挑起水桶的时候，妹妹是满眼的不解，她想跟着我，与我一起抬水。我没有同意，让她待在家里，等着收白色来杭鸡的蛋。

我挑着水桶走出院子的时候，看到母鸡公鸡都蔫在鸡窝里，一点声响都没有，它们也有午休的习惯，它们也要养精蓄锐。

挑水需要到位于家属院前排三完小的锅炉房。出院子右拐四五步，向南沿着一个炉灰渣铺成的缓坡，穿过两列平房之间的一个窄通道，就可以进入三完小。锅炉房在左边头一排教工宿舍东边最把边的地方。

窄通道安了个小木门，永远不关不锁，歪斜的门板早被岁月和风雨剥夺了颜色，变得面目模糊，即使想关上，也全然不可能了。小门两边那副失去底色的对联我每天都能看到：右边"四海翻腾云水怒"，左边"五洲震荡风雷激"，横批原来可能是"斗私批修"，或者"毛主席万岁"，或别的什么，现在已经完全剥落了。

正要跨过小门的时候，我发现有个小蛇鼠子——就是小蜥蜴——从门底下穿过来。它本来朝着我的方向，是要往出跑的，看到我后，瞪着眼睛迅速折回细细的身子向相反方向溜了。它浑身沙土色，灵巧而神经质，它瞟我的那一眼里所含有的惊异、莽撞和不解，给我印象极深。我吃惊于它反应之迅疾，动作之决绝和坚定，它几乎半秒钟都不用就完成了观察、判断和行动等所有程序，这种灵敏、果断和迅速，是不是比我们强很多啊。

　　穿过窄过道只需走八九步。就在这个时候，一位穿红连衣裙的小女孩与我迎面相遇，有些暗的光线让我一时没有认出她，只觉得对方那身红刺得我眼睛睁不开，还有，就是对方脚上的一双白色凉鞋，塑料的，带着细带儿，特别醒目。

　　她很快走近了，我看到她梳着一个小刷子，单眼皮，小鼻子，面庞稚气，四肢柔软，皮肤细腻，手里拎着一只盛着水的小铁桶。到我跟前时，她似乎恰好要停下来倒一下手。我认出来了，她是与我同班的亚芳，住附近一个院子，家里养着一条大黄狗。她喘着气，脸上的汗淌出一条细线，脸红红的，人热气腾腾。我们相遇后都侧着身子，说了话，好像又没说什么，要么，我只是说了句与她家大黄狗有关的话——"你家的大黄狗太厉害了"，我知道自己是没话找话，但不这样又怎么办呢？因为这狗，我很少到她家玩。"拴着呢，你别担心。"亚芳说得很轻巧。我很快就从她旁边走开，离开这狭窄的通道，离开这团亮得刺眼的红色，让我松了口气。女孩太奇怪，时而欢笑，时而哭泣，时而顽皮，时而任性，有时让我迷惑与惶恐，有时让我倍感欣喜和幸福。

　　穿过窄窄的过道再往左拐，就是一排三完小的教工宿舍了。到锅炉房至少需要路过十几个宿舍。就在走到第三间宿舍的时候，我左脚上的鞋掉了，是鞋带出了问题。我放下担子，蹲下身来查看，此时宿舍竹门帘被挑开，音乐老师于婉丽走出来。漂亮是最好的名声，于老师就有最好的名声。大人们背后爱谈论她，除了说她漂亮、新来乍到、书教得好，还说她从小没有父母。在一家子有许多人的年头，孤儿像是不得了的珍稀物种，仿佛孤着、单着就很悲惨、很值得同情。人们还知道，于老师带着个孩子，只是谁也没有见过她的丈夫，这更增加了于老师的神秘，她一举一动都很引人注意。不过，这些不重要，因为学生们都喜欢她。在我当时看来，世上只有两种女人，一种是好的，另一种是比较好的，女人们身上会有淡淡的香味，脸上会有忽喜忽悲的表情，最吸引人的，是她们有亲切的笑容，有富于同情心的天性，有愿意与人说话的沟通能力。但女人的嘴也最可怕，故事会在她们嘴里越传越离谱，本来是白的，渐渐会被传为灰的、黄的、粉的、红的，最后沦为紫的、黑的。女人最关心的是吃的，是喝的，是人缘，是自己的长相与打扮。

于老师大家都喜欢，她的好是那种与学生站在一边的好，她不把我们当傻瓜，她在讲台上并不高傲，什么时候都是亲切的，不显得那么高不可攀。对她的温柔，孩子们心里都有数。她不会随便责备人，更不会拿人开玩笑。她向来温柔，向来亲切，向来不发火，但这也等于鼓动了孩子们的放肆。一次，同班的黑子把一只死去的蛇鼠子放在她的粉笔盒里，吓得她跳起脚，随后号啕大哭。黑子一看慌了神，他手足无措地走到讲台前，结结巴巴地承认是自己干的。大家看到，此时于老师脸上还有泪珠，笑意已经暴露了她的全部天真。她像个大孩子，上课就是与我们一起玩，有次教唱《我在马路边捡到一分钱》，唱得走调了，就和我们一起开怀大笑。

看到于老师挑帘出门，叫着我的名字，我连忙站起来，嘴上拒绝着，双脚却开始向她的方向挪动，很快就闻到了她身上散发的迷人的味道。这味道里混合着香皂、雪花膏和一丝丝奶香，她眯着眼睛，双眼皮里笑意盈盈。她穿着白色的短袖衫，配着一件碎花短裙，脚上也穿一双白色系带儿塑料凉鞋。我随着她进到屋里，门没关，但屋里面依然很暗，眼睛好半天才能适应过来。屋子很小，屋子正中间有个安着铁皮烟筒的铁炉子。右边靠墙的是一个书桌、一把椅子，桌子上有个小台灯。左边的大床上，仰面睡着一个穿粉衣的孩子，肚子上搭着一条白毛巾。

于老师带我进来，却并不理会我，而是在小桌边坐下，拿来一张纸，开始在上面写字。她用的是我妈妈同样爱用的蘸水笔。她把墨水瓶盖拧开，将笔蘸到里面，这才想起我的存在，她回过头来。

——你快坐吧，孩子睡着呢，你就坐在床上，等我写完。

——好，我不着急走。

——你妈妈好吗？我挺想她的。

——妈妈很好，嗯，她好多了。

我很听于老师的话。她写得不慢，彼时，我除了能听到自己心脏"嘭嘭嘭"的响声，还清楚地听到她写字"唰唰唰"的声音。写了一会儿，她却停下来了，把写好的撕掉，取一张纸，再重新写。

当时没有电话，我想，妈妈在生病，于老师孩子小，她们见面并不方便。

信写完了，于老师把信折来折去叠成一个好看的方形，夹在一本书里，交到我手里。这是一本没有封面、没有开头几页的书，而且是我们家的书，不知什么时候却来到了于老师手里。是不是妈妈用它夹过信？

把信和书交到我手里后，于老师并没有让我走，她打开抽屉，从一个小铁盒里拿出针和线。认好针，坐到我跟前。

——看你衣服上开了个口子，我给你缝好。

——不用，不用。

——乖孩子，快坐好。

于老师的从容却令我难为情。我此时看到，于老师的头发原来如深夜般漆黑，身上清幽的气味让我迷醉，我盯着她手臂上隐约可见的蓝色血管，看着她脸上被阳光照得毛茸茸的一层桃绒似的东西，看着她脖子上左边的那个小小的痣，看着她微微翕动的鼻腔、皓齿微露的红唇，以及毛茸茸的睫毛，我的思绪不禁飞到了遥远的山谷、森林与小溪，让我联想起林间斑驳的阳光，想起星夜里偶然飞过头顶的小鸟，想起遍洒于寂静小路上的月色，闻到理发馆里洒在头上的洗发水，闻到过年才能吃到的牛奶糖，我被眼前的一切所迷惑、吸引和粉碎了。我忘情地把头凑到于老师胸前，看到自己眼前白衬衣上隆起的小山，辨别出眼前那些若隐若现的奶渍、汗点和菜汁痕迹，我呼吸加重，鼻尖几乎冲向她胸前起伏的高处，我靠近、靠近、再靠近……正在这时，于老师把嘴伸向缝我衣服的那个地方，凑近针线，用牙咬断线头，此时头发蹭到了我的脸上，鼻息吹到我眉毛上。针线活儿结束了。她睁大漂亮的眼睛，伸出左手，把手指插到我乱糟糟的头发里，来来回回轻轻地梳了几遍。

——乖孩子，你怎么啦？困了吗，累了吗？

——不不，还没有呢。

——困了你就上床躺一会儿吧，天太热了，我也躺一会儿。

——不了，不了。

我结结巴巴地说着，抓起夹着信的那本破书，仓皇失措地掀起帘子夺门而逃，抓起门外的担子，放在肩上，朝着锅炉房的地方奔过去。

故事二

我想起来了，这个故事不是这样的。那个暑期的下午，天确实很热，但有些发闷，没有风，太阳懒洋洋的，躲在云彩后面。遇到于老师的事情没有发生在我去挑水的时候，而是发生在与小朋友们打完乒乓球后。

三完小的院子里有两个水泥垒的乒乓球台子，在最南端的高年级教室前面。那天下午我和同班的黑子一起去打球，我出一个光板拍子，黑子拿他的单面胶拍子，球有两只，都是我出的。我们打得昏天黑地，不可开交的时候，来了一个女孩，她就是亚芳。

亚芳穿一身白连衣裙，脚上是方口布鞋，浑身有一种热气腾腾的气息。有了她，我们三个只好轮着打，我俩头次发现，亚芳打得不错，球艺好，动作漂亮，她的裙子很短，打起球来一飘一飘的，让我们看得入迷，后来我问小黑，他也说很愿意看亚芳打球，尤其愿意看到她那件白裙子飘起来的样子，看到她的双腿在裙子底下来来回回地运动，他说他很高兴。

黑子是人们眼里的运动能手，打起球来喜欢光脚，脚上没有鞋子，使他失去了束缚，更加灵活、潇洒，他扣球、接球、送球，都很自如，后来我和亚芳两个人打他一个人，他依然应付得不错。

很明显，我打不过黑子，但我不服输。当时普遍崇尚不怕困难、争取胜利，家里贴着《毛主席去安源》和《红灯记》，教室里抬头可见"提高警惕保卫祖国"，不用大人教，我们也会学着顽强勇敢，耻笑怯懦、退缩或放弃，一种昂扬的精神始终在鼓舞着我，促使我拼出全身力气顽强对抗、挣扎，我一遍遍要求与小黑"再来一局"，可就是很少打得过他。

不知不觉，太阳往西走了不少，我们三个仍然打得不亦乐乎，谁也不服输，谁也不想走。不知道是不是因为我和黑子在，亚芳也不知疲倦了，反正有亚芳在，我和黑子更感觉不到累。我们各展身手，打啊打啊，忽然发现昏天黑地，太阳没了，风来了，接着大雨夹带着冰雹，劈头盖脸，倾盆而下，我们三个大呼小叫，四散而逃。

我以最快的速度穿过三完小院子的几排房子，跑到最后这一排的时候，我的鞋带开了，我蹲下去系鞋带的时候，一个屋子的门帘被掀开，里面伸出一个女人的脑袋，叫着我的名字，招呼我进去，原来是我们漂亮的音乐老师。她的嗓门那么脆亮，她的呼喊那么急切，大雨中的我什么也顾不上，连忙朝于老师跑去。我跑了没两步，左脚上的鞋掉了，回头捡起来，拎鞋快步钻进屋里。

于老师的屋里很暗，一时什么都看不见，只隐隐约约看到屋里有个铁架子床，墙边是书桌，屋子正中间有个安着铁皮烟筒的铁炉子。我浑身上下湿透了，顺着双腿往下滴着水。进屋之后，于老师给我递过来一块毛巾，让我擦脸和头发。毛巾白得刺眼，飘出的味道带着香皂、洗发水和奶香味。我把脸和头发擦干，给老师递毛巾的时候触到了她的手，软绵绵的，我像触了电似的，赶快缩回手。于老师会意地露出开朗的笑容。我已经适应了屋里的光线，看到床上躺着一个穿粉衣服的婴儿，应该也就一两岁吧，赤着脚，两条腿圆嘟嘟的，腿分开着，脚底对着脚底，肚子上就盖着一条白白的毛巾。

——别愣着，看看你，浑身上下都湿透了，快把衣服脱了，我给你拧干。

——不，不用不用。

我身上又黏又湿，嘴上拒绝，其实冷得难受。于老师早就看穿了我的心思，她伸手帮我把上衣从头上脱下来，拿到脸盆旁边使劲拧着，上衣拧出的水滴滴答答，窗外虽然有雨声，声音依然显得很大，我两只胳膊交叉着，双手抱着肩膀，等着于老师的指令。于老师拧完衣服接着搭在铁床架子上。给我拿来一个毛巾被，让我快把外面的短裤也脱了。当时毛巾被是稀罕物，我被毛巾被上散发着香皂的清新味道所吸引，赶快披在身上。可我迟迟不肯脱短裤，磨磨蹭蹭，犹豫再三，于老师说，你转过身，抓紧吧。我转过身，紧紧裹着毛巾被，把外面的短裤褪了下来，看我不好意思，于老师抓过短裤，到脸盆旁边拧干了搭好。我尽可能使劲地用毛巾被包着身体，一屁股坐在了床上，因为坐得太使劲，床猛地一晃，发出吱吱呀呀的声音，接着又有闪电穿过窗户，把小屋照得雪亮，随之而来的是震耳欲聋的雷劈声，床的晃动和雷声惊醒了床上的宝宝。宝宝先是双腿动了一下，接着舞动双手，开始发出咳咳咳的声响，听到响动，于老师像得到警报一样奔到床前，宝宝醒来了，慢慢适应着屋里的光线，脑袋左右转动，寻找着什么。看到我后，她似乎愣了一下，接着脑袋转向另外一个方向，显然她还没有寻找到自己想要的目标，趁孩子未及发作，于老师把她抱了起来。

　　宝宝的双手在空中挥舞，脑袋使劲拱着妈妈的前胸，于老师赶快让孩子的嘴凑到自己的乳房上。她落落大方，并不避讳我，就在我眼前撩开了上衣。我清楚地看到了她右乳上的蓝色血管，惊鸿一瞥地将那枚圆润的粉红乳头尽收眼底。宝宝多幸运多幸福啊，闭着眼睛就将那颗粉红灵巧地含在了嘴里，小手自如地抓着衣服上的褶皱，双脚欢快地蹬着，开始了贪婪的吮吸。此时于老师神情平静，满满的幸福安适。她把我当个孩子，一点都不掩饰前胸袒露的那些白，目视远方，自豪地享受着。宝宝吸了一会儿，于老师转了个方向，让宝宝吸另外一边，就在调换的时候，我看到了于老师的另外一个乳房——鲜艳而端庄，灿烂而饱满，孩子仍然是贪婪的、急切的，但渐渐地不再双手摆动，双脚乱蹬，慢慢地在温软中沉寂了。于老师移开孩子，抹下衣襟，把孩子妥妥地放回到枕头上，目光才转向了我。此时，屋外的雨不知什么时候已经停了，屋里忽然亮了，彩霞彩虹印到了窗户上，孩子头偏在一边，恢复了悄无声息的睡眠，屋子里静得像俗话说的那样，地上掉根针的声音都能听得到。

　　——你妈妈身体好吗？

　　——还好，但咳嗽得厉害。

　　——你爸爸在吗？

　　——最近老不在家。

　　我们有一句没一句地聊着，我看到于老师脸上泛着红晕，她下身穿着黑裙子，脚上的一双白塑料凉鞋并没有系带儿，就那么趿拉着，这个时候她忽然想起我的凉鞋的鞋带坏了，她让我把凉鞋递给她。她全然不顾鞋上的泥，不顾上面散发的不好的气味，依然从抽屉里拿出针线，但她看了看，还是放弃了自己的努力。

——这不能用针线缝，缝完坏得更快。

——不用缝，我让姥姥想办法吧。

——姥姥好吗？她还纺线吗？

——挺好的，还纺线，有时候我、妹妹和她一起纺，纺出线来妈妈给我们织毛衣。

——你妈妈真巧，我们上学的时候你妈妈就很有名气，她很漂亮，不爱说话，功课好。

——你和她是一个学校的同学吗？

——是的，你妈和你爸我们都喜欢。

于老师和我靠得很近，我又一次清清楚楚地感到了她的吸引，她身上的气味给人温暖如春的感觉，让我沉醉。这种味道其实并没有什么特别的，甚至混杂了泥土、锅灶、床单和孩子的尿味，却极亲切、温馨和单纯，此外，可能还含有女性特有的纯洁与纯粹。

于老师好看的双眼清澈而亲切，大概，在心肠柔软的女人们心目中，我很值得同情，我是重病在身的同事的孩子，顽皮、贫困而缺少呵护。她看着我，忽然轻声跟我说："孩子，你想吃奶吗？我的奶水很多，你吃一会儿吧。"听到这话，我被惊住了，脸涨得通红，看着于老师天真无邪的目光，一时不知所措，我不相信她说的话，但她分明满脸真诚，一心一意，但我还是慌了，低下头来，躲闪着她的目光，我气喘吁吁，难以自持，想夺门而逃，腿又不做主——

故事三

我想起来了，见到于老师那个下午，没放暑假，是在一个星期天。我没去打乒乓球，是与黑子约好到班里擦玻璃的。也就是二三年级吧，我心事很重，很愿意参与那些被大人首肯的事情，愿意当积极分子，一心想赢得老师和大人的表扬。这种心思，让我变得像个大人，变得循规蹈矩，甚至爱模仿大人说话的腔调，习惯于用喇叭里广播的观念衡量一切。我过早地接受着"斗私批修"、"为人民服务"、"团结就是力量"等观念，甚至很早就认可了阶级斗争必须天天讲月月讲年年讲之类。我如同一个早熟的野心家，想样样走在人们前面，既不想让别人知道我做了好事，又不想单打独斗做寂寞英雄，我要投入到轰轰烈烈的大场面大事情中，去表现自己、考验自己，而不能在孤寂中傻干。

　　我没有等来黑子，他也许忘了，也许存心和我恶作剧。教室不算大，前后六扇窗户，平时不觉得怎样，一个人擦起来就是另外一回事了。这天实在太没意思，大热天的，我图的是什么呢？无聊快将我淹没了，我不耐烦，我不甘心，后悔莫及，我把自己变成了苦工。太阳眼看西斜了，两扇窗户的玻璃都被擦完后我已是满身臭汗，手腕发酸。时间真不是那么好熬的。

　　我人在教室里，手在玻璃上，脑子已跑到了别的地方，眼前出现了小蓝桥以西的那些小水泡子、兵团战士看守的李子园、县气象局前大片大片的西红柿地，想起了第一中学院子里的那个可以玩水、可以钓鱼、可以划船的巨大游泳池。教室之外，任何一个地方都可以锻炼意志、增长才干，活动比学习有意思。我向来呼朋引伴。在说笑和起哄中，时间最容易溜走，几个男孩混在一起才有意思。我们玩起来从不穿鞋，大家都能在发烫的炉灰渣铺就的地上奔跑。我们是水泡子里玩水的好把式，一旦脱掉衣服，跳到水里，准能玩个痛快。我们经常在水里憋气、捉别人的腿或扒掉别人的短裤——

　　正在我胡思乱想的时候，门被推开了，闪进来一个白色的影子，虽然逆着光，我也知道来人是同班的亚芳，而不是黑子。黑子，你到底在哪里鬼混呢？

　　亚芳说不是来做好事的，是来取东西的。但她并没有取了东西就走，而是在课桌旁坐下来，像变魔法似的，从书桌里拿出一个本子，开始写啊，画啊，写啊，画啊，忙了好长时间。在教室的寂静里，我偷偷从后面观察，发现她身上的小白衬衫紧紧地裹在圆滚滚的身上，以前从未觉得她的小身子有如此的浑圆，在夕阳的映射下，她细细的后颈泛着白光，头发变浅，发辫在肩上披散，头顶别着一朵小蒲公英，俏皮而可爱。她的父母我都见过，她实在比他们漂亮很多。躲过桌椅板凳的遮挡，我还看到她脚上的白凉鞋，此时已不自觉地被脱到了一边，她白白的小脚俏皮地蹬在课桌腿上，旁若无人，自由自在。

她是班上的语文课代表，作文总得到老师夸奖，我很不服气。我们都很爱看书，她还经常跟我借书看，凭什么老师单单偏爱她呢。不过我承认，她天生有一种甜言蜜语的本事，太讨人喜欢了，没有哪个老师会反感她。有次我的算术作业没有做完，是她帮着我说情，还有次体育课我不敢上双杠，是她帮我圆场，老师就是愿意相信她。想着这些我不禁走了神，呆呆地望着她，忘记了手上正在做的事。听到我这边声响全无，亚芳也停了下来，她回头望了我一眼，看我愣在那里，就招呼我过去，"你来，你过来"。我乖乖走过去，朝着她蛮有把握的神情，朝着她红红的嘴唇、白白的牙齿、明亮的眼睛、漂亮的头发，不曾有一丁点儿的迟疑。

原来，她不是在写作文，她是在画画儿，用的是蜡笔，一张白纸已经被画满，画的是个孩子，一个在花丛中的女孩，左手拿着一个小火轮，右手挥舞着小风车，太阳在天上火红地燃烧，我们的学校在太阳底下的小岛上，周围环绕着各种盛开的花朵，房前流淌着蜿蜒曲折的小河。

——为什么要画这画？
——今天于老师的孩子过生日，我想给她个惊喜。
——老师会喜欢吗？
——怎么会不喜欢呢？你和我一起去吧。
——我不跟你去。我要等黑子。

听我这样说，亚芳不说话了，接着，她把画画的本子合起来，站起身离开了。

亚芳前脚走，我就后悔了。现在我已经完全没了做任何事情的兴趣，我多无聊啊。为什么非要等黑子？此时我想起了黑子干过的所有那些不着调的事情，我想象着他推门而进，气喘吁吁，满头大汗，半袖衫被撕掉了两个扣子，肯定又和人打架了。他从来都英勇好战，不畏惧任何一种威胁，愿与比自己强大得多的人比试武力，有次他在操场上与一个汽修厂子弟拳脚相交，根本不考虑自己是否与对方实力相称，还有次他为同院子里的小破孩主持正义，被打得够呛，他习惯于挥拳解决问题。他肯定不稀罕到这里干擦玻璃的破事儿，我还不知道他？但他毕竟是我的好朋友，不过，我干吗非要等他呢？想到这里，我在眼前的玻璃上胡乱擦了几下，完全失去了耐心，实在等不下去了。我迅速走出教室，关上门，甚至来不及锁就溜走了。

　　家不远，在教工宿舍的后面。在往家走的时候，我遇到了一阵阴风的袭击，这阵风很快化为一团漩涡，裹挟着地上的树叶、纸片、枯草，刮得昏天黑地。天迅速暗了下来。我加快步伐埋头跑啊跑，穿过一排又一排教室。等我抬起头，猛然发现自己已经跑到了一间挂着竹门帘的教工宿舍跟前。这个门帘上画着一朵大红花，又像是上面飘扬着一杆大红旗，这不是一个普通的门帘，是火焰，是熔炉，是花海，是吸引人前往攻克的目标，正在我呆呆地盯着这个门帘的时候，有人挑开帘子走出来。是于老师，是教我们音乐的于老师，她脚上穿着一双趿拉板儿，趿拉、趿拉、趿拉地走出来，向我招手。此时，天地为之一变，风停了，太阳出来了，树叶、纸片、枯草没有了踪影，空气已经完全恢复了原有的流动节奏，空气清新，太阳不刺眼，我可以完全看清于老师的面容。她年轻、快活、红润、轻盈得比任何形容词都实在。我得承认，我特别喜欢她脚上的趿拉板儿，当时不流行拖鞋，我们把所有极简单，只容纳前脚掌，可以趿拉着穿的鞋统统称为"趿拉板儿"。于老师的脚嫩白、细瘦、健康，与体型般配，她叫着我的名字，喊我过去。可这个时候的我灰头土脸，由于奔跑，身上冒着臭汗，我甚至能够闻到自己从头到脚散发出来的刺鼻气味。

　　好在于老师并没有马上请我进屋，相反，她返回屋里，拎出一只铁皮暖瓶，示意我去打热水。我接过暖瓶像接过一颗即将上膛的炮弹，迅速向着锅炉房的方向走去。这段路不长,大概要经过七八个房间吧,一路上,我看到一个屋子的窗户是开着的,伸出一个竹竿,竹竿下面丢着件白衬衣,另一间屋子居然亮着灯,还有一个屋子窗户里探出一个脑袋,这是个专门负责为学校打钟的老人,他已经没有多少头发了,穿蓝色短袖衫,敞着怀,一边和蔼地冲着我笑,一边驱赶着屋外一只不停打鸣的公鸡。打完水后,这只公鸡已经被老头驱赶得不见了踪影,老头手拿一把蒲扇在窗口来回扇着,那间亮着灯的房间打开了窗子,灯关了。路过那件衬衫的时候,我把它搭在了竹竿上。拎着暖瓶回到于老师宿舍的时候,屋子里有些暗,适应了以后我看到,屋子正中间有个安着铁皮烟筒的铁炉子。铁架床上躺着一个孩子,孩子身上只搭着一条小毛巾,孩子胖胖的小脚光着,脚心相对,胖腿弯着。随后我在书桌上看到亚芳那张画,它被撕下来,静静地躺在书桌的左上角。于老师让我打水是为了给我洗头,洗完了我的头,她又要为我洗脚,我本来不愿意,但我就是没有勇气拒绝,我任凭她摆布,臭烘烘的泥脚任她揉洗。我不记得脚是怎么被擦干,水怎么被泼掉,我呆了,醉了,被施了魔法,被彻底迷住了。

　　我也不记得于老师是怎么开始给自己洗头的了。我只记得,她用洗发膏洗了一遍,屋里顿时香气扑鼻。我们对这种香气拥有异常敏感的辨识力、捕捉力和吸收力,上天赐予我们这种能力,就是为了让我们享受,就是为了让我们去散播这种感觉吧。我已忘记了于老师头发的长短了,甚至已经忘记了此间和她聊了些什么了,只记得她指挥着我,把一个小一些的脸盆里的水兑得冷热正好,让我给她往头上冲水。我像被施了魔法似的,顺从地从她手里接过小脸盆,试图往于老师头上浇,但我完全无法集中精力。我发现,于老师的脖颈白得如同象牙般,一点杂色都没有,这片纯纯的柔柔的白,让我目眩神迷。此时,我从靠近她的那一侧,看到了她脸上如桃绒般细腻的绒毛,而顺着衣领,更窥到了胸前那对起伏的白鸽,它们是那么静谧、骄傲与温暖,它们令我思绪飞扬,想起高山白雪、晴空白云,甚至想起万里棉田里的那些花朵,我的手开始抖动,我的呼吸不再均匀,而是变得如千钧之沉,如火车般粗重,我像趋光的飞蛾,没头没脑,完全无法行使自己的职责,水被我倒歪了,我让水流到了于老师的脖子里,我搞砸了整个事情——

后来一

其实,那天我并没有在匆忙中落荒而逃,而是按照于老师的指令,脱鞋上床躺在了那个安睡的婴儿的旁边,闻着孩子的奶香睡了一大觉。醒来的时候我还发现,于老师侧着身子,一只胳膊压在头下,睡在婴儿的另外一边,她睡得很香,双眼闭着,睫毛长长的,美丽,安谧,童真。

我回家把书和信交给了妈妈,妈妈读信之后哈哈大笑,什么也没有和我说。过了几天,她让姥姥多蒸了几个糖包,让我带给了于老师。

后来二

其实,那天我犹豫了好长时间,还是接受了于老师的召唤,双手垂着,嘴凑在于老师右边的乳房上,草草吸了几口,但我什么味道也没吃出来,只觉得嘴里有点甜,有点腥,有点婴儿味儿,像床上那个宝宝身上散发的味道……

后来三

其实,那天我又在于老师那里待了好长时间,直到天都有些黑了。但我不想向大家细致交代事情后来的细节了,我只记得于老师并没有责怪我没有完成给她冲洗头发的任务。相反,好像她还让我给她洗了脚,要不,就是我们俩在一个盆里洗了脚,而不是像之前说的那样,是她给我洗了脚。

我俩面对面坐着,一边洗着,一边东一句西一句地说着话,或者确切地说,是她不停地说着,不停地向我发问。她问的问题很具体,比如：你爸爸给你妈妈洗过脚吗？你妈妈和你爸爸一起洗过脚吗？你爸爸给你妈妈洗过头吗？你妈妈给你爸爸理过发吗？你爸爸给你妈妈梳过头吗？你妈妈给你爸爸喂过东西吗？

  我不知道该怎么回答，我不知道自己想不想回答，我只知道我很愿意多和她待一会儿，无论多么窘迫，多么不自在，我都能忍。天快黑了，我也不记得自己是怎么离开于老师的，我们说再见了吗？于老师让我给妈妈、给姥姥带好了吗？我完全不记得了，我只记得临出门时，她给了我两块很硬的水果糖，回到家里，我给了妹妹一块，后来，我剥下的水果糖纸没有扔掉，而是夹在书里，留了好长时间。

（《上海文学》2020年第3期）

琴声如诉

王 尧

即便是父亲,他也忘记了曾经和他短期共事的那位姓"左"的老师。母亲说,她也记不得这个人了。不必说天下之大,熙熙攘攘,就是在我生活的那个村庄,许多人和事都被淡忘了。表姐应该记得她,但我想起左老师时,表姐已经辞世十几年了。

我在苏州生活几十年,和许多离开故乡的人一样,会经常回忆起过往。我的乡愁不是落寞,也不是在似乎舒适的现代生活中缅怀曾经的旧日子。一次文学活动中,需要每个人写一句关于乡村的话,我记得我写的是:乡村是锄头落地的声音,不是乡愁吟唱的诗。其实,这样表述未必妥当,锄头落地的声音也是诗。

左老师是扛着锄头入住知青屋的。她站在几个人中间,胸前挂了一朵大红花。从这几个知青由船上跨到码头时的步伐看,他们确实是城里人。很多人都挤在码头上,大队宣传队的叔叔阿姨们敲锣打鼓欢迎他们。左老师他们走过供销社门口,上了大桥,在水泵房附近右拐上了小桥,小桥西南侧有一幢房子,就是知青屋了。

这个时候左老师还不是老师,是来插队的知青。他们很快参加春耕春种了,小姨回来说,那个姓左的知青能吃苦,也特别干净。我没有进过知青屋,上学时会从屋前路过,一次看到左老师在门口掏出镜子照来照去。知青们好像都有些才华,晚上他们的屋里有吹口琴的声音,也有手风琴的旋律。我后来知道，手风琴是左老师的，她拉出的曲子是《莫斯科郊外的晚上》。我们这里的人都不知道这曲子是《莫斯科郊外的晚上》。

好像是在插秧的时候，左老师到我们学校代课了，校长说：欢迎左老师！左老师教音乐和图画，她走进教室时成了左老师。我们都知道左老师会拉手风琴，她第一次上课时却没有带上手风琴。她讲了什么是五线谱，她唱五线谱时的声音像笛子一样亮。下课时，左老师问我们，这节课怎么样，大家有什么意见？我举手了，左老师有点紧张：你说吧。我说，左老师，我们喜欢听你拉手风琴。左老师问，同学们的意见呢？同学们说，我们要听你拉手风琴。第二次课时，左老师拉手风琴了。她上身有节奏地晃动着，眼睛不看我们同学，好像她就在她拉的歌曲里。坐在前面的女生发现，左老师穿着丝袜的右脚在地上踩着拍子。

这已经是夏天了，快要放暑假了，我们光脚还嫌热。左老师怎么不怕热，不怕出汗？我问左老师，你怎么穿袜子？左老师可能没有想到一个男生问她这样的问题，她有点尴尬地说，穿袜子卫生，出汗了，脚不会黏在鞋底上。这有点道理，我们出汗了，也怕鞋底潮湿了有臭味。上课不紧张时，我们都会在课桌底下轮流摩擦脚底和脚面，这样就没有汗了。

事情好像不是这么简单。几周下来，我们发现左老师上图画课时不穿袜子，只有上音乐课时才穿。一次她上音乐课时，还穿上了裙子。第二天上图画课，换下了裙子，穿了一套像军装一样的衣服。不同的课，不同的服装，有时候讲究，有时候马虎。我们都不懂，觉得左老师是个不简单的人。我回去问我表姐，表姐读过高中，也到过北京，在天安门广场见过毛主席。表姐说，你慢一点说，左老师是不是上音乐课拉手风琴时穿裙子穿袜子，上图画课时就不穿裙子不穿袜子了？我说，是的。

表姐开始也觉得奇怪。过了一会儿，表姐恍然大悟地说，是这样的，她可能有仪式感。拉手风琴是表演，表演就是仪式。你们这个左老师可能是个艺术家。我那时还不懂仪式感的确切含义，但表姐的一番话让我对左老师肃然起敬。表姐说，你看，老师进教室之前，都会整理衣服,这就是仪式感。你再想想,过年时,你要给长辈拜年,这就是仪式。

我们放暑假了,县里的宣传队到我们大队来演出,节目单上有左老师的节目。在新落成的大队礼堂的台子上,一个像郭建光一样英俊的青年出来报幕了。父亲说,这是吕老师的弟弟,演话剧的。吕老师是我们的语文老师,身材娇小。吕老师的弟弟在给左老师报幕时,神采奕奕,激昂地说:有一位知青,她本来是我的同事,但她主动要求到农村插队。她在这广阔的天地里经受了锻炼,她纤细的手指更有力量了,她演奏的曲子也更能鼓舞人心。在掌声中,左老师穿着裙子,穿着袜子,穿着有点高跟的凉鞋登场了。左老师拉的第一首曲子是《北京的金山上》,在曲子快要结束时,全场的人发出喝彩。

吕老师的弟弟在左老师快要合上手风琴时再次走上了舞台。他先是唱了"哎巴扎嘿",然后问大家:好不好?大家齐声说:好!要不要再来一首?要!全场响起了掌声。台下有人喊:快快快。吕老师弟弟说:来来来。台下的人说:在哪里?吕老师弟弟指着左老师说:在这里。台下又是掌声。左老师拉的第二首曲子,我没有听过。可能因为大家不熟悉,左老师谢幕时的掌声比刚才小了一点。

散场时,我跟吕老师上了舞台,她弟弟正在用凡士林卸妆,我发现卸妆以后的这位叔叔似乎更好看。我问左老师,你拉的第二首曲子是什么?左老师说,那是《伏尔加小调》。我不懂,看到吕老师的弟弟走过来和左老师说话,我也不好意思再问下去。我在礼堂门口遇见表姐,我问表姐,刚才左老师说她拉的是《伏尔加小调》,这是哪个国家的?表姐说,这是俄罗斯手风琴曲,"伏尔加"是一条河流的名字。

我再次见到吕老师弟弟时,已经听说左老师和他是中学同学。他们高中毕业后一年,进了县宣传队,两人开始谈恋爱。我们都没有在意,左老师在田里抛秧时,这位男同学来看过她。那时,我还不懂,但觉得他们真是般配。左老师和表姐成了好朋友,一个懂俄罗斯音乐,一个懂俄罗斯文学。我在表姐家的箱子里翻课本和杂志时,听到她们俩在悄悄讨论一个叫安娜·卡列尼娜的女人。我一直不知道吕老师的弟弟叫什么名字，听到表姐说，某某下次来时，你们一起到我们家吃饭。我这才知道左老师的男朋友叫某某。

表姐家紧靠码头，在供销社的东侧，人来人往都从表姐家门口过。左老师和吕老师弟弟一起到表姐家，表姐请他们进屋。左老师看到我也跟其他人一样站在门口张望她的朋友，就说：你也留在这儿，进去吧。我说我要回去吃饭了，她的朋友也朝我点点头。午餐时，我听到了外面的嘈杂声。母亲说，好像南面有人在吵架。声音越来越大，好像还有哭声。这哭声很像左老师的声音，我就跟着母亲出门了。在巷子口，看到表姐家门口有一大堆人。我们都走过去，这才看清左老师哭着和一个年纪大的男人吵架，表姐想拉开他们，但怎么也拉不开。左老师说，我就是要嫁给他。年纪大的人将表姐推到一旁，顺手给了左老师一个耳光。被打的左老师继续说，我就是要嫁给他。这个时候，很多人上来，拉住了这个年纪大的男人。左老师的男朋友跟表姐说了几句，然后两人往知青屋去了。这个年纪大的男人是左老师的父亲，他朝左老师的背影吼道：你有本事，就不要回家。

我不知道左老师后来有没有回到她父亲老左的家。这个暑假过后，左老师消失了，她应该回到了县城。我从表姐那里知道，老左反对小左这门婚事，是因为小吕的爸爸被打倒了，老左担心女儿受牵连。后来陆陆续续传来的消息，是老左生病了，还有就是老左和小左断绝了关系。开学前，吕老师夫妇也调离了我们学校。我再也没有见过左老师。

左老师去哪里了？表姐也不知道。在这个村上，左老师的离去，可能最伤心的就是表姐。在她和左老师关于俄罗斯的词典里，可能没有打耳光这个仪式。这个耳光，把左老师留给我们的仪式感打碎了。后来在很长的时间里，我甚至忘记了左老师的琴声，也忘记了她说的《伏尔加小调》。我并不知道在另一个地方有条河叫伏尔加河，是表姐说了我才知道的。我记得的是老左打小左的耳光。

巴掌打在左老师的脸上，但在我心里留下了创伤记忆。知青屋没有了手风琴的声音，我感觉到了单调。我一样从知青屋门前走过，有时候觉得左老师在门口照镜子，她的左脸颊有一个巴掌印。再后来，知青屋里没有知青了,我逐渐忘记了左老师。前年去俄罗斯访问,我在莫斯科一个社区散步时,听到了手风琴声,我听出了,这是《弥漫云雾的山谷》。我靠在篮球场的栏杆上,听到琴声从前面的高楼上飘出来。这个时候,左老师和她的琴声出现了。

(《雨花》2020 年第 05 期)

猫和尼姑

龚曙光

没想到一只猫的出场,也会那样排场。

至今仍记得那个傍晚,那场没有来由的壮丽日落。这事与猫,照说扯不上干系,但前后几天,山上山下,算来算去只有一件新鲜事:来了那只猫。

但凡天气晴好,我会登上山顶看落日。家住的院子,就在靠近山头的东坡,说是登山顶,其实出门爬不了几脚路。那天的落日格外大,大得如同乡下晒谷晾菜的团箕,蒙了一块红布。金红的光焰又粗又亮,一道一道射向天空,夸张得像一幅儿童画。

吴娭毑就是从落日中走来的。

起初是鲜红硕大落日中的一个黑点,慢慢地,变作山路上一袭玄色的麻布长衫。山里有风,长衫被风撩起,有些飘逸出俗。近了,我看见她怀里那只猫,灰麻毛色,羸弱,肮脏。若不是喵呀喵呀轻微叫唤,便会当作一团纷乱纠缠的旧麻线。

爬了几里山路,吴娭毑不喘不吁,光秃的脑袋上,星星点点闪着汗珠。大抵她早就看到了我,抬头笑笑,又低头看看怀里的小猫,说是路上捡到的,看样子快死了,也不知抱回去能不能救活。

吴娭毑是我家邻居。当初买房,来的是她大儿子。一辆大奔开过来,拖下一麻袋现钞。听说是在深圳发的财,公司开到了海外。邻居住个暴发户，我想还是换栋房子好。挑来挑去大半天，到底没一栋中意。回头只得劝自己：两户人家隔着院子，彼此影响应不大。老子说鸡犬之声相闻，老死不相往来，平常少些交往便是。后来又听说，儿子买房子，是为了给母亲养老，自己仍在深圳做生意。为人之子，能有这份孝心，如今已属难得！我对这户人家，因之生了几分好感。

邻居装修比我早，待我动手时，已经住了大半年。

头回见到吴娭毑，是在她家院子里。一个穿着玄色长衫的老太太，挥舞锄头在院墙角挖坑。坑已挖了半人深，老太太跳进去，只能看见头和胸。走到院墙边，我主动同她打招呼：挖鱼池呵？老太太咧嘴笑笑，点点头。老太太头上满是汗水，抬手使劲一抹，汗珠被挥出老远。

邻居家只住了老太太一个人。种草栽花，买菜做饭，都是自己打理。偶有客来，午后一定送走，从未见客人过夜留宿。看她样子，大概也就六十出头，平常买米买菜，背个大布袋出门，独自下山上山。偶尔骑辆摩托车，呼呼飙出一阵风。

后来我知道，老太太姓吴，益阳乡下人，娘家住在桃花江边。十七八岁成婚，生了三个儿子。三十岁那年，突然嚷着要出家，家人与友朋，都以为是一时置气，结果她真一甩手，丢下老公和三个儿子，找座庵堂削了发。一家老小追到庵里，她生死不肯见面，硬是在庵里待了近四十年。前几年，三个儿子轮番去庵里吵，非要接她回家。庵里尼姑们架不住隔三岔五有人闹，也劝她还俗离庵。

或许因为年纪已大，老太太最后答应离开庵堂，一个人住去儿子别墅，只是依旧不肯蓄发还俗。家里人心想，只要住回来，还有什么还俗不还俗？天底下信佛之人，有多少是尽享天伦的居士！还真没想到，老太太不仅将打算住来的老公驱赶出门，连儿孙也不准居家过夜。因为怕老太太一赌气跑回庵里，只好由她将别墅当成了尼姑庵。邻里弄不清她算出家的尼姑，还是还俗的居士，便依了长沙对年长妇人的尊称，叫她吴娭毑。吴娭毑听了笑笑，算是作了应答。

日常吴娭毑过日子，依旧与出家无异。寅时起床打坐念经；卯时吃顿早饭，然后便在院子里剪枝培土、浇花喂鱼；午时正点中餐，过后只饮不食。午后不是在家做各种干菜腌菜，便是下山买米买油。吴娱驰制腌菜，是地道乡下做法：太阳下晒几天，树荫下晾几天，木桶里腌几天，坛子里封几天，绝对循规蹈矩半日不差。腌菜做好开坛，也会盛上几小碗分送邻里。吴娱驰的腌菜味道虽好，却也没人开口向她再讨，邻里都知道，吴娱驰两餐吃素，腌菜是她每天的下饭菜。

  吴娱驰从路上捡回一只猫，起初没人在意。平常见了地上的蚂蚁，她都绕着走，救只小猫天经地义。也就三两月，那只奄奄一息的小猫，竟被养得圆圆滚滚、油毛水光，跟着吴娱驰在院子里蹿上蹿下。走出院子散步，吴娱驰总把小猫抱在怀里。偶尔碰上我，便说这猫有灵性，每晚她打坐念经，小猫乖乖蹲在边上不吵不闹。我开玩笑说，那该给它取个法号，说不准哪天会修德成佛。吴娱驰说，佛教也讲动物修行，《西游记》里不是有唐僧的白龙马？我说《西游记》里的动物，都因前世才有今生，也不是听唐僧念经得的道行。

  见我将信将疑，吴娱驰又说起这猫还吃素，每餐同她一起青菜白饭，吃得津津有味，养得肥肥实实。吴娱驰吃全素，自然不会拿荤腥喂猫，我以为是买了成品猫食，没想到这猫还真跟着主人吃了素。都说天下没有不吃腥的猫，怎么吴娱驰的猫就例了外？有道是近朱者赤，莫非这猫真被佛经感化了？

  吴娱驰的鱼池挖得大，养了一池鱼和龟。别人家养鱼为观赏，吴娱驰则为了放生。逢上菩萨生日之类，吴娱驰便会买回一些鱼和龟，放生在院中池子里。一天，我见她放生几尾鲤鱼，小猫蹲在旁边，不跳不闹，一点没有猫见了鱼该有的兴奋。心想，这只猫怕是真会修成正果，要不就是前世修了德。

  这事开初新奇，后来又觉得有几分怪异。身边成天晃着一只积了功德的猫，见了得诚惶诚恐当尊佛敬着，怎么想心里都古怪。

  一个雨夜，吴娱驰的猫突然撕心裂肺惨叫。跑到自家阳台上，看见吴娱驰满院子惊慌失措东寻西找，大雨淋她一身透湿。次日天放晴，我问吴娱驰猫怎么了？吴娱驰说没事，可能被钻进院子的野物吓了。语气很平淡，眼神却显得忧虑，看上去，隐隐有几分不安。

没多久，猫的肚子大起来，看得出是怀了孕。吴娱驰不再把猫抱在怀里，有时跟在身边，便满脸嫌弃地往家撵，很有些家丑不外扬的意思。猫儿跟着修佛一两年，到头却犯了色戒，让她脸上挂不住。嘴里虽然说畜生到底是畜生，心里却很是失望，仿佛自己律徒不严犯了戒规。

有阵子吴娱驰很纠结。依猫所犯罪孽，理该将它打出家门，然而猫已有孕在身，倘若赶出去，饿死或被歹人抓去吃了，那便毁了几条命，等于自己杀了生。纠结来纠结去，最终还是自己解了结：出家人以慈悲为怀，救人一命胜造七级浮屠，留猫一命少说也有三级，何况猫肚子里还有好几条命。宽恕也是一种积德行善！吴娱驰这样一想，心思也就放下了。她把猫窝换大了，又变换着口味给猫单独做饭，只是仍旧不让猫沾荤腥。

猫产崽那天，吴娱驰兴奋得一脸潮红，隔着院子大声报喜：一胎生了六只！那神情像是自己得了孙子。小猫长得快，个把月便毛茸茸一团满院子打滚。母猫蹲在阳光下，由了猫崽一会儿钻到肚皮下吮奶，一会儿爬到背脊上玩耍，满是慈母温情。

我家鱼池里养的是观赏鱼，共有十九条，纯种的日本锦鲤。一位做鱼生意的朋友送过来，说是花纹和体型都认真配过。锦鲤放进池水，如同朵朵盛开的牡丹和芍药，的确悦目赏心。朋友说只要好好养，每条都可以长到十余斤。开头一两年，我都自己喂食、换水，没让家人沾边。时间久了，慢慢便喂一天空两天，不再那么上心。家人也是想起了撒把鱼食就走，没多少心思站在池边观赏。

有个周末，想起鱼池几月未清洗，便备好工具洗池子。走到池边一看，锦鲤少了大半。放干池水，只剩下五条大点的，而且背上均有抓痕。我猜一定是被猫抓走了，低头看池边，果然地上有好些鱼鳞。首先想到的，自然是吴娱驰的猫。我们这山上，只有她家养了猫。当然也想过是不是来了野猫，可一池鱼养了四五年，从未见过野猫的影子。这事该不该告诉吴娱驰？想想还是没吭声。一则她家的猫向佛不爱鱼，是我亲眼所见过；二则倘若真是那只猫，吴娱驰又当如何处置？这事会让她又愁又难没法解脱。

吴娱驰的猫偷鱼,后来还是在山上传开了。好几户邻居养的鱼,不明不白都少了或没了。其中一户说,亲眼看见是吴娱驰的猫。一家人跑到吴娱驰院子里,嚷着要把猫打死。吴娱驰并不相信她的猫会去抓鱼,却又无法辩解,只说猫命也是一条命,施主何必杀生造孽?平日里吴娱驰并不与邻里谈佛论道,情急之中脱口而出,反倒让气鼓鼓的对方平和下来。

　　过后吴娱驰问我,家里的鱼是不是也被抓了?我知道吴娱驰仍旧怀疑,一只修佛的猫,怎么会破戒杀生吃鱼?我替她放干院中鱼池的水,结果不仅鱼没剩几条,连乌龟也少了许多。更让吴娱驰绝望的,是在院角一片树丛里,找到了一大堆鱼骨和龟壳。

　　一连好些天,不见吴娱驰出院门,也很少见她在院子里走动。家里传出的诵经声,从早到晚纺纱似的不停歇。我猜想,她是在为那些被吃掉的鱼龟超度,也是在为自己的罪孽救赎。她从路上捡回这只猫,原本是想救条命,没想到却杀了那么多生。作为出家人,本应一切皆可放下,一切皆已放下,偏偏在这救命与杀生的因果上,打了一个死结。

　　担心吴娱驰病倒,我跑去她家院子敲门。吴娱驰真的一下清瘦了许多,原先红润的脸上,纵横都是皱纹,看上去像是老了十岁。她提了一只麻袋绑在摩托车后座,跨上车子朝山下开去。麻袋里喵呵喵呵一片叫唤,我知道她是要将猫们扔去山下。

　　傍晚她开车回来,背后仍旧一片猫叫。吴娱驰见我诧异,便说还是不忍心,如果丢在路上,小猫都会死了去。我说城里有专收流浪猫的地方,她告诉我去过两家,人家都不收。其实他们只收走丢或弃养的洋猫,土猫没人领养。

　　大抵又纠结了几天,吴娱驰还是将猫扔到了山上林子里。或许在她,这便算是放了生。

　　返回山林的七只猫,倒是一只也没少。过了不到一年,变成浩浩荡荡一大群。即使大白天,猫们照样翻墙越院,一只比一只身手矫健,勇猛凶悍。有了这支野猫队,山头上的人家,鱼池养的鱼,放一尾抓一尾,各户圈养的鸡鸭,也被叼得一只不剩,车道上,院子里,常见一地血糊糊的鸡毛鸭羽。

　　吴娭毑家的院子日渐荒芜。花木无人打理，反倒长得放肆。吴娭毑似乎睡得越来越少，日里夜里，都能听见她诵经。那夜回家晚，正好又是满月，我看见吴娭毑家经堂的窗口，蹲着那只母猫，前爪趴在玻璃上，像是望着屋里打坐念佛的老主人。窗下一群猫子猫孙，大大小小蹲着不动不叫，仿佛专心听吴娭毑诵经。一连好些夜晚，大体都是如此。我把这事告诉她，她回答说看见了，之后不再说什么。

　　又是一个黄昏，我照例站在山顶看日落。吴娭毑身着一袭玄色长衫，肩背一只布袋，锁上院门下山去。我问她：这么晚了还下山？她点点头，笑了笑，径直走向山下。山风渐大，吴娭毑的长衫越吹越鼓，身影却越变越小，最终变成了落日中的一个黑点。

　　山头下来，我又见那只母猫，蹲在吴娭毑家的院墙上，引颈望着上山下山那条路，直到夕阳落下去……

　　此后，再未见过吴娭毑，说是回了庵里。

（《芙蓉》2020年第5期）

盆地的深度

傅 菲

> 白昼开始了,而我匿名地存在着。
> 可发生了的事情比这还要多得多。
>
> ——费尔南多·佩索阿

这个世界,以前发生了什么,现在发生了什么,我们知道得十分有限;以后会发生什么,我们更无从知道。我们知道的,仅仅是遗忘的一部分。如南风吹过草木灰,扬起来,落在了我们的头上。

春分时节,南风从灵山牵着纸鸢飞来。夕阳将沉山梁,如一只火烈鸟。郑坊盆地来了第一批白鹭。白鹭从峡谷中,沿着河畔的洋槐林飞来,河面闪动着鱼群的墨影。啪啪啪,白鹭拍打着响亮的翅膀,飞过低矮的山冈,落在田畴。秧田漾着水光,白白地晃。夕光一撮撮落下来,在秧田匀细撒开,垂丝海棠花一样红扑扑。撒不了夕光的地方,是锥形山影,一秒一秒地被拉长,向田畴覆盖,如大地之梦。白鹭在秧苗田,一边觅食一边扬起长颈,嘎嘎嘎。先是一只白鹭叫,叫了三两声。山梁浮出最后一缕霞光,整个盆地响彻白鹭声声。白鹭即刻归巢,大地陷入巨大的宁静。

南风撩开了郑坊盆地虚掩的门帘,帘铃桑啷桑啷响。桑啷桑啷作响的,还有提灯师傅手上的摇铃。铜铃串在一根铜圆棒槌上,棒槌头镂空雕着四条青蛇。提灯师傅穿一件斜襟蓝灰色棉袍，脚上的草鞋黄白色，他边走边唱：

> 宛宛神州地，巍巍众妙坛。
> 鹤袍来羽客，凫舄下仙官。
> 玉斝斟元醴，琅函启大丹。
> 至诚何以祝，四海永澄澜。
> ……

他沙哑的吟唱有着重金属的音质，琅琅之声特别爽脆。他张开的喉咙似乎有河水喷射，哗哗哗。他棉袍的下摆，沾着早露，始终未干，以至于，我们以为他来自泽国之地，或者来自高耸的灵山之巅。他穿过了薄雾稀稀的草洲，或者下山时穿过了潮湿的树林；他的摇铃声，时远时近，如白鹭时而盘旋时而远去。他没有停下自己轻快却略显疲乏的脚步，他脸宽阔险峻，印着无人读懂的碑文；肉瘤葡萄一般大，挂满了悬崖（脸的一个比喻）。黑色的纱巾遮住了脸廓，只有一双眼睛露出来，显得既阴沉又慈爱。他的前襟织着两条鲤鱼，鲤鱼一半蓝色一半灰色。鲤鱼在前胸（前胸如一口清澈的池塘）摆着鳍尾，游得多么畅快，像两个在田野上奔跑的儿童。他的袍袖宽大，藏着春风，袖口包着深褐色的布边，密密的白麻线针脚有致，如婆婆纳花沿着田埂盛开。在盆地中央的一座孤坟前，他继续吟唱：

> 云雾浮空瑞无交腾于百和，
> 感天动地祥烟普遍于十万。
> 万年之心地之生成，
> 七宝灵仙根之就重。
> ……

看起来，他刚刚从天边归来，带着归来者深重的念想与大地千里的开阔。他带来了马群奔腾的群山，带来了充沛的雨水和越来越长的白昼。他的眼睛溢满向晚的露水。他鸽子一样的眼睛，蒸腾着水汽。他素白的眉毛微微下垂，孵化两朵积雨云。他跺着脚，挥着袍袖，摇铃声啉啉啷啷，响得越来越急切，他头上圆尖的斗笠一抖一抖地旋转。他旋转，盆地也旋转，天空也旋转。他的草鞋落在地面上，溅起干燥的灰尘。鸟呼噜噜，飞回了山冈的树林。他从背袋里抽出一把桃木剑，竖起来，朝东挥舞，朝南挥舞，朝西挥舞，朝北挥舞。桃木剑三尺长三寸宽，双面剑锋，剑脊刻着一串圆环；剑柄六寸六长，阳面雕着一条青龙，背面雕着一只白虎。他的背袋也是蓝灰色，河水退去了岸边丛林倒影的颜色。他挥舞的剑，发出刚硬的风声，风车泻出来的那种声音，咕咕咕，咕咕咕。他不再吟唱了，他的嗓子干涸了——他的嗓子有着被火干烤的焦躁。也或许他的吟唱之声，成了无焰的火苗——黄昏来临时的最后一道太阳之光。光照亮了他，他照亮了光。光和光抱在了一起。光在光中彼此熄灭，又彼此助燃。光溶解了光，光凝固了光。他的蓝灰色棉袍成了大地的灰烬。乌鸦作最后一次巡游，再也没了踪影。

　　他婆娑的舞影如一件飞旋的斗篷，在盆地的上空，如一双巨大的翅膀在盘旋。他挪移着轻快的舞步，半弓着腰身，翘着干瘪的臀部，双手夸张地半抱张开，脖子上的青筋暴突，如檵木的根须。他羊毛一样的胡须在飘动，风鼓起袍服。他木然的表情，干裂。

　　可他突然停了下来。他屈膝而坐，闭目歇息。他的额头储满了黄昏将暗之色。他的斗笠变得沉重如山峰下坠。野草吞没了他。野草青青，旷野浮荡。他听到了灶膛发出木柴噼啪爆裂的燃烧声。锅里沸腾的热水，唤醒了他。他又吟唱：

　　　　心存方寸地，诚达九重天。
　　　　切以道以齐为先，修缮乃还山建灯之时。
　　　　……

孤坟里埋着他曾经的妻子茹贞。茹贞死的时候，已不是他妻子，也不是别人的妻子。她死的时候，他还是一个人住在一个叫麦冬岭的山上。他下山，茹贞已经不在人世了。上麦冬岭之前，他还不叫提灯师傅，叫杨绍醒。是杨家自然村的一个泥灶和泥墓（"泥"作动词，意为"垒"）的泥瓦师。他泥的柴火灶，是盆地方圆十里最好烧的灶：灶膛斜躺下去，抽风上来很快，火苗聚集在锅底，贴着锅，滚球一样裹着热铁，烟囱把白烟拉出来，呼呼呼。一大锅水要不了几分钟，突突突，翻出大颗大颗的水泡。水先从锅底冒细细水珠，白白，透明，密密麻麻；接着，整个锅圈冒出水珠，如夏日之夜的晴空，繁星缀点；再加一把柴火，水珠变大，变得更圆，咕噜噜，咕噜噜，从锅圈升上来，像一朵朵蓝雪花，瞬间盛开了——花快速凋谢又快速继续盛开，千万朵花同时凋谢，又同时盛开。水沸腾了，整个灶台热得暖烘烘，扑腾的热气萦绕。柴火在灶膛里，快乐地呼叫。木柴被火苗舔出白圈。木柴在死去，火在复活。火催开了水的花朵。水完全盛开的时候，正是黎明到来之时——能够以火迎接早晨的人，是即将与山川万物重逢的人。

泥一个柴火灶需要三天。他泥好了灶，洗了泥刀，净了手，抱来柴火，他要烧第一锅水。灶膛红红。他坐在灶前，唱：

　　灶神降人间，饭香升九天。
　　柴火旺人丁，厚德耀宗门。
　　……

他还是一个泥墓的好手。墓穴深入地下，泥三边墙，上顶泥一个拱顶，棺材推进去，封一个墓门。他一天泥一个墓，他泥的墓不下塌。他泥的墓，比他泥的灶台还多。他说，墓是阴间的屋舍，要干燥要透气，和灶的原理差不多。泥完了墓，他圈坟，沿着墓，走七圈。他边走边唱：

　　超度三界难，地府鱼无乐。
　　悉归太上尊，寻言稽首礼。

酆都开玉湖，幽冥巃对分。
三度诛恶罪，吾今招亡魂。
悉往诸灵府，逆于生天堂。
恭惟闾阖开黄道，金炉生紫烟。
人无神不立，烧香乃达圣之门。

这两支泥灶泥墓的歌，是他师傅教给他唱的。

他师傅说，灶是一个家最大的脏器，和谷仓一样重要。人一辈子都离不开灶和谷仓。墓是最后的庙宇，属于一个人的庙宇，要庄严要宁静，要向阳要拙朴。

他提着斗灯，在盆地四处唱。无人知道他唱什么。他口腔里发出来的嗡嗡嗡之声，让人觉得他的声带是铜质发声器。他很少会想起这个叫茹贞的女人，也不会想起其他女人——除了他一辈子寡居的老娘。当他走在官葬山（官葬山为自然村地名）丘陵的时候，他会想起白狐狸。是哪一年呢？他可没忘记。他看见了白狐狸。

白狐狸把他带到了茹贞的家里。他还是一个健壮的后生。他还是一个初出茅庐的泥瓦匠。

这年三月，杨绍醒到夏家墓（夏家墓为自然村地名）为一个老人泥灶。吃了晚饭，他沿田畈回枫林。田野开满了紫鸢尾，如一群群蝴蝶贴在草叶一般。白额雁在长满苇草的湖塘，嘎嘎嘎地叫。傍晚的盆地，萦绕着白白的雾气。他似乎迷路了，交错的阡陌，一下子让他难以辨明方向。这个村子离枫林四里地，他常走。也可能是天太灰暗，又没完全黑下来，罾鱼的人还穿着蓑衣收鱼笼子，把鱼罾倒入鱼篓里。饶北河边村镇，没有他不熟悉的。他沿山冈边田塍道，往东走。绕了山冈两圈，月亮晃着出来了，白雾稀稀，他才看清，他到了官葬山。

这一天很奇怪。在官葬山岔路口，杨绍醒看见一只白狐狸站在溪边，看着他。白狐狸沿着山边往湖塘走，走走停停，半眯着圆眼睛，还不时亲昵叫，呜呜呜。黛青青的山峦耸立。过了湖塘，入一条山垄，下一个斜坡，往右拐，是一条进入石煤洞的山道。山道中间，是一座盖瓦木柱砌墙的四角飞檐凉亭。杨绍醒停下了脚步,白狐狸在凉亭,也停了下来,朝他呜——呜——呜,叫得他揪心。杨绍醒抓一把石子扔它,它也不走。他便跟着狐狸一直往山道走,快到石煤洞了,白狐狸不走了。杨绍醒听到了男人轻微呻吟声,哎哟,哎哟。

在一丛茅草里,杨绍醒找到了呻吟的男人。男人四十出头,坐在地上,衣服单薄,一双手抱着右腿膝盖。男人是砍柴时,从山崖滚下来的,右腿摔断了。他背着男人,去山下的方家村。杨绍醒又去了郑坊,请来接骨郎中米八先生。

方家男人见杨绍醒肥头大耳,手粗脚宽,眉宇开阔,说,你不背我下山,我会被豺狗吃了,真是大恩。你是哪家的后生,怎么会去煤石山呢?

"我是个泥灶头的,在官葬山路口,看见了一条白狐狸。白狐狸带我去的。不是我救大叔,是白狐狸救大叔。"

米八先生和方家人听了连连称奇。米八先生说,白狐狸通人性,懂天道,真是莫大的福报。方家男人说,若后生不嫌弃我残漏之家,想拜托米八先生一件事。说着,他把女儿唤到厅堂面前,对后生说:方家小女茹贞,十七岁,愁一个好后生,拜托先生,说个媒,把小女许配后生,你们是我的救命恩人。

茹贞扎两根长麻花辫,低着头,看着自己脚上的圆头布鞋,暗自睨了睨身边的泥瓦匠,见他身板如牛,憨笑如佛,她露出浅浅羞赧的笑容,转身进了自己的厢房。杨绍醒见茹贞晶莹玲珑,娇俏可人,说,我是个泥瓦匠,我虽穷,但我有一身力气,我不会让你女儿吃苦的。

米八先生合手笑,说,白狐狸是仙狐,牵红线的仙狐。杨绍醒说:我以后把你当作自己的亚供着。方家男人摸摸杨绍醒的头,笑了,说,你是杨家人。杨绍醒点了点头。方家男人说,四乡八村,只有杨家人不喊爸,喊亚,也不知亚有什么来历。杨绍醒说,清初南丰发生饥荒,杨氏先祖携妻儿老小,一路讨饭,来到郑坊。先祖在郑坊死于饥寒,妻小被枫林叶氏人家收留。叶氏人家待杨氏妻小如亲人。先太祖母告诫儿子:凡自你及后人,称父为亚,以示对叶家养育之感恩和尊重。

"在杨氏先祖的话语里,亚,是对土地恩谢的意思,以父之名,以赤子之心,对待厚养我们的土地。"杨绍醒说。

"你是个泥瓦匠,你还读了不少书呢。"方家男人说。

杨绍醒说,我爸叫世喜先生,做夏布生意,穿长衫戴眼镜,留山羊胡子,长得风流,年轻时在上海读过教会学校,1943年,卖了家产,在上饶参加过抗日活动,后被抓捕,临刑前半个月,他的两个眼球被狱警用红铁烫坏了,眼睛留下两个洞。当时我娘怀我八个月,生活艰难,我十三岁便去学了泥瓦匠。我识字读书,都是我娘教的。

"你不嫌弃茹贞,你回了枫林,请你娘托米八先生来,定个亲,明年正月过门。"方家男人说。

茹贞就这样来到了枫林。杨绍醒也没钱请一顶花轿接她。她穿大红棉袄,头上扎了两丝红绸,脚上的布鞋绣了两朵芍药花,她跟着接亲的人,自己走路来。茹贞娇小玲珑,性情活泼。杨绍醒在家等不及,跑到官葬山土岭上,见了她过了溪,他跑过去,一把抱起她,一直抱进家门。

"我不能让你受苦。我得让你过上好日子。我除了一双草鞋一把泥刀,什么都没有,你爸把你许配给我,我得好好守着你。"他对茹贞说。他没日没夜地干活。开荒种地,筑塘养鱼,泥灶泥墓,种豆栽瓜。他像一头牛,犁田拉货。他是一个不知道疲倦的人。

过了十几年,他儿子杨其白八岁了,他的脸上渐渐没了什么感觉。冷风吹脸,不冷;沙砾吹脸,不痛;炭火靠近脸,也没有灼热感。郎中看了几次,说,面部肌肉运动正常,不是面瘫,缓两个月再看看。他也没在意,说,可能是被寒风吹麻木了。

过了三个月,已是农历七月了,正抢收一季稻(一季稻也叫早稻,二季稻也叫晚稻)。郑坊盆地黄蔼蔼一片,烘暖的大地烤出醺醺的谷香。稻浪起伏,已收割的稻田灌了水,等待翻耕。男人们赤裸上身干活,浑身爆汗,油滋滋,赤铜色的皮肤,晒出釉色。雨打在皮肤上,像落在荷叶上,轻溜溜滑走。太阳越晒,釉色越深,如酒瓮的深褐色。杨绍醒的上身,也是深褐色,但散出很多黄斑,不规则,也没有明显的边沿,也没有鳞屑。他的脸上也有。和他一起做工的人取笑他，说：茹贞对你太好了，天天给你摸痒睡觉，也摸得太深了。这样的斑，谁也没见过。

有人私下传言，说杨绍醒的肉身注了很多毒，毒发出来了，变成了满身的皮癣。身上的毒，是积毒，积毒就是人毒。人毒会害人。

传言像墨在水里一样扩散。再也没人和杨绍醒一起做工了。生产队也不给他派工。他孤零零地站在田畈，不知所措。他好几次问队长。队长避着他，说，谁愿意和你搭工，我就派工。他找了自己的堂兄弟，找了房上的小叔，找他们搭工，他们都避着他，侧脸看他，一句话也不说。茹贞去问了房上的人，杨绍醒才知道，他们防着自己身上的斑。

巷子里的人，看见他，便关上门，嘭隆一声，门框震动，门甩得格外响，还狠狠地瞪他一眼，用脚踢自家的狗，唾口水骂：臭狗滚得越远越好。狗汪汪汪狂叫，乱闯，一溜烟跑出巷子。有一天早上，他挑担水桶，去桥头的水埠挑水。开门时，他发现门上贴了一张大白纸，大白纸上写着：你身上有死鱼臭，你不要出门了，全村人厌恶你。

挑了水回家，他坐在灶膛前，哗哗哗地哭了。茹贞问他，有什么事啊，让你这样伤心。杨绍醒也不说。茹贞也不说话了，和他一起哭。他望着她哭，她望着他哭。哭了好一会儿，他说，我这个人，是不是个恶人，有没有作恶。茹贞说，你是恶人，我爸也不会一眼看中你了。他再问：我是不是一个游手好闲的人，拖累了别人糊口。茹贞说，你白手起家，我们自己建了大瓦房，比你勤快的人，村里找不出三个。他又问：我是不是一个不愿援手的人，对乡亲麻木不仁呢？

茹贞哭得更凶了。

再也没人请他泥灶了。也没人请他泥墓。村里的三片拔秧苗死在田里，还是个短命鬼，四十七岁。他拔了一把秧苗，弓着身子在水里荡泥浆，荡着荡着，一头扑下去，死了。杨绍醒拿着泥刀，赶到三片家里，说，泥墓，我在行，双抢了，大家忙，我来泥墓，也不收工钱。三片的老婆把他拦在门外，说：你有力气，把自己的墓泥好了，免得以后没人给你泥墓，你泥了三片的墓，三片的棺材也没人来抬，你说，你不是害我吗。

杨绍醒用泥刀拍打自己胸脯，说：我下作，我作践，我剁手。

杨绍醒再也不去找人搭话了。走在路上，遇上人，他远远地避开身子，靠路的边沿站一会儿，等人过去了，他再走路。有一次避让人，他站在溪边，可能心里烦，也可能想别的什么事了，他一走神，摔下溪，全身湿透，膝盖碰出瘀青。他狠狠地掌自己耳光。

杨绍醒挑来黄泥，在自己身上搓，搓得全身都是泥。大马蜂蜇了人，肿出鸡蛋大的肿块，痛得人打滚，用童子尿和泥浆，涂在肿块上，半天消肿。这是土方子——黄泥解毒。他天天用黄泥搓身子，搓了七天，黄斑还是黄斑，还转深色了。他皮肉都搓肿了，肿得像下水焯了一样。他又去掏苦草，泡热水洗。一天泡一次。一天泡三次。他用艾叶泡，用茶叶泡，用何首乌叶泡，用三百草泡，用扛板归泡。

泪水流在脸上，他也感觉不到热度。他用指甲抠脸，出血了也不痛。

他去抓毒蛇吃，去抓蜈蚣吃，去抓蝎子吃，去抓蚂蚁吃。他把马蜂窝磨成粉末，泡水喝。

斑越来越多，盖了他的脸。

一日，源坞（源坞为自然村地名，与枫林相隔一座高山。枫林在山南，源坞在山北）来了一个卖核桃的中年人，挑着箩筐，走巷串户，摇着叮叮当当的响铃，叫着：想生活过好，就多吃核桃，吃了核桃，挑担腿脚好。杨绍醒听了叫卖声，拿出小畚斗，想买两斤给孩子吃。卖核桃的人，看见杨绍醒，挑着箩筐撒腿就跑，边跑边叫：麻风，麻风，那个人得了麻风。跑到了祠堂庙，他缓了气，停了下来。晒谷子的三个妇人，围着他，问：谁得了麻风病？

"就是柿子树下那户人家，有人得了麻风病。"

"这话可不能乱说。他是身上长斑。"妇人说。

"他麻风刚出麻，出了麻很麻烦，很会传染。"卖核桃的人结结巴巴地说，"二十几年前，我外公得了麻风病，被活活烧死。"

三个妇人吓呆了。她们扔下谷笆，沿着村街叫：绍醒得了麻风病，绍醒得了麻风病。

傍晚，杨绍醒家大门，被人抬了三根木料，把门堵死了，不让他们一家人出来。两个把门的人，是他杨家房上的堂兄弟。一个人手里拿着三眼铳，一个人手里拿着剁骨刀。杨绍醒拱手作揖，对堂兄杨绍鲜说：我们同一个太爷下来，你今天是不是下了要和我打夜命（饶北河一带方言，打夜命意思是闹人命的事，闹通宵，不决断不罢休）的心？能不能放我一家人一马，我做弟弟的，从来没得罪你一家呵。

"这一条巷子里的男丁，都姓杨，绍字辈都是兄弟。不是我要和你打夜命，是你放我们一马。你死一家人，巷子里的人还在，杨姓人不断丁。你不放过我们，杨姓灭了，几百年的人丁毁在你麻风病里，你说你对得起先祖吗？"杨绍鲜说。他把炭硝一孔一孔地灌进三眼铳，铳栓拉得劈啪响。

"要杀人，你先杀我。我也是活够了。"杨绍醒的娘，拦在儿子前面，说，"你有什么权力，杀我全家。我和谁家有不世之仇呵？你们说来听听。"

"谁和谁，什么仇也没有。我们是怕惹麻风病。麻风病比仇还更让人痛恨、恐惧。我们只有断了麻风病的根，巷子里的人，才可以保平安。绍醒，你说，巷子里的人要不要保？灭你全家，不是谁一个人的主意，是十八岁以上男丁，在族里开会定的，大家都通过了。今天，谁求情，也都没用。天王老子来了，也没用。还有一个选择，就是你离开这里，管你去哪里生活。限你三天考虑，因为是族人，才宽限你三天。外姓人的话，一个时辰也不留。"杨绍鲜说。

其白躲在娘身后，拉着茹贞的衣摆，吓得号啕大哭。茹贞双手护着儿子的头，僵尸一样站在杨绍醒身后，脸色煞白，眼泪直流。

院子里，亮起了火把，围满了人。杨绍醒看着一张一张脸，老脸是叔伯，稚脸是侄孙。叔伯都抱过他，他都抱过侄孙。他们都是平时异常亲热的人，递烟，喝酒，蹲在墙根下，谈论年收，谈论村里的女人。特别那些堂兄弟，上山一起砍柴，一起垦荒。为了多垦一块山地，他们搭茅棚，在山里住了半个月。他看看他小叔，他小叔也举着火把，站在杨绍鲜身后。小叔是他最亲的人，是一个曾祖父延下来的血脉。杨绍醒在八岁的时候，过年的米都没着落，是小叔送来米，送来肉。小叔说，绍醒呵，我们一支人丁不盛，有我小叔粥喝，你就有米汤喝。杨绍醒一直记得这句话。他看着小叔，小叔低下了头。他泪水，哗哗哗，直流了下来。他跪了下去，对院子里的人说，你们散了吧，留两个人守我大门就可以了，天要灭我杨绍醒，我没什么求了。

第二天早晨，镇卫生院来了人。是李干部陪医生来的。医生三十来岁，检查了杨绍醒的身体，说，病人患了麻风病，不能住在村里，他家人没有感染，和正常人一样，可以继续在村里生活。

杨绍醒一下子瘫坐在地上。那个卖核桃的人，说的话，是真的。村里无人得过麻风病，谁也没见过麻风病。谁会想到他得麻风呢？

医生详细地问了杨绍醒情况，什么时间脸麻木了，什么时间出斑了，之前有没有接触过麻风病人。杨绍醒说，一个泥瓦匠，一年到头都是在本地做事，没出过十五里之外。医生说，你再想想，三年之内，你见过鼻塌裂嘴，或者满脸挂瘤，或者手指脚趾断损，或者截肢的人吗？杨绍醒想了好久，也没想出一个这样的人。医生临走的时候，杨绍醒说，两年前，去五羊坞，泥灶，回来的时候，过蛤蟆岭，遇见过一个吊死的人，头上套着麻袋，我把死人从树上放了下来，抱到路边，通知岭下的人埋人。我也没脱开麻袋看他。通知了岭下的人，我就回家了。

医生说，十有八九，那个人是得了麻风病，上吊死了。我明天去一下蛤蟆岭，实查一下，就知道。

隔了一天，医生又来杨绍醒家，说，那个蛤蟆岭吊死的人，是得了麻风病，被村人逼着上吊的。茹贞拜跪下去，婆娑泪眼，哀求医生，说："救救我家绍醒，救救他。我给你做牛做马，我都愿意。"

"麻风病可以治，但我们这里没有药，药得从上海调过来。调这个药，很难。治麻风，治疗效果好，需要三年痊愈，慢的话，需要五六年。病没好，不能接触人，得一个人住一个地方。"医生说。

麦冬岭是一个高山的山顶，有一大块平坦的草甸，如牛背。山便称为牛背山。上麦冬岭，须走三华里的山道。山坞有一条终年不息的溪涧，在山腰积水潭，有一座木板桥，连接山上山下。杨绍醒住在麦冬岭，三餐到木板桥取饭。茹贞或者杨绍醒的娘把饭放在桥上，第二餐送饭时，把上一餐的碗筷带下去，人不得接触。这是族里人开会规定好了的：杨绍醒下桥，巷子里的人可以把他打死；茹贞或家人，过了桥上山，全家必须离开村子，另谋生活。

桥上有一个吊篮，送上去或带下来的物品，都在吊篮里。

谁也没见过杨绍醒，谁也不愿见到杨绍醒。村里人说起他，就说：哦，那个瘟神，一个雷劈下去，烧出木炭是最好的。

茹贞和杨绍醒的娘，还是常常见到他的。他娘很想看儿子，便去送饭。杨绍醒在桥那头吃，娘在桥这头看。他坐在桥板上吃，胡须遮住了颈部，长长的头发盖住了棉袄的衣领。他明显瘦弱了。他的脸黑不溜秋，长起了豌豆一般大的肉瘤。他吃着饭，低着头，一会儿就吃完了。在山上才住了一个月，杨绍醒便糟蹋了自己。不知道是因为冷，还是别的什么，他双手箍在胸前，裹紧棉袄。"绍醒呵，你怎么成了这个样子。"娘忍不住哭了，泪如雨泻，说："绍醒呵，要体面地活着，胡子自己剪剪，头发自己剪剪。你亚在天之灵，看到你这个样子，会作何想。人吃五谷，谁不生病？有的人病生得早，有的人病生得晚，有的人一辈子生病。在任何时候，我们都别作践自己，别糟蹋自己。人来世上走一遭，谁容易过呢？你亚，死了，尸骨都没人收，骨灰在哪里都不知道。我生下你，图个啥？你亚死，图个啥？我就图你活得堂堂正正。"

娘的话，让他深深自责。他自责自己成了娘和妻子担惊受怕的人，成了人不人鬼不鬼的人，成了没有魂魄的人。一座五米来长的松木板桥，隔在他和娘之间，像一条咫尺银河。桥两边的人，说了很长时间的话。一边哭，一边说。哭哭说说，说说哭哭。杨绍醒对他娘说，家家粮食短缺，我就在山上种苞谷种番薯种大豆种马铃薯吧，我也养两只羊。

过了半年，镇医院才送来了药。一个偏远山村，从上海调药来太难了。

在巷子里，再也无人和茹贞一家来往。也无人和她们拉家常话。茹贞做了豆腐，端一碗送给对门的邻居，还没踏进门槛，被邻居拦在门外，说：豆腐是好吃，可万一把麻风带到了豆腐里，等于给我们一家下毒了呵，茹贞，你说是不是呵。

其白已经上小学了，班上没一个同学会和他坐在一起，也没人和他说话。老师安排他坐在最后一排，一个人一排，抵墙坐。放了学，有同学在背后骂他：你爸爸得了麻风病，你不要来上课了。有一次，在回家的路上，五个女同学一直在他背后哈哈笑。他回头看她们，她们还是哈哈笑，笑得很喷。他也不知道她们笑什么。他用手往后拉衣服，拍了拍，也没什么东西落下来。回了家，他脱下衣服，看了看衣背，他气得两眼发直。衣背上，被绿粉笔画了一只乌龟，乌龟壳上写了"麻风病"。他知道是谁画的，他端起白菜刀往屋外走，被他奶奶拉住了。他奶奶一把抱住他，说，刀是杀器，杀人是犯法的，你要报羞辱之仇，就是要好好读书，长大了，比他们有本事，比他们有见识，比他们过得更好。你爸是得了麻风病，这只是一种病，而不是一种罪。我们没有罪，他们加给我们的罪，是他们自己的罪。我们低头做人，不是担罪，而是不张扬他们加的罪。

药是断断续续吃的。上海来的药，并不及时，药吃完了，有时隔一个多月，才能续上药。他的鼻梁慢慢塌下去，他的指关节变得更脆。他的脸，像油锅里翻炸的油饼。一日，茹贞的爸爸提了一个菜篮上山，看望杨绍醒。老丈人带了谷烧来。两斤的酒罐灌得满满当当。菜是鳝片烧蒜芯。正是四月，蒜芯抽芽，入口真是香呵。老丈人站在桥头，和他说着话。他说，茹贞不容易，吃食都很难，你放心吧，有我帮着，孩子会一天天长大，孩子好着呢。他说，巷子的人都是癞蛤蟆，呱呱叫，癞蛤蟆咬不死人，吵死人，茹贞真是过得好苦呵，我就这一个女儿，当年是我看中你心地好，把茹贞许配给你，你心地好，又怎么样呢？她活着，和守寡有什么区别呵。老丈人说着说着，哽咽了起来。

"亚，我守着这个山，我就是要活着下去，我要养大儿子，要好好养茹贞，养我老娘。我没出生，我亚便死在监狱里。我娘孤苦呵，我茹贞孤苦呵。我怎么不知道呢？可我有力使不上，这是我活着的罪呵。亚，我活着的罪。"杨绍醒喝着酒，喝得满脸泪。

"你痛快地喝吧，喝醉了就畅快了。你大声哭吧，哭痛快了就敞亮了。你大口喝吧,喝个地倒天移,喝个九死九生。喝吧,喝个翻江倒海。"老丈人被他说得泣不成声。老丈人拉开嗓子,吼。

酒下去。酒罐干了。碗空了。他醉了。他鼾声如雷。他老丈人提着菜篮下山,一路号哭。到了山底,他老丈人安静了,抄山边长满了芭茅的小路回方家去了。

第三天,茹贞送饭去,发现头一天的饭菜没吃。她慌了。她在桥上喊:绍醒呵,绍醒。她嗓子喊干了,也没人应。她哭了,坐在桥上,哭声如奔雷。她守了好长时间,也没守到男人下来提饭。茹贞回到家,领着婆婆一起上山。她们找到了山顶的木篷屋,看见绍醒睡在床上,浑身滚烫,病得很厉害。

过了半个月,茹贞送饭去,杨绍醒坐在桥上等她。"以后,你不要送饭来了。我自己做饭。山上种了苞谷土豆,种了菜,让我自生自灭地活吧,活一年算一年,活三年算三年。你去嫁人吧,你为自己作打算吧。为我付出这么多,你不值得。你还年轻,你应该有自己的生活。我不需要别人的照料,也不需要别人的同情。作为妻子,作为孩子他娘,你尽心尽责了。我杨绍醒亏欠你太多。我不想再亏欠你。我活着,和死了是一个样。我现在这个样子,就是死了的样子。"杨绍醒说。他看都没认真看她。他看着桥下的溪水哗哗流淌。他说得很冷,也说得很沉。

"我们是夫妻,你怎么可以说这样的话?我们还有其白,其白还那么小。"茹贞说,"我有什么地方没做好呢?我用命在护着这个家,护着其白。"

"你活得太累了,因为我,为了护着孩子,你拼尽了全力。但我不想你因为我,受尽后半生的屈辱和歧视,遭受白眼。我们解除夫妻关系吧,你可以继续和孩子一起生活,也可以嫁人,你自己定吧。我已经想得很清楚了。明天,你和娘一起来,也请族长老烟公和村民组长绍鲜一起来,当他们的面,我把话说清楚。劳累你把孩子养大,你们撇清了和我的关系,你可以挺胸做人。"

站在麦冬岭,可以俯瞰整个盆地。太阳从古城山的凹口缓缓升上来,如一朵向日葵。南瓜叶形的田畈,在五月,稠密黏湿的雨飘飘洒洒。清朗的田野，田埂以豆类植物织出网格。雨声和稻子灌浆的声音，在日与夜中，找到了路的分岔。饶北河从一抹峻峭的山峦中，破出夹缝，如蟒如鲲，奔泻东去。荷木在牛背山，呼吸着河中泛过的湿气，长得特别壮实。在麦冬岭，杨绍醒再也不焦躁了。初上麦冬岭的半年，他度日如年。他望着山下的村子，他大声吼茹贞吼其白，吼他妈妈。他吼稻谷，吼河里的鱼，吼田野上空一行行的白鹭，吼日落，吼日出。他吼得声带出血，吼得眼冒金星。他如一条野狗，在山上闯来闯去。他要疯了。他想杀人。他想跳崖。他想把山烧了，自己直接投入火海。死了，彻底干净了，自己干净，家人干净，巷子里的人干净。家人和巷子里的人又亲如一家，互不相怨。他想起杨绍鲜手上的三眼铳，拉响的铳栓，噼啪作响。人，在生与死关头，多么残忍。他想起了小叔，小叔待他为至亲。他把事情顺了半年多，他顺清楚了，族人开会过于迅速，小叔没有时间去找人周旋，任凭大家一起决断。那种气氛下，谁敢说，不要把他杨绍醒一家赶出村子呢？谁都不敢。李干部带着医生，早早来到自己家里，一定是小叔去了镇里，托了人，磨破了嘴皮，才请来的。小叔是要保其白，小叔不会让其白流落在村外。每次想到这里，杨绍醒哭了。

再也不能去死了。杨绍醒从死中活了过来。他决意和茹贞解除夫妻关系，是因为他从死中醒来。他丈人请他喝酒，他记得。他丈人怎么下山的，他不记得了。他烂醉如泥。他落下积水潭，幸好积水潭漂着几根粗粗的浮枝，他的头搁在浮枝上。他泡在水里，浑身湿透。他醒酒了。他身子灌了铅一样，爬上桥头，足足睡了一个下午。杨绍醒卧病在床，他理了理醉酒的事。他发觉，是他丈人推他下水的。他是茹贞的沉重负担，一辈子抬不起头的负担。他山一样压着茹贞。她负重不起。她的爸爸懂女儿，唯有他杨绍醒死，茹贞才喘得了气。所以，他必须死。这个发觉，让他无比惊讶，和悔恨。

死，却解救了杨绍醒。他要做一个了无挂碍的人。他无能挂碍别人，那么别人对他的挂碍，便是一种不可解脱的负担。他要活下去，必须做一个独立的人，做一个与任何人无关的人，哪怕是妻子孩子，哪怕是自己的娘。

坦坦荡荡地生病，坦坦荡荡地活。哪怕死，也是坦坦荡荡。他正视自己满是肉瘤的脸，他每天用水照自己的脸。他接受这张骷髅一样狰狞的脸。他曾多么讨厌这张脸——拥有这样脸的人，必是作恶的人，鬼魅一样阴险的人，一个丑陋得无法示人的人。他摸摸自己的脸，没有任何感觉，那是神经坏死，皮肤老化。他不再害怕了。他坦然地笑了。病毒会吞噬自己的脸，鼻梁断裂，嘴唇裂开。他的脸会成为这个世界最让人无法忍受的丑。要活下去，他必须先接受这种丑。他知道，自己丑得像个鬼，但不是鬼。

有一段时间，他三天两头做白狐狸的梦。白狐狸幽灵一样跑进了他的梦里。白狐狸的眼睛吸着他，眼神溢满了温情和哀伤。他抱着头，小孩一样哭了。盆地平坦，开阔。饶北河千万年堆积出来的肥沃土地上，稀落又密集的人烟沿山边摊开。山中林木茂密，常有狐狸出没。有一次，杨绍醒睡着了，朦朦胧胧之中，听到有人打开他水缸盖板，用舀水勺舀水喝。水勺伸进水里的声音，盖板扣上缸沿的声音，喝水的声音，他听得真切。他翻身起床，问了一声：谁呵。

"还有谁呵。我口渴，咽喉烧一样痛，喝口水就好了。"厨房里的人应答。

"茹贞。是你吧。"他听出是茹贞的声音。他在梦里问喝水的人。没有回答。他梦见白狐狸，在草甸上跑，跑到了山崖，摔了下去。杨绍醒惊吓出一身冷汗。他披衣下床，坐在灶膛前，点了一把黄茅草，扠进灶膛。火一下子红了锅底，他扠进木柴，给锅里打水。锅里除了水，什么也没有。他泣不成声。他脸上淌满了泪水，一边烧灶膛，一边敞开嗓子唱：

  元始安静，普告万灵。
  岳渎正宫，土地祇灵。
  左社右稷，不得妄惊。
  回香正道，内外澄清。
  ……

歌唱完了，他大叫一声：茹贞，我的茹贞。一口鲜血从他口腔里喷出来，喷进了灶膛。一股白烟冒了出来。

第二天清早，小叔上山来报，说茹贞丑时三刻，落气了，走得很顺，也没什么痛苦。茹贞走的时候，还叫着："绍醒，绍醒。"茹贞是抑郁而死的，年方三十六岁。他上山已四年。

杨绍醒站在麦冬岭，看着送葬的队伍，穿过金色的稻浪，沿着小溪的下游走。小溪像一条死去的蚯蚓，烂在田畈里。晚上，他跑下了山。这是他第一次下山。他坐在坟前，坐到天亮。

他常常来到坟前，坐到天亮。

天抹晚，四野无人。他提着一个斗灯，穿一件厚重的蓑衣，去茹贞坟前坐。斗灯是他自己做的。用一个小圆木桶（一斗米的体积）装上半升稻谷，烛台固定在桶底，桐油灯插在烛台上，盖上合桶口的小圆筛，桶口两边的栓口束一根棕绳，绳端扣一个结口，结口固定一根大拇指粗三尺长的竹竿。他握着竹竿，提着灯，沿溪流往田畈走。他唱起了只有他自己听得懂的谣曲。

在我十四五岁，我就熟悉他提着斗灯，穿过黑夜，去田畈深处的背影。星光打湿了他的谣曲。他从来只有一个人。即使他麻风病痊愈之后，他仍然住在山上。他儿子其白，考上华中科大，后来去了美国，把老奶奶也带去了，再也无音讯。杨绍醒的房子一直闲置着，上了锁。这栋有着椭圆形院子的大瓦房，像一只趴窝的大乌鸦。

除了买生活必需品，杨绍醒几乎不进村。他常年戴着斗笠，一块黑纱遮脸。他不会示人的脸，仿佛是人间最大的秘密。也似乎人世间的真相，都藏在这张脸。他的脸，是一部写着隐秘咒语的经文。村里有人死了，他会去坟地唱歌。为死去的人唱七个夜唱，是他唯一要做的事（生产之外的事）。

麦冬岭上，有些羊，已经成了野羊，爬上山崖，站得高高，咩咩咩地叫。

杨绍醒在他六十来岁的时候，他四处唱。春花开了，他唱。鸟北迁了，他唱。人生之日，他唱。他对着暴雨唱。他在蒙蒙亮的清晨唱，在晚星稀稀的夜晚唱。他的斗灯,从木桶里发出莹亮的光。

在饶北河边。

在峡谷的荒地。

在竹林。

在麦地。

在坟场。

在土庙。

他在唱。

在麦冬岭的木篷屋,也从无人去过。村里很少人会谈起他。当说起他的时候,谈论的人会哦一句,说:那个提灯师傅,活得像个少年一样无忧无虑,几十年都提一个斗灯,也不知道他要照什么。

2019年5月,我在饶北河上游很僻远的一个小山村,我获得了手抄本《申阴文科》。我如获珍宝。《申阴文科》共21卷,我借阅了9卷。这是家藏之本,代代相传,不外传。我奇异地发现,提灯师傅唱的歌,均出自《申阴文科》。几十年,他从来没有离开过《申阴文科》。我知道了,他为什么悲悯,开阔,通透,因为《申阴文科》浸透了他的苦难。

因为我每次读《申阴文科》,我都会泪流满面。那些文字,都是生与死的箴言,蕴藏着对大地深深的敬畏。

(《长江文艺》2020年第7期)

故乡即异邦

刘大先

　　大雾迷蒙的早晨,我和父亲一前一后走在荒野小径上,说着闲话。难得的亲密时刻。我从小出门读书,很少回家,假期回来彼此交流并不多,父子间轻松漫散地一起去赶集的场合很少,更别说聊聊家常了,所以此刻我的心情很愉悦。湿气弥漫,四周苍茫一片,影影绰绰地什么也看不清,上坡转弯的时候,迎面遇到了表姑妈,父亲的表姐。见到她,我和父亲都很高兴,父亲迎上去招呼她。表姑愣怔了一下,惊讶地望着我,又回身看我父亲,慢慢流下了眼泪。我很奇怪,表姑妈转过来对我说,你爸爸还不知道,他已经死了啊。

　　这个时候,我的心里晴明起来,在怅惘中慢慢醒过来,想起来父亲已经去世快六年了,而我在他去世后就再也没有走过家乡那条去集镇的道路。外面天色浓黑,可能是凌晨的某个时分,我在黑暗中坐起来,下床,走到外间的阳台,点了支烟。从十五楼的窗户看出去,青黑色的苍穹笼罩在灯火明灭的北京,城市如同坚硬的礁石,纹丝不动地伫立在幽蓝广袤的大海之上,只有远处高楼顶端的红色航标灯闪烁不定。

一

人们同自己家乡的关系，往往混杂着普遍的矛盾：甜蜜温馨的记忆似乎并不能阻止冷酷无情的离别。只有眼界狭隘、抱残守缺的人才会觉得家乡完美无疵，而那些出走他乡之人的赞美与缅怀尽管可能是真诚的，也难免打上了时间与空间的滤镜。坚强的人四海为家，而最高级的灵魂则认识到个体情感与认知的局限，从而太上忘情。圣维克多的雨果会保有此种清晰的观念，一般人顶多做到随遇机变、惟适之安，而将家乡作为安放怀旧情绪的处所。在这么做的时候，他们或多或少带有逃离者的歉疚和窃喜。当家乡成为故乡，意味着家乡已经同他隔离开来，曾经的联系变得愈加稀薄，它慢慢隐退为一个审美的对象。

背井离乡、触景怀乡的故事并不新鲜，桑梓之地或者成为一世的守望，或者成为衣锦荣归的故里，但前现代时期因为羁旅、游宦、战争、行商的漂泊，并没有形成家乡与故乡的割裂。故乡大规模地被抛掷在身后，成为一个只供怀想而不再期盼回归的地方，无疑是现代以来的景观。村社地理、熟人社会、血缘与宗族所形成的诸种共同体，在工商业与城市化进程中纷纷土崩瓦解，人们为了谋求想象中更美好的生活不惜远走他乡。

我想我属于那种将家携带在身上的人。从识字之始，家乡的长川丘陵就开始渐行渐远，新鲜的外部世界洞然敞开，无数新的经验纷至沓来，让人根本无暇回顾那并不愉快的乡村生活，更遑论有闲情逸致去沉思过往。这倒不是一种个人主义的逃离，而是生活的巨大压力。这样的乡村青年一定不是少数，牵连着我们和故乡的可能只有亲情那唯一的线索，但我并不想从社会结构和流动的层面进行浅薄的分析，毕竟个人经验参差不齐，有的人对任何地方都无意流连，他们不一定是有世界的胸怀，纯粹就是情感迟钝而已。

2013年正月初六，我在北京短暂处理一些事情之后，又回到六安，回到我曾经以为很熟悉实际上已然陌生的故乡。不是欢度春节，而是陪伴父亲度过他一生最后的时间——事实上,我也知道,这也将是自己在故乡度过的最后光阴。

节后春运刚刚开始,但是从大城市到小地方的车票还算容易买。我先到合肥,然后搭乘上海至武汉的动车,准备半路在六安下车。合肥离六安很近,高铁只要半个小时,人情风物已是家乡的氛围和感觉。火车站的人并不很多,很多农民工要过完十五才出门。我背着包在候车厅里找落脚的地方。旅客虽然谈不上拥挤,但有人把包搁在身体两边的椅子上作为垫靠,斜倚着,所以竟然没有空闲的位置。踱到大厅一侧时,我看到一个双眉紧蹙的中年人在阅读一本商务印书馆版的那种世界名著翻译本,仔细一看是亚里士多德的《巴门尼德篇》。那个人看上去有些落拓,像个平庸而不得志的大学老师,眉宇之间有种让人讨厌的瞧不上任何人的神情,在这种吵闹的环境中读这样一本书,未免有些牵强,就像他的眉头。我想我在此间别人眼中也就是这种角色吧。

从六安南站出来直接坐公交车去西站,打算搭乘下午三点钟往郭店方向经过火星和黄台的私人巴士——这种私家公交车是县乡一带的地方特色,并不由市里的公交公司统一管理,而是私人拥有的中巴运输车加盟到公交公司中去的,缴纳一定的管理费,但自主性比较强,所走的路线不固定,是根据乘坐人员的多寡决定走哪条乡间小路——那些路是在"村村通公路"工程中修建的,就是在原有自然形成的泥巴路的基础上铺上沙石修筑的非常狭窄的双车道水泥路。

六安的公交车我几乎没有坐过,上车才知道是自动投币一元。我翻了翻钱包找不到一元钱。找个身边的人询问想换一下,也没有。我就先到后面坐下,打算定定神再找人兑换。这时候坐在我前排的瘦瘦的青年给了我一块钱,并且不要我给他的十元钱。他晃了晃手中的一瓶凉茶说:"我也没有零钱,这是刚才在底下买了瓶水换开的。"他随身带了只青黑色的大旅行箱,可能是大学生,更像在外面打工回乡过节的青年,还没有在都市竞争的生涯中变得油滑和冷漠。

西站的车是对霍邱、叶集、固镇方向的,非常混乱,往我家的方向最合适坐的是到小镇郭店的一路车。往这个方向在这个季节有三班车,只有下午三点的一班经过我家所在的黄台村，否则就会从广庙村那里岔路开往另外一个顺河镇。我清晨五点起床，从北京赶到此时，水米未进，已经疲惫得很，懒得张口问人，就背着包在乱七八糟、破烂肮脏的中巴车中间寻觅。正巧听到司机拉客，有乘客问路线，就坐了上去。陆续有人上来，我看到一张认识的脸，是一个远房堂哥。两家离得并不远，但是我们这一辈来往不多，我们至少有十几年没有见过了。他长了乡村中年人的乱蓬蓬的头发，面上已经带有农民常见的沧桑表情，不过我很快就认出了他。他显然没有认出我，咕哝着向司机老婆——也就是售票员——确认这个车子的确切路线。这辆车原先是走丁集那条线的，如果走那条线，我回家就麻烦了，需要再步行十里地。幸运的是，那条线的乘客被上一辆车抢走了，这辆车为了揽客只好临时改走火星镇这条路。这个对我的幸运，对于司机夫妇无疑是不幸，他们等候了半天的乘客一下子被卷走了，所以泼辣的售票员一路骂骂咧咧，跟乘客数落前一辆车车主的不地道。司机偶然故作宽容地让她别计较了，但是可以看出他自己心中也大为不满，只不过一个男人的面子阻止了他的破口大骂。

　　乡土的伦理礼仪也就是在他这样年近五十岁的中年男人身上还残存着，二十年来的外出务工潮流和近十年内的城镇化进程，已经极大地改变了地方的道德生态。这个季节，年轻人大部分已经奔往江苏上海一带，他们在冬季时回来，带回的不仅是金钱，更多的是新学会的半生不熟的普通话和城市生活方式，与观念。我在父母那里听闻这个远房堂哥也曾经在外面打工多年，这几年不知道因为什么原因待在家里。他的父亲和母亲都在苏州做清洁工扫大街，每个月收入约三千，那样的收入比在农村种田强。下车的岔口路西引水支渠上搭建的是一家杂货铺店，兼卖自产的豆腐，我打了十五斤豆腐提着，想着家里可能需要。店主认识我，就问我是不是从北京回来，我说是的。他叹道，那路费要不少钱啊！

　　父亲已经是癌症晚期，医院放弃了治疗，现在家里等死，这里面的无望和恐惧，让家里笼罩着挥之不去的抑郁情绪。我怕父亲的心智已经糊涂，就坐到床头问他还记不记得自己当年当兵时的部队番号，他说是南京军区直属独立炮九师十四团二营六连，番号6413师6457团56分队6连。这让我又莫名其妙地宽慰了一下，同时陷入一种难以说清楚的惆怅中：那是父亲一生最风华正茂的年代，他当然记得清楚。2009年夏天，我路过江阴出差的时候专门找到了父亲年轻时代生活过的那块驻地，部队已经撤走，番号早就不存在了，但是留下了几门对着长江的大炮，藏在杂花生树中间，成为偶然到来的游客们的猎奇之物。我在一个防空洞的坑壁上用石块刻下了父亲的名字。

夜里忽然天阴下雨，然后就变成大雪。我乡的农谚说："正月雷打雪，二月雨不歇。三月抄干田，四月秧上节。"此时下雪意味着三月会干晴，对春耕不好。第二天雪还在下，雪里听到门前河汊中发动机的声音，那个用电动船在河中打鱼的人想趁着雪捞一笔。父亲被疼痛折腾了一夜，白天开始睡觉，我松了口气，骑着摩托到乡医院去拿些药，回来的路上踏着荒村中平滑的雪地到河边去看那人打鱼。白雪无声落在水中，倏忽地消失不见，仿佛河流是个无穷无尽的黑洞。那个电动船则是游弋在太空中的飞艇，给寂静空旷的天地带来一丝活气。

师弟刘汀写过一本书叫《老家》，他说："当我谈论故乡的时候，我说的只是老家。"然而，我并没有老家的观念，和那些拥有可以在故乡静谧生活的人们相比，我们这样的乡土少年注定要在这个迅速变革的社会中离家出走。很多时候，故乡在心中只是幻化成某个具体的意象：童年的明媚夏天，村庄东面的断河，青翠而酸涩的杏子，老屋后的竹林和大橡树……故乡是属于童年无风的岁月的。它和热情的七月有关，和七月傍晚烟霞中的蜻蜓有关。那时的天空无比晴朗，空气清新透亮，万物充满生机，大地一片绿意。我踩着翠绿柔嫩的鸭舌兰，拨开蒲草，脚下的沼泽噗噗作响，一个个欢快的气泡喷涌而出。天地间充满氤氲的气息，一如太古的初蘖。那时候我的眼睛明亮，血气充盈于胸间，现在却身心俱疲。我的脸庞因为长期的失眠而枯黄，我的胡楂如同茅草般涌起，我的面孔变得越来越模糊，失去光泽，没有力度。我想象在一根铁轨上描刻下七月蜻蜓的形象：灵动、鲜红的、充满生机。那段铁轨因为年久失修，锈迹斑斑。我的手指在上面滑动，咯咯作响，铁屑散坠于草丛中。雾霭渐起,我的双眼蒙眬。许久以后当我跌跌撞撞地走回到那段童年的铁轨时,发现那段铁轨已被洪水冲走。一点痕迹也没有留下。那一年的洪水特别多,空中老是飞舞着淡紫色的尘。我不知那是什么,大概是蝴蝶大批迁移时遗落的花粉。

那些鲜明而生动的意象是无可捕捉的精灵。我一直想把它们固定在文字中,但是每当面对电脑键盘的瞬间,心灵干枯得挤不出一丝水分。那时候,只听到思绪的碎片纷纷剥落,摔在地上泠泠作响。是什么使我汗流浃背、疲惫不堪、文思阻隔、不着一字,让我陷入长久的失语和无端的惘然?

我想,之所以无法在文字中铭写下那些意象,那是因为它们本来就是一厢情愿的悬想,被净化了的幻象。如同决绝而去不再回头的少年,故乡也同时拒绝了我们的回返。浪漫主义之后,知识分子的"返乡"几乎形成了一种原型母题,自我反思型的现代个体重回故土时候往往会经历桃源不在的感伤式怀旧。记忆中渚净沙明、清新修洁的地方已经被现实涂抹得脏乱不堪,外在的风景如同破旧的衣服一样凋敝,人情风俗也变得面目全非。他亟待救赎的情感找不到落脚之处,只能仓皇逃离。但这个故乡其实是心造的故乡,正表明了这个人与他的乡土的割裂,他从中生长出来,并且日益壮大,最终离去,故乡成了一个忆念中的存在,它与现实不再发生联系。所有的故乡在这个时候都成了异邦。

二

"人死了就跟这些烂芋头一样。"

堂哥说这个话的时候,踢了踢脚下那堆被寒冷天气冻糠心了的红薯。我们俩站在松树下,讨论即将到来的葬礼该如何处理。父亲已经到了最后的时刻,他自己应该也明白,只是人总归有着求生的欲望,所以我们也竭力避免谈论生死的话题。但我却不能不考虑即将到来的葬礼问题。

按照大多数亲戚的意见,土葬是最佳选择,但是火葬的政策在那里，偷着埋了也不是事情，如果有人告发，挖出来遗体再倒上煤油烧——此前有过类似的例子，那就麻烦了。堂哥是一个受过现代医学教育的理性主义者，他的意思就是烧了算了。

过了两天，在上海的二弟也请假回来，但是劳累奔波中发了烧。我坐着看护了父亲一夜，六点多钟二弟起床下楼来替换我。我睡了两个小时起床，吃了碗面收拾一下往丁集走，准备去那里乘车到四十公里外的市里采办一些物品，以招待家中来访的客人，当然更主要的是需要计划办理丧事时的用度。丧事与婚礼是乡民生活中的两件大事，前者尤为重要，必须早作打算。我希望运气好能够遇到镇上来接送四散于乡村的学生的私人面包车。如果没有车子，只能步行这十里地，然后在丁集镇找车去市里。

马店小学门口停了辆双排座小车，但是门口的小商店大门紧锁，车中也没有人。我只能继续往前走，心中有些发毛，真要这么走下去，到丁集也该快十二点了。好在刚过马店不多久，背后听到车响，一辆紫色小车子跟过来了，我招手上车，果然是到镇上接学生放学的山寨校车。我和司机聊起来，他很热情地把我从丁集新区送到大路。丁集新区其实就是平行着老街修建的一片规划很齐整的住宅区，清一色的四层板楼。这些新修建的房屋目标客户是附近乡村的农民。大部分农民都出门打工了，留下的多是老幼病残，农忙时才有少数打工者回乡劳作。我乡农民多去往江苏苏州、昆山以及上海一带，这几年产业转移，苏州的一些服装厂与婚纱厂搬迁到了丁集，季风式的民工也随之迁回，成为私营企业中的工人，无论如何，他们与土地的亲缘关系已经终结。这无疑是城镇化进程中的新现象：农民的土地和他们的居室分离，他们的劳动与栖息之地也发生了分离。

地理空间与身体行为之间的分离隐含着心理的分离，生活在家乡的农民在价值观上已经悄然被外部社会和新兴媒介所改变，表征了中国偏僻角落最基层的共同体单元出现了离心。在市场经济大规模到来之前，至少20世纪80年代前期，农民被城乡二元户籍制度束缚，很少有离乡离土的经验。父亲因为入伍当兵，属于为数不多有过外地别样生活的经历,但他那点微不足道的过往很快就在90年代以来大规模的外出潮流中贬值了。这是截然不同的两种流动。新生代的农民主动或者被动地被新的离心力甩出了原先的凝聚性结构,如同宇宙原点发生的大爆炸,还在膨胀过程之中,星云与星体尚未冷却形成。身体从其生成空间中剥离出来,却又无法摆脱周期性的复归——毕竟能够扎根于都市的是极少数,所以总是像候鸟一样在春节时候返回到乡里。他们的精神处于摇摆型的动态割裂中:每当割裂的伤口即将痊愈或者遗忘时,对于故乡的回归再次将其撕裂,因而这种伤口成为一种周期性发作的病痛。伴随着乡村土地的资本化,归园田居也失去返回的道路,故乡日益形象模糊,与之并行的是传统、习俗、心灵和精神的重新结构。

在丁集街头的风中这么胡思乱想的时候,下起了小雨。我跑到一家店铺里躲雨,条凳上已经坐了两个老几(我们方言中叫中年人为"大老几")。一个头发梳得油光锃亮的中年人,穿着笔挺的西服套装,皮鞋都一尘不染,完全不像是刚从乡下上来的。另一位则是典型的农村老头,和这个小集镇的气氛和谐一体。老头穿了件宽松的黄军装外套,劳保棉鞋。我们交谈了几句,立刻打消了可能产生的对于乡土社会逝去的多愁善感的念头。事实上,新一代的农民(工人)只是如同任何历史上的潮流一样,内在包含着相当复杂的成分,利益诉求和生活追求也参差百态。与土地的分离自然而然地发生,并没有带来剧痛——哀悼沦陷的村庄更多是有闲者的怀旧与忧虑。也许是因为农民的短见和缺乏全局和统筹式的眼光,之前局限于一亩三分地,如今满足于工商业溢出红利,他们对现状并没有表现出杞人忧天的不满。这里面的复杂性不是任何个体浮光掠影的观察所能涵括,而遍布在中国大地上的多元性也使得任何个案都不能提供整体性的结论。这涉及一个经久不衰的知识分子难题:需不需要代言,究竟由谁代言,社会不同群落的共同福祉究竟如何确定。

从马店到丁集,司机收了我十块钱,钱集过来的公交车从丁集到六安也是十块钱,后者的路程大约是前者的三到四倍远,这就是地方上根据朴素的经济学本能依照供求关系发明的定价机制,大家都没有异议。从公交西站出来看了一圈,没有找到要去的市场的公交车,就招手喊了个的士,又帮司机招揽了三个人坐后排,我一个人付十块钱,后面三个一起付十块钱——这也是心照不宣的惯例。在市场购买葬礼接待吊客需要用的鸡鸭鱼肉以及纸竹鞭炮的时候,我的心里充满了荒诞感——我东奔西走操持这一切都并不是为父亲在做什么,而是为了活着的人,当他还躺在病床上的时候,我们已经在操办他的丧事。

我和母亲、二弟日夜换班轮流看护父亲,身体和精神在压力下都濒临崩溃。垂死之时,人总是会感到恐惧,父亲一定要两个人守在自己身边,仿佛要抓住人间最后的依恋,这时候他显示出孩童一样的执拗。癌细胞扩散带来的剧痛让他无法以一个姿势躺太久,一会儿就要我们抱着他翻个身,一边哎哟皇天地呻吟。我和二弟整夜坐在床边束手无策,常常是在凌晨三四点最困的时候,他叫我们打电话给堂伯来打杜冷丁镇痛。堂伯以前是乡村医生,如今我的堂哥子承父业,但是因为堂哥自己胆子小,夜里不敢出门——我想这也是一个托词,可能他也被父亲弄得疲沓了。他很冷静:"你们也不必过于难过,我们每个人都要经历这一遭。"

我对父亲一生并不熟悉,只是感到他很聪明,多才多艺,身上有一种我和弟弟都匮乏的理想主义和行动的激情。在亲友们罗生门式的片断叙述中,我只得到一些零碎的信息,了解的事情并不多。我知道他做过侦察兵、司机、榨油作坊的主人、农技站的会计,没有一项是长久的。在最后一个职业上干了几年,没有顶职就回乡自己养鱼——20世纪80年代还有"接班"这种做法,即符合条件的职工子女顶替父母的职位参加工作。父亲雄心勃勃,不想在爷爷的单位中做个处处掣肘的小职员,回到黄台村雇用全村人拦着河汊打坝围成一个池塘。"专业户"的短暂生涯是他一生中最顶峰的时光。有了点钱,还主持修订家谱,这是他做过的最为得意的事情,鄂豫皖苏四省方圆几百里的人都来寻根问祖,记得那时候家中老是宾客盈门,门槛都快被人踩坏了,那是80年代后期。那时候,他还有闲情在无聊的时候画一笔在我看来几乎可以乱真的齐白石式的虾,拉几下胡琴唱《红灯记》,或者跟我们谈一谈《红楼梦》。

1990年的洪水是个分水岭,从此以后他的命运就急转而下。在那之前，父亲养鱼已经有几年的时间，几年都是积淀，91年这年的鱼长得最好，膘肥体大，数量也壮观。偏偏是涨了洪水，将一塘的鱼都漂走了。我当时在外面住读，两个弟弟亲历了整个过程，我后来在二弟的一篇文章中看到他的回忆："洪水漫过堤坝，妈妈用铁锹扶泥，做成小堤坝，我跟在后面看，后来水涨高过堤坝足有一米，无可挽回。那时太小，不知道心疼，直至后来每每说起也没有太多的感觉。可是近来随着年龄的增长，回忆起这些，就隐约能体会到爸当时是有多心痛，91年之后，再也没有养过那么好的鱼了。提起安徽经历的洪水，人们往往记起的是98年的那场洪灾，但真正对我们家造成重创、对爸和妈造成沉重打击的是人们及媒体上没怎么提的1991年的那场洪水。"大水先是淹没了池塘，直到次年家中还没有缓过劲来，第三年的大水又一次冲到了家门口。那一年的夏天我上初一，放暑假回到家，大雨滂沱中，父亲躺在床上背对着我，没有回身。我站在门槛里，用脸盆舀门外的水洗手。本来信心十足的父亲，经过如此三年，此后陷入了颓废之中。

一般人都会觉得家是个温暖的地方，在我和我弟弟的经历中却是截然不同的体会，至少我从来没有觉得家是港湾。也许是酒精的影响，颓废了的父亲常常会有无名的暴力，那些遭受暴力的戏剧化场景，亲历者后来回想都有种似真似幻的感觉。我曾经在"豆瓣"看到有个"父母皆祸害"的小组，心中虽不以为然，但也承认确实存在这样令人费解的亲情关系。现在我和弟弟在父亲榻前照料，随叫随到，已经毫无怨恨，这全然在个人的情性，也许民间流传多年的"棍棒底下出孝子"还是有一定道理的。两个弟弟都是学理工科的，与我性格爱好差异很大，但是我们都喜欢《燃情岁月》（Legends of the Fall）和谭家明的一部电影《父子》，这都是关于父子的故事，内在里应该隐含了潜意识中的缺憾与想象。我们是在乡土伦理中长大的人，在后来的教育中也接受了个体道德的现代观念，但无法完全分开个体与家庭之间清晰的界限，那种更久远的关于情感与孝道的认知并不与理性相连，而是根植于血肉心灵深处。

坐在垂死的父亲的身边回想起少年事，我和弟弟都平静得很。那些曾经让我们在无数无法入眠的深夜中翻肠搅肚的痛苦，如今都好像已经是别人的事情了。我无法理解身边这个垂危之人幽暗的心灵，就像我无法参透人性数不清的秘密。我们是截然不同的两代人，他经历过最为激进与疯狂的乌托邦岁月，而我和弟弟则成长在改革开放与个体化时代。五六十年代与八九十年代之间的代际差别超过了以往任何时代，但并没有完全断裂，那种藕断丝连才真正让人痛楚。我们似乎"脱嵌"了，但并没有真正的"拔根"，有一种更为恒久的情感沉淀在心灵的深处。

父亲已经十几天没有吃东西，只是喝水，不知道为什么还会有粪便排出来。但是他的肛门括约肌已经失控了，必须用手把粪便抠出来。父亲一生强悍坚硬，此时却已经没有了尊严。他自己用手抠出来两团硬邦邦的屎给我们看，还说肛门烂了，然后毫无羞愧地让我们摸他的尾骨，说那里发热。这在外人看来肮脏可笑，在亲人那里则是深沉的悲哀。那些时不时会过来看望一下的亲戚与邻居们都已经不耐烦了，他们像是等待着父亲的死亡，以便尽到情义。父亲已经脱形了，腮帮完全瘪进去，使得嘴巴前凸出来，像个骷髅，眼睛深陷在眼窝里直瞪瞪地看人，模模糊糊地没有光彩。这是一副将死之人的面孔，让人难以直视。每次打完杜冷丁他略微安生的时候，我观察这样的一张脸，心中都升起浓郁的悲怆。他已经不像他自己了。但是他自始至终没有改变的强硬性格，完全没有任何影视剧中那样的感伤情境中的温情，带给我的只有卑琐、愁闷和焦躁。

不好过呐！父亲带着哭腔说。每隔十几分钟就让我们给他翻个身，为膝盖怎么摆放，会折腾几分钟。我和弟弟都不胜其烦，但是也无能为力。这是一个濒死之手，徒劳无功地试图紧抓着人间的一点点东西，浑然不顾其他。死亡的阴影很早就开始笼罩在他的头上，当还能自己上下走动时还可以玩笑说置之度外，真的事到临头，人类的恐惧本能就轻而易举地俘获了原本就虚张声势的坦然。这种看透了的感觉，让我产生出一种浓郁的悲凉。

灯光照在院中的葡萄架上，旁边橘树的叶子显出一种跃跃欲试的青葱。空气中是油菜花的清新香气，与田野中的蛙鸣形成了完满的初春之夜。星空黯蓝，松树的浓黑阴影投在地上，我站在阴影里撒了泡尿，河道吹来的南风已经褪去了冬日的寒气,让人精神一耸。时间在悄然流逝,它催逼着衰亡,也孕育着生机。

有一天父亲对着窗户外面说,楸树发芽了!我今天感觉不错,也许这个病到春天会好呢!我才注意到不知道什么时候外面枯黄落叶的树木居然都泛青了,我们不知不觉已经在屋里待了三个多月。他说这个话的时候的神情带着渴盼,希望我给他一个肯定。那是一种悲怆的留恋,带着侥幸心理,其实是根底里的绝望。我不敢回应他充满期待的眼神,无法欺骗他。我选择了沉默。这种无情无义的举动深深地伤害了内在的情感,让我在许久之后依然会梦见这个场景,看到他期盼的眼神,然后在内疚中醒来。

三

对于逝者,除碎片拼接,没有其他记忆方式。故乡的远去与亲人的死让我们的生活无法再完整,从此只能碎片化地体验生活,像蜻蜓点水,当蜻蜓不再能飞了,腐烂化身为浮游生物,生活在水面底下,而事实上每部分水面也都只不过是片段。

2013年4月1日是平常的一天,我原以为父亲还会撑几天,因为他的神智依然非常清楚。他执意要求医生加大杜冷丁的剂量,但是医生怕过量会导致他长眠不醒,不敢承担这个责任。我也拒绝了他,同时我也担心这些本来就不是正规渠道来的杜冷丁一旦用完,新的接续不上,无法阻止他下一次的疼痛。但是,我没有想到那次就是他最后一次打杜冷丁。日后在一些偶然的瞬间,我会忽然想起他临终时候的面孔,并且为自己没有能够满足他最后的愿望而懊悔不已。

他半张着嘴,眼睛看着斜前方的某个地方。我摸了摸他的头,还是温的,但是呼吸不知道什么时候停止了。他平静地离开了人世。在家乡的风俗中,死者的妻子是不能在他断气的时候在身边的,我不明白其中的道理,不过还是遵从了习俗。我让母亲上楼去喊熬了一夜正在睡觉的二弟,然后,掀开被子把他抱了起来。虽然很瘦,但是他的身体还是出乎我的意料有一定的分量。床的另一边地上早已铺好了稻草。我把他抱起来，轻轻放到草上。这次他是真正在民俗意义上去世了。这个过程叫作"落草"。

这个时候二弟已经下来，喊了附近的亲戚过来。我们一起帮父亲脱去衣服，用清水擦拭他的身体，换上寿衣。这个过程他的身体一直没有冰凉，以至于有个瞬间我觉得他没有死。我试着喊了他两声，爸，爸！但是他没有应，一点反应都没有。三姑父说，你把你爸的眼睛合上吧。我用手掌拂拭他的眼皮，把他的下巴也托着，抿起了嘴唇。

葬礼在乡土中国应该是最重要的事情，比婚礼还要隆重。我不懂这些习俗，完全听命于亲戚的指示行动，在做这些事情的时候，既没有伤恸欲绝，也没有如释重负，非常平静，就像面对不得不面对的命运本身一样。接下来的各种琐碎的事情让人根本没有心思去悲伤，当你无法改变的时候，你只能去承受，这个时候的号啕与泣泪反倒有些不合时宜。它们是旁观者的抒情和表演，于死者和死者的至亲并没有太大的关系。

这是下午四点多，仲春时节的暮色很快就要降临。我和二弟分头打电话通知嫡系亲戚，一边放鞭炮告知乡亲，点上供香，在瓦盆中点着路头纸，一边叩头迎接前来吊唁的亲友。乡里管民政的部门可以租到冰棺停放遗体，此际的天气并不炎热，但按照亲戚的指示还是打电话租了，这些事情是做给外人看的，必须让死者有尊严，生者才有面子。大姑先从市里赶回来，晚上七点多三弟从合肥赶回来，这时候院子里已经在亲友的帮忙下搭起了临时的孝棚，拉上电线电灯，摆上桌子板凳茶水香烟。姑父和二舅分头开车去集市采购明日接待宾朋的果蔬鱼肉，妯娌婶娘们则开始清洗碗筷、杀鸡切菜。凌晨时分，小姑一家从上海开车才到，我和弟弟、表弟四个人围着遗体铺上草守在棺材旁边"焐材"。

按照姑妈的意思，不想过于草率，所以第二天要停在家中一天。这一天我找风水先生勘察了地，据说太岁西南，所以选了东北方高岗上黎家的一块老房基地做坟。黎家两兄弟是外来户，老二家全家已经打工进城买了房，原来的老房子推倒，只剩下一片废墟和房前屋后的稀疏竹林。地点就在竹林前方的地里，现在这块地是黎家老大所有。"秀才学阴阳，不要一晚上"，风水我也略懂一点。这块地是好地，用阴阳先生的话来说是"前有来龙，后有靠山"，就是前面对着大河，后面则是高坡。他其实还没有看到地的两侧是两道"冲"，也就是一级一级的梯田递嬗着延伸下降到河流的洄湾处——这种地形唤作"白鹤亮翅，步步高升"。不过，风水也总不过是自我安慰的意思，整个世界都已经祛魅，怎么还会留下一块怪力乱神统治的土地呢。

一位叔伯让我带上一条烟两瓶酒和他一道去黎家老大那里去求这块地。我乡的风俗，如果丧家看上了那块地，主人一般都会直接奉送，不去计较，但是出于礼仪，主家还是要上门磕头求地。我从高岗上下来，沿着用耕田机翻过的玉米地往下走，这块地已经被承包，都种上了油桃树苗。旱地坡下的水田也干涸皲裂，布满收割后经冬变成惨白色的稻茬。爬上另一面的高坡就是黎家老大的家，我有孝在身，不能进别人家门，就在外面等候，叔伯去洽谈。事情很顺利。三弟也打来电话，说八名"举重"找好了——"举重"就是抬棺人，是葬礼中非常重要的角色，因为他们负责打井（挖坟坑）、抬棺、烘井（就是用茅草和草纸在坟井中焚烧，烘干土里深层的水汽）、落棺、包坟。这些召之即来的人们是皇天下后土上的人间厚道。

回到家里，竹马纸轿之类也都送来了。这些东西本来应该"五七"过后上坟时候烧。但是，过两天就是清明，我们这些从外地赶回来的孩子也无法一定能在一个多月后再聚齐。所以决定先烧了。这些纸做的物件包括高头大马、楼台亭阁、丫鬟小厮之类，寓意着逝者在另外一个世界的生活。现在与时俱进了，除了原先那些东西，还有纸电话、纸电冰箱、纸电视之类。这在风俗中叫"烧灵"，同时还要用逝者的裤子装满草纸扎起来一起烧掉，其他的衣物则丢弃在旁边。烧完"灵"，几个儿子要飞快地跑回家用孝巾擦拭棺材上的灰，这被称作"拭材（财）"，谁先跑到棺材那里谁先发财，谁擦的地方大，谁发的财就越多。这些不知道是什么时候形成的传统，不过我和弟弟还是遵循了，也许我们的子女一代就不会有这些繁复而又充满讲究的风俗了。我们会直接从医院进火葬场，然后被装入一个小盒子，送进公墓，再后来可能会在晚辈的遗忘中被弃置到垃圾处理中心。

第三天凌晨四点，我们起来洗脸准备早饭招待一起去火葬场送葬的客人，大约有几十辆车，父亲一生孤傲，不怎么与邻居亲友来往，这个季节村中人大多出门打工了，不知道怎么还来了这么些人。有的不熟悉的亲友是闻讯从外地赶回来的，生死事大，他们要送一送也许同样并不算熟悉的故人，然后离开。这是礼俗社会根深蒂固的传承，即便在更年轻一代那里有所淡化，也并未全然消逝，所变的只是形式。敬天法祖，慎终追远是上古以降的传统，但民众的祭祀从来也不过五服三代——活着的人有自己的生活，他们回眸过往，却不会长久停留，而是收拾行囊，再次踏步向前。

送葬风俗是先有一辆车开道，运送冰棺的车其次，其他车跟在后面浩浩荡荡。这是为一个人一生中最后一次送行，所以无论认识不认识，平素有无交情往来，车队经过时，邻路开门的人家都有义务放一挂鞭炮，这是风烛残年的古老乡土依稀尚存的深情厚谊。因为原先计算过路上经过时候的人家，我们准备了一辆车大约七十挂鞭炮和几条烟——人家放炮送的时候，亲属这方要放一挂鞭炮还礼。放鞭炮有堂哥和三叔专门负责。我作为长子，则要下车磕头拜谢，并送一包烟。车子开过傅家、横大路杨家、上庄子我已经不知道姓氏的人家、白土岗辛家，最后上了大道才少一点。十里外的火星镇是我祖母的老家，父亲有几个表兄弟早在街头迎着，又六十里，过了窑岗嘴大桥，市里的表叔的车也停在路边候着了。沿路的鞭炮声让人间恍若节庆。

一路到火葬场，已经七点多，办理手续，骨灰火化出来的时候，我和三姑父、二弟进去把骨灰收拢起来，分头、身、腿三部分用红布包好，装入预先准备的纸箱子中。二弟撑着伞遮住我抱着的纸箱子，走出来上车回家。即便是火化了之后，骨灰依然要装入棺材埋入土中，这是转型中国最诡异的政策应对方式，也是中国民众最深沉的乡土眷恋之情。

八位"举重"在我们去火葬场返回的过程中已经按照方位挖好了长方形的坟井。入棺也有仪式，骨灰放入后，要再放一些剪去扣子的死者衣服。我和二、三弟是儿子，每个人要脱下左脚的袜子放进去，还要脱下一件贴身的衣服放入。封好棺，先要斩一只活公鸡，然后八人齐声吆喝上肩。我扛着连夜托人赶制出来的招魂幡在前面引路，弟弟扶棺，堂兄在一路放鞭炮，绕道从大路往坟地走。一路上逢到拐弯上坎后的平坦地方，领头的"举重"就带头"显叫"，类似于劳动号子，"嘿呦嚯"，其他人和"嚯——"连喊三声，继续前进，有一种荡气回肠的气氛。我也不明白其中的道理，也许是为死者壮行的意思。

整个葬礼的过程，妇女都无法参与，她们只能戴着孝布帮着打杂，临到最后坟包好后，大家才一起来放鞭炮、烧纸、磕头。入土为安，最后连众人送的花圈都一起放入火中焚烧，仿佛一个终结的仪式，一切都归于尘土。但是，当我试图像一个民俗学者或者人类学家一样详细记录葬礼的程序与环节时，我发现这是一个不可能完成的任务，永远无法描绘，所有的只是阐释。那些仪式是过去的惯性，延伸到当下，已经出于各种便利的考虑而简化，它们既是旧俗，也是新变，或许传统就是在这个意义上生生不已的。我只是受到了一次前所未有的教育，它让我知道那依然活在大地上的传统具体而微的所在。

这是我生平第一次亲身参与的葬礼，故乡的风俗我和弟弟都不甚了了，只是按照长辈的吩咐照猫画虎，从中也可以感受到那种在都市里睽违已久的乡里的古道热肠。那些自发来帮助打杂的邻居，在自家门前放炮送行的陌生人，他们知道逝者的儿子终生也不会认识他们，他们只是尽自己的心，所有的举动都成为他们自己的凭吊。我和他们原先就不甚熟悉，以后也终究还是陌生人。故乡的土地埋下了我的父亲，后来又埋下了我的祖母，我的祖父，但是不会埋下我，不会埋下我的弟弟。和故乡的联系终究将一点一点地切断，最终丧失殆尽，它会退化成内心中看似鲜明无比其实不过似有若无的一个意象。那个时候，只能以回忆风景的眼光去忆念它了，它会完全变成一个异国他乡。

又或许故乡和父亲都早就死了，但是我们都还不知道。就像我在北京深夜梦见走在乡间小道上的父亲，热情洋溢地给他的表姐打招呼，还不知道自己已经去世很久。我从来没有理解过故乡，就像我从来也没有理解过父亲。只是他的幽灵会不时造访,提醒我一次一次回返那已经远离的故乡,让我明白夏多布里昂所说的箴言:"每一个人身上都拖着一个世界,由他所见过、爱过的一切所组成的世界,即使他看起来是在另外一个不同的世界里旅行、生活,他仍然不停地回到他身上所拖带着的那个世界去。"

多年后春日的一个上午,偶尔读到远藤周作的《深河》,小说的开篇是一个医院的场景,癌症晚期的妻子将脸转向病房窗户,望着远处枝繁叶茂,宛如怀抱着某种东西的巨大银杏。她告诉丈夫:"那棵树说,生命绝不会消失。"我想起父亲临终前看到楸树发芽时所说的话,泪如雨下。

是的,父亲以另外的方式存在,故乡以异邦的形象出现,而生命绝不会消失,它们都背负在前行之人的身上。

(《十月》2020 年第 4 期)

灵岛之约

王 川

一

应该更早地认识湾流中的岛屿，或许能从它身上得到有关生命的启示。漂浮在海洋里的岛屿是孤独的，这种孤独更被天然的屏障围拢。大海抵挡着觊觎和入侵，似乎还能抵挡时间和朝代的践踏。在许多书籍中我们知道，岛屿每每成为神仙的落脚之地，许多神话传说由此产生；而对逃亡者来说，海水的隔绝不需要任何成本，却比长城更有效，浩瀚与汹涌不但让人望而生畏，更让无数兵马战舰葬身鱼腹、海底。孤岛能支撑消极而无力的抵抗，让绝望中的生存保持不被侵犯的尊严。由此，它们成为长生不老和自我保护的神奇之地，这恰恰对应着每个生命深处最隐秘的渴求，不管是帝王还是草民，不管是肉体还是灵魂，他们搜寻的目光和欲望的手掌，都曾在海岛上或重或轻地抚过。

然而，那些选择孤岛或被迫流落孤岛的人仅仅是为了生存（抵抗也是为了生存），比如田横，比如鲁滨逊。所以，当我在岛上遇到第一个居民时，并没有把他看作帝王的后裔，实际上，他黝黑的脸膛和强健的肌肉，都表明他依然是世世代代驾船出海的渔佬，甚至，借助机械动力，他比桑堤亚哥（海明威《老人与海》里的主人公）漂泊得更远，他粗糙的手掌告诉我，那是拉网的手，而不是持钓竿的手。

有多少渔民就有多少岛屿，他们都是大海里的星辰。夜晚，我曾看到岛上的灯光和船上的渔火，就像晴空上的星颗。从黑暗的大海上望去，所有的闪烁仿佛都挂在天上。它们隔空对话，沉默，守望，彼此惦记，却并不遥远。没有它们，大海就是孤独的、死寂的。不会有人关注船舱下的湾流与潮汐——只有渔船上的人对其了如指掌。但人们会眺望那些聚集或散落的灯火，对古老的时光产生怀念。我曾在一户渔民的家里吃晚饭，坐在炕上，从敞开的后窗朝外张望，几只小船在不远处作业，马提灯挂在船舷上，离水面只有几尺，幽暗的灯光照亮着一小片海水，泅出暗红漾动的颜色。我想，浅海的鱼儿是趋光动物吧，就像食客们是趋味动物一样，美味的"八大碗"把他们吸引到海边，在渔家的平房里耐心等待小船上运回最鲜美的海货。时光顿时缓慢下来，栖落在黑黢黢的院子里，酒醉的感觉宛如漂浮在海上，与脚下的岛屿一起晃动，安静、沉醉而恍惚。白天，院子里会飞起数只鸽子，在小岛的上空盘旋，它们并不需要像《圣经》里描述的那样，大水过后飞向陆地，岛屿本身就是永恒的方舟；"鸽子在它们的巢里/抖动着它们的羽翼/大海醒来了/浴着阳光——白日的晨曦"[①]，鸽子们更不会像我一样，因为数日的隔绝而黯然神伤、思归心切，因而看着海上的落日也觉得别有深意。

当然，不是每一个日子都富有诗意，有时，岛屿与大海还存在另一种关系，当狂风掀起怒浪，波涛抡起巨大的手掌拍打在礁石上，岛屿便以最弱者身份对抗着最有力的击打、强暴，用沉默忍受着铺天而降的野蛮。但它们可以被吞没，却不会被击碎。当风暴、狂潮失去了力量，花骨朵般的小岛便再次耸立于水面之上。岛人也是如此，他们将海天的呼啸关在外面，躲进屋子里喝酒、抽烟、倾听、等待，太阳升起来，院子里、屋顶上，又晾晒起他们从大海里捕捞的收获。岛屿不是柔软之物，它们是坚硬的。漫长岁月砥砺的品性，是岛人抗击一切灾难的资源与支撑，其中最重要的曾经是：贫瘠与贫穷。

[①] 奥迪塞乌斯·埃利蒂斯：《爱琴海》，李野光译，漓江出版社，1995年2月第1版。

每当我朝向大海的方向旅行，都会想念那些去过的小岛、蓝天、阳光、礁石、潮汐、草木、鸥鸟、寂静的声音、星光覆盖的夜。它们在视野里消失了，却通过记忆浮现出来。那些无法还原的，被时光过滤成散发着情感芬芳的美丽画面，若有若无地在眼前拂动，像水中恍惚迷离的倒影。不过，那至多是一种短暂的回忆或幻想，幻想总是指向难以进入的领域，就像日常的生活难以接近隐匿至深的灵魂一样——在更多的时候，我们根本意识不到它的存在。也许正因为此，回忆与幻想才分外令人心动，一个失神发呆的时刻，常常会让我们暂时背离沉迷太久的现代文明。星罗棋布的城市、田畴与岛屿本就分属于不同的人间部落，从所用的交通工具上就能判别出来，抵达每一座海岛，要借助比火车慢得多的船舶，有时候我不知道究竟是往前走还是朝后退，但当嘈杂喧腾的陆地渐行渐远，我突然明白，自己是要去寻找生命丢失了的那部分，它或许也同时存在于偏远的乡村、未被开发的古镇、人迹罕至的秘境。但我更喜欢被大海浸泡的孤岛，它们没有非凡的人类史迹，也缺少被时间赋形的可资考证的远古文物，但那里有最平凡的生活，不一样的生活。它既属于过去，又与时间单纯地并行。有时，站在船头，这种感觉更为明显，在海风鼓荡中遥望"对岸"，驶过白浪翻卷的航道，就像只身前往"往昔"的某个季节。夜晚，枕着涛声睡眠，仿佛陪伴着过去的日子，时间延伸到生命之外，空间扩展到天涯海角。那种体验是美妙的，也略带感伤。这又令我总遗憾时间的短促。对于海岛，我心情矛盾，渴望与离去并存，就像发生在一个人身上的爱情，不希望因为进入常态而消失。这般矛盾，大概还因为感觉到了古人在这空间里残留的某类信息，起初，他们定然也是如此——当搭建起第一间海草房，心里仍放不下重返陆地的执念——他们才是《圣经》里的鸽子。然而当真正了解了大海，马上就会明白为什么"水比地更富饶"[1]，为什么摩西"给有史以来最好的国家指定的主食就是鱼"（当然他们不知道摩西；同上）。从那时起，岛屿才有了真正可称作"居民"的人群，他们在大海里劳作的后

---

[1] 艾萨克·沃尔顿：《高明的垂钓者》，中国社会科学出版社，2009年1月第1版。

裔则被称为"渔民"。

定居是生计的前提,即使是游牧民族,也是"定居"在草原上。对于我这类来自大陆的流浪者,不过是散淡的游客,有时会被好奇心驱使,暂时抛开生计到处游荡,而有时,则难说走近什么不是为了逃避什么。

二

我去过近海的多座岛屿,大都与陆地隔海相望。晴朗的白天,它们就像静卧在大海里的怪兽,隆起黝黑的脊背,披着翠绿的毛发。夜色降临后,它们则有奇妙的变化,好像能随着潮汐涌动,并发出低沉的喘息。也许是光线与天气制造的幻觉,但我始终相信普林尼的话:"自然的伟大,更多地展现在海里,而不是陆上。"所有的岛屿都属于海洋,即使再渺小,也拥有比最高大的山脉更浩瀚辽阔的背景。只有大海才是诞生奇迹的地方,因为人对它可谓永远陌生,即便踏海耕涛的渔人也难以完全摸准它的脾性。它就像地球的潜意识,深幽,广袤,瘗藏着谁都解不开的谜团。难道不是吗?人类可以攀上世界上最高的珠穆朗玛峰,却无法进入马里亚纳海沟的最深处。技术也许只能提供数据,却难以描摹大海的思维与表情。在岛上,我也听到过诸多稀奇古怪的传说,很多闻所未闻的海洋怪兽出现在遥远的时代,它们曾游动在岛屿和陆地之间,神出鬼没,甚至惊天动地。但我觉得,随着我们这些岛外人越来越多的入侵,那些神秘的故事已经失去了原来的色彩和质地,渐渐成为子虚乌有的"怪谈"。日本人大概继承了某些齐文化的流韵,喜爱书写奇谈怪论,其光怪陆离不亚于中国古代的笔记小说,这大抵也与日本作为一个岛国的本土文化有关。也许生活在孤零零的岛屿上,不管大小,人们总有些意识深处的惶恐不安吧,更也许心灵安静的时代才会让人幻想天地,想象或变形人间存在与不存在的万物。

现在,随着某些事物越来越远,人们更关注近身的东西了,尽量富足地忙碌着,尽量忙碌地富足着。因此,渔民的职业性也发生了微妙的变化，他们要么走得越来越远（渔业资源减少），要么改做了其他营生。当然，即使不是纯粹的渔民，海洋仍具有不变的吸引力，依然决定着岛人的一切。也许，是乐趣使然，我在海边的礁石上常看到为数不多的垂钓者，他们躬身从塑料盒里取出鱼饵挂在鱼钩上，身子扭向右边，双手持竿，然后借助转身的力度，将钓坠牵引的银白渔线甩到极远处。这类技术已经相当程式化，尽管我从中也能感受到某种美感。他们很少凝视远处，在等待铃铛响起的间隙，抽烟，喝水，听收音机，或与临近的垂钓者聊天。自然，收获少得可怜，但他们并不在意。他们与耶稣排名在先的四位门徒亦非同类了，淳朴之外，少了玄想与静思，垂钓已然是消磨时间的纯粹爱好。当然也有辛勤的捕捞者，不过，你也再找不到亚哈（麦尔维尔《白鲸》里的主人公）或桑堤亚哥式的人物，他们不可能再从书本里走出来。近海的捕鱼者往往在凌晨过后披着星光赶往码头，登船出海，晨曦微露时，"突突突"的机器声会把你吵醒，那是渔船归来的信号。带孔的塑料箱卸在码头上，里面有为数不多的鱼虾、螃蟹、蛤蜊，活着的八带会用带吸盘的触须爬到箱子边缘。购买海鲜的人纷至沓来，大都是餐馆、酒店的采购员，也有附近的村民。在码头盘桓时，你会看到一艘艘渔船朝岸边驶来，破旧而灰暗的船舱、湿淋淋的甲板，穿着胶皮裤子的水手和渔佬，一张张被海风吹皱的黝黑的脸，与清澈的海天和鲜亮的树木对比鲜明，十月的海风依然热烈且腥味十足，只是再没有一张帆可以用来鼓荡。"沐着阳光的波浪/使眼睛苏醒/那儿生命之船/正扬帆远行/驶向自己的凭证。"（《爱琴海》）

三

我更喜欢孤岛的夜晚，可以像一个精灵一样四处游荡，轻盈而散漫。有的岛子已是城镇的模样，有的岛子只是一两个渔村，大都像不规则的伞，从中间向四周垂落。海边往往有一条环岛路，许多从岛内伸出来的小径，伞骨一样被环岛路串联起来。穿过任何一条都可以抵达海边。但如果你访问的时间太短，就不可能熟悉所有的地方，而一旦离开，则永远都想不起它们的细部，记忆无法提供给你曾经到达过的线索。回忆一座岛就像醒来之后回忆一场梦境。你只会记得那些硌脚的石板、卵石，那些粗糙的小道，那些任意生长的屋舍、门板、窗台。海岛如此单纯，又如此复杂。在曲曲弯弯、忽高忽低的街道、民居间穿行，岑寂之中听得见潮声渐近，却恍如一个迷路者，靠着本能走向大海的方向。这感觉增加了游荡的魅惑，像赴一场约会。

我记得初入灵山岛的那个下午。现在想来，已如隔世。时间是无法重复的，所有经历都会钙化成一座座孤岛，沉睡在记忆里。今天回首，不是为了唤醒它们，而是在生存的沙漠里茫然四顾，只有那些歇过脚的绿洲才会被时常惦记。这就不奇怪，为什么中间的路消失了，它却从地平线上再度升起。之前，我不曾考虑过进入它的目的，没有目的，一切都是突如其来，或者，有一点隐约的向往——我是想找到行走、呼吸、睡眠、怀想、思念、安慰，甚至流泪的另一种方式。

就像翻看旧的相册，陈旧的画面与消失的声音沿着深夜孤独的气息慢慢游走、呈现。摊开的手掌间传来轮渡快船发出的轰鸣之声。依稀中，拥挤在船舷周围的人们拍照，喧哗，远眺，寻找。背后的码头远去，海岸线上的城市建筑唯余模糊的轮廓，瞬间沉入水下。船轰鸣着，如巨大的刨子划过海面，尾部巨流隆起，若翻涌的山脊，洁白的碎玉抛洒，哗然散落。两道长长的波纹手臂般张开，扩大着它的拥抱。觅食的鸥鸟不知所措地疾飞。遍布铅云的天空，阴郁地与海洋对峙。水面浮出峭拔的山峰，绵延的山体被它拽着缓慢上升，犹如一只巨手拎着一堆沉重的棉衣。岛岸上拥挤的民居及旁边更小的岛屿就在波光里漾动。"它那最轻快的波涛上/有个岛屿晃荡到达者的摇篮。"（《爱琴海》）

是的，摇篮。家园。逆旅。栖息地。人潮汹涌地越过船舷。一阵汽笛的呜咽之中，脚已经踩在码头坚硬的石板上。四周都是进出小岛的游客和村民，拥挤在船边，拎着或背着各样的包裹，脸上露出或释然或焦灼的神情。这种归家与离家的神情令我心思安定，知晓这里尚未被潮水般的人群入侵，它仍然保留着孤岛的属性，停留在时间与梦想的边缘，并无视它们的任意飘散。我特别注意到码头不远处那个挥竿钓鱼的汉子,他似乎对身边的一切毫无察觉,只关注着手里的活计,少顷,便有一串串半尺长、身子细细的鲐鲅激愤地扭摆着身子,被迅速拉出水面,在地上翻动几下,便被那只大手拈起,摘下鱼钩,丢进藤篮里。然后起身,又甩出一竿。记得他专注的神情,是因为分明感知到孤岛在他身上有一抹浓重的投影,它对人的塑造与安静的夜晚对我的塑造形成某种潜在的"互文"关系,却不是孤独与寂寞。也许只有时间的静止能让我们看到空间的绽放,就像我们哪怕沉入一滴水,也能目睹宇宙的光芒一样。码头也给我这般感觉:匆促的脚步下,时间流逝;无人的等待中,时间停息。而一切只在静止时打开。

离别的小站也是如此。但与小站相反,我喜欢在孤岛的码头上散步,尤其在无人的时候。小站喻示着等待或分别,送迎都在匆迫间,总会有煎熬或失落。码头则不同,它是个等待者,更是个陪伴者,它会让你的等待变作大海慷慨的陪伴,而且无论多久。有时候,垂钓者选择了码头,我确信他们希望在大海的陪伴下仍能感觉到时光的流动,因为他们的时间比我们更漫长——这恰又是我们选择小岛的缘由。但我们不会成为岛民的同类,他们对体内涌动的潮汐已浑然不觉,而我们对小岛的一切却兴奋不已。

超乎我臆想,码头集市般的热闹稍歇,时间就好似被海风吹散了,嘈杂也被杳渺分解,停靠的轮渡船仿佛是来自另一个世界的最后一班。这感觉让我有些不知所措。下意识计算了一下这座北方海拔最高的岛屿与陆地的距离(看到资料说,它距大陆最近点5.97海里,相当于11公里),但40分钟的航行不会提供给我任何参考。然而,我却瞥见了隐藏于心底的一丝惦念,就好像准备要把余生交付在这儿了。我想,在我之前,不知多少人这样做过。这条探入海水中的码头一定有它的前世记忆,只是无数代的足迹早被冲洗殆尽。相比自我放逐的决绝、重建家园的劳作,我只是又一次将日常的累赘霎时抛在大海那边去了,暂时丢掉了"枉入红尘"的另一个自己。朋友们轻松愉悦的表情立马传递到我的脸上。也许,黄昏的醉意正在酒家的楼头等着我们,一扇斑驳古老的窗扇打开,能清晰看到舔舐着沙滩的浪花和渔船里的灯火。灵山岛很快修改了我对它的预想，或者是，修改了我对自己圈定的情感投放，使我忽然想变身为一个享乐主义者，无论多么短暂。我们也是投奔生活而来，哪怕是——生活在别处。

那时，瞬间的念想使我对它的过去产生了兴趣。我相信它也一定会隐身于某些发黄的书页里。那些东西对一个暂时的享乐主义者根本不重要，但是之后，我还是查找了一些资料："水灵山岛"，它在《胶澳志》里是这么美，像是刚从水里冒出来，水灵灵，湿漉漉的，如一棵鲜亮的、根茎粗壮的海底植物。古《胶州志》里描绘它："先日而曙，将雨而云，故名灵山。"神奇到黎明的灵光会比阳光更早地栖落在它上面，继而播云沐雨，烟翡翠霭，气象非凡，"胶州八景"该算它最超凡脱俗了吧，我没有答案。还有一首清人周于智的赞美诗："山色波光辨不真，中流岛屿望嶙峋。蓬莱方丈应相接，好向居人一问津。"他甚至还说，灵山岛就连陶渊明笔下的武陵桃花源也"未足喻其胜"，似更可与邻近的蓬莱方丈合并为一连串儿的神仙居所。我认为，与虚无缥缈的蓬莱"海市"相比，桃花源更接近它的气质，陶渊明若定居于此，首先想到的一定是找一块田地，先种上几沟粮食和蔬菜再说别的（令人惊讶的是，此岛居然有大片的土地和几座村庄）。那么，即使是它已彻底向今天打开，那深隐的气息也不曾改变，它的轮廓，它的峦峰，它的礁石，它的房舍，它的树木，它的渔舟，它的光影与呼吸，它夜晚的灯光呈现出的遥远和宁静……仍然彼此交织为一体，互为依附。它不是仙人们的精神城堡，而是与桃花源同质，缭绕着人间的烟火气。最值得庆幸的是，它尚未被出卖，变作一个旅游景点，没有那些刻意制作出来的孤岛"布景"骗人眼目，更没有旨在挣钱的开发项目，比如潜水，比如所谓的"海底世界"。因此，居民对外来喧扰的热情接纳反倒证明着他们的生存自信——他们自然而然地将那些视为留守孤岛的理由和资源，而其生活方式一直与传统、岁月保持着良好默契。这里既是人间，又与更庞大的人间相隔甚远。宁静虽被打破，但大海永远是最巨大的吸音海绵，会抹去所有的喧哗与骚动；夜色也会拉上一重海天的帷幕，让游客与岛民一起进入遥远的梦乡，直到黎明的航道再次波光粼粼地出现在海上……

四

那条缓缓升高的路，连接着码头和渔村。在缆绳拴住的小型渔船间行走，身子也似在随波起伏。海潮拍岸，如杂沓的脚步。这些小船排成长长的两排，开始了漫长的等待。在休渔期，它们变成了无用之物，却是最吸引相机镜头的风景。它们的主人或许就住在岸边斑驳错杂的平房和小楼里，等待一个漫长的夏天过去，无聊的时候也许会抬眼朝这边张望，而酒馆与客栈的老板娘则各有各的盘算，每一位游客或许都和她们有关。

距离最近的渔村农家有一个浅浅的小院，破旧的砖块围起一个花池，里面胡乱栽着些花草，紫茉莉正一蓬蓬地开着粉红、金黄的朵儿，丝瓜与扁豆架下，一挂破渔网无精打采地垂在窗台边的墙上（我后来发现，这几乎是每个渔家都有的装饰）。粗壮和蔼、眼神明亮的老板娘有着气温一样高的嗓音与热情，如果不是看到屋里靠门的吧台、摆满酒的橱柜、冰箱、洗衣机、成堆的餐具和来自二十世纪七八十年代的钟表，我会觉得突然遇到了老家的亲戚。屋子里的幽暗、阴凉、潮湿、饭菜残余的腥味让我舒适放松，真希望下一刻就是傍晚。于是，我决定放下所有负重，抓紧沿着山根儿下的公路去游览整个岛屿，我可以任意享受这座岛屿的长度与宽度。这几乎也是我踏入每一座岛屿最先做的一件事。而且，我带上了埃利蒂斯的诗——这是我走近海洋的必修课，闲暇的夜晚，每每会在海风拂动的窗帘边打开那部诗卷。他是一个大海的歌者，他一直指引着我热爱着每一座岛、每一艘船。他几乎把所有的浪漫与忧郁都置于大海的背景上，像一座岛屿一样拥有着海洋的辽阔无际。多年前的那一刻，他正在希腊的星空下步入暮年（我在灵山岛的时候他尚未离世），却一直在我的身边吟诵着他的诗篇。灵山岛在我的脑海里呈现出了另一条路径——应该有一位诗人居住在这里，在波涛震动的林间小路上漫步，风吹动他的长发，收藏起他明澈而高傲的眼神。我想，灵山岛的那次旅行让我产生过某种幻觉——时间会反转、逆行，退回到某个时代，却又行走在这个时代的前面；是的，存在那样一条路径，把另一条路径推得更远……

只有岛屿会让我想念某一位诗人。潮汐与海风都可能是他们的咏诵。"橄榄林与葡萄园远到海边/红色的渔舟在回忆中更远/八月的金蟋蟀之壳正在午睡/蚌贝与海草躺在它身畔/新造的绿色船壳浸在平静的海水里/'上帝会安排'的字样还隐约可见……"（埃利蒂斯《天蓝色记忆的时代》）

五

夏末的岛屿仍是闷热。这不奇怪。每年都有近一个月时间，海边并不比内地凉爽。海洋囤积了大量的阳光，需要缓慢释放，就像漫长的退潮一样（海洋是母性的）。但人们仍愿意跑到海边和海岛去消磨夏季，大海以自由、散漫的方式进入人的身体，也让最斑斓、轻盈的梦成为身体的一部分。而岛屿拥有观看大海的所有视角，你可以站在360度的任何一个点上，就像置身于海洋的中心。海洋的辽阔不断启发你打开，让那被你紧紧捧着的东西悉数散落在地上。于是，更深的回忆、默念浮现出来——它常出现在大海最沉静的时刻，比如一个微飔轻飏的黄昏。夕阳将最长的一道金光投入海中，那金光随即复制、繁衍出无数条，在微微漾动的水面上漫漶成细碎耀眼的光波。你会坐在悠长的海岸边出神，时间似乎在静止中流淌，又似在流淌中静止。只有大海是永恒的镜子，你会看到自己的过去与未来在镜面上滑过，恍若前世与来生；而在醉酒而卧的沙滩上，你能听到沙子的歌声像遗忘一样美妙，并梦见一只小船接你去往更远的地方。

那个下午的蝉声像天空一样将我们吞没，蝉声来自高挺的白杨和肥硕的梧桐。一处废弃的军营大院被茂密的树林包裹着。每一个岛子上都有新发现，这个发现却出乎意外。红砖砌成的围墙，生锈的铁门，没有玻璃的窗户，绿漆剥落的木门，被树影遮蔽的巨大院落，黑暗潮湿、长着绿草的地面。一座年代久远的遗物，凝固了一段没有消失的光阴。很奇怪，它似乎被人们遗忘了，一直陷落在最深的等待里，就像一位苍老的守门人，岁月消失后，他还在那里守着。无疑，很久之前，这里驻守过部队，曾经是一群精壮男子留下青春的地方。但他们没有留下身影，没有留下名字，早已分散到广袤的版图里，只把陪伴过他们的时光之影安放在了这里，转身即是诀别与遗忘。军号、队列、高歌、领章、帽徽、皮带、水壶、脸盆、书籍、枪支、手榴弹、跑操、巡逻、口令、汗水、家书、思念……那些属于过灵山岛的生动画面，已经像空气一样飘散。它们本来就是遥远的故事。作为见证者，即使这些已经长大的树木，也无法组合起任何一个失去的细节，似乎什么都不曾发生过。然而，如翻开一部穿越小说，灵山岛却让我遇到了童年的影像——无数次，我曾站在那同样的大院围墙外朝里张望。只有同一种影像会在不同的时空发出同样的折光。在离开的一瞬，我听到了同样的鸽子在咕咕地叫。不知是来自身后阒寂的院子，还是来自我的记忆。

　　但由此，我明白了为什么一座石头岛上会修筑一条环岛公路。不过，它给我们提供了一次漫长的散步。记得梭罗说过，他每天都要"漫步"四个或四个小时以上，足不出户会令他头脑迟钝。他漫步的地方是林间、山冈与田野，"只有在荒野中才能保护这个世界"①。而据他的考证，"'漫步'有浪迹天涯、没有固定居所之意，这就是漫步的真正奥秘所在"，"闲适、自由、自立是散步的必备要素"。梭罗是值得羡慕的，他从未放弃行走，他的行走实则是心灵的漫步。不过，梭罗所谓的"漫步者"如今已经消失了，没有人会为了"漫步"而浪迹天涯、居无定所，那个时代早就像鸟儿掉落的一根美丽羽毛一样飘落不见，吉光片羽般的精神遗迹被冷置在落满尘灰的书页里，很少有人再去翻动。我们或许依然热爱着梭罗，也不过类似"徒有羡鱼情"式的情感补偿，获得一点遥远而短暂的精神抚慰罢了。然而，当悬浮于山底的公路渐渐高出海面，向山上环绕；当路与海之间那时宽时窄的树林、农田、小院、乱石滩出现在视野里，我是否可以把梭罗那句话改为："只有在孤岛上才能

---

① 《心灵漫步·科德角》，北方文艺出版社，2009年5月第1版。

保护这个海洋?"看看小块农田里种植着芋头,叶子像一张张"心"形的荷叶,高擎着,闪着墨绿油光;看看山路下一览无余的农家小院安静地坐落在核桃树和梧桐树之间,路边的招牌告诉我们,院子里有招待客人的各类美味海鲜……我意识到,唯有个别孤岛还保留着同类中的古老样本,比如,种植与捕捞,那是岛民祖祖辈辈从上天那里获得的授权。那么,与它相遇应该算作一种幸运。

路的坡度越来越高。甚至,它斜插到一块突出的虎头一般的岩石下,形成一个豁口,忽然不见了——那里离山顶已经不远。豁口有一个十分形象的名字:老虎口。灵山岛的这一景观为其他岛屿所没有。据说,当旭日东升、跃出海面时,人们可以从某个角度看到老虎口里衔着一枚"金丹"。灵山是一只修行的老虎。

站在路边长亭的阴影里,朝老虎口前面的大海远眺,几艘渔船停留在波光之中,像是在大海上练习"坐忘",上面也许有耶稣的门徒。浩瀚辽阔的水面,止于一条长长的浅灰色海平线。海面上雾气蒸腾,遮住了阳光,层层浅灰色的云却渗透出夺目的光亮。我们想寻找一处沙滩,坐下来久久地看海,发呆,傻笑,用单调的波涛消磨掉生活的单调。于是,在返程的路上,穿过一个村庄,穿过在一大片玉米地和谷子地间蜿蜒的泥路,走到遍布黑色碎石的海滩上。我才明白,这里没有什么金沙滩,只有很久以前从山上滚落下来的一摊碎石,大大小小,被潮水冲刷得漆黑乌亮,闪着干净的光芒,石头侧面沾满白色的牡蛎壳和暗绿的青苔,石缝间挂着翠绿的海藻。腥气扑鼻而来,但清爽的气息驱散了燠热。一些游客拎着塑料袋,弯腰蹑脚低头,寻找着螃蟹、海星和苦螺。他们的专注吸引着我。有人在嘻嘻哈哈地笑着,有人在石头上蹦跳着跑动,几个孩子用手指捏着很小的螃蟹举过脑袋仔细端详,他们完全没有意识到,这一天的正午时刻正在头顶上空擦过。

在海滩上可以端详整座灵山,海洋以巨大的手掌托举着它。山体覆盖着浓密的植被,像是要把整座岛屿遮蔽、收藏起来,这在北方的海岛中并不多见。但更多的岩石挣脱了覆盖,裸露着千般姿态的怪异、伸展、起伏、扭结,一团团凝重的黑色与一抹抹褐色的幽光并列、纠缠、堆叠在一起。那些在地壳隆起中被挤压而成的层层页岩，被时光剥蚀得褶皱遍布，容颜苍老。岩石以流淌的姿势从公路下面穿过，顺势滑入海洋的怀抱……如果在另一侧观看，它或许是另一番模样，从诸多命名上能揣摩出它们被塑形时的瞬间拟态：象鼻山、歪头顶、石秀才、老虎嘴、试刀石、海蚀崖壁……故，《灵山卫志》说灵山岛是"嵌露刻秀，俨如画屏，屹立于巨浸之上"。

六

即便在农家品尝海鲜的时候，我仍能听到遥远的海涛之音，又似乎近在耳畔，如一次关于约定的絮语，生怕被遗忘，而不断单调且动情地重复着。我不止一次出门，目光越过梯田的石砌地堰和一片庄稼地，凝视海面上跃动的波光，感受到一种驱使的迫近。夜幕降临后，我干脆起身朝海边走去，梦游般地擦过散漫的游客，在距离码头不远的一块岸边礁石上坐下，长时间地聆听海潮更贴近的叮咛，它在一层层的起伏中越发缠绵起来。几颗灿烂得出奇的星光在宇宙深处睁大眼睛，好奇地注视着这一切。一百多年前，一位英国作家洛根·皮尔索尔·史密斯曾写下过这样一段话："当我走到勾起人深思的海滨，当我坐在离开潮水涨落边沿不远的沙滩上时，我常常凝视着那一大片起伏的水，知道它在我眼里呈现出一种精神上的意义——它似乎躺在那儿，在大自然的书页上，成为一个浩瀚的、闪闪发光的隐喻，代表着时光溪水中所有事物的无常和不固定。而那些波涛，在迅速打向满是鹅卵石的岸边时，使我像使别人一样，想起我们自己匆匆走向结局的时刻。"（《琐事集·沉思》）

是的，坐在那儿，我也想到了那个"结局的时刻"，这是身处孤岛才会得到的启示，它来自午夜之前的某个思维停顿的瞬间。如果那位垂老的诗人在身边，他在看到生命的结局时，回忆最多的是否是"生命欢畅的时辰"、那些离散的青春岁月？不过，距离我们最近的"结局"是，与每一个约定一样，第二天一早，就要匆匆离去。但我可以肯定，每一次短暂的"相约"，都证明我们每个人心中存在一座随时可以踏入的小岛,那里,一切是如此陌生,一切又都那么熟稔。它在生命那黑暗的大海上浮现着炫目的光芒,吸引我们朝向它的方向"归去",也终将让我们像洄游的鱼一样再度"归来"。对于岛上的生民而言,何尝不是一而再再而三地重复这样一个单调的过程呢?

七

未曾预料,第二天傍晚下起了霏霏细雨。大海中的岛屿充满神秘气息,雨雾弥漫中,它与大海渐渐融为一体,被更为巨大的神秘覆盖。站在坚实的沙滩上,朝它的方位寻望,只能看到那一块隆起的弧状黑暗,冰冷而无言地宣告它的存在。海潮单调的律动,又似乎要把它慢慢推远。

我却无法独享海边的夜晚。无眠之夜。潮汐翻腾,夹杂着一片鬼哭狼嚎般的歌声。天空下一片灯红酒绿,撕扯着早已降临的沉寂。那一隅,在绵延的沙滩之侧,在大海安眠如巨人般的体侧,在他沉稳有力的鼾声之中,竟是显得那般渺小、虚弱和微不足道,仿佛活动在人间的一粒躁动不安的尘埃,污脏,且充满了自我嘲弄的虚假激情。我们在那里坐着,无语;很久,起身漫步,仍是无语。仅只在短短的距离之外,在离阴沉的天空只有一拃远的海岸线上,我看到了那些同样无语的夜游者,怀抱着尊严和自省,低着头徘徊。

我朝他们走去……

我熟悉金沙滩的夜。此刻,没有星光。也没有泪水。

我仿佛看到多年以前阳光刺目的正午。阳光洒落成融融热沙的正午。初秋澄澈的蓝天。初秋舒卷的白云。初秋习习的凉风。几只孤船静止不动的灰蓝色海面。突出于水面的遥远孤岛。长久的漫步。宁静的心。游人如织的海滩。我目视着的欢快的面庞。沙滩车上爆出的朗朗笑声。秋日般单纯的眸子,飘扬的长发……哦,今天,我才知道,一切都沉落到时间深处了。只有在曾经抵达过的异地,时间的提示才会如此痛彻心扉。衰老突如其来。衰老往往在一个并不重要的节点上降临,然而在持久的环绕中，一切都似乎不知不觉，一切都似乎并不重要。

如今，我再次靠近了这永恒的、大片起伏的水——所谓的"巨浸"，却似乎是第一次思考时光附在它上面的含义。我迟疑着，不想挪动脚步，也根本无法得到我想要的某个结论。也许，史密斯可能更持久地遭遇过我现在的困惑，只能发出几声类似真理的无可奈何的喟叹。

海洋潮湿的腥气包裹着我，宽展的沙滩在细腻的浪花扑打下呈现出微弱的弹性。一汪汪水在脚底下泅出。稠密的云层裂开一道缝，露出半轮灰白的月亮。眼前的夜雾吸收了身后城市的灯光，像涂了一层沉重的锈色。这单调无比的夜，有人坐在沙滩边缘的木栈道上，守着身边的帐篷，守望着夜游者的背影。

"我对事物无常的意识竟然不过是一个无常的沉思。"那位哲人还说。是的，无奈的结论。似乎说明，大海既可以迷惑人，更可以安慰人。一切不过都是假象，一切也都是真实。沉思与大海相伴而生，也不过是一种无常的心念使然。

困意袭来。灵山之约的絮语飘散。

近处的歌声渐渐熄灭，海潮单调的喘息渐渐平复、安静下去。

一个绿色的岛屿出现在黎明时的梦中……

而我已经孤身来到今天。

（《山东文学》2020年第7期）

布衣歌者

龙仁青

孤独的歌唱

牧人行走在天地之间,广袤的原野从他的脚下延伸而去,一直到遥远的天际。牧人把一只手搭在额际,举目眺望,他看到在原野的尽头,蜃气像流水一样浩荡地流淌着,让远处的一切变了形,走了样。原本坚固挺拔的山峦变得就像是一种流质的物体,在蜃气中时断时续,忽隐忽现。牧人感受到了巨大的自然的力量,感受到了自己的渺小。而像自然力一样巨大的孤独也时刻不停地向渺小的他袭来,他觉得应该找一个安全的处所藏起来,比如帐篷的火塘一侧,抑或是阿妈满是汗渍和牛奶的膻腥味道的皮袄怀抱,但这一切只是从脑际里一划而过,可望而不可即。

因为他已经长大了。

写下这段文字,忽然发现那个虚构中的牧人,就是我自己。

记得在小时候,在放牧的路上,每当别人家的牧羊犬——一只藏獒愤怒地狂吠着向着我奔跑过来时,我心里充满了恐惧,而这恐惧,与此刻的我——那个牧人心里的孤独何其相似。

记得,我第一次遇到一只藏獒,拽脱了拴着它的铁链,向着我冲过来时,我的阿爸及时赶到,一把拽住正准备落荒逃去的我,定定地站立在原地。因为有了阿爸，我心里的害怕立刻减损下来。那只藏獒冲到离我们大概十步之遥的时候，停下来了。它不断地叫着，做出要冲上来的样子，却没有再向前靠近。"不要跑，要停下来，必要的时候要迎上去！"阿爸说。后来，阿爸的这句话成了我生活中的一个经验，从此，我有了对付草原上的野狗、野狼，甚至一些困境和劫难的经验——虽然，我后来的生活，从我原本的轨道上偏离出来，完全告别了草原，成了一名在城市里求生的人。

记得我刚刚开始发表东西的时候，有一家报纸采访我，并写了一篇有关我的新闻通讯，题目是"栖息在城市的游牧灵魂"，第一次看到这个标题，我心里就有一种被钝器击中的尖锐的疼痛，我感知到了这个题目的锋利，如今，时过境迁，我依然能够感觉到。那时候，我曾写下一首诗，收在一册多人合集的诗集里，我还记得那些稚嫩的诗句，却也是我至今不能释怀的一种感觉：

> 难以言说的世界
> 枯黄的牧草覆盖草原
> 离我攀缘的楼梯
> 是一片苍茫的怀念
>
> 秋风以外
> 一只野鸟啁啾着往事
> 暮色里
> 撒欢的牛犊忘记了回家
> 怀念因此苍茫啊
> 因此苍茫
>
> 驻足于楼梯回望
> 如一匹孤兽
> 回望着不复存在的森林

我记得，小时候，我有一个习惯，走在风里的时候，便张开嘴，让风刮进嘴里，我控制着口腔——张开或微微闭合，同时不断收紧和放松两腮，并灵巧地运用舌头——不断地吐出来或缩进嘴里，如此，风便开始在我的嘴里唱歌，低吟出我会唱的某首歌的旋律。在这种时候，我会暂时地忘记孤独，进入一种自我迷醉的状态。但孤独还是会忽然跳出来，立在我面前，让我大吃一惊。每每这个时候，我会不由自主地大叫一声，一如我虚拟的那个牧人。

此刻，牧人面对巨大的孤独，他忽然想起了早已去往西方极乐世界的阿爸，想起了阿爸说的那句话——我阿爸去世时我19岁，他在病床上给我说，我还没给你娶个媳妇儿呢，没完成任务啊！至今，每每想起这句话，心里立刻充满悲凉——他停下来，向着自己的周围看去，他看见流水一样的蜃气在他的四周涌动着，他完全被淹没在蜃气形成的看得见却摸不着的流质之中。他忽然大叫一声，接着又大叫一声，并向前走了几步，"必要的时候要迎上去！"，阿爸的这句话闪现在他的脑际里。就这样，他把他的声音续接起来，慢慢地，他发现他是在歌唱，一首牧歌在他的头顶盘旋着，就像是一只苍鹰。他也真的觉得不再那么孤独了。

后来，唱歌成了牧人消解孤独的一种方法，他发现，孤独是害怕他的歌声的，只要他唱起来，孤独就会躲开他。于是，每次出牧，只要离开帐篷，只要走上原野，他就开始唱歌。而歌声也从当初的咿咿呀呀的无词之歌慢慢地有了几个简单的句子，而这些句子，则是他依据自己看到的东西即兴随意地添加进去的，比如，刚刚下了一场暴雨，此刻一道弯弯的彩虹出现在天际，他就唱道：五色的彩虹搭起了帐篷。再比如，盛夏季节，灿烂的野花盛开在草地上，便唱道：大地的头上插满了鲜花。他就这样唱着。偶尔累了，便停下来，说说话，他对彩虹说：白云是不是要到你家帐篷做客啊？他又对大地说：你难道是农区来的那些种青稞的女人吗？头上还戴着那么多花！

后来，这样的情景，被我写进我的小说里。记得，我曾写过一篇小说，叫《光荣的草原》，其中一个情节，便是小说里的主人公与白云说话,甚至与一群蚂蚁吵架。这些都不是虚构的,是我小时候的真实写照。记得小说发表后,一位素不相识的评论家写了一篇评论,题目是"当孤独成为一种审美",最初看到这个题目,我心里同样尖锐地疼了一下。这个题目一如那个"栖息在城市的游牧灵魂"一样,对我,也是锋利的。

这时候,牧人忽然发现,这天地之间,虽然就只有他一个人,但这并不妨碍他说话,他可以和任何一样东西对话:原野上的花花草草、天上的飞鸟、河流里的小鱼,甚至一块石头,一堆干透了的牛粪。牧人一眼可以看出,这一堆牛粪是去年冬天的,冬天没有那种吃粪的飞虫,这堆牛粪因此保存得非常完好,加上它的外皮呈现出一种铁青色,而不是常见的黑色,种种迹象都表明了它被一头牦牛留在这里的时间——小时候,我在家里的工作,除了放牛,就是捡牛粪,至今,每次到了草原,看到某片草原上到处是牛粪,我就会有一种停下来捡拾的冲动。的确,我也真的可以一眼看出一坨牛粪的季节和时间。

牧人发现,除了他,在原野上喜欢唱歌的还有一只野百灵。它对唱歌的热情与执着,比起牧人来,有过之而无不及——正是一只凤头百灵的歌声,打断了牧人的歌声。牧人循着歌声举目看去,他什么也没看到,那声音充满了整个天空,也充满了整个草原。牧人猜测,这只野百灵,有着和自己一样的孤独。

牧人想到这儿,心里有了一种类似同病相怜的感觉,于是他禁了声,认真地听起来,他听到了草原上几乎所有的鸟禽鸣叫的声音:鹰隼、大雕、黑颈鹤、戴胜鸟、地山雀、雪雀、啄木鸟、红尾鸲……不论是候鸟还是留鸟,凤头百灵把它们的叫声贯穿在一起,让人恍若走进了一个交响着各种鸣禽的歌声的百鸟园。

后来,我从一个退休后侍弄鸟儿的老人那里知道,一只被养在鸟笼里的百灵鸟,有十三口,意思是需要叫出十三种不同动物的鸣叫声,例如猫叫、小狗叫等——我难以想象一只百灵鸟去模仿猫狗的声音,那是多么无奈,那是一只已经远离了草原,失去了自由的百灵鸟在人类的驯服下的屈服与妥协,已经不是一只自由的野百灵在它的天地之间,由着自己的性子无遮无拦地肆意鸣唱的样子了。老人的话让我想起了一个曾经在我的家乡青海无人不知的"花儿"唱家，她从草原田野间自由随性地唱着"花儿""拉伊"走来，歌声里自然带着青稞野性的馨香和酥油奶茶特有的膻腥味儿。在那个电视还没有普及，网络更是一种谁也没有听说过是什么魔法幻术的时代，她的歌声通过广播，传遍了青海的草原田野。后来，她的声音从广播里消失了，那些每天期盼着听她在广播里"吼上两嗓子"牧人和农民们不知道发生了什么，后来，大家才听说，因为她唱得好，国家把她送到了上海、北京，让她在那里的音乐学院里深造，让她唱得更好听。后来她回来了，可是，那些牧人和农民发现，她已经不会唱歌儿了，歌声里没有了青稞野性的馨香，也没有酥油奶茶的膻腥味儿，就像被什么洗去了一样。于是，有一句来自民间的，对这位女歌手的评价便在我的家乡传开了："唱家是好唱家，学上坏了！"

——那只凤头百灵，还模仿了它的近亲——角百灵的叫声，牧人心里想，单单从鸣叫的本事去看，如果凤头百灵是一个在草原上声名远播的歌手，那么角百灵也只是一个小小的学舌者，大可不必去模仿它。

那时，我是草原上的一个小牧童，也像这个我虚构的牧人一样，经常听到凤头百灵婉转又悠长的歌唱，当我听到它像唱一首如今叫作"串烧"的歌曲一样，把许多鸟儿的鸣叫声串在一起，其中也有角百灵的声音时，我也会产生和牧人一样的想法。如今，经常看到电视节目里各种模仿秀，他们极力去学那些比他们有名的歌手的声音，甚至穿上和他们一样的衣服，留着和他们一样的发型，甚至不惜把自己的名字也改成与那位名人歌手接近的名字。看着他们，我也会想，比起他们来，百灵是一个名副其实的模仿高手，每一种鸟类的叫声，它都会惟妙惟肖地唱出来，但它从来不会改变自己，也不会只去模仿那些有名的鸣禽。它的歌声随性而又自由，它就那样其貌不扬而又我行我素地歌唱着，歌唱着它自己的精彩。

弟弟的角百灵

说到这些，我就会想起我的堂弟，他叫生来。在我小时候，他是我最好的玩伴，也是和我玩得最长久的一个人。那时候，我们几乎整天厮混在一起。初春的时候，我们到小牧村边缘的小溪旁去挖蕨麻——这是一种委陵菜属的植物的块根，俗称人参果，是一种味道极其鲜美的野生食材，在藏族餐饮中经常做为各种荤素菜品的配菜。那时候，我们就像是两个老道的农民，已经积累了丰富的挖蕨麻的经验，单凭目测，就知道哪些地方的蕨麻多、个头大。采挖蕨麻的季节，我们各自拿着一把镢头抑或一把小铁铲，在离村子不远的地方挖蕨麻，一挖就是一整天，一日三餐全部以挖得的蕨麻充饥，即挖即食，一直到太阳要落山时才赶回家里。记得我家隔壁，居住着一家牧民，依照当时的成分，他家是牧主，这个牧主分子幽默风趣，他分别为我和生来取了绰号。我叫"丹卡"，意思是泥嘴——那完全是挖蕨麻吃蕨麻的结果，而我堂弟生来叫"然久"，意思是蓄小辫子者，生来幼时多病，在他之前所生的孩子也曾夭折，为了能够存活，幼时便留了辫子当女孩子养活——这是故乡的习俗，幼时多病者，男孩子假以女孩子养着，或以小猫小狗命名，总之，使其身份从名字和性别上"低贱"下来，便能够存活。

等到了母牦牛产下牛犊，我和生来的活儿就是每天放牧小牛犊，小牛犊出生后，要和母牛分群放牧，这样才能够保证我们人类可以从牛犊口中掠夺它母亲的牛奶。看管小牛犊的，往往是家里的半大孩子。

牦牛生下牛犊开始产奶的季节，恰好也是草原上各种鸟儿产卵的季节。

我们共同喜欢的一个游戏，只属于生活在草原上的孩童，那就是在这个春末夏初季节，在草原上寻找鸟巢。我敢说，在寻找鸟巢这一点上，我们具有堪比鸟类专家一样丰富的经验——我曾经是青海一家媒体的记者，有一年初夏，我和几个同事前往青海湖南岸的江西沟草原采访，当我们的采访车路过一片盛开着棘豆花的草原时，我让开车的同事停下车来，我说：这里一定有鸟巢！车上所有的同行都很意外地看着我，以为我是在信口胡说，想找个理由让车停下。当车停稳后，我走下车，走向那片草原，并很快在一簇棘豆花下，找到了一个鸟巢——在棘豆花的枝叶的遮掩下，用草原上常见的干枯的牧草搭建的圆形鸟巢，精致得一如是人工所为，两枚鸟蛋安静地卧在鸟巢中，这是角百灵的鸟巢，也是在草原上最容易寻得的鸟巢。

我和我弟弟生来，每年到了草原上的各种鸟类，特别是那些留鸟产卵季节，便开始四处游荡，一边放牧，一边寻找鸟巢，我们找到的大多数鸟巢，便是角百灵的鸟巢。那时候，我们每个人会找到三四十个鸟巢，然后会在鸟巢附近做一个记号，我们会把记号做的看似不经意的样子，只有我们能够辨认，以免让其他人看到——在我的家乡，那些专事捕捉野狐狸或者其他小动物的猎户，也有事先踩点，做好记号之后再去捕捉的习惯，我们生怕引起这些人的注意。做记号，还有一个原因，角百灵的鸟巢，搭建在草原上，所用的材料是就地取材的枯草，也就是说，它们利用大环境的色彩，完全把自己的鸟巢隐藏在了其间。美国自然文学作家约翰·巴勒斯曾经讲过一段故事：他和友人在牧场上发现一处刺歌鸟的鸟巢，却在他们走出三五步时"得而复失"，再也找不到了，"这个小小的整体，与整个牧场成功地融合成了一个整体。"他说。他对刺歌鸟鸟巢的描述，与我小时候经常见到的角百灵的鸟巢是何其相似，发现一处鸟巢，转眼间却再也找不到，这是我们少年时多次的经历。

约翰·巴勒斯在描述刺歌鸟的鸟巢时，用了一句诗歌一样精妙的语言：辽阔隐藏了渺小。他通过观察发现，刺歌鸟泰然地把鸟巢建在辽阔牧场的中心，利用牧场上常见的枯草筑巢，小小的鸟巢就那样被草原遮掩，而它的雏鸟羽毛的颜色几乎也与枯草一模一样。刺歌鸟就这样凭借成功的伪装，把鸟巢建在一览无余的牧场。

小时候，我们从来不会拆毁发现的鸟巢，拿走鸟巢里的鸟蛋。这倒不是说，我们从小就具有环境保护或动物保护的理念。那时候，我们已经懂得大人们口中的杀生是一个可怕的词汇，也是一种可怕的行为，如果做了杀生的事，不单单是掠夺了那些弱小的生命，而且也会殃及自己的生命、运势，给自己带来不好的命数。

那时候，我们发现了鸟巢，做好记号后，就会隔三岔五地来探望，直到鸟雀在刚刚搭建的鸟巢里产下鸟蛋，趴卧在鸟巢里一天天地孵化，直到有一天，一对儿，或者三只尚没有长出羽毛的，闭着眼睛的雏鸟破壳而出——我们把这样的雏鸟叫作净肚郎娃娃，这是一句青海汉语方言，原本指的是出生不久，没穿上衣服，还在襁褓里的婴儿。当雏鸟破壳而出，我们的探望就会频繁起来，几乎每天都会来看，俨然就是一个痴心于野外观察的鸟类专家，直到雏鸟的羽毛一点点地丰满起来，直到它们慢慢庞大起来的身躯不能安放在小小的鸟巢里，直到它们的父母带着它们飞离鸟巢。

那时候，一年里的每一个季节我们都在忙碌着，捡牛粪、拾蘑菇，这些都是我们必须要做而且也喜欢做的劳动项目。那时候，我们的玩具是劳动工具，而我们的游戏，则就是劳动，寓"劳"于乐，我们就是这样成长起来的。

在这个游戏里，我和弟弟生来最喜欢的游戏内容，就是将各自发现的鸟巢指认给对方。这种时候，一般都是作为一种交换条件的。

那时候，堂弟生来家的生活条件比我家的好，他不时会有一颗水果糖或牛奶糖含在嘴里，我对此垂涎三尺，看着他因为嘴里含着糖而鼓起来的腮帮子，口水就会忍不住地流下来。有一次，我和弟弟生来正在放牧小牛犊，又看到他嘴里含了一颗糖，听到糖在他的口腔里愉快地滚动的咕咕声，我有些受不了，于是我给他说："生来，我领给你一个大百灵的雀儿窝，我呡一下你的糖。"

生来同意了，他从嘴里吐出已经被他含在嘴里变得很小的水果糖，递给我，说："那你呡一下。"

我立刻把嘴凑过去，接住了他伸到我眼前的水果糖。

呡，青海方言，指的是把食物含在嘴里，用舌头的味蕾感受食物的味道。那一天，我呡着生来塞到我嘴里的糖，那香甜的味道，似乎至今还留在我的舌尖上。

那时的我们，尚不知道贪婪，我呡着弟弟的水果糖，但也克制着自

249

己，只哏了一会儿，便又吐出来还给了他。

作为哏了他的水果糖的报偿，我当然要履行要带他去看一个鸟巢的承诺，而这样的鸟巢，一般不会是角百灵的鸟巢，因为角百灵的鸟巢太常见了，而是一个不容易找到的鸟巢，一个在我看来比较重要的鸟巢，比如被我们叫作大百灵的蒙古百灵。

我的弟弟生来长大后，和他的母亲，我的伯母一直生活在青海海西。有一年，我去看望伯母，弟弟一直陪着我，我们聊及小时候一起找鸟巢的事儿，说到动情处，他对我说，一定要再一起回到小时候居住过的草原找一次鸟巢。他还笑着对我说，到时候我带上水果糖，给你哏！

我们哈哈大笑着，便这样约定了。可是，就在那一年，他生病了，当时，我远在北京，听到他病重的消息，我放下正在忙碌的事情，从北京赶往青海。在首都机场等候飞机的时候，我心急如焚，悲痛难忍，一种难以发泄的情愫拥堵在心头，不知道如何释放。我便给刚刚认识不久的著名藏族歌手容中尔甲发去短信，诉说心里的悲痛。容中尔甲即刻回复我，说了许多安慰的话。自此，我和尔甲成为无话不说的挚友。

普天下的雌鸟

我对表现亲情的画面和文字没有一点儿抵抗力。春节前夕，央视做了一些公益广告，主题是家人团圆，一起过节。其中有一段广告是，正在急急等待着在外打工的妈妈归来的女孩儿，回头望向屋门时，刚好看到母亲推门走了进来，便高喊着"妈妈"，飞跑着迎上去扑进了妈妈怀里。还有一段，女儿要回家过年，不想飞机晚点了，便打电话告诉家里，吃年夜饭时不要等她。年夜饭的饺子上桌了，父亲却没去吃饺子，而是穿上棉衣走出家门，到路口去等女儿……因为是广告，不断滚动播出，我也是一遍遍地看了好几遍，但每次看到，我都会流出泪来，不能自已。

2017年的夏天，我的家乡，青海湖畔的铁卜加草原一带曾经降下一场冰雹。大概是第二天吧，就有一个视频开始在微信朋友圈里不断转发。画面里，是一只已经死了的角百灵雌鸟，当镜头慢慢推近时，一只手伸进了画面，把角百灵雌鸟的身体扒拉了一下，就在那可怜的母亲的身体被扒拉开的瞬间，画面上出现了原本被它的身体所遮掩住的一个小小的鸟巢，鸟巢里是几只尚未长出羽毛的幼鸟，因为忽然有了动静，这些幼鸟就像是忽然醒过来了一样，个个伸长脖子，张大了嘴喙，把嘴喙高高地升向空中。它们饿了，饥饿地等待着父母衔来的吃食。天哪，它们还不知道，在冰雹来临的时候，它们的母亲扑向它们，用自己单薄的身体护住了它们，一直到冰雹把自己砸死，也没有挪动一下！此刻，母亲已经死了，而这些幼鸟却浑然不觉。当我看着这个画面，泪水一下子涌出了眼眶，再也不敢打开这个视频，再多看一遍。我不知道这些幼鸟的父亲，已经失去了妻子的那只雄鸟，会不会单独承担起抚养子女的义务，把这些幼鸟拉扯长大，但依照角百灵的习性，雄鸟是会放弃对它们的养育的，这些可怜的幼鸟，最终也会随它们的母亲而去！如此一说，就觉着这只伟大的雌鸟死去的不值。可是，当一个母亲，看到自己的孩子即将遭遇不测时，保护孩子，便是她本能的选择。这个世界上，也只有母亲会毫不犹豫地做出这样的选择吧！近日听到一个故事，说深圳有一位母亲为了给儿子治病，从容地跳楼自杀了，原因是她有一份保险，如果她死了，家人会得到一份赔偿，这份赔偿可以让他的家人缓解给儿子治病的巨额费用。可是她不知道，保险公司对自杀行为是不予赔偿的！这种行为，与那只角百灵雌鸟何其相似！

普天下的雌鸟啊，普天下的母亲啊！

美国自然文学作家约翰·巴勒斯在他的一篇文字里描述了一种叫三声夜鹰的鸟儿，他描述这种鸟儿的一种"异常"行为：当作者靠近三声夜鹰的鸟巢时，受到惊扰的雏鸟跳跃了一下，接着便安静下来，闭上眼睛，完全不动了。"在这种场合下，那亲鸟做出疯狂的努力，试图把我从它自己的雏鸟那里骗走，它会飞出几步，匍匐地掉在地面上，抽搐着，犹如死了一样，有时还会振颤着它那伸挺的翅膀和俯卧的身体，同时它会敏锐地观察自己的诡计是否得逞，如果没有得逞，它会迅速恢复过来，在附近移往别处，试图一如既往地吸引我的注意力。当我跟随它，它就总是歇落在地面上，以一种骤然的特殊方式坠落下来。"美国作家梭罗在他著名的《瓦尔登湖》里描写了他在丛林里看到的山鹬一家：一只山鹬雌鸟带着它的几只幼鸟觅食，"母鸟发现了我，于是它从幼鸟身旁飞开，围着我周旋起来，越转越近，在四五英尺处，假装折翅瘸腿，诱使我注意，让它的孩子们趁机溜掉，那些幼鸟已经在它的计谋下跑出了池沼"。在我小时候，在凤头百灵身上也看到同样的行为。我还记得我第一次看到这种情景时的样子。有一天，我和堂弟生来一起放牛，当我们把牛群集中起来统计数字时，发现少了一头，显然，又是我家那头白牦牛。小时候，我家里有一头腹部些微有些黑色的白牦牛，因为它与众不同，它的名字反而简单，就叫白牛。白牛不在牛群里，我和生来便去找它。正是盛夏季节，草原上的牧草长得很旺盛，我俩经过的地方，是一片高草区，一种被我们叫作"孜多"的纤维粗硬的牧草淹没了我们的膝盖以下。当我们走到高草区的中心部位时，忽然，一只凤头百灵飞了起来，但它明显受了重伤，垂着头，耷拉着翅膀，只飞了几步远的地方，便硬生生地掉落在地上，我和生来不约而同地去追它，就在我们就要靠近它的那一刻，它又重新起飞，但依然不能很好地飞翔，它吃力地扑棱着翅膀，飞了几步远，又落了下来。就这样，我们一直跟随它走出了高草区，它这才像伤势忽然痊愈了一样飞走了。我们回家后，就把路上的所见说给父亲，父亲听了说，遇到这种情况，说明凤头百灵的雏鸟就在附近，它是为了保护雏鸟才假装受伤的。果然，第二天，我和生来再次到那片高草区，那只凤头百灵重蹈覆辙，为我们上演了它身受重伤的骗术，我们也很快找到了它的鸟巢以及匍匐在鸟巢里的几只雏鸟。后来，我多次遇见同样的情况，亲鸟假装受伤的异常动作反而提示我去寻找它的鸟巢，几乎无一例外，都能在它起飞的地方找到鸟巢或者它的雏鸟。那时候我就想，它的这一伎俩，可能会骗过那些以鸟为食的猫头鹰或者藏狐狸什么的，但对人类，反而会暴露目标。后来，我在电视里也看到过类似的画面，介绍一种同样有这种佯伤行为的鸟类，不是三声夜鹰，也不是凤头百灵，这种鸟儿被解说者称作是北美鸻鸟，但与我所知的鸻鸟却大相径庭，它便用这种行为，骗走了接近它的雏鸟的一头笨狼。后来我专门查阅资料，并根据资料判断，电视画面中那只亲鸟，那只勇敢可爱的妈妈，应该是斑麦鸡，它很像鸻鸟，但不是同一种鸟。

掩去身份的歌者

我发现，在我身边的人群中，大多数人对鸟儿是视而不见的，由此我判断，他们对其他事物，比如对野花也是同样的态度。我曾在我的微信朋友圈里发布一组蝴蝶的照片，标明这些蝴蝶都拍摄于我生活的城市西宁，有人看了便问我：西宁还有蝴蝶吗？看着这个坦然得没有一丝不好意思的问题，一下噎住了我。我想象，久居城市的人们走在路上的时候，目光之内只有路标与方向，行人和车流也只是路标与方向的另一部分，他们不会在意和他生活在一起的还有许多鲜活的生命。这些人无法也懒得去分辨此鸟与彼鸟的不同，在他们眼里，所有飞过他们眼前，瞬间影响到了他们视线的鸟儿都是麻雀。美国自然文学作家约翰·巴勒斯也发现了这一点，他说：我想象大多数乡村男孩都认识泽鹰。这句话所透露的信息是，只有乡村这样一个更加接近大自然的所在，以及生活在这里的男孩这样一种对大自然还尚充满好奇的少年，才有可能认识野生鸟禽，即便是这样一个地方的这样一群人，也只能去想象他们对鸟儿的热情。书写了《沙乡年鉴》的美国作家奥尔多·利奥波德对这样的人们充满了意外和惊讶，他写道：我曾经认识一位很有教养的女士，她佩戴着全美优等生荣誉学会的标志。她告诉我，她从没听过，也没见过，那些一年两次在她的阳光充足的房顶经过，以昭示季节交替的雁群。这位作家写到这个情景后，忍不住批评道：难道，用意识换取只要些许价值的东西的过程就是所谓教育吗？若是这样，那大雁用意识换取的，不过只有一堆羽毛罢了。

约翰·巴勒斯曾经流连忘返于哈德孙河流域，在那里与那里的鸟儿们生活在一起。他沉迷于各种鸟儿们婉转悦耳的鸣唱之中，用深情的文字描绘了那些鸟儿们的鸣叫声。他试图用文字去接近声音，让人们通过阅读这种视觉的手段去抵达听觉所能享受到的美妙。他发现了这其中的艰难，他也发现"造物主拒绝把所有亮丽的色彩赋予它们，相反却把美妙而悠扬的嗓音赋予了它们"。他用这句话描述了白喉带鹀、雀鹀等像他一样徘徊于哈德孙河畔的鸟儿们。而他的这句话放在我家乡的百灵鸟——凤头百灵、蒙古百灵、短趾百灵、云雀等身上，却也是那样的恰如其分。几乎所有的百灵鸟都其貌不扬：头部带有装饰效果的白色条纹和基本是白色的腹部，作为鸟类最为重要的翅羽和背部颜色则是含混不清的棕褐色和黑色间杂的斑纹，嘴喙和双爪是暗淡的灰黑色和棕褐色。记得我曾在微信朋友圈发布我在我家乡的小寺院——尕日拉寺附近拍到的百灵鸟图片，便有一位作家朋友表达了他的失望，"这就是百灵鸟啊？好失望，或许这就是人生吧！"他留言说，并附上了三个哭泣着的小人儿的表情。看着他的留言，我心里也微微有些失望，我的失望来自于他以及和他一样的人们对百灵鸟的浅显认知，我知道，我是无法表达我对百灵鸟的热爱，并把我的热爱传染给他，抑或说，我无法让他明白我对百灵鸟歌声的迷恋，使我已经对它的体形颜色忽略不计了。好在，他的情绪，并不会减损我对百灵鸟的热爱的一丝一毫。

其实，其貌不扬是百灵鸟出奇制胜的防弹衣，它就是凭借着它的其貌不扬——平庸的鸟巢，混杂的羽毛，保护着自己，保护着自己的雏鸟，保护着自己的后代。

还不仅仅如此。

即便是百灵鸟，它的雏鸟却是不发出声音的——雏鸟还没有长出羽毛之前，它们的眼睛也还没有睁开，感知这个世界，它们是全凭着耳朵的。记得小时候，当我们每每从一处孵出了雏鸟的角百灵的鸟巢旁走过，听到声音的雏鸟便以为是它们的父母为它们衔来了食物，便纷纷昂起脑袋，张大了嫩黄的嘴喙，单等着父母把食物放入它们的嘴喙中。看到这个情景，年少的我们便觉得非常可笑，不由扯开嘴大笑起来。角百灵雏鸟的嘴喙似乎与它们的身体失去了协调，每当它们的嘴喙大大张开的时候，整个脑袋似乎就剩下了一张嘴喙，而脑袋部分几乎是整个身体的二分之一。人们形容一个人嘴张得很大，就说这个人一张嘴能看见他的嗓门儿,这句话放在角百灵雏鸟的身上,却一点儿也不夸张,真的可以一览无余地看到它们的嗓门儿。它们的嗓门儿虽然很大,但它们发出的声音却很小。当它们确认来者不是它们的父母的时候,甚至再也不发出任何声音了,高昂着的脑袋也会耷拉下去,不再有任何动作,只能看到它们频繁快速的呼吸让它们的身体微微震颤。那时候虽然已经注意到这一现象,却从来没去考虑过其中的原因。一次闲读美国自然文学作家约翰·巴勒斯的文字,才恍然大悟。巴勒斯在他的文字里说:在隐蔽处或者围起来的地方筑巢的鸟类的雏鸟,像啄木鸟、莺鹪鹩、金翅啄木鸟、黄鹂的雏鸟发出的叽叽喳喳和啁啾声,与大多数在开阔地和暴露之处筑巢的鸟类的雏鸟的沉默形成了鲜明的对比。巴勒斯认为,这是那些处在生存危险系数相对较高的鸟类的一种天生的自我保护意识。是啊,在这种物竞天择的自然法则面前,即便是作为有着"草原歌唱家"之誉的百灵鸟,在它们的雏鸟时代却选择了噤声,把鸣叫和喧闹留给了那些筑巢在隐蔽和相对安全的地方的鸟儿们。

所以,百灵鸟,还留给了自己一个其貌不扬的童年。

我忽然间明白,百灵鸟,这些精灵,它们小时候的不歌唱,恰是为了长大后更加自由、更加纵情地歌唱。为了这个目标,它们从搭建自己的鸟巢开始,便开始了准备,这是一个长久而又缜密的准备——它们把自己小小的鸟巢隐藏的广大的辽阔之中,让自己有更多活下来的空间,它们以不会唱歌的小时候,让所有人永远也发现不了它们的歌唱天分,它们还用含混不清的毛色,让自己永远躲在"草原歌唱家"这样的称誉之后,就像是一个深藏不露的世外高人,以褴褛的布衣以及脸上肮脏的灰土有意掩盖自己的高贵,但内心却装满了不容侵犯的尊严。

(《十月》2020年第2期)

想把自己推倒

叶浅韵

这一次，她蹲在簸箕旁边，用瓢撮金黄色的玉米。蛇皮口袋在她的脚边，正一点点被填饱。她像四平村所有还能劳动的高龄老人，八十岁还在操持家事。她的儿子看见我，笑问我几时回来。五年前，几乎每一次与我的对话，都在同一场景。他正慌忙火急地走在路上，逢人就问，你看见我妈了吗？

有人看见他妈妈坐上某辆面包车，有人看见他妈妈去了某座山上，有人看见他妈妈在某家屋檐下躲雨。找一个疯了的妈妈回家吃饭，在很长一段时间，是他们家生活的大部分。丢失的次数多了，方圆团转的人都知道他有个疯了的妈妈，大家也都记在了心上，好心人看见了就会给他打个电话。

他的妈妈老了，像是一匹跑不动的老马，静静地守在巢厩。他说，这回好了，我就可以放下前蹄忙我的事业了。养猪圈就盖在不远处，名字是我帮他取的，取他名字中的一个字，含有"猪"事吉祥之意。四平村的许多事就像她手里摆弄着的金黄色的玉米，一些是饱满的，一些是秕瞎的。饱满的用来喂人，秕瞎了的也舍不得丢了，牲口们的肚子还饿着呢。

没有人可以把自己的人生推倒重来，就像从地里收回来的这些玉米粒，是我们家的，是他们家的。物相的归属让人产生了我取和我爱的概念,与人的出身有着一种同归的路途。她家门前用秃了的扫帚,那只掉了毛的老狗,谁要是动了它们,她准会捡起地上的石头瓦砾,追着撵着不放。我和村子里的许多孩子都受过此礼,如今,她已经不认识我了,无论我怎么叫她,她都听不见。她要么不看我,要么斜视我。混浊的白眼球上,大面积地写着对我和我身后的这个世界的厌恶。

我和她迎面走来,我们都是空气的一部分,竹林的一部分,石头的一部分。没有人知道疯了的世界,爱恨的边界在哪里,她依着自己的性子,活成一阵风,一阵雨。她的儿子们曾数度猜测她疯了的原因,一个贫穷的妈妈想给自己的孩子们留下一些尊严,最后却丧失了自己的所有尊严。

一直以来,我试图在这些精神与智商失常的人身上,想要找到一把钥匙。事实却常常这样,当我以为手里拿着一把钥匙可以打开某把锁时,要么是钥匙断了,要么是锁丢了。我穿梭于不同的梦境里,急出披身的冷汗。

许多年前,上堡街上曾有一个疯傻的女人,她每天都在街上拾东西,浑身上下塞得像是吹饱了的气球。我一度猜想,或许她是嫌弃自己太瘦了。有人说她是疯子,也有人说她是傻子。没有人知道她的世界。直到某天,人们突然觉得她很久没来街上晃悠了,才揣测她也许是病了,或是死了。少了一个奇怪女人的街道没什么两样,当个话头子记挂几天也就过去了。

有一次,我在西苑路的石坎脚下又遇见过一个类似的女人。那一天,阳光正好。我从马家山的小河边散步归来,她正蜷缩身子,斜倚在阳光里,脸上的古铜色和皱纹在脏乱里疲惫不堪。路过的人来一拨,停下一拨,又走一拨。我忽然想起了多年前那个女人,想起了四平村疯了的二娘和另一个死了的傻子。

我走近她,蹲下来。轻轻问她来自哪里,要去哪里,她叫什么名字。当这些简单的问题上升为哲学的高度时,我觉得人间处处是充满罪恶的审判者。而此时,我发誓我只是想知道她的身世,希望可以帮到她一点点,一丁丁点点。而她的回答,一时让我觉得她才是真正的哲学家，我是被她推倒坐在地上的傻子。

她说，我从该来的地方来，这天地都是我的家，我想在哪里歇就在哪里歇，太阳和月亮能照着我的地方，就是我的家。那一时刻，我误以为她是流落于天地间的高人隐士。与我言语无常的二娘完全不是同类。这几年，二娘已经不再与人说话，她与猪说的话最多。眼前坐无坐相、站无站相的这个人，她到底是谁呢？随即一些胡言乱语又从她的口中流出，像马家山的小河水，挟裹着一些脏物和臭气。我还是不想放弃。一想起四平村的疯子和傻子们丢失时，他们的家人像是疯了似的满世界寻找他们。我就觉得自己有义务让她离亲人的信号接近一些，毕竟网络的力量那么强大，这根线就在我手心里，我一打开它，就会有双能看见她的眼睛。

我问及她的身份证时，她扒开后衣领让我看。那里，有一颗凸起的黑痣，黑豆米那么大，即使在凌乱的头发下面，也依然醒目。她告诉我，这就是我的身份证。若不是她的一只脚上是解放鞋，另一只脚上是篮球鞋，那一句"天才在左，疯子在右"的话也许真适合用在这里。几番对谈和纠结之后，我还是放弃了。如她所说，到处是她的家，但愿她能一直在阳光的抚慰中舒展自己。

回到家里，一直在想我所遇见过的他们。疯疯傻傻的这个群体。一些在精神病院里，其中一个犯了桃花疯的姑娘，每一次洗澡都希望最帅的医生来帮她洗。这事，被人当作笑话，供正常人们娱乐几分钟。一个群体集中在一起的故事，太过于辣人心肝，我有些抗拒去走近。另一些却在不同的家庭里，让他们的亲人活在折磨里。疯子有时会疯得伤天害理，但憨包从不伤害任何人。

这个春天，风很大，像是要把我从四平村吹进城里，又把我从城里拎回四平村。在来来回回的思绪中，还是放不下疯疯傻傻这一桩事，想得我也像是有了一些疯疯傻傻的症状。切菜的刀落在手指上，血迅速滴下，一个创可贴覆盖了我的疼痛。如果可以，我想找到进入他们神经末梢的端口，用一个这样的创可贴给他们及他们的亲人止血止疼。

他们，活着，是亲人的痛；死了，也是亲人的痛。就像我母亲一生放不下她那个疯了的亲叔叔,她和岁月一道把一切不好自动过滤了。在母亲的描述中,我仿佛看见那个中山装上永远别着一支钢笔的青年才俊,他夙夜未眠的理想是当这个小镇上的唯一的机械厂的厂长。读书人的痴梦在一条村间小毛路上行走,被延长的最远距离是一个小镇。小镇的机械厂是现代文明投射在闭塞山区里的最强光斑,他用一生来追赶它。

他在自己设定的角色里自乐陶陶,全然不顾亲人们的担忧。衣服是蓝色的,鞋子是白色的,他每天清洗它们,只为配得上一生的理想。配得上走几十里路去上班,去开会时的厂长形象。青山凹处的一座孤坟埋葬了他的肉身和不灭的梦想,他的后辈人中有人还在追赶着最明亮的光斑,也许他会在某个国家的一个小镇上,想起叔祖父做过的一个长长的梦。

风,夜夜猛烈地吹,吹散了母亲悠长的思念,吹开了四平村的杏花桃花李花。村口的梨花,浩浩荡荡的白,像是在给一个刚死去的人哭丧。我站在河边的围埂上,竹影绰绰,清流湍湍,一个傻子的影子不知从哪冒了出来。

他穿着粉红色的风衣,背着箩站在风口上正在冲我笑。笑着笑着,他的帽子就被大风刮跑了,他跟着大风顺河撵他的帽子。好不容易追到帽子,他一把按在头顶,小跑着去找大箩,装满了粪草的大箩早被风吹倒了,他一边扶起来,一边高声地骂。骂什么呢?不外是说,这些死风歪风烂风,把爹的帽子吹跑了,把爹的大箩吹倒了,还有爹的粪。哎呀,这是什么鬼风!把"爹"放在嘴上装老子,是四平村的男人们的特权。他做不了谁的爹,也不敢在谁的面前自称爹,便在风啊水啊这些无伤任何人事的地方,打肿脸充回胖子。

这个傻子到底叫什么名字?我在大脑里搜索了很久,始终没有一点讯息。至于他具体在什么时候被家里人确定为"憨包"就更无从得知,他在家中排行老二,比他辈分大或是年龄大的人都叫他:憨老二或是老憨二。我们小一辈的人叫他憨二叔或是老憨二叔。不论你叫他什么,他都脆生生地答应:哎!

风衣是村子里的人在公路上捡到的，因无法找到失主，它就到了憨二叔的身上。他头上戴着一顶破破烂烂的帽子，总是一边走路一边把帽檐往下拉扯，恨不能把一整个头都装进帽子里。到了春天，他就根本不是风的对手。他这个看上去有些愚蠢搞笑的动作，只是让帽檐子一天天往下掉一点点，两道眉毛就深深地藏在了帽檐下面。

　　一个傻子，遵守着他自己的礼法，见人就呼叫，大的小的，开开心心地迎上去，恭恭敬敬地站着让人经过、让狗经过。若不是因为他的智商只能及五六岁的孩子，他倒是更像这村子里唯一的绅士。只要有人愿意搭理他，他更是咧开嘴哈哈大笑，没心没肺。这时，我的眼睛就像一根射线，自由出入他的嘴巴，看见他七出八进的牙齿，高高矮矮，像两排胡乱堆起来的石埂，杂乱、无序。

　　每当我和弟弟们叫他一声二叔时，他便意气高昂地把自己当成了长辈。连连让我们上山下山慢点，慢点，别滚跤！我们能在干活的每一条路上与他相遇，因为他几乎每天都有活计，除了下雨天。下雨的时候，那是憨二叔的节日。村子里的人形容他像个不会说话的痴鹦哥，张家墙根脚下竖一回，李家瓦沿口下接几个雨星子。别人说什么，他都在笑。即使有人生了怒气向他撒去，他也还是笑，把人的坏心情都笑到了九霄云外，也跟着他大笑起来。冬天下雪时，他把左手和右手互相交叉伸进袖子里，紧紧地捂在胸前，像是害怕把心丢了一样。无论天冷天热，那件风衣都在他身上，仿佛这是他对一件新衣裳最好的纪念。在我的记忆中憨二叔只穿过这一件新衣。他爱惜新衣的方式就是天天穿着它。

　　憨二叔会干许多活，凡是不需要多少智商就能完成的活路，他总能认真地完成。于是，他就成了四平村的义务工人，谁家有了粗活重活，最先想到的必然是他。谁家请他，他都会很高兴，恨不得把浑身的力气都用尽，才能感恩别人对他存在的认可。他从来不计较人家吃的是粗茶淡饭，还是满汉全席，端起碗来，吃饱就行。然后坐在一旁，人家笑他跟着笑，人家不笑了，他还在傻笑着。

　　有一次，主人家高兴，给他喝了几口酒，没想到他喝了一碗还要一碗，以为他是个海量的人。结果憨二叔喝醉了，直挺挺地倒在地上，几个大汉都拿他没办法。自从他品过酒的滋味以后,憨二叔对饮酒这件事情忽然就不憨了。谁家要请他做活计,他必然要喝上几口,还边喝边说:喝点,喝点解解乏!

邻村有个疯子,天天准时出现在村子外面的公路上,像颗秒针一样,上一趟下一趟地行走着。他一来,憨二叔总是很兴奋,他指着那个衣衫褴褛的人,憨憨地大笑:老疯子来了,老疯子来了!我不知道在对面那个疯子的眼里,在看到憨二叔的那一刻时,会不会也在心里说:老憨包,老憨包!

憨二叔到了而立之年,父母想给他张罗一门婚事,到处托人询问哪个村子里有憨的包的聋的瞎的疯的女人,只要是个女人,她就能配得上憨二叔。终于,在很远的村子里找到一个疯女人。据说这个疯女人已经嫁过三次,因为疯得太不成样子,一次又一次地被人送还给她的父母。这一次,又有人来拾便宜货,她的父母像是随手丢包袱一样,顺势把她抛给了憨二叔。

有了媳妇的憨二叔神气了些日子,他们常常像玩过家家一样,在村子里闹出许多笑话。比如穿错了衣服和裤子,憨二叔追着她全村索要裤子,而她只是跑着笑着。想上厕所了,即使是在饭桌前,也毫不避开任何人,脱开裤子就完事。有时,还常常去拉村子里的年轻小伙子们,一边拉一边要脱衣裳。村子里的人约定俗成地把这种症状叫作"桃花疯",可又说桃花疯只有开桃花的季节才发疯呀,难道见了年轻小伙子,她都看成了她的桃花开了?这种疯法,实在太离谱了。但终归这也是一种生活,无论是报以嘲笑,还是略施同情,都没有人可以代替憨二叔去过他的日子。

就在这个疯女人动手打了她的婆婆以后,全家人终于忍无可忍,推着搡着要把她送还她娘家。她一个抖趔子往后山跑,谁也追不上,硬是在后山躲了两天才敢回家。憨二叔的父母心慈,又不忍心不要她。只是盼着她的肚子能有些动静,也算是桩不赔本的生意。可是好景不长,还没等来这个女人的肚子见什么红黑,这个疯女人突然患病死了。像是他们家前世就欠着这个疯女人的一笔冤枉账,白白贴了一口棺材钱。

憨二叔的脸上，看不见悲伤，也看不见痛苦，只一句，她死了，就像说村子里任何一个人死了时的表情。他像往常帮人家办丧事那样，跟着众人把这个疯女人送到山上埋葬了。往后的清明节，憨二叔会提着他娘给他准备的祭品朝那座山上去，没有人知道憨二叔会用什么样的礼仪来祭奠这个给他做过妻子的疯女人。他总是欢欢喜喜地去，一会儿欢欢喜喜地回来了。

憨二叔的父母对于给他娶亲的初衷是这样的，他们希望他有一个后代，趁着他们还能动得了身子时，一粥一饭地把娃娃喂养大了。等他们死了，这世上还有一儿半女代替他们来照顾他。这个打算随着疯女人的去世落空了，但他的父母依然没有死心，又四处求人，想为憨二叔留下一根苗的想法已成为他们全部的生活目标。

他们不惜拖着衰老的身体翻山越岭，村村寨寨去探去看。憨有憨的去向，傻有傻的活法，竟然连瘫了女人都有人愿意背去服侍着。每天清晨，棵棵小草上都会挂着一个晶莹的露珠子，这是上天对每一个生命的恩赐。人也应该一样，想得到阳光雨露，想要拥有一些正常的日子。这是四平村人心中最朴素的想法，家家户户的老人都能摆上一肚子的好话。如果用今天的书面语言，应该类似于心灵鸡汤，谁家有个病了灾了的事情发生时，他们依靠婶娘伯母们新鲜炖出的一碗鸡汤活着。唯有这样，家里的不幸才会有一个稍微顺心的去处。

想为憨二叔说门亲事的事情折腾了许久，在他的父母终于死心认命了的时候，忽然又得到消息说，某某村还有一个疯子没找到婆家，他们忘记了前一个疯子给他们带来的伤害，忙不迭地又托人去求亲，像捡着一堆钱一样把那个疯女人领了回来。可这个疯女人疯得更加离谱，常常在村子里闹得鸡犬不宁。已经完全超过了他们的承受能力，就连憨二叔都拉着她的手说不要了。可常常是送她回娘家去，她又跑回来，又送去，又跑回来，闹腾得人都失去了耐心。送了十几次，才像送大神一样把她送走了。

憨二叔又孤单地过起了他的日子，事实上，孤单与不孤单，对他来说又算得了什么呢？只要三餐还有保障，没有疯子的伤害和打扰，他就依然可以做一个快乐的傻子。

忽然有一天,传来憨二叔死了的消息。他的癫痫病发作,口吐白沫,牙关紧闭,整个身子直挺挺地倒在地上,恨不得要使出一生的力气来与大地抗衡。他年迈的老母亲一边哭着一边大喊救命,可午时的村子里,人们都在地里忙碌着,没有一个人听到她的呼喊。她只能用一块毛巾一遍又一遍地擦去他嘴边的白沫子,眼巴巴地看着自己的儿子死去。

憨二叔死了,像一片冬天的枯叶,轻飘飘地落在大地上。他没有留下过一张照片,甚至他叫什么?享年几岁?这些都成了一阵风。那些关于他的故事,也都成了一阵风。它无时无刻地吹在村子里,巷子里,竹林中,柿花树下,小水沟畔,哪里都站着穿着粉红色风衣的憨二叔。

梨花瓣飘飘洒洒,落在金黄色的菜花上,像是人间极致美好的重叠。这世界疯了的傻了的死了的,都与眼前的一切无关,又像都是眼前的一部分。他们变异为佛为魔,障眼于生活,摆渡春天,摆渡人间。风吹来的种子,花结出的果子,都在大地上蠢蠢欲动。

我在这一路上所亲见亲历的这些事情,不过是在向我展示一个未知的世界。有时,我觉得自己与他们是同类。有时,我又觉得自己是孤独的异类。在我活着的套路里,我常常会在一些虚妄里不能自拔,深陷于自我欺骗和自怜中。这时候,我就会羡慕无拘无束的白云和他们。白云在天空变幻着人间的影子,我像一团永远从未被人抱紧过的白云。当我的臆想综合征犯了时,我唯一能确定的是,在风居住的街道上,我想把自己推倒,然后,重来。

(《天涯》2020年第5期)

若有光

陈蔚文

在我以前没有时间，
在我以后没有存在
时间与我同生，时间也与我同死

——丹尼尔·冯·切普科

1

"每天倒着写五个字！"我再次建议正找东西的母亲。是一档电视节目里介绍的，说倒着写字可防"阿尔茨海默病"（它曾长期被称作"老年痴呆症"）。母亲置若罔闻，只顾满屋子翻找。

钥匙、钱包、票据、病历……寻找已成母亲的日常例课。

"到底搁哪儿了？"她苦苦寻思，得出结论，尔后推翻，重新回忆。事实上她的回忆越来越不可靠。她的忘性大得虽还未对正常生活造成要害性影响，只频频添些乱而已，却也够呛。比如最近一次她认定手机失窃，立即报了停机，半小时后，她发现它就在兜里。

她有时和人说到我或姐姐的过往，以一种具有小说家潜质的叙述侃侃回忆，而往事并非如此。她对我的不认同颇为不满，认为我试图篡改历史，她比我早二十八年进入这世间，当然比我更有发言权。有时她对同一桩事件的回忆会出现若干版本（甚至前后矛盾），但她不容人置疑。

在与她争执无果时，我真希望能有白纸黑字的当年记录以作佐证。但没有。事物正行进时，没人认为事实会被疏忘与混淆，然而，它以比我们想象快得多的速度变得凌乱模糊。

母亲建立起一套自己的往事体系，她的听力日益下降，这为她杜绝他人的干扰进一步提供了保障。她获得了记忆绝对的话语权。

科学资料说，人脑的眼窝前额皮层，有一个鼎鼎大名的"奖赏系统"。它指挥人们去寻求快乐，与其他额叶皮层一起见识大脑中产生的感觉、记忆和想象信息，区分真实和虚幻，设定信息的优先级。

当眼窝额叶皮层出现问题时，就可能导致"虚构症"。虚构症者往往以"脑补"的方式来填补记忆间的空白。

对母亲接下去的晚年生活我不无担忧，怕她套牢在寻找中。找钱夹，找钥匙，找名字，找莫须有的往事……

有时和她争辩时，我告诉自己，何苦争呢。宏大的人类历史都不知有多少虚构，就如《人类简史》的作者，"70后"历史学家尤瓦尔·赫拉利所说，"讲述虚构的故事是人类大规模合作的核心。银行家最会讲故事，他们创造了全世界人民都相信的故事：金钱"。赫拉利还说，"国家、公司、金钱，也都不是客观存在，而是虚构出的故事。包括上帝。"

如果上帝都是虚构之物，我干吗要和我妈争个子丑寅卯呢？

我对母亲的担忧，逐渐转为对自己的——寻找的场景已从她的日常复制进我的生活。我寻找的频率并不低于她，只是我比她的动静要小些。

遗忘业已侵入我中年的身体U盘，格式化掉不少内容。

有一次会议，有人热情地向我打招呼，我尴尬微笑。啊，这个面熟的人，似曾相识的声音……在哪里，在哪里见过你，我一时想不起。直到次日，我才突然想起她是谁，是的，一个月前我才在她家乡参加一个活动时与她同席，我们还就当地的风土人情聊了一会儿。

还有次尴尬是某培训班同学聚会，我带了些新书赠给大家，签到其中一位女同学时，我竟然忘了她名字！她守在一旁，兴冲冲等我签下。

我几乎想丢人地询问：你叫什么？笔悬半空，顾左右而言他，尽可能拖延落笔。芒刺在背，女同学神色已有疑。一位同学从外面进来，一阵寒暄，我装着打电话迅速打开同学微信群，查到她名字……

类似事情的频繁发生使我想到"短暂性全面遗忘症"——此病表现为短暂性失忆，与其他失忆不同的是当事者记得个人信息，认知也无障碍，失忆内容往往几天后会逐渐恢复，但也有永远丧失部分记忆的。

再纠正母亲的回忆时，我有了动摇：没准她的记忆更牢靠？

当马尔克斯笔下魔幻的马贡多镇集体患上遗忘症，居民们给每样东西标注名称，在路口贴上"马贡多"，以免忘记故乡的名字；在镇中心贴上"上帝存在"，以免失掉他们的信仰——文字成为拯救记忆的最后路径。

我为儿子乎乎记日记（有时是周记或月记），大概也为避免今后重蹈母亲凭一已记忆定义往昔岁月的覆辙吧。问题是，乎乎今后对这些琐屑有多少回顾的兴趣？与其说，是我为他提供成长的佐证，不如说，是我借由日记定格这些岁月，以抵抗今后衰老带来的各种遗忘……

2

"家乡的真正危险不是骗子，而是八卦，住着一群记忆力超强的人，左拾遗右补阙……"中国台湾作家唐诺说，这简直像说女友Z。她之所以离开江南小城，只身漂在上海，就为逃离家乡那群"记忆力超强的人"。他们一直记得Z与当时男友的恋爱始末，记得Z与男友母亲的一顿大吵，还有男友后来的婚事。

憎恨平庸，认为平庸是种不可恕罪行的Z，不能忍受自己的经历为小镇生活贡献新的平庸——那种茶余饭后，闲聚一处的"左拾遗右补阙"。在邻里唇舌间，她与前男友的情史不断演绎，永不能翻篇。

仿佛用张失效船票，她一次次被推上并不想登上的客船。

Z辞掉家乡安逸的工作，只身去沪。她喜欢上海广阔的层积，足以容纳大量匿名者。往事成为秘密，得以恪守。

在沪的第五年，Z买下一套中山公园旁的小二手房。她和它都是旧的，对彼此又都是新的。也像与上海的关系，各自旧着，又都互为新人。她隐在这座城中，避免口舌拨弄。

对Z，这是一座"看不见的上海"。那些乱糟糟的往事，变质后发酵的耻辱，沉下去，生出暗绿苔藻。她通过一个隘口，凫游进另个宽阔水域中。

这是许多人去到大城市的理由吗？和Z一样。一座深阔的城市，其深阔成为个人的掩体。

卡尔维诺在《看不见的城市》中写到贝姬的居民，这座城里居民的记忆会在每一天的零时被清空。在一次又一次的记忆重启中，居民们获得了永生——死亡对于他们没有意义，死亡也不过是完成一次清零，因此死神也远远地避开了这座纯洁的城市。

婴儿般纯洁的居民，每天重新出生一次，清白地住在这座失忆之城里。某种意义上，大城市也是这么座失忆之城。它像一块巨型海绵，吸汲着记忆，绝不轻易泄露。

Z又从上海去了南欧。出国前一年，她的房内贴满西班牙语单词。冰箱、床头、橱柜，甚至马桶。手机调成西语制式。四十二岁的年纪，她被扔向天空，落在二十八个字母的异国，离江南小城（连同上海的若干故事）愈远。记忆进入新的飞地。

3

电视剧里的某个男人有些眼熟，像一位旧友。他的名字再想不起。除了面容，其他部分已虚化，消失于记忆之河。这条河里壅塞诸多沉落物，正如我也是他人记忆河中的沉落物。

亲人，会不会彼此遗忘？

某年春节，去女友海茗家，她给我们看去陕北高原旅行的照片：她头裹花布骑在马上，模样俊俏。她母亲，一位八十多岁的老太太凑过来，端详照片，问这女子是谁。我们说，是您女儿哇。老太太满意点头，一会又指着照片问，她是谁？有时老太太会看着海茗，羞涩而惶惑地问，"你是谁，干吗对我这么好？"

失忆症向来是影视剧热衷的桥段。主人公因失忆，人生重来，把棘手问题往失忆症里一扔，最后电光石火，找回记忆。现实版"失忆"情形要残酷得多。它多和阿尔茨海默病勾结，成为国际上继癌症之后第二个让人害怕的病症，医学释之为"一种进行性发展的致死性神经退行性疾病，临床表现为认知和记忆功能不断恶化，日常生活能力进行性减退，并有各种神经精神症状和行为障碍"。

海茗的老母亲，每日站在七楼窗口向下俯瞰，看见了什么？她认不出从自己体内分娩出的儿女，这一刻，尘归尘，土归土，她把一切交还尘世，去了另个时空。那里，深林人不知，明月来相照。

海茗的老母亲是幸运的，有几个轮流照管她的儿女。我的旧邻方老师，则没这么幸运，阿尔茨海默病将其晚年送进悲惨。她是解放前的大学生，在北京工作多年，一头银发，风度雍容，普通话纯正。丈夫老卜搞文史研究，早年就读于北大和清华，魏碑功底深厚，在文化部工作时曾和赵树理同事。一次中风后，他变成奇怪的走路姿势，一只手朝内蜷，定格髋骨处，另手持拐，每行一步，牵一发而动全身，艰巨犹如将一堆报废零件努力拼拢一处。他坚持每日晨昏在院里走若干圈，不久后还是走向了死亡。老卜走后，方老师精神渐恍，患上阿尔茨海默症——这对一个体面的知识女性，是比死更可怕的病。儿女极少来，请了个阿姨。阿姨不善，嫌照看麻烦，给方老师吃得很少。防盗门后，她究竟过着怎样的悲惨生活，邻里不知。只是从方老师的消瘦程度可推断，阿姨的照管相当马虎。

院里人提起方老师都唏嘘，有人向她儿女单位反映过，但家事究竟难管，未有下文。

某年秋天深夜，院里突然响起喊声，是方老师。院子铁门锁了，她奋力拍打，嚷着要出去，到北京给红军战士们送草药，大伙正等着。年轻时，方老师曾在离毛主席很近的岗位工作，这是她一段辉煌的人生记忆。

她心急如焚地喊着，普通话字正腔圆，她求门卫开开门！北京等着她送药救人呢！

谁来救她呢？

院里几人出来，劝方老师。可她焦急执意地要去北京送药，人命关天，背负革命重任的方老师态度越来越激烈。这位知识女性蓬发趿鞋，在黑夜中声嘶力竭。

我母亲几经周转，查到方老师女儿电话，打去。对方推拒有事，口气中有嫌我们狗拿耗子的不耐烦。

无奈，我跟方老师说：北京刚打电话来，一定让您明天再送药去。反复劝说，她将信将疑，踽踽走进楼道。不久后传来方老师去世的消息，院里人私下说，她近乎是饿死的，保姆嫌恶她拉在身上，常饿她……

一个被记忆抛弃的老人，也被尊严所抛弃。

有资料显示，近年中国阿尔茨海默病患者已逾千万。预计到2050年，患者人数将达两千七百万。并且，中国的大多数阿尔茨海默病的患者都错过了最佳诊断时间，"中国AD病人从出现症状到首次确诊的平均时间在一年以上，百分之六十七的患者在确诊时为中重度，已错过最佳干预阶段"。

曾经，我觉得肉体的疾痫是最可怕的，现在我觉得比肉体之疾更可怕的是精神症候。它使人尊严受辱，斯文扫地——那时即使肉身完好又有何意义？

据说年轻时用脑过度的人群会增加该病的发病率。我想起我妈，从事财务工作一辈子，做过的报表连起来长度和那个知名奶茶杯子近似，亲友公认的"脑瓜子好使"，如今她的忘性愈来愈大，记忆于她有时像那个纸条游戏——A事件的时间搭上B事件的地点，再绕上C事件的人物，组合成一桩由她创造的新事件。

我自己无疑也属"用脑过度"人群，码字生涯加上失眠增殖出的思虑碎片，让我对今后患上失忆症的概率毫不乐观。

上海华山医院一位神经内科主任谈到阿尔茨海默病与年纪大了记忆

减退的区别时说,有四点可判断:一、前者经提醒也想不起许多事;二、对周边环境失去识别能力;三、逐步丧失生活自理能力;四、基本无烦恼——这第四点,听去像是对此病的一些精神补偿。若真如此,此生"想多了"的苦算得到根治性矫正,一切折磨人的记忆从此去向"无执无障",干净了断。

可是,与难以忘却的苦相比,我为何更恐惧的是失忆后的"放下"——那如断崖下的万丈空白?

4

纳博科夫说:"生动地追忆往昔生活的残留片段,似乎是我毕生怀着最大的热情来从事的一件事。"他的意思是,记忆是一生最重要的不动产。

可这笔不动产若遭了贼呢?贼还不是外来的,是"监守自盗"。

和纳博科夫相反,博尔赫斯在一次访谈中说,如果世间真有上帝能赐予永生的话,他希望上帝能赐予他遗忘,"我宁愿不知道博尔赫斯的所有情况,不知道他在这个世上的经历,如果我的记忆被抹掉,我就不知道自己是否存在了——我的意思是说,我就不知道自己是不是同一个人了"。

"我"与"非我",不仅仅是博尔赫斯的迷宫,也是更多人的迷宫。

有次听亲戚说起我青春期一桩事,几乎不能信,那个不可理喻的家伙怎会是我?在亲戚的陈述中,那个家伙乖张敏感,长满倒刺。我像听一个陌生人的传闻般,听亲戚说着,带着一点尴尬的侥幸:我不记得,那就不算数。

但我其实知道,那的确曾是我,敏感尖锐——那看似朝外的刺,刺向的其实是自己。

在遗忘类型中,大脑会自动生成一种"选择性遗忘":遗忘内容经过高度选择,以满足特殊感情的需要。例如,完全忘记某一重大事件的经过,以致矢口否认此事曾发生的事实。这种遗忘方式,就像人遇上红灯，会本能自动地刹车一样。

上过一堂心理课。上海莘庄，在美国心理女博士的指导练习下，有人在台上痛哭失声，描述自己"像陷在一个洞里"，那个黑洞就是她的创伤漩涡：她和父母的关系。另一个衣饰讲究的女人上台，在博士指导下，她亦突然失控，泪水迸发，因为与女儿的关系。她说女儿曾有很长一段时间说话不敢看她的眼睛……

台下的我诧于她们上台与当众痛哭的勇气。大概，人人内心都有个或浅或深的"记忆黑洞"？青春期郊外一座小桥边，我和女伴聊天，聊到成长，她突然说，我永远不会说出一件事。幽暗中看不清她的脸。她的声音低而坚定，表明她将永守一桩秘密。晚风吹来草皮与河水略腥的气味，货车从公路疾驰而过，卷起一波波尘土。

重潜那个黑洞，就能获得救赎与光明？那次课上，我问自己，你有勇气上台吗？有勇气当众潜入记忆深处去做回顾吗？不！我知道自己多紧张于这一切的发生。那些旧日之伤，请停驻原地，我已走远，琐碎如蚁而心系一处地生活，人生愿景不过如王朔所言，"不闹事，不出么蛾子，安静本分地等着自己的命盘跑光最后一秒"。

那天的课没上完我就返程了。午饭前，我突然感到身体难以描述的巨大不适。出了教室，我在院里的一架紫藤下想等待不适过去，想坚持把下午的课上掉，但不适愈来愈严重，严重到返程像是桩不可能完成的任务。

接下来，莫名大病一场，各项检查都查不出具体症结……

记忆的本能，懂得趋利避害。选择性遗忘可以有另个命名"保护性遗忘"。

不过，并非所有"被遗忘"都能得到保护，譬如情感上的"盲视背叛"。

整整几年，我都充当着亲戚 X 的心理辅导师。自从发现丈夫外遇，她就陷在自我折磨与折磨他人的双重角色中。她拒绝离婚，四处跟踪丈夫，同时原谅他一次次谎言。她无法消化掉的深入骨缝的痛苦，部分化作对亲友熟人的倾诉，我成了她重点倾诉的对象。但后来发现，一切劝说其实无效。她一次次原谅背叛的伴侣，无视对方的冷暴力，她不愿为承认这背叛而选择离婚。她宁肯"忘记"，像钻进沙子的鸵鸟——不，鸵鸟钻进沙子以躲避危险原本是人类长期来的误解。事实是，鸵鸟一旦发现敌情，会将脖子平贴地面，身体蜷曲，以暗褐色羽毛伪装成石头或灌木。它们并没钻进沙子，否则肯定会被闷死。

而"无视背叛"者的所谓"忘记"，却是真正一头扎进了沙子。

几年后，她终于离婚了，独自回家乡小城生活。离她最初发现丈夫的背叛，已过去十年。

5

"作家们最习惯于找到过去的现在和现在的过去，永远生活在时间的叠影里。"重读《小团圆》时想到这句话。一个优秀作家，正是时间地质的勤奋勘探者，如张爱玲。她强大的记忆复苏着那些一掠而过的细枝末节，易被常人疏忽的语调、眼神、手势……它们是小说，也是她人生的一部分，她从没丢开的一部分。那些"嘈嘈切切错杂弹"的记忆始终蛰伏于她异乎敏感的神经。这书从1970年代开始创作，张已年过半百，她开始借《小团圆》对过往做个总结。至去世，稿未能完成，也未曝光，遗嘱中她要求将手稿销毁。往事历历，不吐如鲠在喉，吐了恐惹非议。但终于，还是示予了天下人。

博闻强记，与其说是技艺，不如说是命定。好比张爱玲，她注定要借"九莉"还魂。称职的作家兴许都像一种鸟——克拉克星鸦，为储备冬天的粮食，星鸦辛苦劳作，收集森林中的松子，然后埋在一个很远的地方。每年秋天，一只克拉克星鸦要将两万两千到三万三千粒松子埋藏在五千个不同的地方。待到冬天食物稀少时，它们逐个挖开埋藏点，不论时隔多久，总也不会忘记藏粮之地。

有些人一生混沌，如传说中只有七秒钟记忆的金鱼，他们所经历的重大事件只是"物"，没有引申，不加注释。

不肯忘者，他们皈依记忆，为之立传。

林贤治先生记一亡友，女作家黄河。他初见她，微胖，开朗，之后她移民，两人有些信件往来。他未想到在黄河开朗外表下有隐痛的内心，而且她不愿接受 M 教授教示她的现代心理康复疗法，即任何时候有机会都应尽量向人诉说自己的痛苦经历（据说这样易于平复旧日创伤）。黄河写道："我发现我并不真正想遗忘那伤痛。那是我童年和少年时期唯一留下的印记。也许从心理学的角度说，这是自虐是病态。但对我来说，如果我把它们彻底遗忘，那个时代于我还剩下什么！"

黄河死了。林分析她的辞世，肯定同早年的创伤种子有关，与长期压抑、恐惧、不安之感有关。引林贤治语，"它终究在黑暗中占据你，控制你，吞噬你的生命，而你竟然以为凭自由意志可以战胜它，真是太小觑它了。生命是有极限的。所谓'抵抗遗忘'，抵抗的力量算得了什么呢！"

遗忘或许是剂偏方，但忘或不忘，是命数。有些事物注定永远无法达成和解。对黄河，唯"不忘"才可证示存在。去世前，她还在以义工身份为一名七十多岁的上海移民（因申请穷人的医疗保险时遇到麻烦，跳地铁自杀，被救起后截断双腿）的利益而作努力。这位热爱自由的女性，曾写到对理想主义者的敬意，尽管"那通体的伤痕就是他们能得到的唯一奖赏"。

同样对记忆不忘的还有张纯如，这个美丽的华裔姑娘写成二十万字的《南京大屠杀：被二战遗忘的浩劫》，在搜集资料过程中，她患忧郁症住院。张纯如最后的精神崩溃乃至举枪自杀，与"浸入式"写作此书显然有关。

传说中的匠人，以身为薪，瓷器方得以烧成。黄河、张纯如们，也同样跃入历史的熊熊窑火，明知不返，却执意将自我血色熔入其中。

当某些记忆变得吞吐、游移乃至滑向"集体无意识"时，总有绝不妥协，沿献祭道路而去者。他们用提前殒殁的背影提醒着历史的真相。

6

"越近的事情越容易忘记,越久远以前的事情反而记得越是清楚。这是初老症的症状。"对照此条,我大概还非初老,是中老了。因为常忘掉近事,却连在摇篮中被姐姐不慎推翻在地的惊慌,都记得。还记得一些场景与瞬间——童年的寒冬早晨,外公用煤油炉煮面的香气;七八岁时,家里窗台上盛开的鸡冠花、指甲花,院子里的夜来香和红艳的美人蕉;江边往来的驳船,天空的流云,施工队在街道挖出的一铝盒锃亮针具,引发各种充满离奇想象的街坊猜测。小学二年级,从外公家旁的街道小学转入父母家附近的重点小学,让我先考试的女班主任威严高大的身影(这个乌云般盖下的身影成为她所教授的数学的隐喻)。学校隔壁省委大院内的柚子树和紫云英,雨天沉甸甸地落在地上的紫色泡桐花。还有,邻班一对高挑清丽的表姐妹在夏日街上走着,穿牛仔短裤,露出在那个年代显得惊世骇俗的白皙美腿。多年后,看电影《西西里的美丽传说》,那位美丽女人玛琳娜走在西西里岛小镇的那双美腿顿时让我想起她们。

进入这所重点小学后,不快的回忆愈来愈多。同学对我这个插班生的疏离;十岁时外公的离世;每回父亲从部队探亲回来时我的惊慌(这意味母亲的告状与父亲的"整风")……

"像一个夭折的婴儿/种进土壤里/生根/发芽/一再重复地长出他自己",我在一首诗中曾写道。

一生再长,或许都是童年的某种延续与变体。

再有一些凌乱的青春记忆:暴雨夜的通宵电话,摩托车掠过的立交桥,厚厚的几大本日记,拒绝与被拒绝,出走与归来……没有主线,每一天都在渴望后一天,每一天都在懊悔前一天,心智孩童般不定,又如老人般迟暮。像茨维塔耶娃的诗句,"我的青春!——我不会回头呼唤,你曾经是我的重负和累赘。"

转眼坐四望五,距印度作家阿兰达蒂《微物之神》中说的"三十一岁,一个可以活着,也可以死去的年龄"已逾十年,还在努力活着,愈来愈靠近"夕阳红"模式。但身体的疲势仍不容分说,包括记性的衰退——据说到了四十岁,脑神经细胞的数量开始以每天一万个的速度递减,从而造成记忆力下降。是的,夜半忆旧事,恍如前世。诗人说,"只要想起一生中后悔的事/梅花便落了下来",现实中梅花并未落满南山,只有懊恼弥漫,天迟迟不亮,"仿佛被灌进一整个冬天的黑暗"。

那些旧事部分被写下,部分的,永不会被写下。已发表的绝对诚实的文字是稀有的。在写下(发表)与真实之间,注定隔着不可被全部指认的罅隙。

或许只有日记相对诚实。

八月,在去北欧与俄罗斯旅行途中认识一位湖北黄石的冯老先生,从赫尔辛基到彼得堡的车上,他埋头记着日记。从小学六年级起,他已记了五十多年的日记,一天不落。

回国后,他拍了几则行程日记给我看——

2016.8.20 星期六阴,阵雨转多云

圣·彼得堡—莫斯科

圣·彼得堡时间五点起床,在宾馆大厅遇一北京游客,一聊,知与我同年同月出生,与我同届(高66级),且性格兴趣同。他参加的是俄罗斯十日游,除俄罗斯莫斯科圣·彼得堡外,还有新西伯利亚和莫彼之间的一个小城,原价九千元人民币,因有人临时退团,他捡了一个漏,只花了六千元。互相交流了旅游经历及感受,像是久别重逢的朋友,聊兴浓,话不尽,情难舍。

我对俄罗斯有难舍的情怀,这可追溯到1960年代初上初中,那时中苏关系不错,我迷上了俄语,并把到苏联留学作为自己的目标,因而俄语成绩不错。1963年初中毕业,高中全市统考,我因俄语九十九分的成绩被优先录取省重点高中——黄石一中。高中三年我也把俄语作为我学习的重中之重,1966年填写高考志愿,前三都是外语专业。这个梦经过半年的迎考准备,因"文

革"开始而化为泡影!更黑色幽默的是,在"文革"初期查抄学校档案中,发现全校应届高中保送生中,有保送我上北京外语学院的学校推荐书。很久以后,当听到这个迟来的信息时,我已下放农村插队,在"广阔天地"里接受再教育。再次燃起希望是在十二年后的1978年,恢复高考的第二年,因年龄限制(外语专业限二十五岁以下)我未能如愿进外语系,而被无多大兴趣的财经专业录取。这就是我的俄罗斯情怀,所以,退休后的第一次出国,我就选择了俄罗斯(2006年)。这次北欧四国加俄罗斯是旧地重游,仍心潮澎湃,激动不已。

……

人间惆怅客,笔底忆平生。五十多年的岁月串联而成的日记,不,应当是五十多年日记串联而成的岁月。这次旅行后,黄老先生和一位同样热衷行走的老友建了个小群,把我也拉进了。他们分享着与老伴共走天涯的记录,黄老先生最近分享的是"大巴尔干希腊九国十六日游记",还发了不少视频与图片,包括南非开普敦豪特湾的海豹岛上,数以万计的海豹栖息礁石的奇观。

感佩这些老人的脚力与心力,他们尚有去看蔚蓝的大海和船帆的热忱,并付诸记录。而我成为一个所谓的职业写作者后,反而很少以日记的形式记些什么,包括这些年的异邦旅行,旅途中多用手机镜头记录,结果是不少记忆始于手机镜头,也终结于镜头,行走糅糅成一片走马观花的景状。澳洲的海和加拿大的海混在一块,意大利帅哥的脸和德国乐手的脸重叠一起,纽约的太阳辐射着洛杉矶的楼宇,那些古老辉煌的教堂,多数想不起名字,只余相似的庄严……

我是真的到达过这些地方?对一名路盲与健忘者,旅途何以成立?

所幸,还清晰地记得一些与人有关的画面。

新西兰的一所教堂(关于它神圣的背景资料全忘),一如其他到过的教堂,华美的穹顶使无神论者都会产生上帝在俯瞰的错觉。东张西望间,见进门左手边有座钉在十字架上的耶稣像,一位短发的东方女子抱紧耶稣的腿,像抱紧骨肉相连的亲人,抱紧所有的罪与罚。她久久地,一动不动。这具清瘦背影,与传说中钉在十字架上的耶稣身影一般让人震动。直至出教堂,我也没看到她的脸。一个在承受也在被慰藉的背影,这背影,仿佛是更多人的背影——负轭前行中对希望与救赎的苦苦寻找。

北欧,从峡湾盖洛小镇去往挪威松恩峡湾的公路上,大巴车窗掠过不远处的山头,成片的积雪还未化,在阳光下闪烁着碎片的光……寂静的公路忽然掠过一个人,孑然走着,在这前不着村后不着店的公路上,不可思议地走着。大巴飞快地往前开了十几分钟,半个钟头,个把小时,仍未见到任何人迹(包括服务区、加油站、商店)的公路上,刚才那个行走的人像是错觉。但我分明看见了他,像一只微小、固执的蚁,也像是超现实的神的信息。

温哥华的史丹利公园,一个跛腿老男人用摄像机偷拍一位躺在公园长椅上小憩的女人(她有着迷人丰满的腰臀),阳光照射着他的紧张与迷恋,我甚至想象他的手指正微微发抖;夕阳中的澳洲海滩,金色短发的同性恋,她们长久倚靠一起,偶尔微笑对视一下……

这些画面,偶从尘世生活里跳出,像灰白风景画中的一抹彩色,吸引我的下一次行走。

记忆是有定向的,向一些事物关闭的同时,向另一些事物打开。定格下来的记忆,似乎超越了风景的存在而成为一种独立画面,成为某种隐喻与化身。

这些记忆,以及另些可堪记取的事物,从一地鸡毛的俗世生活里浮现。如是我见,如是我闻,它们将生活的庸常性与神圣性奇异地融合一起。

7

秋天,从常走的一条路——省府大院内的一条小路走过,两旁杂花生树,金桂馥郁,上世纪七八十年代的三层楼房皆由青灰砖砌成,鸟雀穿梭于高大树冠间（一只黑白羽翎的"伯劳"鸟活像风度翩翩的小开），一条英俊的白色哈士奇懒洋洋卧于路中，即使对面骑来一辆自行车它也懒得动弹，车得绕着它走。因为它的英俊，人们都好脾气地配合它的任性。每回经过，我与它对视几眼，看着就要笑起来，它的眼眸有孩子的神情。

傍晚，某个窗口传来钢琴声，另个窗口飘出烩小杂鱼的香味，贯通着童年未被篡改过的气味。路边大丛夜来香（它有个好听的学名"晚香玉"）随夜色加深，释放出令人晕眩的香气……

这一切，像为永恒而搭建的布景，近于梦魇，是的，很快这个位于市区中心的大院就要翻天覆地了。随着省政府迁往九龙湖的行政中心，开发商加快了改造省府大院的脚步，这些老房，这些时光，将与这些生长多年的花树一道消失。

于上世纪50年代建成的这处省府大院，汇聚了当年从各地来此工作的省直单位干部职工。这条路上，住了大半辈子的老人们操着北方话、上海话、湖南话……开的店有粮油店、丝绸店、美发店、面食店等，有人说它就像是南昌的"眷村"。可没什么能阻止得了"开发"的脚步，大院东边几栋楼已然开拆，立于楼顶的民工挥舞着大铁锤，一记记奋力砸下。楼一点点坍塌、缩小，窗户没了，露出里面的房间，老式木门框上贴着春联，墙上是一个倒着的"福"字，旁边贴了几张稚气的儿童画。曾住在楼里的一户人家，那个画儿童画的孩子必也随大人迁走了，他会记得童年住过的这幢楼吗？楼的青灰外墙多好看哪！

我抓紧行走，在这条路。我曾无数次牵着儿子乎乎的小手走过的路，这片由老房、树木、旧时光同构的路。贪婪地听、看、嗅。在消失前。

乎乎的时间被越来越多的课外班占领，从这个教室到那个教室，人工光源照射着他的成长。这条路，更多是我独自在走，从家到单位。阳光，阴霾，雨水。树长新叶了，从绿转为赭色，又落了。风吹过来，复止歇。墙上用白石灰写着"每天念佛一千遍"，字丑而虔诚。

走在这条路上，人感到生的确幸，也预见到死的必然，二者交叠如树冠间那只伯劳鸟的黑白羽翼。鸟的啾鸣传递着一个可见的世界，也提示着在不可见处的发生：人类个体的生命正以比植物迅疾得多的速度走向衰惫，属于他（她）的记忆在风里将陆续散佚，直至随同他（她）从这世上消失。

会有新的人群汇入新的记忆。"结局时的人群仍是开始时的人群，没有人变老，也没有人死亡。"记忆有着个体的崭新，又古老得似洪荒初辟。依旧是生老病死，喜怒悲欢。逢秋至，微风乍起，风中充盈过往的群声喊喳。远方以远，林尽水源，山有小口，仿佛若有光。

（《上海文学》2020年第4期）

翁丁记

黛 安

烟火翁丁

火塘在屋子正中。没有灶,一只三角铁架支在火上,大锅,小锅,大壶,小壶,做饭,烧水,都在这只架子上。它支撑着翁丁佤族一家人的日子。火塘不熄,常年燃着粗而长的木头。北方的乡下,灶膛里多是玉米根、玉米秆、玉米槌、麦秸,从灶膛一眼就望见了田野。那些柴火不耐烧,火苗轻飘,柔软,需要不停地往灶下续柴,人不能离开。小时候夏天烧一顿锅,汗从头发梢流到脚后跟,完了往门口一站,风一吹,真是美!所以,老家有句话:哪里凉快?棒子地头,饭屋门口。棒子地,就是玉米(苞谷)地。夏天在地里干活,玉米秆子高过人头,叶子多而密,唰啦啦,唰啦啦,又闷又热。到了地头,一钻出来,小风一吹,顿觉清爽。我们偶尔也烧木头,但都是用斧头劈成窄细的木条,或干脆是捡来的枯枝。翁丁不。翁丁大气。翁丁也种玉米,但秸秆不烧,砍下来任其烂掉肥地,只烧木头。木头粗的仿佛人腰,细的也要阔于碗口。而长度,若竖起来,比人高是很寻常的。佤族一词本意即为住在山上的民族。翁丁四面皆山,林高树密,有一种树,生来就是为了烧火的,越砍,长得越旺。还有,森林里,总有一些树在莫名死去。或许是像人一样老死的。死去就要砍下烧火。死去的树在火光中重生。所以,在翁丁原始部落，随处可见一堆堆码得齐齐整整的木头。走近了，会看见一根木头的年龄。没有两棵树的年轮是完全一样的。就像人的指纹。那是翁丁人的日子，是日子里的刻度和温度。木堆旁边闲置着一把弯刀，一只竹篓，一副篾筐，一绳晾晒的各色衣物，像一张张油画，静立在岁月里，任时光像一只猫，轻轻在上面走过。

木头大，人就不会被火拴住了。把添满水淘好米的锅往铁架子上一蹲，就去忙其他活计了。日子一天到晚，也说不上多忙，但也闲不住。猪在圈里，鸡在街上，芭蕉、茶树、水稻、谷子、玉米、菜蔬在地里，地在山上，山在寨子外。每一样都在时空里排好了序，等着人去收拾。织布机随时拉开着架势，蒸锅米的时间就能坐下来再织一小截布。翁丁织布一直用最古老的腰机织法。腰机由几根木棒、木刀、竹签组成。人坐下后，双脚蹬住撑经木的两端，绷紧经线，然后一遍遍地提综、穿梭、打纬。人们日常的衣服床单围巾背包，哪一样都离不开布，都要女人一毫米一毫米经经纬纬地织出来。布的颜色，没有谁统一规定，织布的女人想怎么织就怎么织，想怎么搭配就怎么搭配，织完往那一挂，好看。高山流水里长大的女人，从睁开眼睛的那一刻，蓝天白云，红花绿草，看到的都是大自然最本真最纯粹的颜色，对美的感知，是天生就存在于骨子里的。那布是艺术美的范畴，更是寻常百姓日子的一部分。翁丁人的日子，都是翁丁人自己一样一样经纬分明地整理出来的。

大木头是经历过世面的。里面有天地日月，雪雨风花，经了沧桑的大木头懂人心。大木头只管自己烧，不用人守着。火苗真大，真多。锅底下满满的鲜艳的火苗，锅的四周也是满满的鲜艳的火苗。火燎着锅盖了。

翁丁偏，二三十公里外，翻过几座山，就是缅甸了。仅仅七十年前，翁丁还处在刀耕火种的原始母系氏族社会，屋子一律为中国南方典型的杆栏式二层茅草房——一楼养猪啊牛啊羊啊鸡啊狗啊，二楼住人。我来的时候，翁丁正值雨季。翁丁的雨，一下就是几个月。在雨季，只要哪天还没下雨，那一天的夜或黎明就不会按时到来。一天中，一定要等到至少一场雨。也许就是雨的缘故，茅草屋脊陡，坡长，密严，只向天开了一扇小芭蕉叶大的窗，整个房屋像一间暗室。可是火让茅草房里明亮起来了。黑篾桌亮汪汪的，黑竹凳亮汪汪的，黑铁锅亮汪汪的，黑水壶亮汪汪的。竹木的黑立柱亮汪汪的，竹木的黑地板亮汪汪的，竹木的黑墙壁亮汪汪的，竹木的黑屋顶亮汪汪的，蜷在火塘边睡觉的大黑猫亮汪汪的。常年不熄的火塘，日日夜夜的烟熏火燎，屋里什么都成黑的了。翁丁是一幅油画，黑是它的主色调。那是岁月的黑衣衫，是日子的黑包浆，是一个民族的黑皮肤。在色彩的王国，黑侵蚀并战胜了其他任何颜色。黑是一只罐子，把所有其他的颜色都一一盛了里面。主人不在跟前，火把主人的日子角角落落旮旮旯旯都照得亮汪汪的了。

也有不黑的物件。一摞洗净的瓷碗，亮汪汪的，是月亮栖落在了茅草房里；几瓶去年采的野蜂蜜，亮汪汪的，是金子融化在了茅草房里；三两个垂挂在钉子上的七色手织布包，亮汪汪的，是一抹彩虹升起在了茅草房里。它们是画面恰到好处的点缀。它们让黑的更黑，让黑迸溅出火光来。

最黑最亮的是火塘正上方一米见方的竹木置物架。它在佤语中有一个质朴的名字：格啦。佤语只有语音，没有文字，把佤语的发音用汉字写出来，就像看着照片给人做了一件衣衫，不知合不合体。我所在的小黑客栈，格啦由五纵两横七根木条框成，上面铺一张篾片编的席子。佤族人炒菜一向不吝食油，柴火又旺，热锅烹沸油，饱含油花的浓烟直冲向格啦。年深日久，格啦覆满了厚厚的油污，晶亮的油珠垂悬欲落。置身事外的异乡人，如我，真想拿把弯刀刮一下，刮出格啦竹木原本的素色面目；或者，弃掉旧的，换一架新的。但没有谁家这样做。只有异乡人才那样想，因为他是异乡人。那不是他的日子。异乡人是落到格啦上的一滴水，浮在表面，渗不进去。他在那里看不到自己的归宿。黑得透亮的格啦，是佤族人眼中的美物。佤族人的每一餐饭，每一顿烟火，忠心的格啦都无声地如实记录了下来，层层覆盖，层层叠加，像太阳覆盖太阳，月亮叠加月亮。它是智者，是翁丁最持久的写实主义者。

格啦上，什么都放。竹篓，篾筐，布口袋，眼镜，红梅牌的香烟盒，十字形的木质绕线器，芦笙，笛子，葫芦丝，独弦琴……想用时，手一伸就取下来了；用完了，随手就搁上去了。有的就长久地闲置在那里，比如墨镜。小黑家的格啦上就放着一副墨镜。墨镜是适宜油烟熏烤的么？每个物件都是黑油油的，触摸时，有浓郁的黏滞感。日积月累的日子粘住了手，把掌心的纹路一遍遍拓下来了。

小黑客栈家的男孩泥块七八岁，正是顽皮的时候。我老家说，七岁八岁狗都嫌。因为能作。不分地域，哪的孩子都一样，没有他们作不到的地方。一天，泥块把一个鸟窝从树上整个端下来捧回了家，里面有四颗小拇指肚大小的鸟蛋。泥块把鸟窝放在一只小竹篾筐里，扣上盖子，放在格啦上让它熏着。他已经不是第一次干这事了。泥块每天都把小篾筐抓下来看。我问他，能孵出小鸟吗？能。他很肯定地回答。孵出来过？我又问。嗯。他想了想。我说，熏了这几天，也不知现在鸟蛋里面什么样了，是不是正在长羽毛。泥块看了我一眼，问，你想看看吗？我看着那几颗鸟蛋，犹豫着。他已经捏起一颗，我突然明白了他要做什么，想阻止，鸟蛋已经落在了地上，薄薄的壳摔破，蛋液流了出来。我虽然预料到了，还是禁不住叫了一声。一个生命，就此结束于我的好奇与一个孩子不安分的手中。泥块捡起一根小细木棒，拨拉着蛋液说，看，它正在变成鸟，这是它的头。我伸长了脖子，想从黏稠的蛋液里看出生命形成初期的奥秘。然而一切都停止了，我们阻止了一只鸟来到这个世界上。我们作完，又把盛着另外三只鸟蛋的小篾筐放回到格啦上。火塘宽厚地容忍了我们天性里的顽劣和任性。

格啦之上，还有一个几乎纵贯整个茅草屋的大置物架。十几根碗口粗的整棵的竹子，担在两根粗大的檩木上。照例，平铺上一张竹席。小黑客栈家，两捆新破的竹条撂在上面，越熏，竹条越柔韧，编出来的物件越结实。十几个新编的竹篓、竹凳、篾桌、篾筐也扔在上面，横七竖八。人丢上去就不管了，好像忘了。就是要把新的放老，熏老，烤老。什么时候足够黑了，足够老了，新鲜易折的劲头没有了，好了，拿下来了，顺手而好用。时间，在烟火中，把生活细节中易伤害人的锐气——消磨掉了。物件是，人亦如此。翁丁的人夫妻不拌嘴，婆媳不吵架。都和和气气的，安安静静的。我说你听。你说我听。那些为人处世的尖锐的棱角，一代一代，让火塘的烟火熏烤得柔软而温驯。那是整整一个民族的和睦与谦卑。

蹲上锅就去忙的主人闻到米香回来了。回来就垫块毛巾把锅端了下来。米熟不熟，她不用掀开盖子看就知道。是木头的烟火告诉她的。佤族的每个人都是木头的密友，懂得木头的语言。此刻，不见了火苗，火塘里红彤彤的，是木炭了。先前又大又多又鲜艳的火苗刚好蒸熟了一锅米。麻利地换上炒瓢，淋上油，把柴往里推推，大木头噗一声重新噼噼啪啪燃起来。不管什么菜唰一声倒进去，烟火中，香气冲出来，茅草屋整个都香了。

烟火柔韧而柔软。烟火中，翁丁的日子是圆的。吃饭时，一家人围着圆圆的篾桌坐一圈。小黑客栈老板现在一个儿子一个女儿，我问他们小夫妻，如果国家允许，还要再生吗？他们十分肯定地说，生。我戏谑地问，不会越多越没人管你们吧？他们吃惊地看着我，怎么会？不会的。不可能。从来没有过。弟兄几人，必定有一个要养父母的，与父母同住。他们认真地反复说。我信。小黑的奶奶跟着大儿子，大儿子没有了，跟着大孙子。但是，只要有点风吹草动，谁有能力谁就跑在前。就在昨天，小黑还开车带奶奶去县城看病，说奶奶胃不舒服。我想起我们村曾经的宝玉二奶奶。年轻时，她扑扑棱棱生了五个儿子，可是到头来，自己不得不在池塘边搭了个窝棚，夏天对着一池塘的荷花冬天对着一池塘的冰过日子。孤寒是一根弹性十足的橡皮筋，它一点一点拉长着宝玉二奶奶的寿命，使她九十九岁时仍种着一畦菜养着一窝鸡并且每天出来寻卜在各处的鸡蛋。后来，五个儿子一个接一个相继死去了。还是她的大孙子，那时已经六十多岁，头发都白了，把她接回了家。然而宝玉二奶奶很快就得了小脑萎缩，谁都不认识，天天挎着一个小篮子嚷着回娘家。她最终死在了那个窝棚。孙子找到她时，她手里握着一张照片，一个女人怀里抱着一个孩子。上了年纪的人说，那个女人是宝玉二奶奶的娘，那个小女孩，是宝玉二奶奶。

佤族信奉万物有灵，从不训斥小孩子，说会把小孩子的魂吓跑，所以规矩也是活的，方里有圆。吃饭时，长辈没坐下，儿孙谁都不可动筷。然而一旦吃起来,孩子们就随意了,可以用手抓着吃,可以躺在地上吃,可以没吃饱玩够了回来再吃。不高兴可以哭,可以闹。没有约束,没有训斥,自由如鸟。不急,小孩子的性子是生的,像一块洋芋,火塘还没把它烤熟。熟了就软了。篾桌就在火塘旁。火光一跳一跃,照亮了一家人黑红的脸。

翁丁的夜也是圆的。忙碌了一天,晚饭后,一家人终于可以围坐在一起好好说话了。这时候,老人通常要抽烟。烟是自家种的,烟叶是自家烤的,烟袋也是自己做的。竹木做杆,竹根做烟袋锅子。烟锅很特别,像一只仰面朝上的大麻雀。烟杆一尺长的二尺长的二尺多长的都有,弯下腰,伸进火塘头一偏一吸就点着了。不用烟袋的,就吸水烟。一只大竹筒水烟袋杵在地上,人抱着,脸扣在上面,呼噜噜,呼噜噜,水在里面滚。对于北方人来说,不知他们是吸还是吹。小黑客栈家,小黑的父亲老黑往往这时候会从格啦上取下芦笙或单弦琴,吹一段,拉一段。泥块五岁半的妹妹来了兴致,不是唱佤族歌就是跳甩发舞,没有一刻闲着的时候。她鲜亮活泼得像一滴跳跃的水珠。火塘像一个慈祥的老者,没有言语,却什么都看在了眼里。

深夜,人睡了,牛睡了,猪睡了,鸡睡了,鸭睡了,猫睡了,鸟睡了,虫睡了。都睡了。连天空和大地也睡了。而火塘不睡,大木头不睡。火塘是夜晚的眼,是夜晚的看护神。大木头把火苗小心地藏进体内,只隐忍地亮着,暗红的光若有若无。茅屋内黑色的物件仿佛消失了,与黑夜彻底融为了一体。火塘像一只忠实的狗,倾听着一家老小起起落落的呼吸。晨起,只需把木头拨一下,对着微弱的火光噗——噗——噗——地吹,大木头就又烧了起来。烟火中,翁丁一天的日子又开始了。

油彩翁丁

天地间都是雨。每一根茅草都吸足了水,闪着湿淋淋的光。翁丁,黑褐色的茅草屋仿佛一群打湿了翅膀的鸟雀,静立在群山中。雨顺着茅草流下来。一条条亮汪汪的雨线，一粒粒圆滚滚的雨珠。

几户人家的茅草呈浅黄色。那是不久前新换的。落在上面的雨也浅黄而新鲜。再淋几场雨，再晒几场太阳，它们也成黑褐色的了。新的最终会成为旧的。旧到朽，又重新新起来。在翁丁，时间不偏不倚，会让一切趋于一致。

雨水顺着北高南低的弹石路往下淌。淙淙流水，叮叮咚咚，在古老的村寨弹响了一把竖琴。石头是就近山上采来的，大的小的，凹的凸的，尖的圆的。翁丁人随意惯了，当初也没怎么好好铺，似乎撂在那里就完了，不平不整的，石上奔跑的雨水激起了小小的明亮的水花。背着竹篓的女人不知从哪里才回来，光脚走在雨中。雨水没了她的脚踝，裙角是早就湿了的。一生见惯了雨的女人，从不会在雨中慌乱地奔跑，她们走得不紧不慢，从容有致。天上所有的雨水，地上所有的石头都认得翁丁的女人。翁丁的女人，软的时候是一滴雨，硬的时候是一块石头。她们一生行走在软与硬之间，自由如风。

从初夏到秋，雨断断续续，但每天都要下，像是翁丁的日记。只要哪天还没下雨，那天的时间就停止了行走。雨季，光阴和雨像两个结伴而行的旅人。雨迟了，光阴停下来等雨。雨一来，那一天就平淡无奇地过去了。雨季的翁丁，一天中一半的时间，都是浸在雨里的。时间在翁丁以雨的形式呈现，湿答答地鼓胀着。

那时候，水稻浸在雨里。茶树浸在雨里。苞谷浸在雨里。几百年的大叶榕小叶榕浸在雨里。无数牛头骷髅浸在雨里。人头桩浸在雨里。青绿的大芭蕉浸在雨里。喇叭形的黄蝉花浸在雨里。此起彼伏的鸡鸭猪狗的叫声浸在雨里。青蓝的炊烟浸在雨里。人的喜悦和忧伤浸在雨里。翁丁远去的历史浸在雨里。雨水是最好的油彩，把覆着阿佤山茅草的翁丁涂抹得湿润淋漓。

阿佤山多茅草。茅草卑微。然卑微的茅草几乎承载了翁丁所有的美。茅草的翁丁注定属于油画。在翁丁，我遇到了一位油画家。他先我三两天到。那天，我在雨中，他在茅草檐下。不经意间望到时，他正在专注写生。雨在他身边滴落成一副透明的帘子，让他也成了一幅画。那一天，他画板上的翁丁是深浓的赭栗。翁丁小，纵横三两条街，我在翁丁穿行，便常常看到他。他每次都找寻新的视角。有时在一棵树下，有时在一座茅屋旁。他要把从不同方位看到的翁丁先存到心里，再搬到画板上。周围，有时围着几个衣衫不整的黑脸庞的半大孩子；也有时，是一两个背孩子的妇女。含着长烟袋的佤族汉子偶尔也会停下来。他们静静地看画家怎样神奇地涂抹他们的翁丁。那一天，画板上的翁丁是浅浅的黄绿。他提亮了茅草，压暗了花木。大多数时候，画家一个人，面对画框，背对着所有的云雨和喧嚣，沉默着，一声不响，一画就是大半天。有时一幅画分明好了，他却突然用刀刮掉某个地方，重新修改。改天空，改背景，改茅草，改大地。握着画笔的他是王，有权力随心所欲地表现他的翁丁。他把带去的颜料和画板都用完了。每张翁丁都不同。深浓的浅淡的。馨暖的孤冷的。清透的暧昧的。粗犷的婉约的。氤氲的蒸腾的。夸张的规矩的。写实的写意的。他独到的目光触及了翁丁几乎所有的神秘。那是他一个人的翁丁。是艺术的翁丁。是人类的翁丁。是从历史走来即将消亡的翁丁。一定还有他想画却画不出来的。一个久远的民族，一个原始的部落，不是几支颜料就能调和得出来的，不是几张画板就盛放得下的。它的存在本身就是画。这场雨与那场雨不同，这场日落与那场日落不同，画面就发生了变化。翁丁，也许它本不需要任何人描摹它，想象它。天地才是它最好的画板，时间与自然，才是它最好的画笔。

那一天，画家又在画板上反复涂抹茅草，我站在他身后，只觉翁丁远去，那些茅草，变成了北方的麦草。

在北方，五月端午，布谷鸟的脆叫一滑过天空，麦子就黄了。走在田边，能听见饱满的麦粒里汁液汩汩流淌的声音。那是真正的天籁之音，是人间最丰美的音乐。蚕老一时，麦熟一晌。割了，脱了粒，麦秸晒干，挑着垛起来。田野里，打麦场上，村前村后的空地上，到处是浑圆金黄的麦垛。那是北方的乡村诗意最为丰沛的时候。上天的画作，不用修饰，不用涂改，可以直接端放到人间的画布上。七月多雨。暴雨总是从天上直接倒下来。父亲会赶在雨季前，挑最劲道的麦秸，把它们捋好，打好，爬上屋顶，把看起来可能要漏雨的地方重新苫一遍。父母从不给我们讲虚妄的道理，他们把道理都放进了看得见摸得着的事物里。从那时我就知道，柔软的未必没有力量。一根麦秸轻易就折断了，可是一捆麦秸，连暴雨都拿它没办法。老天爷敬重一捆麦秸。我站在天井里仰头看。天空之下，屋顶之上，只有父亲。父亲把我家的天空顶起来了。麦秸里储存着从冬天到初夏整整大半年的太阳，暖熟的香气在整个天井里飘荡。父亲永远都会在。他会每年在麦收之后暴雨来临之前修一次房顶，给我们的生活补上一块补丁。那些岁月里，有了那块补丁，我们的日子就接近圆满了。修好屋顶，我扶着木梯，看着他一阶一阶下来。那时父亲四十岁多点，年轻时在省城上过会计学校，会跳交谊舞，会弹脚踏琴，会吹口琴，会在算盘上噼里啪啦打乘方开方，是乡间少有的有学识的儒雅而英俊的男子。就像我从未想到很多事物会离我们而去，我从未想过父亲会消失。但他消失了。那年的农历二月末，三月初，麦苗正青柳芽正黄的时候，突然，父亲像一棵被人连根拔走的草，突然间在大地上消失了。天空与我家屋顶之间，突然就空荡荡的了，只有风。风从四面八方呼啸而来，比铁都硬。那时候，父亲早已经把麦秸的屋顶换成了青瓦。他大约早就预知了自己的命运，因为他反常地用整整一个二月还清了之前欠下的所有账。然后，像一粒尘埃回归泥土，他从容地，一声不响地从椅子上滑落下来，把生命先是交给了惊诧的母亲，接着交给了忧伤的我们，最后，交给了大地。

一幅画结束时，我坐在画家对面，看着他，想说说那些麦秸，或许，他的画板能让曾经消失的神奇般重现。但终于没有。还是他说，他小时候，家里房子的屋顶是稻草的，墙是土墙。我说，我家也是土墙，屋顶……然后，迅速低下了头。我家屋顶的麦草像一堵墙堵住了我的唇齿，我说不出。一田野的麦，汹涌而来，堆在翁丁。

凡·高也画过茅草屋。二零一七年七月，我在澳洲，正值世界首次凡·高画展在墨尔本维多利亚州国立美术馆海外馆举行。所展四十幅油画与二十五幅素描皆为凡·高生前真迹。油画多表现自然与田野。他野马般自由的思想和滤镜般的眼睛使得画面清澈烂漫。荷兰也种麦。他笔下熟透的麦田、收割的麦捆都是金黄色，那样明艳，绚丽，闪着光，若触之，亮汪汪的金色的颜料瞬间就会把手染成金色。然名为《茅草屋》的那幅画却是蓝绿色的。大块倾斜的蓝天，一长排绿色的茅草屋，屋前大块海水般起伏的蓝绿杂糅的草丛，成团的树冠，成团的白烟……骄傲与狂野的凡·高就在画里面。看凡·高的画休想平静。只是看他的画，就会深深爱上他。若他活着，自荷兰飞抵翁丁，不知，翁丁敛翅的灰雀一样的茅草屋，在他笔下，将是一幅怎样的景象。

或许，仍然是明亮到要把画布穿透的金黄。

那是一个画家的情绪的颜色。尖锐，傲慢。他在冒险。

凡·高说，我的冒险，不是靠主动选择，而是被命运推动。

命运最终把他推到了一把手枪和一粒子弹跟前。他只是选择了扣动扳机。

这是唯一的结局。他的画从来都在表达他的不羁。他的画里有一股狂风。

他一直都是疯狂的，只是没人发现。

而翁丁的画家，平静的外表下，同样有着一颗桀骜的心。为了艺术，一节手指曾飞离了他。因为有人告诉他，在大学里，只要与老师保持一种亲密的关系，就不会挂科。年轻的他愤怒不已。最终，那节要被他废弃的手指又复归原位，自然，是在楼下找到的，差点就被狗吃了，然后用手术线缝上的。因为他要握画笔。他再怎么清高，都要在他的画笔面前低下头颅。从此他对自己说，这一生，他只牢牢握紧画笔与自由。只要两者在他手里，世界就存在了。因此他笔下的翁丁，也是荷兰凡·高的翁丁了。

晴和雨的翁丁是不一样的。那是大自然两种迥异的画风。最接近凡·高的，当是傍晚。雨一停，太阳就出来了。翁丁的太阳是从雨里霍然跃出来的一盏神灯。这时候，一贯灰色调的茅草屋明亮了起来。青色的弹石路，绿色的芭蕉树，黑脸颊的奔跑的孩童，叫唤的黑皮猪，啄食的土鸡，慵懒的大黑猫，茅檐下晾晒的各色衣物，采茶归来的女人，骑摩托车开拖拉机的男人……翁丁的一切都是暖橙色的，散发出神性的魅人的光芒。西方，山的那一面，正在日落，天空在燃烧，彩云翻滚。天地间，自上而下，一幅大油画布，在翁丁铺展开来。

今昔翁丁

在翁丁，我从容穿行出入于它的街巷与茅草屋。唯经过寨子后的人头桩时，总是惊惧间匆匆而过。人头桩一旁是几株巨大的生长了数百年之久的小叶榕，裸露在地表的粗壮根系盘虬缠绕，踏在上面，像踩着无数翻滚的巨蟒。浓厚交错的深绿色树冠更是严严实实遮蔽了头顶的苍穹。

忽一日，久雨骤停，一轮明艳的夕阳悬在西天，遂走至翁丁至高点看油画般的日落。只顾贪恋好景致，不觉间晚了，翁丁迅速隐没在了凉寒的黑魆魆的暮色里。顺着弹石路往回走，感觉哪里不对，一抬头，几根人头桩已经凛凛然竖在了眼前，一股杀气腾腾的血腥味似乎随即扑面而来。

昔日的佤族，据说，素有"猎人头"的习俗。

司岗里《创世歌》曰：葫芦里来，司岗里生。阿达是先，阿达为根。寂寂寞寞，空空无无，乌乌乌乌，刮起了风。是说，佤族的祖先阿达是从岩洞里走出来的。佤语"司岗里"即为"从岩洞出来"的意思。佤族人深信，是主宰天地万物的梅依吉女神创造了他们。为了得到梅依吉永世的护佑，他们采取了最高祭祀方式——像打猎一样杀人，将猎取来的人头献给通天的女始祖梅依吉。

猎取人头并不是随意掳个人就杀了，他们寻毛发旺盛的，最好长发络腮，即具有粗犷之美的男子。据说这样才能谷物丰茂。

新鲜的人头使得整个寨子欢腾起来。人们奔走相告。祭祀开始。将新人头供奉在祭台上，原来的从祭台取下，搁在木桩顶端的竹笼子里。然后，专门停放大木鼓的房门哗然打开，健壮的男人叉开双腿甩开膀子抡起鼓槌用尽全身每一分力气敲击木鼓。咚——！咚咚——！咚咚咚——！浑厚宏阔的鼓声像是来自大地深处的呐喊，越过寨子上空，响彻天际,抵达万物之神梅依吉耳畔。做木鼓的是神林里长得最美的一株株红椿树,砍倒,截取最直最圆的一节,两米多长,一米多粗,掏空。在佤族人眼里,木鼓是通天的。激越的鼓声就是他们与梅依吉之间特有的语言。木鼓响,人头痒。每次鼓声的响起,必是意味着一颗人头的落地。盛装的人们在鼓声里跳甩发舞,唱《祭头歌》:

> 为了生命的平静,
> 我们的神啊梅依吉,
> 我们衷心为你献上最美的酒:
> 保佑我们的谷子长得好,
> 保佑我们的人不会生病;
>
> 为了部落的安宁,
> 我们的神啊梅依吉,
> 我们衷心为你献上最香的肉:
> 保佑我们的部落不受攻击,
> 保佑我们的部落永世昌盛……

人们笃信献上人头敲响木鼓梅依吉就听懂了他们的心声,就会赐给他们生命的平静和部落的安宁。他们不断猎取人头,一根根人头桩上,摆满了不断替换下来的旧人头。

翁丁解放前一直处于原始社会,茹毛饮血。解放后,佤族才停止了通过猎取人头进行的这种古老而又野蛮的祭祀方式。

然而,当我向八十三岁的魔巴询问猎人头的旧事时,他说,这个习俗在佤族里以前有过,但不是他们翁丁的佤族,村子后面的人头桩是后来才夯进地里去的,目的是为了让原始翁丁看起来更神秘。

我想这极有可能。毕竟,翁丁四面环山,三四百年间,群山之巅的一小片圆圆的天空像一个魔咒将翁丁严严地封住了,外面鲜有人知。某一刻,当强大的信息终于将翁丁打开了一个缺口,它新鲜地呈现在人们面前时，翁丁人有理由让它呈现得更加刺激，从而不同寻常。而即使佤族其他地方的猎人头，想必也是人们想象的成分居多。

在翁丁，处处可见悬挂在树木或树桩上的牛头骨骷髅。惊骇的大眼睛，惨白的大牙齿，不知是不是每一头被镖杀的牛最后惶恐状的定格。倒是伸向天空的弯刀般的大牛角，在日落后的薄暮时分，像一道剪影，具有了一种壮烈的美感。

人的生命是梅依吉赋予的，然让人的生命持续下去的，却是从泥土里长出来的谷物。谷的丰歉，佤族人认为，一定有神秘的谷神在天上掌管着。因此，佤族镖牛祭祀谷神，无疑成了庄严而隆重的仪式。在翁丁，昔日的镖牛桩现在依然竖立在广场上，成了一场又一场镖牛的见证。

被镖之牛是经过严格挑选的黑色健硕的公水牛。牛大，牛角才大，牛头供奉给至尊的谷神，才能佐佑谷穗颗粒饱满。镖牛之前，魔巴先念经，镖牛手也会喝下一大碗酒——虽是祭祀，大约，镖杀一头大黑牛还是需要些胆量的。将牛拴至木桩，在左肋心脏部位标记好，镖牛手手持尖利的镖枪，猛地刺向牛的心脏。一枪毙命是最完美的，否则就要连续镖杀，直到牛在愕然中轰然倒地，鲜血喷流。

自然，紧接着，木鼓惊天动地地响起来，人们怀揣想象中的丰收景象，昼歌夜舞。而这样的祭祀，一年要举行多次。每次，都是人们的狂欢混合着一个生命的悲壮的结束。祭祀过的牛头无处安放，就挂在了树上。慢慢地，翁丁数不清的树上就挂满了数不清的牛头骨。它们无一不龇牙瞪目。而在佤族人眼里，那是被赋予了神性的，是神圣与心愿的载体，是天地之大美。

从什么时候起，一切都远去了。

如今的翁丁，连镖牛也已很多年没有过了。雨季，朽腐的人头桩无声地爬满了湿滑的青苔，蒙尘的木鼓静静地闲置在架子上。巨大的木鼓已经不是人类与苍天对话的神器，它在漫漶的光阴中完成了自己的通天使命。

人头桩彻底失去了它的意义，然木鼓并未被遗弃。年节时，翁丁的佤族人通过表演拉木鼓来释放自己的喜悦。在这里，木鼓是用来拉的，而不是敲的。在木鼓的两端凿上孔,拴上长长的粗麻绳,全寨的男女老幼,身着盛装,先把木鼓拉到神林里举行祭祀仪式。仪式由魔巴主持。他一身黑衣,红头巾在额上缠几圈,几支长而挺的白羽毛插在头顶。那羽毛一走一晃,魔巴就像从戏曲里走出来的人物。念经,杀鸡,等把鸡血淋到木鼓上后,魔巴本人就一跃跳到木鼓中间,挥舞着手臂高喊"嘿呀——嘿咿——嘿嘿哈——"早已把麻绳握在手里的众人跟着一齐大喊:嘿呀!——嘿咿!——嘿嘿哈!——嘿呀!——嘿咿!——嘿嘿哈!——高亢嘹亮的号子声在幽静的神林里久久盘旋回荡。众人一边喊号子一边拉着木鼓跑。人分前后两组,前面的人往前拉一段后,后面的人恶作剧般反过来往后拉一段,有点像拔河。整齐的号子声中不时夹杂着欢快的笑声,全寨子的人,仿佛都成了少年。就这样往前拉拉往后拽拽地将木鼓拖到昔日的镖牛桩前,把先前杀的鸡挂到木桩上,人们开始手拉手绕着镖牛桩围成一大圈唱歌跳舞。古老的翁丁,在歌舞中焕发出青春的气息。

鼓本为敲的,声音才是它美的所在,而这样被拖在地上拉来拉去,不知,是鼓之幸还是鼓之哀?

我有时候会走进木鼓房,拿起木槌敲几下。像是沉睡的人被突然唤醒,清越的鼓声中更多的是冷寂与孤独。我是把翁丁的往昔和今日融在一起敲的。然而我既没听到翁丁的往昔,也没听到翁丁的今日。蒙尘的木鼓,安静极了,也落寞极了。它的身躯无声地活在今日,灵魂依然在昔日里咚咚作响。

佤族人黑。仿佛一朵朵黑玫瑰。他们属矮黑人血统,又称尼格利陀人。天生的黑皮肤让佤族人对黑色充满了敬畏与向往。素日,大家会把锅底灰与泥土用牛血拌在一起涂在额头眉心处。圆圆的一抹,像一粒黑痣。早些时候,佤族人甚至还把牙齿染成黑色。他们酷爱穿黑衣服。他们希望自己通体都是黑的,自内而外,黑得彻底而纯粹,像黑夜一样黑,融入夜色里,自己也成为一小片夜色。他们唯一改变不了的是血液的红色。因此,红与黑,这来自身体的两种天然色彩,成了佤族人至上的追求。

几年前看过朋友一张照片。画面上，一大群裸着上身的男人正在往不管谁身上肆意涂抹泥巴，每个人全身自发根至脚尖全是泥，像一群泥土的雕塑。身在其中的朋友大张着嘴笑得非常开心，像个大孩子。仔细看，原来"泥塑"里面不乏女人，虽未半裸，但一身的水与泥，衣服紧裹在身上，高低凸凹，也是一目了然。

后来知道，这是佤族的"摸你黑"，一个近十多年来才兴起的在每年五月一日前后举行的盛大节日。泥并非简简单单的普通泥土，而是由多种中草药配制的据说可以护肤的一种泥状涂料，佤语里称为"娘布洛"。娘布洛本为佤族传说中的不死草，谁若得到它，谁将会长生不老，获得永恒。摸你黑举行时，恣情玩乐的人们，至少在那一刻，生命回归到了泥土，回归到了大地。那一刻，即为永恒。

佤族，日子走到今天，茹毛饮血、刀耕火种、结绳记事早已成为几个仅仅存在于书面的静止的词语。翁丁逼仄昏暗的茅草房，再也承载不了一代又一代人对现代生活舒适度的追求。

我在翁丁的日子，是它最后的时光。经过一片片翠绿的稻田，在一两公里外，取代翁丁原始部落的翁丁新寨已经建好，统一的规划，统一的石膏板墙壁，统一的灰蓝色树脂瓦屋顶。根据巫师魔巴通过鸡骨卦看来的几个适合乔迁的日子，人们已经陆陆续续将家搬了过去。家里的锅碗瓢盆搬走了。猪叫声搬走了。鸡鸣声搬走了。狗吠声搬走了。炊烟搬走了。老人的烟袋搬走了。孩子的哭闹与欢笑搬走了。火塘冷下来。街巷里的脚步声一天比一天稀疏。世世代代生活了近四百年的寨子，渐渐沉寂下来。

那些日子，翁丁真静。太阳静静地升静静地落，静静地晒着翁丁；月亮静静地出静静地没，静静地照着翁丁；雨静静地下静静地停，静静地淋着翁丁。雾霭静静地来静静地去，静静地笼着翁丁。翁丁像一幅静物，白的云彩，灰的茅草，青的弹石路，绿的花草树木。我静静地行走其间，静静丈量着翁丁的每一寸寂静。只有当忽然间雨住天晴，浓彩的晚霞铺满了浩荡的长空，高地的绿细竹叶与绿阔芭蕉闪着暖黄的釉光，才意识到，古老的翁丁，并没有完全被安静淹没。

然无论如何，再去翁丁，面对的，必将是一个空寨子了。翁丁像一个旅人，从历史深处的道路上踽踽走来，最终，又消失在了历史深处。

对于翁丁，我没有太多的悲喜。如果有留恋，也只停留在它原始的茅草房带来的视觉审美上的冲击以及远古的神秘传说带来的心灵上的撞击。如果我是翁丁人，我把愿望删繁就简，素朴到只需要一张洁净的床与一张洁净的书桌，翁丁都给不了我。它每一间茅草房都昏暗，狭小，遍布油污。洁净，从来无处安放。只有新的翁丁，才能盛下我小小的理想。

翁丁原始的神秘、粗野与美，是一树繁花，终究是败了。

新寨的房屋明亮、通透。去往新寨的路宽阔平整，两旁遍植火焰木与菠萝蜜树。现在还不到火焰木红的时候，有一棵菠萝蜜树却已挂了果，三两个挤在一起，沉沉地垂在晨昏里。有几株不知名的树——后来知道叫夜来香——于细碎的绿叶里涌出一团一团的白花，夜幕至而香气出，夜愈深香愈浓，人们走在去往新寨的路上，很是欢欣了。

(《山花》2020年第7期)